박안경기

拍案驚奇

1

이 책은 (재)한국연구재단의 지원으로 학고방출판사에서 출간, 유통합니다.

한국연구재단
학술명저번역총서

동양편
625

박안경기

拍案驚奇

능몽초 저 │ 문성재 역

①

學古房

《박안경기》 초판본 ('닛코본') 표지

"즉공관주인이 평론하며 읽은 삽화가 있는 소설卽空觀主人評閱出像小說"이라는 광고 문구(우)와 함께 소주의 서상 안소운安少雲이 쓴 발간사(좌)를 소개해 놓았다.

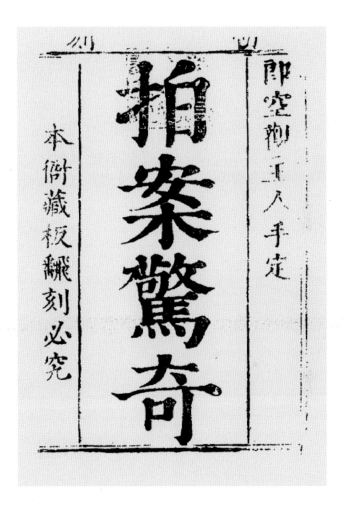

《박안경기》 중판본 ('히로시마본') 표지

제목 위의 '초각初刻' 두 글자로《이각 박안경기》출판 이후의 중판
본임을 알 수 있다. "즉공관주인이 직접 선정한即空觀主人手定"이
라는 문구(우)와 "본 관아 소장 목판을 베낀 해적판은 반드시 책임
을 따질 것本衙藏板翻刻必究"이라는 경고문(좌)이 보인다.

《박안경기》 완역본 출판에 즈음하여

　《박안경기》는 명대 말기에 출판가이자 소설가·극작가이던 능몽초 凌濛初(1580~1644)가 송·원대 화본話本의 문체를 모방해 지은 이야기들('의화본')을 모아 놓은 소설집이다. 《태평광기太平廣記》·《이견지夷堅志》·《전등신화剪燈新話》·《이담耳談》·《녹창신화綠窓新話》 등, 송宋·원元·명明 세 왕조시기에 서면체 중국어(고문)로 지어진 소설들을 명대의 구어체 중국어(백화)로 당시의 실정에 맞게 새로 지은 40편의 소설로 구성되어 있다.

　《박안경기》에는 언어 층위가 서로 다른 당·송·원·명의 네 왕조시대의 어휘들과 서면체와 구어체의 표현들이 복잡하게 뒤섞여 있다. 그렇기 때문에 언어적으로는 그다지 좋은 점수를 주기 어렵다. 그러나 문화·예술적인 견지에서 이야기하자면, 그 평가는 사뭇 달라진다. 스토리텔링을 생업으로 한 직업적인 이야기꾼이 아닌 지식인이 송·원대 화본을 모방해 창작한 최초의 의화본擬話本소설집일 뿐만 아니라, 저잣거리의 공연예술이던 소설이 서재의 읽을거리로 이행하는 중국소설의 발전과정을 직접 보여 주는 생생한 증거이기 때문이다.

공연예술사적으로 보거나 고전문학적으로 보거나 똑같이 기념비와도 같은 중요한 작품이라는 뜻이다. 이에 대해서는 중국의 저명한 고전소설 학자인 석창유石昌渝는 "중국소설사에서 작자가 독자적으로 창작한 최초의 화본소설집이 바로 《박안경기》이며, 그것 하나만으로도 그 역사적 위상의 중요성을 증명하기에 충분하다"(화본대계판 《《박안경기》 서문)라고 높이 평가한 바 있다. 그렇다 보니 지금까지 해당 분야의 학자들은 말할 것도 없고, 문학·연극·오락·출판 등, 다양한 분야의 종사자들에게도 흥미로운 텍스트로 간주되어 왔다.

이처럼 스토리텔링에서 사람들의 이목을 끄는 텍스트인 《박안경기》에 대한 번역 작업은 일본에서 처음으로 시도되었다. 유명한 한학자이던 시오노야 온塩谷溫(1878~1962)과 카라시마 타케시辛島驍(1903~1967)가 1958년에 '중국문학대계 전역中國文學大系全譯' 총서의 일환으로 펴낸 《전역 박안경기》(총 3책)가 그것이다. 그러나 선정적인 묘사 등 이런저런 이유들로 말미암아 원작의 내용이 군데군데 누락된 데다가, 나머지 10편을 남겨둔 상태에서 아쉽게도 작업이 중단되면서 미완성으로 남았다. 그로부터 40여년이 지난 2010년대에 히로시마廣島대학의 후루타 케이이치古田敬一교수가 추가로 세 편을 번역했으나 그 이상의 진전은 확인되지 않고 있다.

그 원산지라고 할 중국의 상황도 별로 다를 것이 없다. 30년 전인 1992년에 경관교육警官教育출판사에서 《백화 초각 박안경기 상석白話初刻拍案驚奇賞析》이라는 제목으로 현대중국어로 완역이 시도되었다. 그러나 줄거리를 이해하는 데에 단서를 제공하는 시나 가사들에는 아예 손을 대지 않은데다가 일역판의 경우와 마찬가지로, 선정적인 장면들이 통째로 누락되는 등, 번역의 수준과 책의 완성도 등 여러면에서 아쉬움을 남겼다. 그런 점에서 본다면, 이번에 학고방 출판사를 통하여 역자가 선보이는 《박안경기》는 능몽초 원작의 정수精髓를 있는 그대로 온전하게 즐길 수 있는, 그야말로 명·실名實이 상부相符하는 세계 최초의 완역본이라고 하겠다.

능몽초의 《박안경기》를 포함하여 송·원·명·청대에 인기를 끌었던 소설·희곡들을 정확하게 이해하고 재미있게 즐기자면 당시에 유행한 구어체 중국어(백화)에 대한 공부가 필수적이다. 근세 중국의 언어는 얼핏 지금의 중국어와 같아 보이지만 세부적으로는 그 의미나 용법에서 의외로 편차가 크기 때문이다. 간단하게 '다多'의 경우를 예를 들어 보자. 지금은 '대부분, 많은 경우'의 의미로 사용되지만 명대의 강남江南 방언에서는 '모두, 예외없이'의 의미로 사용되었다. 또, ② '화본話本'이라는 것 자체가 원대에 유행한 '잡극雜劇'처럼, 본질적으로 북방 초원문화에서 비롯된 공연예술에서 발전한 문예 장르이다 보니 그 반주 악기는 물론이고 연출 기법이나 추임새, 심지어 상투적인 표현들도 몽골어 등 북방언어의 흔적이 그대로 남아 있는 경우가 많다. 《박안경기》에서 이야기꾼의 서사에 자주 등장하는 '~야사也似'가 알고 보면 '~같다'라는 의미를 나타내는 몽골어 표현 '~식шиг'의 변형인 것이 그 증거이다. ③ 창작기간이 짧은 것도 언어적 혼란에 한 몫 하였다. 능몽초는 상우당과의 계약으로 단시일 내에 40편이나 되는 이야기를 만들어 내었다. 그렇게 당대로부터 명대까지 거의 900년 사이에 지어진 소설들을 단시일 내에 한 데에 버무리려다 보니 같은 이야기 속에서도 언어적 층위가 다른 당·송·원·명의 어휘와 표현들이 같은 '어떻게'라는 표현도 당대의 '여하如何'와 명대의 '즘적怎的'처럼 서로 섞여 있는 것이 그 증거이다. 물론, 역자는 당대 이래의 공연예술과 언어(백화)를 나란히 수십 년 동안 연구해 온 입장이다 보니 만만한 작업은 아니었지만 원어의 맛과 뉘앙스를 최대한 살릴 수가 있었다.

역주과정에서 가장 난감했던 것은 중국과 한국 두 나라 전통문화 사이의 편차를 극복하는 일이었다. 《박안경기》에는 명대의 가옥 구조를 나타내는 어휘들이 도처에 등장한다. 문제는 우리나라의 가옥구조가 천 년 전부터 좌식문화를 고수하고 있다는 데에 있다. 가옥구조나 주거방식에서 북방의 영향으로 이미 천 년 전에 서양처럼 입식문화로 전환된 중국과 여간해서는 교합점을 찾을 수 없을 정도로 본질적으로 달라진 것이다. 그래서 '당堂'이 우리나라나 일본에서는 평지 위에 마루를 세우고 신발을 벗고 드나드는 집house을 가리키지만, 중국에서는 평지에 바로 돌널을 깔고 신발을 신고 드나드는 홀hall 같은 공간을 가리킨다. '전청前廳·전당前堂·후당後堂·정당正堂' 등이 다 그런 것들이다. 양국의 주거문화가 이처럼 판이한데다가 서로 대응되는 명칭이 없다 보니 그 개념들을 일반 독자들도 쉽게 이해할 수 있도록 적절하게 번역하는 것이 여간 어려운 일이 아니었다. 그래서 결국 임기응변으로 상황에 따라 탄력적으로 변화를 주거나 원래의 한자어로 직역하고 따로 주석을 붙여 부연하는 정도에서 만족할 수밖에 없었다.

역자의 《박안경기》는 2016년도에 명저번역지원사업 연구과제의 일환으로 한국연구재단의 지원으로 4년에 걸쳐 진행되었다. 그 사이에 몇 년 동안 이런저런 고대사 관련 연구·저술에 참여하느라 시간을 할애한데다가, 2020년에는 코로나라는 복병이 갑자기 들이닥치는 바람에 2년 가까이 출판이 지연되다가 이제야 독자들께 선을 보이게 되었다.

역자는 일본에서 발견된 중국의 고전소설집을 한국인인 역자가 완역했다는 점에 대단한 자부심을 느낀다. 물론, 개인적으로 그보다 더 감개무량한 일은《박안경기》번역을 계기로 석·박사 시절에 명대의 희곡·소설·구어에 천착할 때에 익숙하게 접하곤 했던 능몽초凌濛初·풍몽룡馮夢龍·탕현조湯顯祖·심경沈璟 등의 이름과 작품들과 다시 만난 것이다. 그동안 이런저런 사정 때문에 본의 아니게 중단해야 했던 명대의 희곡·소설·구어에 대한 번역과 연구를 재개할 수 있도록 기회를 주신 한국연구재단과 심사위원 여러분께 진심으로 감사드린다. 여러 모로 부족한 역자이건만 가진 한국연구재단과 심사위원 여러분께서 백락伯樂의 혜안으로 이런 소중한 기회를 주셨기에 이번 책이 빛을 볼 수 있었기 때문이다. 한국 인문학자의 한 사람으로서 역자역시 국내외의 관련 학계와 독자들에게 부끄럽지 않도록 이번 책에 최선의 노력을 기울인 것은 물론이다. 독자들은 아마 이 책을 읽으면서 중국의 '(의)화본'이라는 독특한 장르의 소설에 대하여, 그 서사는 물론 표현에 이르기까지, 당시 사람들에 못지않은 생생한 체험을 하게 될 것이다. 모쪼록 이번 책이 중국의 구어문학을 연구하거나 관련 스토리텔링에 흥미를 가진 독자들에게 조금이라도 유용한 지침서가되기를 바란다.

이번에《박안경기》의 완역본이 나오기까지는 많은 분의 도움이 있었다. 우선, 초역 단계에서 많은 도움을 주신 조문수·임정해·윤수정 선생님에게 진심으로 감사의 말씀을 드린다. 명저번역 과제 신청 단계부터 역주작업을 진행하는 동안 크고 작은 도움과 성원을 아끼지 않으신 경기대학교 박연규 교수님께도 감사하다는 인사를 드려야 옳을 것 같다. 그리고 1,500쪽이 넘는 원고를 몇 번이나 꼼꼼하게 검토하면서 많은 영감과 가르침을 주신 동국대학교 영화학부 정재형 학장님에 대한 인사도 빼놓을 수 없을 것이다. 끝으로 역자가 이번 작업에 만전을 기할 수 있도록 물·심 양면으로 응원해 주신 학고방 출판사 하운근 대표님, 그리고 독자들에게 최고의 책을 선보이겠다는 일념으로 디자인은 물론이고 삽화·지도·도판에까지 온 정성을 다해 주신 편집팀의 명지현 팀장님, 이근정 선생님 등 여러 분들께도 진심으로 수고하셨다 감사하다는 말씀을 드리고 싶다. 여러 선생님들의 도움과 격려가 없었다면 이번의 쾌거는 이루어질 수 없었을 것이다.

2022년 12월 31일
서교동 조허헌에서
문성재

1. 이 책은 번역 과정에서 1988년 상해고적上海古籍 출판사에서 상우당본尙友堂本 초간본을 영인해 펴낸《초각 박안경기初刻拍案驚奇》상·하권을 저본으로 삼고, 강소고적江蘇古籍·천진고적天津古籍 두 출판사에서 펴낸 동미비본眉批本, 그 밖에도 다수의 주석본들을 참조했다. 또, 일역본으로는 1958~59년에 시오노야 온鹽谷溫과 카라시마 타케시辛島驍가 일본어로 번역한《전역 박안경기全譯拍案驚奇》(총 3책)와 후루타 케이이치古田敬一의《박안경기 역주3 拍案驚奇譯注三》을 각각 참조했다. 다만, 역서의 제목은 후대에 사용된 '초각《박안경기》'가 아닌 상우당본 초간본의 제목 '《박안경기》'를 그대로 유지했다.

2. 이 책에 사용된 각종 도판은《박안경기》속 상황에 최대한 가까운 이미지를 제시하기 위하여《삼재도회三才圖會》·《장물지長物志》·《청명상하도淸明上河圖》등, 능몽초와 비슷한 시기에 간행된 백과전서·소설·희곡에 수록된 도판·삽화들을 우선적으로 활용했다. 그리고 특정한 사물이나 상황에 대한 보다 정확한 설명이 요구될 경우에는 근래에 작성된 도판·지도·사진들을 추가로 사용했다.

3. 본문에서 내용이나 맥락을 이해하는 데에 지장이 없는 경우에는 번역이 다소 투박하거나 어색하더라도 한 문장 한 단어까지 가능한 한 문법에 충실하게 직역直譯을 했다. 다만, 독자가 오독할 우려가 있거나 직역이 어색한 경우에는 의역意譯을 하고 새로 주석을 붙이거나 접속사 등을 추가하여 독자들이 맥락을 파악하는 데에 지장이 없도록 했다.

4. 상우당본 원문에는 현대식 문장부호가 전혀 사용되지 않았으며, 20세기 이래로 문장부호를 표시한 현대의 역주본들은 모두 각각의 편집자들 입장에서 임의적으로 문장을 끊어 읽은 경향이 있다. 이 책에서는 기존의 끊어 읽기가 원작의 호흡이나 리듬을 살리는 데에 미흡하다는 판단에 따라 역자가 독자적인 방식으로 새로 끊어 읽고 문장부호를 표시했다.

5. 화본소설은 원래 판소리나 '모노가타리物語·조루리淨瑠璃' 등과 같은 서사예술에서 비롯된 문학 장르이다. 그래서 이야기꾼의 스토리텔링(구연) 부분은 어투를 통상적인 예사체(하게체)가 아닌 경어체(합쇼체)로 조정하여 독자들이 공연장에서 직접 이야기를 듣는 것처럼 생생한 느낌을 가질 수 있도록 했다.

6. 송·원대 화본 본연의 특색과 풍격을 최대한 재현하고자 한 능몽초의 《박안경기》 창작 취지를 감안하여 독서나 이해에 지장을 주지 않는 한 동어 반복, 상투어, 호칭 변동, 과장된 어투 등 서사예술의 전형적인 연출상의 장치들을 가급적 최대한 반영했다.

7. 독자가 400년 전에 출판된 《박안경기》의 원형을 이해하는 데에 편의를 제공하기 위하여 원본의 미비眉批·방비旁批·삽화는 물론이고, 명대 출판계에서 상용되었던 각종 약자略字·별자別字·고체자古體字·이체자異體字들도 대부분 그대로 반영하고 【교정】 표시를 붙여 설명했다. 다만, 원본의 권점圈點은 현실적으로 이번 책에 반영할 방법이 없으므로 생략했다.

8. 주석에 있는 【즉공관 미비卽空觀眉批】와 【즉공관 측비卽空觀側批】는 능몽초가 붙인 논평이다. '즉공관'은 능몽초의 당호堂號로, 그는 《박안경기》를 지은 후 작품의 내용과 묘사와 관련하여 각 책장의 위쪽과 본문의 행간에 한두 줄의 간단한 논평을 가했다. '미비眉批'는 책장의 위쪽에 붙인 촌평, '측비側批'는 행간에 붙인 촌평이다. 이 책에서는 명나라 숭정崇禎 연간의 원본 "상우당본"《초각 박안경기》에 달린 능몽초의 논평들을 충실하게 반영했다. 이 과정에서 1990년에 강소고적江蘇古籍 출판사에서 출판한 "중국화본대계中國話本大系"《박안경기》와 2010년에 천진고적天津古籍 출판사에서 출판한 "즉공관주인 비점 이박卽空觀主人批點二拍"《초각 박안경기》를 참고했다.

9. 본문에 한자어를 사용해야 할 경우, 번잡함을 피하기 위하여 익숙한 표현이나 관련 주석을 붙일 때에는 한글로만 표기했다. 그러나 생소한 표현이어서 오독의 우려가 있거나 독자의 이해를 도울 필요가 있을 경우에는 추가로 괄호 안에 한자를 병기했다.

10. 맞춤법과 외래어 표기는 국립국어원 《표준국어대사전》을 따랐다.

....

목차

서문

이런 말이 있습니다.

"보고 듣는 것이 적을수록   少所見
해괴하게 여기는 것이 많아진다"[1]   多所怪。

지금 사람들은 듣고 보는 영역을 넘어서는 소머리 귀신[2]이나 뱀머리

---

1) 보고 듣는 것이 적을수록 해괴하게 여기는 것이 많아진다[少所見, 多所怪]: 후한의 학자 모융牟融(?~79)이 지은 《모자이혹론牟子理惑論》의 "보고 듣는 것이 적을수록 해괴하게 여기는 것이 많은 법이니, 낙타를 보고도 말 등에 종기가 났다고 하는 격이다少所見, 多所怪, 見橐駝, 言馬腫背"에서 유래한 말. 자신이 직접 보고 듣지 않는 한 모든 것이 뜬구름 잡는 소리처럼 황당하게 여겨진다, 즉 견문이 좁은 사람은 새로운 사물을 접하면 이상하게만 보려 든다는 뜻으로, 우리에게 익숙한 '백 번 듣는 것이 한 번 보는 것만 못하다百聞不如一見'와 비슷한 말이다.

2) 소머리 귀신[牛鬼]: 불교 전설에 등장하는 귀신. 아방阿傍 또는 우두아방牛頭阿傍으로 불리기도 한다. 불교 경전인 《능엄경楞嚴經》권8에서는 "다섯째는 접촉하는 업보가 나쁜 결과를 불러오는 것이다. 이러한 접촉하는 업보가 닥치면 최후를 맞을 때 우선 큰 산들이 사방에서 닥쳐서 합쳐지므로 다시는 벗어날 길이 없게 된다. 이어서 망자의 넋에게는 커다란 철옹성에 불뱀·불개에 범·이리·사자·소머리의 옥졸과 말머리의 나찰이 눈에 들어온다五者觸報招引惡果, 此觸業交, 則臨終時, 先

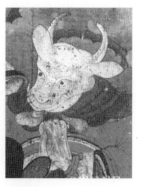

신중탱화의 우두나찰
《법보신문》

신[3] 같은 것들만 신기한 줄 압니다. 그러나 듣고 보는 영역에 존재하는 날마다 접하는 사물이나 기거하는 장소들의 경우, 그것들 속에 변화무쌍하고 괴이하여 일반 상식으로는 상상조차 할 수 없는 일들이 참으로 많다는 사실은 알지 못합니다.

예전에 중국 사람이 다른 나라에 갔을 때 그 나라 사람들 중에서 누가 자신들은 쇠똥을 황금처럼 소중히 여긴다고 자랑스럽게 떠벌리더니 곧 '중국 사람들이 별나다'고 빈정거렸다고 합니다. 그러자 중국 사람이 말했답니다.

"중국에는 꿈틀거리는 벌레가 있는데, 그놈이 토해내는 것이 화려한 명주 비단이 되어서, 그것으로 온 세상 사람들에게 옷을 지어 입히지요."

見大山四面來合, 無復出路. 亡者神識見大鐵城, 火蛇火狗・虎狼獅子・牛頭獄卒・馬頭羅刹"라고 묘사한 바 있다. 또,《오구신경五句辛經》에서는 "옥졸은 '아방'이라고 하는데 소머리에 사람 손, 두 다리는 쇠발굽이 달렸는데 기운이 장사여서 산까지 밀어젖힌다獄卒名阿傍, 牛頭人手, 兩脚牛蹄, 力壯排山"라고 묘사하고 있다.

3) 뱀머리 신[蛇神]: 불교의 수호신인 "천룡팔부天龍八部"의 하나인 큰 구렁이 신 마호라가Mahoraga, 摩睺羅迦를 말한다. 사람 몸에 뱀 머리를 하고 오른손에는 칼, 왼손에는 뱀을 쥐고 불법을 수호한다고 믿었다.

부석사의 마후라가. 《불교신문》

그 사람은 혀를 차면서 그 말을 믿지 않았다고 합니다마는 중국 사람들의 입장에서는 그것을 신기하게 여기는 사람을 본 적이 없습니다. 이런 경우가 듣고 보는 영역 너머에서 기어이 변화무쌍하고 괴이한 것들을 찾아야만 후련해 하는 것은 쓸데없는 짓이라는 경우일 테지요.

송대와 원대에는 '소설가小說家'라는 사람들이 있었는데, 저잣거리의 새로운 사건들을 발굴하여 황제를 위하여 이야깃거리로 바치는 경우가 많았습니다. 그 말투는 투박하고 쉬운 경우가 많았지만, 그 의도는 황제를 부드러운 말로 설득하고 일깨우는 데에 있었지요. 그래서 박학하거나 우아한 품격을 갖춘 부류는 아닐지라도 하찮은 기예들 중에서는 제법 볼만하다고 여겼답니다.

근래에는 태평성대가 오래 이어지다 보니, 백성들이 방탕해지고 그 뜻 또한 방종으로 치닫는 경향이 있습니다. 그래서 경박한 망나니들은 붓을 좀 놀릴 줄 알게 되기만 하면 지레 세상을 오도하고 잘못된 것들을 두루 가져다 쓰면서 황당무계한 것이 아니면 믿으려 들지 않는 바람에 그 내용이 하도 외설적이고 더러워서 차마 듣기조차 민망스럽기 일쑤이지요. 유가의 가르침에 죄를 짓고, 다음 생에 업보를 쌓기로는 이보다 더한 경우가 없을 것입니다. 더욱이 종이도 그런 책들 때문에 값이 올랐건만 그런 이야기들이 날개 없이도 퍼져나가고 다리 없이도 돌아다니곤 합니다. 지각 있는 인사들이 이 같은 세태를 걱정하여 법령으로 엄하게 금지해야 한다고 주장하는 것도 당연하게 여겨질 정도입니다.

그런데 오로지 용자유龍子猶[4] 씨가 모은 《유세喻世》 같은 소설집

---

4) 용자유龍子猶: 명대 말기의 문학가이자 출판가인 풍몽룡馮夢龍(1574~1646)

들5)은 고아한 도리를 제법 담고 있는 데다가 좋은 규범들도 더러 소
개함으로써 지금의 좋지 못한 행태들을 일거에 타파했습니다. 다만
그 과정에서 송대와 원대의 옛 이야기들을 거의 모두 망라했다고 해
도 과언이 아니었지요.

출판계 인사들은 풍 씨의 소설집이 꽤 빨리 세간에 전파되는 것을
보고 내게도 다른 비장해놓은 옛이야기들이 있을 것이라고 여겼던지

을 말한다. 강소성江蘇省 오현吳縣 사람으로, 자는 유룡猶龍·자유子猶·이
유耳猶·공어公魚이며, 호는 용자유·향월거주인香月居主人·고곡산인顧曲
散人·고소사노姑蘇詞奴·전전거사篆篆居士·묵감재주인墨憨齋主人·전주주
사前周柱史·첨첨외사詹詹外史·무원야사茂苑野史·녹천관주인綠天館主人·
무애거사無礙居士·가일거사可一居士 등이었다. 여러 차례 과거에 응시하여
번번이 낙방했으나 박학다식하고 다재다능하여 다방면에서 활약했으며 특
히 출판업에서 두각을 드러냈다. 송·원대의 화본話本들을 모아 엮은 소설집
'삼언三言'을 편집·교정하는 한편, 《평요전平妖傳》·《열국지列國志》·《정사
유략情史類略》 등의 소설을 증보하기도 했다. 공연 예술에도 상당한 조예를
보여 자신의 작품을 포함한 희곡을 모은 《묵감재전기정본墨憨齋傳奇定本》,
소주蘇州 일대의 민요를 모은 《산가山歌》, 연가발라드의 일종인 산곡散曲을
모은 《태하신주太霞新奏》, 우스운 이야기들을 모은 《소부笑府》, 고금의 일화
들을 모은 《고금담개古今譚槪》·《지낭智囊》 등의 창작·편집·출판에 직·간
접적으로 간여했다. 말년에는 복건성福建省 수령현壽寧縣의 지현知縣이 되
었으나 명나라가 멸망하자 순사殉死하여 왕조에 대한 절개를 지켰다.
5) 《유세喩世》 같은 소설집들[喩世等諸言]: 풍몽룡이 송·원대 화본을 모아 엮
은 화본소설집들을 말한다. 소설집은 《유세명언喩世明言》·《경세통언警世通
言》·《성세항언醒世恒言》의 세 가지로, 각각 40편, 총 120편의 단편 화본소설
이 소개되어 있다. 그 제목에 공통적으로 '말씀 언言'이 들어갔다고 해서 '삼
언三言'으로 일컫는데, 글자대로 그 의미를 풀이하면 각각 '세상 사람들을
깨우치는 현명한 말씀(유세명언), 세상 사람들에게 경종을 울리는 보편적인
말씀(경세통언), 세상 사람들을 일깨우는 영원한 말씀(성세항언)' 정도로 해
석된다. 나중에는 능몽초가 지은 의화본소설집인 《박안경기拍案驚奇》·《이
각 박안경기二刻拍案驚奇》와 함께 '삼언이박三言二拍'으로 일컬어졌다.

책을 내어 그 소설집들과 경쟁시키려고 했습니다. 그러나 한두 가지 남은 것이 있을는지는 모르겠지만 그런 것들은 한결같이 옛날 것들 중에서도 불완전한 작품들이어서 거의가 소개할 만한 것이 못 되었습니다. 그래서 옛날부터 지금까지의 이러저러한 자잘한 이야기들 중에서 그것을 듣거나 보는 사람들의 견문을 일신하면서 이야깃거리로 삼을 만한 작품들을 가져다가 부연하고 쉽게 풀이하여 몇 권으로 엮기에 이르렀습니다. 여기에 소개된 이야기들의 경우, 그 내용에 진실과 허구가, 그 이름에 사실과 허구가 각각 반반씩 담겨 있습니다. 따라서 그 내용이야 고증하기 부족할지 모르지만 그 취지만큼은 각별히 부합하는 바가 있다고 하겠습니다.

　일반적으로 우리가 듣고 보는 영역에서 펼쳐지는 해괴하거나 신기한 일들이야 아무래도 없는 것이 없을 것입니다. 그러나 어쨌든 간에 그것들을 이야기하는 이에게는 죄를 묻지 않고, 그것들을 듣는 이는 교훈으로 삼을 만하기만 하다면 그것만으로도 충분하다고 생각합니다. 혹시라도 '이 이야기들은 지금의 소설가들이 신기하게 여기는 것이 아니다'라고 한다면 그것은 우리에게 익숙한 명주를 토해내는 누에의 경우는 제쳐놓고 [허황된] 황금똥을 누는 소의 경우를 찾는 격일 것입니다. 그러니 내가 어떻게 [남들의] 허상6)을 좇아 그런 이야

---

6) 허상[罔象]: '망상罔象'은 중국 전설에 등장하는 괴수로, 망상像像·망상魍象으로 쓰기도 한다. 춘추시대 문헌 《국어國語》〈노어 하魯語下〉에 따르면, "물의 괴수를 '용·망상'이라고 한다水之怪曰龍罔象". 한대의 주석가 위소韋昭, 204-273는 이와 관련하여 "혹자는 망상이 사람을 잡아먹는다고 말하기도 한다. '목종'이라고도 부른다或曰罔象食人, 一名沐腫"라고 주석을 달기도 했다. 또《장자莊子》〈달생達生〉에서는 "물에는 망상이 있다水有罔象"라고 한 데 대하여 당대의 학자 육덕명陸德明(550?~630)은 "사마씨의 판본

기를 추구하겠습니까!

즉공관주인이 책머리에 쓰다

에는 '무상'으로 되어 있는데, 물의 신의 이름이라고도 한다司馬本作無傷, 一云水神名"라고 한 것을 보면 고대에는 망상이라는 괴수가 물의 신으로 숭배되었던 것으로 보인다. 그 모습에 관해서는 서진西晉의 문헌《하정지夏鼎志》에서 "망상은 세 살배기 아기 같은데, 붉은 눈, 검은 몸, 큰 귀, 긴 팔, 붉은 발톱을 가지고 있다. 밧줄로 묶으면 잡아먹을 수 있다罔象如三歲兒, 赤目, 黑色, 大耳, 長臂, 赤爪. 索縛, 則可得食"라고 소개하기도 했다.

이와 함께《장자》〈외편 천지外篇天地〉에서는 망상과 관련된 또다른 전설을 소개하고 있다. 황제黃帝가 적수赤水 북쪽에 행차하여 곤륜崑崙의 산에 올라 남쪽을 조망하고 귀환하다가 검은 구슬을 잃어

전설 속의 물귀신 망상

버렸다. 그래서 신하인 지知로 하여금 그것을 찾게 했으나 찾지 못하고, 이주離朱로 하여금 찾게 했으나 찾지 못하고, 흘후吃詬로 하여금 찾게 했으나 찾지 못하자, 상망象罔을 보내 찾게 했더니 마침내 그것을 찾아내서 황제가 "신기하구나. 상망이 그것을 찾을 수 있었다니!" 하고 감탄했다고 한다. 일반적으로 집착을 품고 구하면 찾지 못하고 그런 집착을 내려놓으면 저절로 얻어진다는 뜻으로 사용된다. 여기서 "검은 구슬[玄珠]"은 곧 도가의 '도道'를 상징하는 아이콘이다. "망상"에서 '망罔'은 곧 '무無'와 통하므로, "망상"은 곧 "형상이 없다[無形]"과 같은 의미이다. 그러므로 "망상"은 곧 검은 구슬이며 바로 '도'의 다른 이름인 셈이다. 능몽초의 서문에 언급된 망상의 이야기는 곧 도를 찾는 것을 의미하는 것으로 해석할 수 있겠다. 서문에서 "내 어찌 망상을 좇아 그것을 추구하겠는가"라고 한 것은 곧 허황된 이야기에 집착하지 않겠다는 뜻으로 이해할 수 있을 것이다. 여기서는 편의상 "허상"으로 번역했다.

박안경기 범례
총5항

1. 회回마다 제목을 붙였다.

예전의 소설들은 제목을 한결같이 기막히게 달았다. 옛날의 원나라 사람들은 이 방법을 희곡에 적용했던 바, 지금의《태화정음보太和正音譜》[1])에 소개된 희곡의 제목도 절반은 소설의 제목(문구)이다. 요즘은 굳이 [그것을] 서로 다른 두 회에서 각각 가져다가 나란히 짝을 맞추려고 하는 경향이 있다.

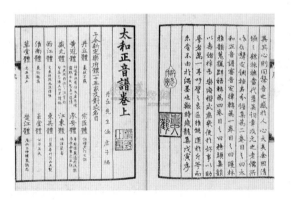

명대의 잡극 악보인 태화정음보

---

1)《태화정음보泰和正音譜》: 명대 초기에 주원장朱元璋의 17번째 아들인 영헌 왕寧獻王 주권朱權, 1378~1448이 편찬한 잡극 악보. 홍무洪武 31년(1398)에 편찬되었으며, 원대로부터 명대 초기까지 활동한 187명의 잡극雜劇·산곡 散曲 작가가 지은 노래의 가락[曲牌] 총 335대목을 유형별로 총 8개 장章에 걸쳐 소개해놓았다.

서유기 표제
(이탁오선생비평서유기)

수호전 표제
(이탁오선생비평충의수호전)

그렇다 보니 예전의 제목을 함부로 뜯어고치곤 한다. 그러나 [그런 행태는] 그야말로 기껏 황금을 녹여 쇠로 만드는 격이다. 그래서 이번에는[이 소설집에서는] 회마다 두 구절을 써서 대구를 이루도록 함으로써 《수호전水滸傳》·《서유기西遊記》의 선례를 따랐다.

1. 이번 책에서는 유가의 교화에 [누를 끼치는] 죄인이 되지 않기로 했다. 그래서 회마다 정사(풍정)와 결부된 표현이 없는 것은 아니지만, 그저 그런 상황이 일어났다는 것을 보여주는 정도에서 함축적으로 몇 마디 함으로써 독자들이 알아서 [상황을] 이해하도록 이끄는 정도에서 그쳤다. [반면에] 절대로 몸에 소름이 돋고 입이 더러워져 교화에 지장을 주거나 원기를 상하는 지경까지 이르지는 않도록 [주의]했다. 이 같은 처리는 품격을 갖춘 문학 창작의 영역에서는 당연한 도리로서, 진부한 도학자의 행태만은 아닌 것이다.

1. 소설에 나오는 시·가사 같은 요소들은 마늘이나 타락처럼 양념 같은 장치라고 할 수 있는 것으로, 절반 이상은 [즉공관주인이] 새로 지은 것들이다. 개중에는 옛날 것을 골라 쓴 경우가 더러 있지만 [그때그때] 상황에 어울리는 것들만 가져다 언급한 것들로, 소설가들에게는 오랜 관행이므로 [남의 것을 훔친] 표절이라고 언짢게 여기지는 마시기 바란다.

1. 이야기들은 인간의 감정이나 일상사와 가까운 것들이 많은 반면 귀신·요괴나 황당무계한 것들은 별로 다루지 않았다. [이는] 그야말로 '개나 말을 그리기는 어렵지만 귀신·요괴를 그리는 편이 더 쉽다'라는 말과 같은 경우라고 하겠다. 그렇다고 그 작업이 쉽다고 해서 고증까지 대충 할 수는 없는 법이다. [이 책에는] 신이나 귀신, 저승을 다룬 것들도 몇 편 포함시켰다. 그러나 현실과 아주 가까워서 [독자들이] 믿을 만한 경우들로만 국한시킨 바, 무조건 허구적이거나 허튼소리로만 일관하면서 전혀 제대로 된 구석이 없는 작품들과는 다를 것이다.

1. 이번 책은 사람들을 설득하고 교훈을 주는 데에 역점을 두었다. 그래서 회마다 여러 차례 이 같은 취지를 피력했다. 이 책을 보는 분들은 그 교훈을 알아서 깨우칠 수 있기에 굳이 일일이 명시하지는 않았다.

숭정2) 무진년 초겨울에 즉공관주인이 쓰다

2) 숭정崇禎: 명나라의 제16대이자 마지막 황제인 사종思宗 주유검朱由檢 (1611~1644)이 1628년부터 1644년까지 17년 동안 사용한 연호. "숭정 무진 崇禎戊辰"은 숭정 원년으로 서기로는 1628년에 해당한다.

제 1권

팔자 바뀐 사내가 우연히 동정홍을 발견하고
페르시아 사람이 타룡의 등껍질을 알아보다
轉運漢遇巧洞庭紅 波斯胡指破鼉龍殼

卷之一
轉運漢遇巧洞庭紅 波斯胡指破鼉龍殻 해제

이 작품은 인생에서의 부귀공명은 하늘에서 정해준 것임을 설파하는 이야기이다. 이야기꾼은 주휘周暉의 《금릉쇄사金陵瑣事》에 소개된 중개업자 금유후金維厚의 이야기를 앞 이야기로 들려주고, 이어서 주현휘周玄暉의 《경림속기涇林續記》에 소개된 문실文實의 이야기를 몸 이야기로 들려준다.

명대 성화成化 연간에 소주부蘇州府 장주현長州縣의 문실文實(자 약헌若虛)은 집안 형편이 어려워지자 하는 수 없이 장사에 뛰어든다. 그러나 무슨 일을 해도 번번이 실패해 본전을 까먹는 것은 물론이고 동업자까지 빚더미에 앉게 만들자 '억세게 재수 없는 사내'로 불린다. 더는 희망이 없어 보이던 어느 날, 해외를 누비며 무역을 하는 상인들이 같이 배를 탈 동업자를 물색한다. 그들 사이에서 이웃 장승운張乘運을 발견한 문실은 애초부터 돈 벌 생각은 포기하고 외국 관광이나 하자는 생각을 가진다. 문실은 사정을 들은 승운이 은자 한 냥을 모아주자 싸구려 동정홍洞庭紅 귤을 100근 정도 사서 배에 올라 같은 배 상인들의 비웃음을 산다. 사나흘 정도 가서 길영국吉零國에 이르렀을 때 귤이 그 나라에서 진귀한 과일로 여겨지는 것을 안 문실은 비싼 값에도 귤이 날개 돋친 듯 팔린 덕분에 천 냥 가까운 큰돈을 번다. 문실은 일행과 함께 중국으로 귀환하는 길에 뜻밖의 폭풍우를 만나 어떤 외딴섬에 표류한다. 지루

해서 배에서 내려 섬을 산책하던 문실은 우연히 큰 거북 껍질을 발견하고 호기심에 그것을 배로 끌고 올라와 또 사람들의 비웃음을 산다. 배가 복건福建 땅에 이르자 상인들은 길영국에서 산 특산물들을 단골 거래처인 페르시아 상인 마보합瑪寶哈에게 평소처럼 처분하매, 마보합은 상인들을 후하게 대접하고 마지막 날 물품을 인수하기 위해 배에 올랐다가 문실이 가져온 거북 껍질을 발견한다. 마보합은 그것이 만년 묵은 타룡의 껍질이고, 그 껍질 속 24대의 갈비마다 값을 따질 수 없는 야광주夜光珠가 들어 있는 것을 알고 신이 나서 문실에게 오만 냥이라는 거금을 지불한다. 순식간에 '행운의 사내'로 팔자가 바뀐 문실은 자신의 복건 땅 가게와 물품들로 큰 장사를 해보라는 마보합의 제안에 따라 그것을 모두 인수한다. 그리고 그동안 신세를 진 은인들에게 후하게 보답한 후 현지에 정착해 아내를 얻고 가업을 다시 일으킨다.

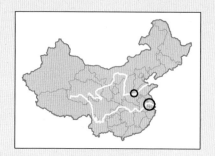

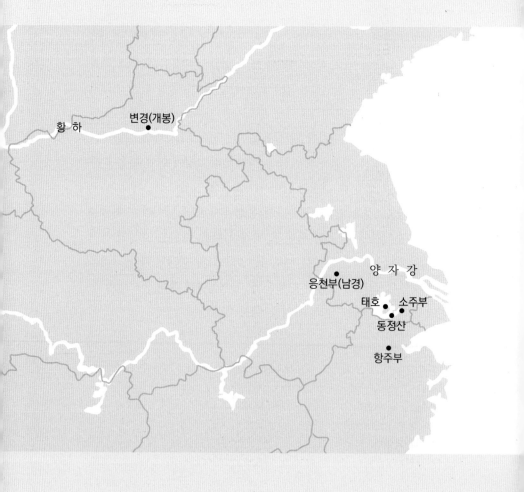

황 하

변경(개봉)

양 자 강

응천부(남경)

태호   소주부

동정산

항주부

이런 가사가 있습니다.

나날이 깊은 잔에 술 가득 차고	日日深杯酒滿,
나날이 텃밭에 꽃 흐드러졌는데	朝朝小圃花開。
노래하고 춤추고 마음껏 즐기노라니	自歌自舞自開懷,
얽매일 것도 거리낄 것도 없어 기쁘구나!	且喜無拘無礙。
역사 속에서 봄날의 꿈은 몇 번이나 꾸었으며	青史幾番春夢,
풍진 세상에 대단한 인재는 또 얼마나 되더냐?	紅塵多少奇材。
기 쓸 것도 궁리할 것도 없나니	不須計較與安排,
지금 눈앞에 있는 현실을 받아들이자꾸나!	領取而今見在。

이 가사는 바로 송나라 때 주희진朱希眞[1]이 지은 것입니다. 【서강월西江月】[2] 가락에 맞추어 인생에서 부귀와 공명에는 하늘이 정한

---

1) 주희진朱希眞(1081~1159): 남송의 문학가. 낙양洛陽 사람으로 본명은 돈유敦儒이며 '희진'은 성인이 된 후의 이름인 자字이다. 고종高宗 때 비서성 정자秘書省正字·절동로 제형浙東路提刑 등의 벼슬을 거쳤으나 주전파와 왕래했다는 이유로 파직되었다. 만년에는 주화파의 수장인 진회秦檜의 회유로 홍려 소경鴻臚少卿을 지낸 까닭에 사람들의 비난을 받다가 진회 사후에 퇴출되었다. 작품으로는 송사宋詞를 모아놓은 〈초가樵歌〉가 있다.
2) 【서강월西江月】: 당대에는 궁중의 교방敎坊에서 연주되던 악곡으로, 그 이

운명이라는 것이 있기 마련이니 눈앞의 즐거움을 추구하는 편이 더 낫다는 것을 이야기하고 있지요. 지나간 옛날과 닥친 지금을 한번 보십시오. 열일곱 시대의 역사³⁾ 속에서 영웅이며 호걸이 얼마나 많았습니까? 그런데도 부자가 되어야 할 사람은 부자가 되지 못하고 영달해야 할 사람이 영달하지 못했지요. 글월에 뛰어난 사람은 말에 기댄 채로도 천 마디조차 막힘이 없습니다. 그러나 쓰이지 못하면 장독조차 덮지 못할⁴⁾ 종이 몇 장 밖에 가진 것이 없는 신세이지요. 무예에

름은 당대 시인 이백李白의 시 〈소대남고蘇臺覽古〉의 "다만 지금은 오로지 서강의 달뿐이니, 일찍이 오왕의 궁궐에 있던 그이를 비추었었지只今唯有 西江月, 曾照吳王宮裏人"에서 유래했다. 이 곡은 나중에 민간에 전파되었는데, 송대에는 가사(송사)를 이 가락에 맞추어 부르기도 했다. 때로는 【백평 향白苹香】·【보허사步虛詞】·【만향시후晩香時候】·【옥로삼간설玉爐三澗雪】· 【강월령江月令】 등의 이름으로 불리기도 했다.

3) 열일곱 시대의 역사[十七史]: 송대 직전까지의 중국 정사正史. 송대 사람들은 상고시대로부터 전한까지의 역사를 다룬 사마천司馬遷의 《사기史記》를 필두로 《한서漢書》·《후한서後漢書》·《삼국지三國志》·《진서晉書》·《송서宋書》·《남제서南齊書》·《양서梁書》·《진서陳書》·《위서魏書》·《북제서北齊書》·《주서周書》·《수서隋書》·《남사南史》·《북사北史》·《신당서新唐書》·《신오대사新五代史》 등, 모두 17종의 정사를 '십칠사十七史'라고 불렀다고 한다.

4) 장독조차 덮지 못할: 《한서》 〈양웅전揚雄傳〉에 나오는 "나는 후세 사람들이 장독 덮개로 쓸까 걱정이다吾恐後人用覆醬瓿"라는 말에서 유래한 말. 여기서 주의해야 할 점은 이 말을 처음 한 양웅의 시대에는 글을 쓸 때 일반적으로 대나무나 나무를 가늘고 길게 가공한 죽간竹簡이나 목독木牘을 가죽끈 등으로 여러 대씩 엮은 후 그 위에 글을 썼다는 사실이다. 즉, 재질이 대나무나 나무였기 때문에 무심한 사람들은 이것을 장독 아가리를 덮는 덮개로 쓰기도 한 것이다. 후한대에 환관 채륜蔡倫(61~121)이 닥나무로 실용적인 종이를 발명하고 그 후로 종이가 널리 보급되면서 죽간이나 목독은 역사의 저편으로 사라진다. 화본소설이 창작되던 송대에 이르면 죽간, 목독이 이미 종이로 바뀌었고 종이 역시 물기에 상당히 취약하기 때문에 양웅 당시의 상황과는

뛰어난 사람은 백 걸음이나 앞에서 버들잎을 맞힐 정도로 대단합니다. 그러나 등용되지 못하면 밥솥조차 끓이지 못할 화살 몇 대밖에 가진 것이 없는 신세일 뿐입니다.[5] 반면에 어리석고 멍청한 자들이라고 하더라도 태어나면서부터 복을 타고 나서 제 아무리 글 솜씨가 형편없어도 과거에 합격을 합네, 장원으로 급제를 합네 하고, 제 아무리 무예가 평범하더라도 높은 자리에 모셔지고 후한 대우를 받곤 하지요. 이런 경우를 두고 '때를 만났네', '운이 좋네', '팔자가 좋네' 하는 것 아니겠습니까? 그래서 시쳇말에도 이런 말이 있는 게지요.

팔자에 가난해지려 들면	命若窮,
황금을 파내도 구리로 변하고	掘得黃金化作銅。
팔자에 부자가 되려 들면	命若富,

어울리지 않게 되었지만, 그 후로도 문인들이 자신의 저서를 겸손하게 표현할 때 여전히 양웅의 이 말을 흉내 내곤 했다.

5) 【즉공관 미비卽空觀眉批】能使英雄淚出. 영웅조차도 눈물을 흘리게 만들겠구나! "즉공관卽空觀"은 《박안경기》를 지은 능몽초의 당호堂號이다. 그는 《박안경기》를 지은 후 각 작품의 내용과 묘사와 관련하여 각 책장의 위쪽과 본문의 행간에 한두 줄의 간단한 논평을 가했는데, 학계에서는 통상적으로 책장의 위쪽에 붙인 촌평을 '미비眉批', 행간에 붙인 촌평을 '측비側批·방비旁批·행측비行側批' 등으로 부른다. 능몽초가 남긴 이러한 논평들은 그가 《박안경기》에 수록된 각 작품을 어떻게 이해하고 당시의 독자들에게 어떤 메시지를 전달하려 했는지를 파악하는 데에 대단히 중요한 단서가 된다. 따라서 이 책에서는 향후 독자들의 독서와 학자들의 연구에 조금이라도 도움이 되도록 명나라 숭정崇禎 연간의 원본 "상우당본"《초각 박안경기》에 달린 능몽초의 논평들을 충실하게 반영하기로 했다. 아울러 이 과정에서 1990년에 강소고적江蘇古籍 출판사에서 출판한 "중국화본대계中國話本大系"《박안경기》와 2010년에 천진고적天津古籍 출판사에서 출판한 "즉공관주인 비점 이박卽空觀主人批點二拍"《초각 박안경기》를 참고했음을 밝혀둔다.

백지를 주워도 베가 된다.6)7)   拾着白紙變成布。

그러니 팔자를 관장하는 장명사掌命司8)의 나리님들이 자빠뜨리든 쓰러뜨리든 따르는 수밖에요. 그래서 오언고吳彦高9)도 이런 가사를 쓴 거지요.

운명이라는 녀석은 갈피를 잡을 수가 없나니   造化小兒無定據,
자빠졌다 엎어졌다   翻來覆去,
가로 쓰러졌다 위로 솟았다   倒橫直堅,
보아하니 늘 이런 식이더라!   眼見都如許。

이에 대해서는 회암晦庵 스님10)도 가사를 쓰셨지요.

누군들 황금으로 지은 집을 바라지 않겠으며   誰不願黃金屋,

---

6) 팔자에 가난해지려 들면 황금을 파내도 구리로 변하고, 팔자에 부자가 되려 들면 백지를 주워도 베가 된다[命若窮, 掘着黃金化作銅, 命若富, 拾着白紙變成布]: 명대의 유행어. 세상만사는 운명에 달렸으니 분수를 지키면서 살라는 뜻이다.

7) 【즉공관 미비】微語。잠언이군.

8) 장명사掌命司: 중국의 고대 전설에 등장하는 관청 이름. 인간의 운명을 관장하는 것으로 전해진다.

9) 오언고吳彦高(1090~1142): 금대의 문학가이자 서화가. 본명은 격激이고 '언고'는 자이다. 복건성의 건주建州 출신으로 유명한 송대 서화가 미불米芾의 사위이기도 하다. 시문과 서화에 능했고 그의 가사는 멸망한 송나라를 그리워하는 내용이 많았다고 한다.

10) 회암 스님[僧晦庵]: 남송대의 승려. 생애에 관한 사항은 알려진 것이 없으며, 지금은 가사 【만강홍滿江紅】한 수만 전해진다. 참고로 남송의 철학자 주희朱熹(1130-1200) 역시 '회암'을 호로 사용했다.

누군들 천 종[11] 녹봉 바라지 않겠는가마는   誰不願千鍾粟,
오행[12]을 다 따져봐도 그리 되지를 않더라   算五行不是這般題目。
부질없이 마음 쓰고 쓸데없이 애쓰지 말자   枉使心機閒計較,
자손들에게는 제각각 자신들 복이 있는 법!   兒孫自有兒孫福。

소동파蘇東坡[13] 역시 가사[14]를 썼습니다.

---

11) 황금으로 지은 집[黃金屋], 천 종이나 되는 녹봉[千鍾粟]: 이 두 표현은 송나
    라 제3대 황제 진종眞宗 조항趙恒(968-1022)이 지은 시 〈권학편勸學篇〉의 "부
    잣집에서는 좋은 밭 사려 하지 마라, 책 속에 천 종이나 되는 녹봉이 있나
    니. 편안히 지내자면서 높은 누각 지으려 하지 마라, 책 속에 황금으로 지은
    집이 있나니富家不用買良田, 書中自有千鍾粟. 安居不用架高樓, 書中自有黃
    金屋"에서 유래한 것이다. 여기서 '종鍾'은 고대의 도량형 단위로 대략 64말
    에 해당한다. '천종속千鍾粟'은 '천종록千鍾祿'으로 쓰기도 하는데, 일반적
    으로 많은 녹봉을 받는 것을 가리킨다.

12) 오행五行: 도교 용어. 우주 만물을 구성하는 목木·화火·토土·금金·수水
    다섯 가지 기본 물질을 통틀어 일컫는 이름이다. 고대 중국에서는 사람의
    운명을 오행과 결부시켜 해석했으며, 도가의 도사나 음양가의 점쟁이들이
    이 오행으로 사람들의 길흉, 화복을 점치기도 했다.

13) 소동파蘇東坡(1037~1101): 북송의 정치가이자
    문학가. 본명은 식軾, 자는 자첨子瞻이며, '동파'
    는 호인 '동파거사東坡居士'에서 유래했다. 22세
    때 진사에 급제하여 당시 조정의 실력자이던 구
    양수歐陽修의 인정을 받아 문단에 등단했다. 정
    치적으로는 구법당舊法黨으로 분류되어 심한 취
    조를 받고 호북성湖北省 황주黃州로 유배되었다
    가 철종哲宗의 즉위와 동시에 복귀하여 예부상
    서禮部尚書 등의 벼슬을 역임했다. 그러나 얼마
    후 다시 신법당新法黨이 집권하자 해남도海南島
    로 유배되었다가 7년 후 휘종徽宗의 즉위와 함
    께 사면을 받고 귀환하던 중 사망했다.

북송대의 문장가 소동파
《삼재도회》

달팽이 뿔같이 헛된 명성이여!	蝸角虛名,
파리 대가리같이 작디작은 이익이여!	蠅頭微利。
따져 보건대 왜 그리도 부질없이 바빴던고?	算來着甚干忙。
만사는 모두 이미 정해져 있는 것을	事皆前定,
누가 약하고 또 누가 강하다는 말인가!	誰弱又誰强。

　이렇듯 이름난 양반들 몇 분이 별의별 소리를 다 했지만 한결같이 같은 뜻이어서 역시 이 옛말만도 못하더군요.

만사에는 분수가 이미 정해져 있는 것을	萬事分已定,
이 덧없는 인생살이 괜스레 혼자서만 바쁘구나!	浮生空自忙。

　"이야기꾼[15] 양반, 임자 말대로라면 '글월도 잘할 것 없고 무예도 잘할 것 없다. 게으른 놈도 하늘에서 앞날의 팔자가 굴러떨어지기 마

---

14) 가사: 【만정방滿庭芳】 가락에 맞추어 부른 것으로, 제목은 〈달팽이 뿔과도 같은 헛된 명성蝸角虛名〉이다. 원래 두 연으로 지어졌지만 여기에는 상편 전반부의 다섯 구절만 언급되고 있다. 인생에서 정치적으로 큰 좌절을 겪은 소식이 변화무쌍한 세태를 개탄하면서 세속의 명리에 초연할 것을 당부하는 내용으로 이루어져 있다. 창작 시점은 정확하게 알 수 없으나, 전체 내용을 통하여 대체로 소식이 황주에서 유배 생활을 하던 신종神宗 원풍元豐 3년(1082) 이후에 지어진 것으로 보고 있다. 가사 속의 "달팽이 뿔蝸角"은 장자가 아주 작은 땅을 달팽이 뿔에 빗댄 《장자莊子》〈잡편雜篇 · 칙양則陽〉의 일화에서 유래했다. "파리 대가리[蠅頭]"는 파리 대가리처럼 작은 글자를 뜻하는 말이지만, 여기서는 '달팽이 뿔'과 짝을 이루므로 글자의 의미대로 해석해도 대의에는 변동이 없다.

15) 이야기꾼[說話的]: 송 · 원 · 명대 (의)화본소설의 서사주체narrater(화자)를 부르는 이름. 청중은 이야기꾼을 '설화적說話的'이라고 부르고 이야기꾼은 청중을 '간관看官'이라고 부르곤 했다.

련이다. 장사를 할 것도 기업을 일굴 것도 없다, 망할 놈도 하늘이 재산을 챙겨주신다' 이거 아니오? 그래서야 잘되겠다는 사람들 기를 다 꺾는 꼴이 아니요![16)"

　아, 손님[17)]께서 뭘 잘 모르시는군요. 예를 들어 뉘 집에 게으른 놈이 나왔다면 그것도 팔자에 천해질 운명을 타고난 것이고, 망할 놈이 나왔다면 그것도 팔자에 가난해질 운명을 타고난 겁니다. 그건 변하지 않는 진리인 거지요.[18)] 그럼에도 불구하고 때로는 순식간에 가난

---

16) 【즉공관 미비】一問, 有波瀾, 無破綻。 이 물음으로 파란이 일어나기는 했지만 문제는 보이지 않는군.

17) 손님[看官]: 송·원·명대 (의)화본소설의 서사객체audience(청자)를 부르는 이름. 근현대의 소설은 어디까지나 서재나 도서관에서 접하는 것처럼 순전히 눈으로 '읽는read' 것을 목적으로 창작되는 것이 보통이다. 그러나 송·원·명대 (의)화본소설, 나아가 당대의 변문變文 따위의 소설은, 라디오 연속극의 경우와 마찬가지로, 이야기꾼의 제스처를 눈으로 '보고see' 그가 들려주는 이야기를 귀로 '듣는listen' 것을 목적으로 창작되거나 연출되는 공연예술의 일종이다. 화본이나 그 체제를 모방한 의화본에서 독자에 대한 호칭으로 청중audience 또는 관중spectator이라는 의미의 '간관看官'이라는 표현을 쓴 것은 바로 이 같은 이유 때문이다. 송·원대에 공연을 목적으로 하거나 공연을 염두에 두고 창작된 화본에서 사용되던 '간관' 등의 공연장 용어는 명·청대에 순전히 서재에서의 독서를 목적으로 창작된 의화본에 이르러서는 그 목적에 어울리게 '독자' 식으로 변경되는 것이 정상이지만, 중국에서는 많은 경우 공연장 용어들이 여기서처럼 그대로 인습되는 경향이 강했다. '간관'에 해당하는 '관중'이나 '청중'은 그 자체가 불특정 다수를 상정하는 복수형 명사이다. 《박안경기》 등의 (의)화본소설에서는 불특정 다수를 대상으로 이 표현을 사용하기도 하지만, 때로는 개별적인 단수의 대상에 이 표현을 사용하기도 한다. 따라서 본 번역에서는 '간관'을 "손님"으로 번역하되 편의상 개별 청중을 대상으로 할 때는 "손님", 불특정 다수를 대상으로 할 때는 "손님들"로 각각 구분했다.

송나라 도읍 동경東京의 모습. 장택단張擇端의 풍속화 〈청명상하도清明上河圖〉(부분)

해지고 부유해지는 팔자가 사람들의 예상을 벗어나는 경우도 생기는 법입니다. 그렇다 보니 눈앞에서 벌어지는 일조차 조금도 단정할 수가 없는 게지요.

우선 어떤 사람 이야기를 들려드리도록 하겠습니다.[19] 바로 송나라 때 변경汴京[20] 출신으로 성은 금金, 이름은 유후維厚인데 거간 일을 하는 사람이었지요. 언제나 아침에는 일찍 일어나고 밤에는 늦게 잠자리에 들었습니다. 잠에서 깨어나서도 온갖 생각 별별 궁리 다 해가면서 타산이 맞는 일만 골라서 하곤 했지요.[21] 나중에 재산을 어느

18) 【즉공관 측비卽空觀側批】 所謂君子道其常。 '군자는 불변의 진리를 따른다'는 것이 이런 경우가 아닌가 싶다.
19) *이 앞 이야기는 명대의 주휘周暉가 지은 《금릉쇄사金陵瑣事》 권3의 〈은이 달아나다銀走〉에서 소재를 취한 것이다.
20) 변경汴京: 북송의 수도. 지금의 하남성河南省 개봉시開封市 일대에 해당하며, '변량汴梁'으로 부르기도 했다.
21) 【즉공관 미비】 問語有致。 물음에 여운이 있군.

정도 모으자 그는 노후 대책에 생각이 미쳤습니다.[22]

"이 손으로 아무리 쓰고 또 써봤자 고작 부스러기 은자銀子뿐이야. (…) 만일 묵직하고 값나가는 좋은 은을 만들어놓으면 잘 모셔놓고 안 쓰게 되겠지."

그렇게 해서 만약 백 냥이 모이면 그것을 녹여 큰 은괴를 만들고 붉은 끈을 띠로 엮어 은괴 중간에 묶었지요. 그런 다음 베개맡에 놓아두고 밤마다 한 번

명대의 1냥 짜리 은자와 부스러기

씩 쓰다듬고 나서야[23] 잠이 들곤 했습니다. 그렇게 평생을 살아온 끝에 더도 말고 덜도 말고 딱 여덟 개의 은괴를 모았지요. 그 뒤로도 여기저기 뛰어다니기는 했지만 백 냥을 채우지 못하자 결국 그만두었답니다.

금 노인에게는 아들이 넷 있었습니다. 하루는 그의 일흔 생일인데, 네 아들이 술을 차려놓고 아버지의 만수무강을 빌었지요. 금 노인은 네 아들이 다 공손하고 절도가 있는 것을 보고 속으로 흐뭇해하면서[24] 아들들에게 말했습니다.

"나는 하늘님께서 지켜주신 덕택으로 … 한평생 고달프게 살기는

---

22) 【즉공관 측비】千年計。천년을 갈 대책인가.

23) 【즉공관 측비】癡景。집착이 어지간하군.

24) 【즉공관 미비】所謂爲兒孫作馬牛。'후손들을 위해서라면 마소 노릇도 마다하지 않는다'는 것이 이런 경우이겠지.

했다마는 재산도 생활할 수 있을 만큼 모았느니라. 게다가 평소에 신경을 써서 큰 은괴를 여덟 개 만들어 손도 대지 않고 베개맡에 놓아두었었지. 끈으로 한 쌍씩 묶어놓았는데 이제 길일을 잡아서 너희한테 나누어줄 작정이다. 각자 한 쌍씩 받아서 집안을 지키는 보배로 삼도록 하거라!"

네 아들은 기뻐하면서 고맙다고 인사를 하고 즐거운 시간을 가진 뒤에 각자 집으로 돌아갔답니다. 이날 밤 금 노인은 술이 좀 취한 채 등불을 켜고 침상에 올랐습니다. 그런데 취한 눈에 흐릿하게 큰 은괴 여덟 개가 흰색으로 번쩍거리며 베개 맡에 늘어서 있는 것이었지요.

중국의 전통적인 침상
일반적으로 나무틀로 짠 방처럼 침대 위로 천정과 벽과 장막이 달려 있었다.

금 노인은 그것들을 몇 번이나 쓰다듬고 또 쓰다듬었습니다.[25] 그러고는 하하하 웃고 나서야 잠을 청하는 것이었지요. 그런데 잠이 채들기 전이었습니다. 가만 들어보니 침상 앞을 누군가가 지나가는 발자국 소리가 들리는 것이 아닙니까. 그는 속으로 '도둑이 들었나' 싶어서 다시 귀를 기울였지요. 그러자 다가오다가도 멈칫멈칫하면서 서로 앞장서기를 망설이는 것 같았습니다. 그래서 침상 앞 등불이 조금 밝은지라 휘장을 들추고 보는데 가만 보니 덩치 큰 사내 여덟 명이 흰옷을 입고 붉은 띠를 맨 채 몸을 굽히고 다가오더니 말하는 것이었습니다.

"저희 형제더러 하늘께서 정해주시기를, 어르신 댁에서 시중을 들라고 하셨었지요. 이제까지 어르신의 분에 넘치는 사랑으로 사람답게 보살펴주셨기에 시키는 일을 마다하지 않고 다년간 모시다 보니 어느덧 저승의 수명이 다 찼답니다. 어르신께서 귀천하시면 각자 갈 길을 찾기로 했습니다. 지금 듣자니, 어르신께서 장차 우리를 나누어 아드님들을 모시게 하실 생각이더군요. 그러나 (…) 우리는 아드님들과는 애초부터 전생의 인연이 없습니다.[26] 해서 이참에 찾아뵙고 하직 인사를 올리고 모 고을 어느 마을 사는 왕 씨 성의 아무개에게 가서 의탁하려고 합니다. 나중의 인연이 아직 다하지 않았으니 한 번은 더 뵐 수 있을 것입니다."

여덟 명의 사내는 말을 마치자 몸을 돌리더니 가버리는 것이었습

---

25) 【즉공관 측비】癡景。집착이 어지간하군.
26) 【즉공관 미비】無兒孫福。후손 복이 없었구먼!

니다. 무슨 영문인지 몰랐던 금 노인은 깜짝 놀라 몸을 틀어 침상에서 내려와 신발을 신을 겨를도 없이 맨발로 쫓아갔습니다. 멀리로 그 여덟 사내가 집 문을 나서는 모습이 보이길래 허둥지둥 쫓아가는데, 그만 문턱에 발이 걸리면서 '철퍼덕' 하고 넘어졌지 뭡니까. 모골이 송연해져서 놀라 깨고 보니 다름 아닌 꿈이었습니다. 금 노인은 황급히 일어나서 등불을 밝히고 베개 맡을 비추어 보았습니다. 그런데 그 여덟 개의 큰 은괴가 이미 흔적도 없이 사라져버렸지 뭡니까, 글쎄! 여덟 사내가 꿈속에서 한 말을 곰곰이 생각해보니 모두 다 맞아떨어지는 것이었지요. 금 노인은 한숨을 푹 내쉬고 울먹이면서[27] 말했습니다.

"내가 기껏 한평생 고생하면서 모았건만 아들들한테 쓰라고 나누어 줄 팔자도 없이 남의 집 차지가 되었다는 말인가? …[28] 아까 고을과 이름을 분명히 일러주었지? 일단 천천히 그 행방을 찾아보도록 하자!"

그러면서도 하룻밤 내내 잠을 설치는 것이었지요.

---

27) 【즉공관 측비】也是癡景。有前之癡, 所以有今之癡。 역시 집착하는 모습. 앞서의 집착이 있었으니 지금의 집착이 있게 된 것일 테지.

28) (…): 본 번역에서 "(…)" 부분은 《박안경기》 원문에는 존재하지 않는다. 《박안경기》는 본질적으로 개별 독자들의 '읽기read'를 위한 소설이 아니라 불특정 다수의 청중(또는 관중)의 '듣기listen'를 위한 서사예술의 기록물(의화본)이다. 따라서 총 40편의 수록 작품에서 개별 등장인물의 발언은 해당 이야기를 청중에게 들려주는 이야기꾼story-teller에 의하여 그 발성의 완급, 강약, 어감에 차별화 작업을 진행했을 것이다. 본 번역에서의 "(…)" 부분은 이야기꾼 또는 등장인물이 해당 내용을 전달할 때 상황이나 맥락에 변화가 있음을 나타내는 표시로 사용했다.

왕 노인은 다음날 아침에 일어나자 아들들에게 그 일을 알려주었습니다. 그러자 아들들 중에는 놀라는 놈도 있고 의심하는 놈도 있었지요.29) 놀란 놈은

"우리 것이 되어서는 안 될 물건들이다 보니 그런 해괴한 일이 벌어진 게지!"

하고 말했지만, 그 일을 의심한 놈은 이렇게 말했습니다.

"노친네가 하도 기쁘다 보니 말을 할 때 실언을 하신 게야. 우리한테 준다고 하다가 막상 다시 생각해 보니 갑자기 나누어주기가 아까워서 이런 말도 되지 않는 이야기를 꾸며내셨는지도 몰라."

아들들이 반신반의하는 모습을 본 금 노인은 서둘러 밤에 들었던 말이 참말인지 확인해보고 싶어졌습니다. 그래서 어느 현의 어느 마을을 방문했지요. 그랬더니 정말 왕 씨 성을 가진 아무개라는 사람이 있지 뭡니까. 대문을 두드리고 안으로 들어갔는데 가만 보니 대청 앞에서 등불이 대낮처럼 밝고, 세 가지 제물30)과 복을 비는 물건들이 거기서 신에게 바쳐져 있는 것이었습니다.31) 금 노인은 바로 입을 열어 물었지요.

---

29) 【즉공관 미비】愚賢不等, 人情也。 어리석음과 현명함이 획일적이지 않은 것은 인지상정이겠지.
30) 세 가지 제물[三牲]: 고대 중국에서는 제사를 지낼 때 소, 양, 돼지를 제물로 올렸는데 이를 '삼생三牲'이라고 불렀다. 나중에는 닭, 물고기, 돼지를 이렇게 부르기도 했다.
31) 【즉공관 측비】也是癡景。 이 역시 집착하는 모습!

"댁에 무슨 일이 생겼길래 이렇게 제사를 지내십니까?"

그러자 그 집 하인들이 이 일을 고하고 주인을 불러내는 것이었습니다. 그 집 주인 왕 노인은 금 노인과 인사를 나누더니 자리에 앉은 다음 찾아온 이유를 물었습니다.

"이 늙은이에게 한 가지 이상한 일이 생겨서 소식이라도 알아보려고 일부러 댁을 방문했습니다. 지금 보니 댁에서 신께 제사를 올리는 것 같은데 (…) 분명히 무슨 이유가 있겠지요? 그 사연을 가르쳐주실 수 있겠는지요?"

하고 금 노인이 말하자 왕 노인은 이렇게 말하는 것이었습니다.

"이 늙은것의 내자가 좀 아파서 우연히 점을 쳤습니다. 그랬더니 점쟁이가 '침상을 옮기면 낫는다'고 하더군요. 그런데 어제 병을 앓던 내자에게 흐릿하게 흰 옷을 입은 큰 사내 여덟 명이 허리에 붉은 띠를 매고 있는 모습이 보이는 것이었습니다. 그들이 내자에게 '우리는 본래 금 씨 댁에 있었는데 이제 그 댁과는 인연이 다해서 이 댁에 의탁하러 왔습니다' 하더니만 모두 침상 밑으로 비집고 들어갔다는 겁니다. 내자는 놀라서 온몸에서 식은땀을 흘리고 나더니 몸이 가뿐하고 후련해졌답니다. 그런데 침상을 옮기다가[32] 먼지 속에서 여덟 개나 되는 은괴를 발견했지 뭡니까, 글쎄! 거기다 붉은 끈으로 중간을 묶어놓았는데, 어디서 난 것인지 모르겠더군요. 해서 '이게 모두 신령님,

---

32) 【즉공관 측비】移床果好, 先生有驗。 침상을 옮기니 정말 좋구나. 점쟁이 말이 효험이 있었군.

하늘님께서 보우하신 덕택'이라고 여기고 보시다시피 복을 비는 제물들을 사다가 고맙다고 인사를 드리고 있는 것입니다. (…) 지금 선생께서 찾아와 물으시니 혹시 그 내력을 좀 알고 계시는지요?"

그러자 금 노인은 발을 동동 구르면서 말했습니다.

"그것들은 이 늙은이가 평생 동안 모은 것인데 (…) 어제 꿈을 꾸고 나니 보이지 않더군요! 꿈속에서 선생의 함자와 주소를 정확하게 알려주길래 예까지 찾아뵙게 된 것입니다. 보아하니 하늘의 운수가 이미 정해진 것 같군요 (…) 저도 원망하는 마음은 없습니다만33), … 꺼내서 한 번만 보여주신다면 제 속이 좀 풀리겠습니다만.34)"

"어려울 거 없지요."

왕 노인은 웃으면서 안으로 들어가 동자 넷을 시켜 그것들을 네 개의 쟁반에 담아 나오게 했습니다. 쟁반마다 은괴가 두 개씩 놓여 있는데 전부 붉은 띠로 묶어놓은 것을 보니 금 씨네 물건이 틀림없었지요. 금 노인은 그것들의 존재를 확인했지만 눈을 멀쩡히 뜨고도 어쩔 도리가 없었습니다. 그는 자기도 모르는 사이에 철철 눈물을 흘리면서 한번 쓰다듬더니 말하는 것이었습니다.35)

"이 늙은것이 이렇게 팔자가 고약하다 보니 호강 한번 못 하는구나!"

---

33) 【즉공관 미비】怨也無用。원망해도 쓸모가 없지.
34) 【즉공관 미비】癡心不變。집착하는 마음은 바뀌지 않았군.
35) 【즉공관 측비】癡景不了。집착하는 모습이 끝이 없군.

왕 노인은 동자들에게 도로 갖고 들어가게 했습니다만 내심 금 노인의 이런 모습을 보고 정말[36] 참을 수가 없었지요.[37] 그래서 따로 세 냥 정도의 은자 부스러기를 가져다 단단히 싸서 금 노인에게 주고 작별인사를 했습니다. 그러자 금 노인은

"자기 집 물건조차 누릴 복이 없는 놈이올시다! 어떻게 선생의 덕을 보겠습니까."

하고 몇 번이나 사양하면서 한사코 받지 않으려 했지요. 그래도 왕 노인은 억지로 금 노인의 소매 속에 찔러 넣는 것이었습니다. 금 노인이야 꺼내서 돌려주려고 했습니다만 소매 속이 넓다 보니 바로 손에 잡히지 않지 뭡니까, 글쎄. 그 바람에 얼굴만 다 벌게지고 말았지요. 거기다 한사코 들려서 보내려는 왕 노인의 호의를 마냥 마다할 수는 없었습니다. 그래서 하는 수 없이 인사를 하고 그 자리를 떠났지요.

그는 그길로 집으로 가서 아들들을 보고 앞서 있었던 일을 일일이 이야기해 주었습니다. 그러자 다들 한참 동안 한숨을 내쉬는 것이었

---

36) 정말[老大]: '노대老大'는 현대 중국어에서는 '맏이'라는 의미의 명사로 사용되지만 명대 백화에서는 형용사 앞에서 정도가 매우 큰 것을 나타내는 정도부사로 사용되는 경우가 많았다. 이때 '노대'는 정도가 큰 것을 나타내는 통상적인 정도부사 '대大' 앞에 역시 정도가 무척 큰 것을 강조하기 위해 새로 추가된 정도부사 '노老'가 중첩적으로 사용된 경우이다. 근래에 십대 청소년들 사이에서 비슷한 형태로 사용되는 표현인 "캡짱~"과 비슷한 경우라고 할 수 있다. 《박안경기》에서는 이 경우 편의상 "정말", "매우", "무척" 등으로 번역했다.

37) 【즉공관 측비】忠厚人宜其有此。 성실하고 정 많은 사람은 이런 면도 있어야지.

지요. 그래서 왕 노인에 대한 덕담과 함께 귀가할 때 은자 세 냥을 주었다는 말을 하면서 소매 속을 뒤졌습니다만 아무리 더듬어도 전혀 보이지 않지 뭡니까. 그래서 도중에 잃어버린 것으로 여겼지요. 그러나 사실은 금 노인이 사양할 때에 왕 노인이 소매 속에 억지로 넣다 보니 바깥 겹의 소매로 들어갔는데, 아 그것이 소매에 실밥이 터진 데가 있어서 왕 노인 집에서 꺼내겠다고 더듬을 때 벌써 그 터진 데를 통해 문턱 가로 흘려버린 거지요. 결국 손님이 떠나고 대문 앞을 쓸 때 도로 왕 노인이 주워 간 것이었습니다.

이렇듯 한 모금 마시고 한 입 먹는 것조차도 이미 전생에 결정되지 않은 경우가 없는 것입니다. 그 사람의 것이 되지 말아야 할 것이라면 팔백 냥이 아니라 단 세 냥이라 해도 가질 수 없고, 그 사람 것이 되어야 할 것이라면 팔백 냥이 아니라 단 세 냥이라 해도 남에게 돌릴 수 없는 것입니다. 원래 가지고 있던 사람에게서는 없어지고 애초에 없었던 사람에게는 생기는 이치라는 것은 절대로 사람들이 궁리하고 자시고 할 문제가 아닌 것입니다!

이제부터는 어떤 사람의 이야기를 들려드리지요.[38] 이 사람은 인생

---

38) *이 몸 이야기는 명대의 주현휘周玄暉가 지은 필기소설집 《경림속기涇林續記》 권38에서 소재를 취한 것이다. 여기서부터 이 작품의 '정화正話' 즉 몸 이야기가 시작된다. 이 앞의 금 노인 이야기는 주된 이야기인 문약허의 여행기를 시작하기에 앞서 청중들에게 '맛보기' 삼아 들려주는 도입부 prologue에 해당한다. 화본에서 도입부는 일반적으로 주된 이야기로 들어가기 전에 들려주는 이야기라는 의미에서 '입화入話' 또는 '득승두회得勝頭回'라고 불렀다. 화본에서의 앞 이야기와 몸 이야기에 관해서는 문성재 역, 《경본통속소설京本通俗小說》 "설화 공연의 틀" 부분(제18~22쪽)을 참조하기 바란다.

길을 걸어가는 동안 번번이 실패하는 바람에 아주 가난하고 힘들게 살고 있었습니다. 그러다가 하도 까마득해서 꿈에서조차 찾아갈 수 없을 만큼 머나먼 곳에서 팔자에도 없는 재물을 얻는 바람에 엄청난 부자가 된 사례입니다. 이 사례는 여태까지 보더라도 드문 일이고 예로부터 따져봐도 처음 듣는 이야기일 것입니다. 그것을 잘 증명해주는 시가 있지요. 그 시는 이렇습니다.

팔자 속의 공명과 상자 속 재물은	分內功名匣裡財,
당사자가 똑똑한지 어리석은지는 따지지 않지.	不關聰慧不關獃。
정말 운명적으로 재물과 벼슬을 누릴 팔자39)라면	果然命是財官格,
바다 너머에서라도 보물이 찾아들기 마련이니까.	海外猶能送寶來。

이야기를 들려드리겠습니다.40) 우리나라 성화成化41) 연간에 소주

---

39) 재물과 벼슬을 누릴 팔자[財官格]: 당사자가 태생적으로 벼슬을 하고 부자가 될 팔자를 타고났다는 의미이다. 여기서 '격格'은 점성술 용어로, '유형' 또는 '부류'의 의미로 해석할 수 있다.

40) 이야기를 들려드리겠습니다[話說]: '화설話說'은 송·원대 화본, 명·청대 의 화본 및 장회소설에서 이야기꾼이 상투적으로 사용하던 표현. 일반적으로 앞 이야기를 마치고 몸 이야기를 시작할 때 도입부에서 사용했다. '화설·차설且說·각설却說' 등과 같은 중국의 화본·의화본·장회소설 등의 상투적인 표현은 그 영향을 받은 조선시대 중기 이후의 고소설에서도 '화설·차설·각설' 식으로 그 흔적을 찾아볼 수 있다. 국문학계에서는 이 표현들을 "막연한 시간과 공간을 나타내는 도입어" 정도로 설명하는 경향을 보인다. 그러나 이 표현들 자체에는 그 같은 의미가 내포되어 있지 않고 각각 "이야기를 시작하건대", "이제 이야기를 하건대", "다른 이야기를 하건대" 정도로 해석된다. 여기서는 편의상 '화설'은 "이야기를 들려드리겠습니다" (도입), '차설'은 "계속 이야기를 들려드리겠습니다"(연장), '각설'은 "다시 이야기를 들려드리겠습니다"(전환) 정도로 구분해 사용했다.

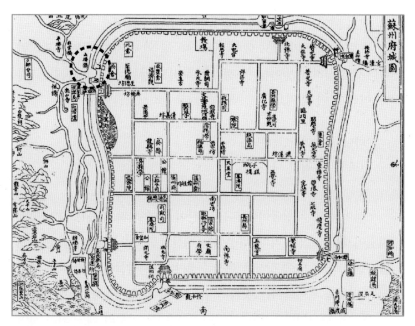

명대의 소주부성도蘇州府城圖. 왼쪽 위의 동그라미 부분이 소주부 장주현의 창문이다.

부蘇州府 장주현長洲縣의 창문閶門42) 밖에 어떤 사람이 살았습니다. 성은 문文이요 이름은 실實이며 자는 약허若虛였지요. 태어날 적부터 생각이 슬기롭고 딱 부러져서 무엇이든 하기만 하면 익숙하게 해내고 배우기만 하면 잘해냈습니다. 거문고, 바둑, 글씨, 그림은 말할 것도 없고 온갖 악기며 노래에 춤까지 매사를 웬만큼은 할 줄 알았지

---

41) 성화成化: 명나라 제8대 황제인 헌종憲宗 주견심朱見深(1447~1487)이 사용한 연호年號. 1465년부터 1487년까지 23년 동안 사용되었다.

42) 창문閶門: 춘추시대에 오나라 왕 합려闔閭가 축조한 소주 성蘇州城의 8개의 문들 중 서북쪽으로 난 문의 이름. '창閶'은 하늘의 기운과 통한다는 뜻으로, 오나라가 천신의 보호를 받기를 기원하는 마음을 표현한 것이다. 소주 시내에 있으며 유명한 관광 명소인 호구虎丘로 연결된다.

요. 어릴 때에는 누가 그의 얼굴을 뜯어보더니 그에게 '억만금을 모은 큰 부자가 될 팔자'라고 했다는군요.[43] 그 역시 자기 재능을 과신한 나머지 열심히 밥벌이를 할 생각은 하지도 않는 것이었습니다. 그러나 이런 말이 있지요.

> "마냥 놀고먹기만 하면   坐喫,
> 산조차 다 거덜 나는 법."   山空。

조상이 물려준 천금이나 되는 가산이 얼마 되지 않아서 다 바닥날 지경이 되고 말았습니다. 나중에는 재산에도 한도가 있다는 것을 깨달았던지, 남들 중에 장사를 해서 돈을 버는 사람들이 번번이 몇 배나 되는 이윤을 벌어들이는 것을 보면 그때마다 '장사라도 좀 해야겠다'는 생각을 했습니다. 그러나 그것이 무엇이든 아무리 해도 되는 것이 없지 뭡니까!

하루는 '북경北京에서 부채가 잘 팔린다'고 누가 하는 말을 듣더니 문약허는 그 길로 동료 한 사람과 동업을 해서 부채를 사들이기 시작했습니다. 상급으로 겉에 금칠을 하고 정교하게 만든 것은 먼저 선물을 보내 명사들의 시와 그림을 부탁했답니다. 역시 심석전沈石田[44]·문형산文衡山[45]·축지산祝枝山[46]이 빠질 수가 없겠지요?

---

43) 【즉공관 측비】不差。틀린 말은 아니군.

44) 심석전沈石田: 명대의 유명한 화가 심주沈周(1427~1509)를 말한다. 소주부 장주현長洲縣의 명문가 출신으로, 자가 계남啓南이며, "석전石田"은 호이다. '남종화南宗畵' 부흥의 선두 주자로, 송·원대 회화, 특히 황공망黃公望의 화풍을 배우는 데에 전념했으며, 만년에는 오진吳鎭의 그림을 배워 웅건雄健한 화풍을 창조해냈다.

45) 문형산文衡山: 명대의 유명한 화가 문징명文徵明(1470~559)을 말한다. 심주

산수와 글씨가 들어간 문징명의 부채 그림

몇 글자만 휘갈겨도 은자 한 냥급으로 값이 치솟을 테니까요. 중급품
으로는 전부터 못된 패거리가 한 손으로 이 명사들의 글씨와 그림들
을 적당히 흉내 내기만 해도 남들을 속여 가짜를 진짜처럼 사게 하기

와 마찬가지로 소주부 장주현 출신으로, 이름은 벽璧, 자는 징명이다. "형
산"은 호인 '형산거사衡山居士'에서 유래한 것이다. 시문과 서화에 두루 뛰
어났는데, 시는 백거이白居易와 소식蘇軾을 따르고 산문은 오관吳寬에게서
배웠으며 글씨는 이응정李應禎에게서 배우고 그림은 심주에게서 배웠다.
당시의 명사이던 축윤명祝允明·당인唐寅·서정경徐禎卿과 함께 시문으로
는 '오중 4재자吳中四才子'로 일컬어졌으며, 회화로는 심주·당묘唐卯·구영
仇英과 함께 '오문 4가吳門四家'로 일컬어졌다.

46) 축지산祝枝山: 명대의 유명한 서예가 축윤명祝允明(1461~1527)을 말한다.
소주부 장주현 출신으로, 자는 희철希哲이며 "지산"은 호이다. 1492년 거인
擧人이 되었으나 진사시進士試에는 급제하지 못했다. 1514년 처음으로 광
동성廣東省 흥녕현興寧縣의 지현知縣이 되었으며, 가정嘉靖 초기에는 남경
의 응천부 통판應天府通判을 맡기도 했다. 일찍부터 글씨로 이름을 떨쳤으
며, 같은 장주현 출신인 서정경·당인·문징명과 함께 '오중 4재자'로 일컬
어졌다. 특히 글씨로는 당시 명나라에서 으뜸가는 재능을 인정받았다. 해서
楷書는 종요鍾繇의 격조 높은 서풍은 물론이고 단정한 초서와 광초狂草 역
시 뛰어났다.

도 했는데 문약허 자신도 그 정도는 할 수 있었습니다. 하급품은 금칠
도 하지 않고 글씨나 그림도 없는 것으로, 얼추 몇 십 전錢[47]에 팔리
는 것들이었습니다. 그러나 그런 것들도 타산이 맞는 장사라는 것은
훤히 알 수 있을 정도였지요. 그래서 날을 잡아 상자에 담아서 북경으
로 가지고 갔겠다? 그런데 하필이면 북경이 그해에는 여름이 시작될
무렵부터 날이면 날마다 비가 내리고 날이 개지 않아 더위라고는 터
럭만큼도 없는 바람에 마수걸이가 상당히 지체될 줄 누가 알았겠습니
까. 가을이 시작될 무렵에는 벌써 날이 서늘해지는 바람에 제때에 맞
추었다고 할 수는 없었습니다. 그러나 다행스럽게도 날은 아주 맑아
서 웬 꾸미기 좋아하는 도령이 '소주蘇州[48] 특산 부채나 한 자루 사
볼까' 싶어서 두 손을 양 소매 속에 찔러 넣고 건들건들 다가와서 사
려고 하는 것이었습니다. 문약허는 부채를 보여주려고 상자를 열었습
니다. 그러나 그 순간 '아이고' 하는 소리가 터져 나왔습니다.

알고 보니 북경 지역은 장마철[49]이 칠팔월이었습니다. 거기다 얼마

---

47) 전錢: 고대의 중량 단위. 뜻을 따서 '돈'이라고도 한다. 1전錢은 10푼[分]에
해당하며, 10전은 1냥兩에 해당한다. 따라서 "몇십 전"은 곧 '몇 냥'이라는
뜻으로 이해할 수 있다.

48) 소주蘇州: 명대의 지명. 남직예南直隸에 속했던 소주부蘇州府(지금의 강소
성 소주시)를 말한다.

49) 장마철[歷沴]: 북경 지역에서는 장마철이 남부보다 늦은 7~8월에 시작되는
데 이때 공기에 습기가 많아서 곰팡이가 피는 일이 많다. "역려歷沴"는 습
기 때문에 기물에 곰팡이가 피는 것을 가리키는 말로, 여기서의 '려沴'가
'나쁜 기운' 또는 '재앙의 기운'을 뜻하므로, 이를 직역하면 "나쁜 기운이
들다" 정도의 의미로 해석되는 셈이다. 여기서는 편의상 "역려"를 "장마철"
로 의역하기로 한다. 근래에 출판된 《박안경기》에는 '려'가 누락되어 있는
경우가 많으므로 각별한 주의가 필요하다.

전에 비가 내려 습기까지 더해진 것입니다. 그렇다 보니 부채의 아교가 끈끈한 먹의 성질과 어우러지는 바람에 완전히 떡이 되어[50] 도저히 펼치려야 펼칠 수가 없지 뭡니까.[51] 그래도 억지로 힘을 줘서 펼쳤더니 아 글쎄 한쪽은 한 겹으로 달라붙고 한쪽은 전부 뜯어져버리고 마는 것이었습니다. 글씨가 있거나 그림이 있어서 값이 좀 나가는 것들은 죄다 하나도 쓸 데가 없게 돼버린 거지요. 글자도 없고 그림도 그리지 않은 하등급 부채들만 망가지지 않은 상태였습니다. 그러나 그것들이 값이 나가 봤자 얼마나 나가겠습니까? 결국 되는 대로 팔아서 받은 돈을 여비 삼아 집으로 돌아와서 보니 밑천이 완전히 거덜 나버리고 말았지요.

몇 해 내내 무슨 일을 벌이기라도 하면 대체로 이런 식이었습니다. 자기만 밑천을 날리는 것으로 끝난 것이 아니었지요. 그와 짝이 되어 동업을 하겠다고 나선 사람조차 신세를 망치고 말았습니다. 오죽하면 사람들이 그에게 '억세게 재수 없는 사내[倒運漢]'라는 별명을 다 붙여주었겠습니까! 문약허는 이렇게 해서 몇 년도 안 돼 가산을 아주 깨끗하게 거덜 내고 말았지요. 그 바람에 여태 아내조차 얻지 못하고 있었습니다. 하루 종일 글씨도 쓰고 그림도 그리면서 여기저기 기웃

---

50) 떡이 되다[合而言之]: 원래 '합이언지合而言之'는 글자대로 번역하면 '종합해서 말하다, 정리해서 말하다'가 된다. 게다가 소주 방언에서 '언言'은 발음이 '달라붙다'의 의미를 가진 '점粘'과 비슷하기 때문에 이를 근거로 원래의 의미와는 달리 '합쳐져 달라붙다'라는 중의重意적인 의미를 나타내는 말로 사용한 것이다. 여기서는 부채에 쓴 글자들이 서로 엉겨 한데 달라붙어 있는 모습을 나타내는 데다가, 원문 역시 비유적으로 '합이언지'라고 표현한 것을 감안하여 편의상 "떡이 되다"로 의역하기로 한다.

51) 【즉공관 미비】字劃作祟也。자획이 요사라도 부린 게지.

거려도 그다지 도움이 되지 않았지요. 그래도 입 하나만큼은 잘 놀려서 이야기도 잘하고 사람을 웃길 줄도 아는 것이 재주라면 재주였습니다. 그래서 친구들 집에서는 그가 재미있다고 반기는 덕분에 돌아다니며 놀 때마다 그를 빠뜨리는 일은 없었습니다. 그러나 그것도 그저 공밥이나 얻어먹는 정도일 뿐 생업⁵²⁾으로 삼을 만큼은 아니었지요. 더욱이 그는 그동안 떵떵거리며 살아온 사람이었습니다. 그러니 여느 식객들 틈에서는 그다지 잘 어울리지도 못했지요. 설사 그를 딱하게 여기는 사람이 그를 서당의 선생으로 추천하려고 해도 고지식한 집안에서는 그를 '얼치기'⁵³⁾라며 싫어하는 경우도 있었습니다. 이렇듯 높은 곳은 너무 높아서 안 되고 낮은 곳은 또 너무 낮아서 안되다 보니, 식객들이나 서당 사람들 양쪽 모두 그만 보았다 하면 얼굴을 부라리면서 "재수가 없다"고 비웃기 일쑤였음은 말할 필요도 없었지요.

그러던 어느 날이었습니다. 바다를 누비며 무역을 하는 이웃이 몇 사람 살았는데, 우두머리는 장대張大·이이李二·조갑趙甲·전을錢乙 같은 사람들이었지요. 이런 사람들이 모두 마흔 명 정도나 되었는데 인원이 차면 배를 타고 바로 출발할 참이었습니다. 그는 그 사실을 알고 혼자 곰곰이 생각했습니다.

"나는 신세가 처량해지고 생계를 꾸릴 길조차 없는 판국이다. 그들

---

52) 생업[做家]: 소주 방언으로 '주인가做人家'로 쓰기도 하는데, '생계를 이어가다, 생업으로 삼다'라는 의미로 해석할 수 있다.

53) 얼치기[雜板令]: '잡판령'은 원래 이 가락에도 맞지 않고 저 가락에도 어울리지 않는 어중간한 곡을 가리킨다. 여기서는 '이도 저도 아닌 얼치기'를 뜻하는 말로 사용되었다.

을 따라 바다를 누비면서 바다 너머의 풍광이라도 구경한다면 인간으로서 한평생이 헛되지는 않을 테지.54) 더욱이 그들도 나를 마다하지는 않을 테고 (…) 집에서 장작이며 쌀 걱정을 할 필요도 없으니 그것만 해도 감지덕지할 일이 아니겠나."

이렇게 궁리하고 있는데 마침 장대가 천천히 걸어오는 것이었습니다. 사실 이 장대라는 사람은 이름이 '장승운張乘運'55)으로, 오로지 해외에 나가 장사하는 일에만 매진하고 있었습니다. 그렇다 보니 별의별 희귀한 물건이나 기이한 보물을 다 꿰고 있었지요. 게다가 기질이 시원시원하고 호탕해서 좋은 사람은 기꺼이 도와주곤 했습니다. 그래서 마을 사람들은 그에게 '장 식화識貨56)'라는 별명을 붙여줄 정도였답니다. 문약허는 그를 보자 자신의 속내를 낱낱이 다 털어놓았지요. 그러자 장대가 말하는 것이었습니다.

"좋아요, 좋아. 우리는 배 안에서 따분한 건 못 견디는 사람들이올시다. 만약 형씨가 같이 가면 배에서 이야기도 나누고 웃을 수도 있으니 힘든 날이 어디 있겠소이까? 우리 동료들도 아마 다들 반길 겝니다. 다만 한 가지 (…) 우리는 대부분 팔 물건을 가지고 가는데 형씨는 아무 것도 가진 것이 없으니 '다녀와도 빈털터리'라는 생각이 들면

---

54) 【즉공관 미비】無聊之極, 造化來了。무료한 인생 끝에 횡재가 찾아온 셈이군.

55) 승운乘運: 이 이름을 글자 그대로 풀이하면 '[좋은] 시운을 만나다'라는 뜻이다. 이름 자체에서부터 이미 그와 내왕하는 사람은 실패하지 않을 거라는 점을 은연중에 시사하는 셈이다.

56) 식화識貨: 글자 그대로 풀이하면 '물건[의 진가]을 알아보다'라는 뜻이다. 그러나 여기서는 이 별명이 값진 물건에 대한 감식안은 물론이고 훌륭한 인물을 알아보는 안목도 동시에 갖춘 것을 완곡하게 암시하고 있다.

그것도 안타까운 노릇일 테니까요. 우리가 다 같이 궁리해보고 얼마씩이라도 돈을 추렴해서 형씨를 도와드리겠습니다.[57] 아무 거라도 물건을 좀 사 가지고 가시는 것이 좋겠군요."

"두터운 인정에 감사드립니다만 저를 노형만큼 도와주려고 하는 분은 없을 것 같아서 걱정이군요."

하고 문약허가 말하자 장대는

"일단 말이라도 좀 해봅시다."

하더니 바로 자리를 뜨는 것이었습니다. 그때 마침 웬 장님 점쟁이가 '보군지報君知'[58]를 두드리면서 걸어오는 것이 아닙니까. 문약허는 팔을 뻗어 주머니 속을 더듬어 엽전이 하나 잡히자, 장님 점쟁이를 잡아 세운 뒤 자신에게 재물운이 있는지 점을 봐달라고 부탁했습니다.

"이 괘는 범상치 않습니다. 재물운이 차고도 넘치니[59] 예사롭지가 않군요!"

---

57) 【즉공관 미비】難得此人。이런 사람은 좀처럼 만나기 어렵지.
58) 보군지報君知: 옛날 점쟁이 장님들이 두드리던 죽판竹板·철편鐵片·동라銅鑼 따위의 물건들. 글자 그대로 해석하면 "귀하게 알려드립니다"라는 말인데, 앞을 볼 수 없는 장님이 소리를 내는 것이니 미리 길을 비켜달라거나 점괘를 알려준다는 뜻에서 이렇게 이름을 붙인 것일 뿐, 두드리는 것이 이 중 어떤 것으로 정해져 있었던 것은 아니다.
59) 차고도 넘치니[百十分]: '백분百分'을 100퍼센트로 친다면 '백십분'은 110퍼센트가 되는 셈이므로 확률이 아주 높은 것을 두고 한 말이다.

하고 점쟁이가 말하는 것이 아닙니까. 그래서 문약허가 속으로

청대의 맹인 점쟁이와 보군지 실물
한 손으로 조작할 수 있도록 채가 붙어 있다.

"나는 그냥 배를 타고 바다 너머로 가서 놀면서 지내려던 것뿐이다. 내가 할 수 있는 장사가 어디 있겠나? 도움을 받는다고 해도 그래. 도움을 받아 봤자 얼마나 받을 수 있겠어? 그런 판국에 이 따위 재물운 점괘를 들먹이다니 (…) 이 점쟁이도 엉터리로군!"

하고 생각하고 있는데 가만 보니 장대가 잔뜩 성이 나서 걸어오는 것이었습니다.

"돈과 관련해서는 인연이 없으신가 봅니다! 사람들이 정말 웃긴다니까요? 형씨가 가는 건 싫어하는 사람이 없습니다마는, 돈을 추렴해서 주자는 말이 나오니까 누구 하나 거드는 작자가 없군요.60) 지금 내가 마음씨 좋은 아우님 둘과 추렴한61) 은자 한 냥이 여기 있습니다.

---

60) 【즉공관 측비】 人情也。 인지상정이지.

물건은 장만하기 어렵더라도 아무 과일이나 좀 사서 배 안에서 드십시오. 매일 먹을 음식 같은 것은 우리한테 맡겨놓으시고요."

그가 이렇게 말하자 문약허는 연신 고맙다고 하면서 은자를 받았습니다. 장대는 먼저 가면서 말했습니다.

"얼른 짐을 챙기십시오. 곧 떠납니다!"

"나는 딱히 챙길 짐도 없으니 곧 뒤따라가겠습니다."

문약허는 이렇게 대답하고 손에 든 은자를 보면서 웃고 웃으면서 보고 하는 것이지요

"이걸로 무엇을 장만할 수 있겠나!"

그러고는 발길 닿는 대로 걷고 있을 때였습니다. 가만 보니 온 거리에 소쿠리며 광주리마다 무엇을 담아놓고 파는 광경이 눈에 들어오는데,

붉기로는 터져 나오는 불과도 같고	紅如噴火,
크기로는 하늘에 매달린 별과도 같구나.	巨若懸星。
껍질을 채 까기도 전에	皮未皺,

---

61) 【교정】추렴한[駢湊]: 상우당본 원문(제38쪽)에는 앞글자가 '나란히 할 병駢'으로 나와 있으나 전후 맥락이나 뒷글자 '모일 주湊'와의 의미상의 상관관계를 고려할 때 원래는 '붙일 병拼'을 써야 옳다. 실제 두 글자의 복합어 '병주拼湊'는 현대 중국어에서도 두 글자의 원래의 의미와 일치하는 '[끌어]모으다'라는 의미로 사용되고 있다.

벌써 온 입에 신맛이 다 감도누나.   尚有餘酸,

서리가 내리기도 전이라서   霜未降,

많이 구할 수도 없겠지.   不可多得。

이제 보니 소 씨네 우물가 여느 나무[62]와도 다르고 元殊蘇井諸家樹,

이 씨네 천 그루 귤나무[63]도 아닌 것이   亦非李氏千頭奴。

광동 것과 견주면 비슷해도 낫다고는 할 수 없고[64] 較廣似曰難兄,

복건 것과 비교하면 구색만은 갖추었다[65] 하겠구나. 比福亦云具體。

---

62) 소 씨네 우물가의 여느 나무[蘇井諸家樹]: 동진東晉의 도교 학자 갈홍葛洪 (284~364)이 지은 것으로 전해지는 지괴소설집志怪小說集《신선전神仙傳》 에 따르면, 한나라 문제文帝(BC203~BC157) 때 사람인 소탐蘇耽은 편모에 대한 효성이 지극하여 나중에 신선이 되었다. 그는 승천하기에 앞서 모친에 게 뜰의 우물과 우물가의 귤나무를 가리키며 내년에 나라에 역병이 돌면 그 우물물에 귤나무잎을 넣어 끓여 먹으면 병이 낫는다는 말을 남겼다. 이 듬해에 과연 나라에 역병이 돌아 모친이 그의 말대로 했더니 그 소문이 천 리 밖까지 전해져 수많은 사람의 목숨을 살렸다고 한다.

63) 이 씨네 천 그루 귤나무[李氏千頭奴]: 남북조南北朝 시대 유송劉宋의 역사 가인 배송지裴松之(372~451)가《삼국지三國志》〈오서吳書·손휴전孫休傳〉 에서 인용한 오나라 단양 태수丹陽太守 이형李衡의 일화.《양양기구전襄陽 耆舊傳》에 따르면, 이형은 자기 사후의 집안 살림을 걱정하여 가족들 몰래 사람 열 명을 무릉武陵 땅으로 보내 그곳에 집을 짓고 귤나무 천 그루를 심게 했다. 그는 임종할 때 아들을 불러 '천두목노千頭木奴', 즉 천 그루의 귤나무에 관한 사연을 들려주고 그것을 유산으로 물려주니 그 가족이 해마 다 수확한 귤로 수천 필의 비단을 살 수 있을 정도로 넉넉하게 살 수 있었 다고 한다.

64) 비슷해도 낫다고는 할 수 없고[似曰難兄]: 광동의 귤과 비교할 때 모양은 비슷한데 크기가 작다는 뜻이다.

65) 구색만은 갖추었다[具體]: 앞 구절과 마찬가지로, 복건의 귤과 비교할 때 모양은 비슷한데 크기가 작다는 뜻이다.

태호太湖[66]에는 동정산洞庭山[67]이라는 산이 있습니다. 땅이 무르고 토질이 기름져서 복건이나 광동과도 다를 것이 없지요. 그래서 광동의 귤과 복건의 귤이 세상에서 명성을 떨치는 것입니다. 그런데 동정산에 있는 귤나무는 여타 종류와는 전혀 다릅니다. 빛깔은 똑같고 향기 역시 같습니다만 금방 출하됐을 때에는 맛이 약간 시다가[68] 나중에 익으면 아주 달면서도 복건산 귤의 가격보다 10분의 1밖에 되지 않는데 '동정홍洞庭紅'이라고 하지요. 약허는 그것을 보자마자 생각했습니다.

태호 동정산과 소주 위치

동정산의 특산물 동정홍

66) 태호太湖: 중국의 "5대 담수호" 중의 하나로 꼽히는 아열대 호수. 예로부터 '진택震澤·구구具區·오호五湖·입택笠澤' 등으로 불리기도 했다. 강소성과 절강성을 가로지르는 장강 삼각주의 남쪽 자락에 자리잡고 있으며, 동으로는 소주, 서로는 의흥宜興, 남으로는 호주湖州, 북으로는 무석無錫과 연결된다. 총 면적은 2427.8km으로, 호수 안에 50개가 넘는 섬이 있고 역시 50개가 넘는 하천이 흐르면서 내륙 수로가 거미줄처럼 연결되어 있다.

67) 동정산洞庭山: 중국 강소성 소주시蘇州市 서남부, 태호 동남부에 소재한 동정동산洞庭東山과 동정서산洞庭西山을 함께 일컫는 이름. 현지에서는 각각 '동산'과 '서산'으로 불리며 "중국 10대 명차" 중 하나로 일컬어지는 '벽라춘碧螺春'의 산지이기도 하다.

68) 【교정】 시다가[醡]: 상우당본 원문(제40쪽)에는 '술 짜는 틀 자醡'로 나와 있으나 여기서는 술이 아니라 귤이 주된 화제가 되고 있으므로 전후 맥락을 고려할 때 원래는 '실 초酢'를 써야 옳다.

"내 은자 한 냥으로 백 근⁶⁹⁾ 정도는 살 수 있겠군. (…) 배에서 갈증도 풀고 한두 개 정도는 남들에게 나눠주어서 나를 도와준 분들 마음에도 보답할 수가 있겠구나."

문약허는 그것을 사서 대나무 채롱에 담은 후 일꾼⁷⁰⁾ 한 사람을 고용해서 짐과 함께 배 안에 부려놓게 했습니다. 그러자

대 채롱

"문 선생의 보물이 도착했구먼!"

하면서 사람들이 저마다 손뼉을 치고 웃는 것이 아닙니까. 무안해서 몸 둘 바를 모르던 문약허는 아무 소리도 못 하고 배에 올랐습니다. 그리고 귤을 산 일에 대해서는 더는 입도 뻥긋하지 못했지요. 배가 출항하여 서서히 바다 어귀를 나가는데 가만 보니

은빛 너울은 눈을 휘감아 올리는 듯,　　　　銀濤捲雪,
눈빛 물결은 은자를 뒤집는 듯!　　　　　　雪浪翻銀。

---

69) 근斤: 중국의 중량 단위. 지금 미터법 도량형으로 환산하면 500그램에 해당한다. 여기서 한 가지 주의해야 할 것은 중국 전통 도량형에서 1근은 10냥兩이 아니라 16냥이라는 점이다.

70) 일꾼[閒的]: 명대 후기에 중국은 강남 지역을 중심으로 경제도시가 발달하고 상품경제가 발전하면서 '자본주의 맹아기'에 진입한다. 이 시기에는 인구증가와 함께 과학기술의 발전이 이루어져 농업생산력이 향상되면서 농촌에서는 잉여 노동력이 급증했으며 이들이 일자리를 구하고 생계를 잇기 위하여 소주·항주·호주·상주常州 등의 인근 도시로 진출하는데 이러한 잉여노동력 또는 취업준비자들을 '간적閒的'이라고 불렀다. 여기서는 편의상 '일꾼'으로 번역했다.

소용돌이 칠 때는   湍轉

해와 달이 놀란 것 같고,   則日月似驚,

물결이 일렁일 때는   浪動

은하수가 쏟아지기라도 할 것 같구나!   則星河如覆。[71]

그렇게 사나흘을 바람 따라 떠가다 보니 어느 사이에 얼마나 먼 거리를 갔는지 모를 정도였습니다. 그러다가 별안간 어떤 지방에 도착했을 때였지요. 배 안에서 바라보니 인가가 빼곡히 들어차고 성곽이 우뚝 솟은 것이, 어느 나라 도읍에 당도했다는 것을 알 수 있었지요. 뱃사람들은 배를 바람과 파도를 피하는 작은 항구까지 저어 가서 말뚝을 박고 쇠닻[72]을 내린 후 배를 단단히 맸습니다. 모두 뭍으로 올라가 주위를 둘러보는데, 알고 보니 과거에 다녀간 적이 있는 곳으로 '길영국吉零國'[73]이라는 나라였지요.

------

71) 은빛 너울은~: 이 부분은 상우당본 원문(제40쪽) 이래의 중국의 여타 판본들에는 본문(산문)으로 제시되어 있다. 그러나 제1구와 제2구, 제3구와 제4구가 각각 4-4-7-7로 자수나 내용에서 대구를 이룬다. 따라서 여기서는 이 이야기꾼이 폭풍우가 몰아치는 바다를 묘사하는 대목에서 사용한 노래(운문)로 처리했다.

72) 【교정】쇠닻[鐵貓]: 상우당본 원문(제41쪽)에는 뒷글자가 '고양이 묘貓'로 나와 있으나 이 대목에서 주로 화제가 되는 것이 항해와 정박이고 이 '철묘鐵貓'를 받는 동사가 '던질 포抛'이므로 전후 맥락을 고려할 때 원래는 '닻 묘錨'을 써야 옳다.

73) 길영국吉零國: 동남아 인도양 인근에 있었다고 전해지는 나라. 명대의 축윤명祝允明(1460~1526)은 《구조야기九朝野記》에서 "정덕 신미년(1511) … 남양을 4년 반 항해하던 중 바람을 타고 실론 앞바다에 이르고, … 다시 남양에서 바람을 타고 8일을 간 끝에 길영국에 당도하여 11개월을 머물렀다正德辛未歲 … 在洋舶行凡四年半, 被風飄至西瀾海面, … 又在洋飄風八日, 至得

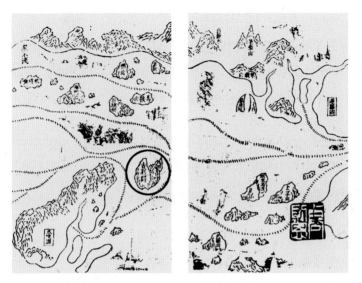

명대의 병서인《무비지武備志》의 '정화항해도鄭和航海圖'에 등장하는 길리국.(동그라미 부분)
그 왼쪽 아래에는 자바국이 보인다.

  그런데 알고 보니 이곳 중국의 물건을 그곳으로 가져가면 값이 세
곱절 뛰었습니다. 그 수익을 그곳 특산물로 바꾸어 중국으로 가져와
도 마찬가지였지요. 그곳에 갔다가 중국으로 돌아오기만 하면 여덟
곱절에서 아홉 곱절까지 이문을 남길 수 있었던 거지요. 그래서 사람
들은 저마다 이 일에 필사적으로 매달리곤 했답니다. 이번 배의 사람
들도 하나같이 무역으로 재미를 본 터여서 다들 거간, 객주, 통역 일을

  吉零國, 住十一個月."라고 소개했는데 능몽초는 아마 이 책에서 착안한 것
으로 보인다. 명·청대에는 한자로 '길녕吉寧·길영吉令·길영咭哈' 등으로
도 표기되었다. 천계天啓 원년(1621)에 간행된 병서兵書《무비지武備志》에
는 자바국[爪哇國]에 닿기 전에 길리국吉利國이라는 섬나라가 보이는데 '길
영(길령)'과 '길리'가 독음상으로 유사한 것을 감안할 때 같은 나라인 것으
로 보인다.

하는 사람들과 잘 아는 사이였습니다. 그래서 다들 배에서 내리자마자 싣고 온 화물들을 운송할 길을 찾아 나서고, 문약허만 배에 남아 배를 지킬 뿐이었습니다. 현지의 길을 잘 아는 것도 아니니 갈 곳도 없었지요. 그렇게 우두커니 앉아 있는데 불현듯 이런 생각이 들었습니다.

"내가 산 귤이 있었지, 참! 배 안으로 부려놓은 뒤로 전혀 열어보지 않았었는데, (…) 사람들 체온 때문에 상한 건 아닌지 모르겠구나. 사람들이 없는 틈을 타서[74] 좀 살펴봐야겠다!"

뱃사람을 불러 선창 밑을 뒤져 찾아내게 해서 채롱을 열어보니 전부 멀쩡했습니다. 그래도 마음을 놓을 수가 없어서 아예 모두 바깥으로 옮겨서 갑판 위에 늘어놓았습니다. 그런데 횡재수가 있다 보니 때가 되자 복이 찾아온 걸까요? 귤을 늘어놓으니 온 배가 발그레한 것이, 멀리서 보면 마치 불빛이 만 개나 되고 온 하늘에 별이 가득한 것 같지 뭡니까. 뭍에서 길을 가던 사람들이 다들 몰려들어 물었습니다.

"그건 무슨 보물입니까?"

문약허는 입을 꾹 다물고 아무 대답도 하지 않았습니다. 그러면서 그 속에서 반점이 생긴 것을 하나 발견하고 골라내 쪼개서 먹었지요. 뭍에는 구경꾼이 더 많이 몰려들더니 놀라 웃으면서 말했습니다.

----

74) 【즉공관 측비】 可憐。 안쓰럽구먼!

팔자 바뀐 사내가 우연히 동정홍을 발견하다.

"이제 보니 먹을 수 있는 것이었군?"

그 사람들 중에서 웬 호사가 한 사람이 바로 다가오더니

"한 개에 얼마요?"

하고 값을 물었습니다. 문약허는 그들이 무슨 말을 하는지 알아듣지 못했지만 뱃사람들은 알아들었습니다. 그래서 장난삼아 손가락을 하나 치켜세우면서 되는 대로 둘러댔지요.

"한 개에 일 전."

그러자 말을 걸었던 그 사람이 두루마기를 걷어 올리고 도라면兜羅綿[75]으로 된 붉은 바탕색의 배가리개[76]를 드러낸 채 단번에 은전을 한 닢 꺼내더니

배두렁이를 두른 아이를 그린 중국 민화

"하나만 좀 먹어봅시다!"

---

75) 도라면兜羅綿: 도라수兜羅樹에서 나는 버들솜을 짜서 만든 면으로, '도라이兜羅毦·투라면妬羅綿·도라금兜羅錦' 등으로 불리기도 한다. 불교에서는 도라면의 희면서도 가늘고 부드러운 이미지를 구름에 비유하기도 한다.

76) 배두렁이[裹肚]: 중국의 전통 복식 중 하나. 일종의 내의로 추위나 바람으로부터 가슴과 배를 보호하기 위하여 착용했다. 선진시대에는 '응膺', 한대에는 '포복抱腹'이라고 불렀으며 위·진·남북조시대부터 널리 유행하면서 '과두裹肚·두두兜肚·두두肚兜·말흉抹胸' 등으로 불렸다. 겉에는 통상적으로 화초 문양이나 상서로운 도안을 사용하여 장식하기도 했다.

하는 것이었습니다. 문약허가 은전을 받아 손바닥에 놓고 대중해보
니 얼추 한 냥쯤[77] 나가는지라 속으로

'이 정도의 은자로 얼마나 사려는 거지? 그렇다고 무게를 잴 저울도
보이지 않으니 일단 한 개를 저 사람에게 주고 눈치를 살펴봐야겠다.'

하고 생각하면서 알이 좀 크고 제법 근사하게 붉은 것을 하나 골라
서 건넸습니다. 그러고 나서 가만 보니 그 사람은 그것을 손에 받아들
고 몇 번 만지작거리다가

"훌륭한 물건이구려!"

하면서 '폭' 하고 쪼개니 아 글쎄 향긋한 내음이 콧속으로 스며드는
것이 아닙니까. 곁에 서서 냄새를 맡고 있던[78] 사람들도 다 같이 탄
성을 내지르는 것이었지요. 귤을 산 그 사람은 배 위 사람들이 먹는
광경을 보고 그들이 하는 대로 따라서 껍질을 까더니 조각도 내지
않고 통째로 입속에 밀어 넣었습니다. 그러고는 단물이 목구멍에 가

---

77) 한 냥쯤[兩把]: 명·청대에 강남 지방의 구어[口語] 백화白話에서 사용되던
표현. 여기서 '파把'는 명사 뒤에 붙어서 해당 명사가 가리키는 수량에 가까
운 상황을 나타낼 때 주로 사용되는 접미사로, 우리말의 '쯤, 가량, 정도'에
해당한다. 원문의 "양파중兩把重"은 "한 냥 정도의 무게" 또는 "한 냥 정도
나가다" 정도로 번역할 수 있는 셈이다.

78) 【교정】 맡고 있던[問着]: 상우당본 원문(제43쪽)에는 앞 글자가 '물을 문問'
으로 나와 있으나 이 대목에서 화제가 되고 있는 것이 귤과 그 향기이므로
전후 맥락을 고려할 때 원래는 '들을 문聞'을 써야 옳다. '문聞'은 명대 즉
근세 이래의 백화白話 및 현대 중국어에서는 본래의 의미는 사라지고 '[냄
새를] 맡다'라는 새로운 의미로 사용되기 시작했다.

득 차자79) 씨도 뱉지 않고 꿀꺽 삼키더니 큰소리로 껄껄 웃는 것이었습니다.

"신기하구나, 신기해!"

그는 탄복하더니 손을 다시 배두렁이 안으로 넣어 은전 열 닢을 꺼낸 다음 말하는 것이었습니다.

"열 개를 사서 임금님께 진상해야겠소!"

문약허는 몹시 기뻐하면서 열 개를 골라서 건넸습니다. 그 사람이 그렇게 많이 사는 것을 본 구경꾼들은 누구는 한 개를 사고 누구는 두세 개를 샀는데 내는 돈은 한결같이 똑같은 은전이었지요. 귤을 산 사람들은 저마다 더할 나위 없이 기뻐하면서 그 자리를 떠나는 것이었습니다.

알고 보니 그 나라에서는 은을 돈으로 사용하고 있었습니다. 겉에는 문양이 새겨져 있는데 용과 봉황 문양이 있는 것이 가장 값진 것이고, 그 다음이 인물, 그 다음이 짐승, 또 그 다음이 나무였지요. 가장 등급이 낮으면서 널리 통용되는 것은 물풀이 들어간 것이었습니다. 그런데 그 돈들은 한결같이 은으로 만들어진 것이었지요. 무게나 금액에서는 차이가 나지 않았던 것입니다. 방금 귤을 산 사람이 낸 것도 똑같은 물풀 문양의 돈이었지요. 그는 등급이 낮은 돈으로 좋은 물건을 샀다고 생각해서 그토록 기뻐했던 것입니다. 조금이라도 더 이득

---

79) 【즉공관 측비】好喫法。 제대로 먹는군.

을 보려고 하는 마음은 그들도 중국 사람들과 마찬가지인 거지요. 그렇게 해서 그 짧은 동안에 삼분의 이가 다 팔렸지 뭡니까, 글쎄. 돈을 지니지 않은 사람들은 그들대로 몹시 후회하면서 서둘러 돈을 챙겨 달려왔습니다. 그러나 문약허는 귤이 얼마 남지 않자 거드름을 피우면서 말했지요.

"이제는 남겨놓았다가 제가 먹을 겁니다. 안 팔아요!"

그러자 한 사람이 한 전을 더해서 두 개를 네 전에 사겠다면서 입으로는

"운이 나빴군! 내가 늦게 왔어!"

하면서 투덜거렸습니다. 그 옆에 있던 사람이 그가 값을 갑절로 쳐주려 하자

"나도 하나 사볼까 했는데 값을 갑절로 올리면 어쩝니까!"

하고 볼멘소리를 하니 아까 그 사람이 바로 이렇게 응수했습니다.

"방금 하는 말 못 들었소? 더는 안 판다지 않습디까!"

서로 이렇게 옥신각신하고 있을 때였습니다. 가만 보니 처음에 열 개를 샀던 그 사람이 청총마青驄馬[80]를 타고 날듯이 뱃전까지 달려오

---

80) 청총마青驄馬: 말의 일종. 보통은 암청색과 흰색의 털이나 얼룩이 있는 경우를 가리킨다.

는 것이 아닙니까.

청총마

그는 말에서 내리더니 사람들을 비집고 들어와 배를 향하여 크게 고함을 질렀습니다.

"헐어서 팔지 마시오! 헐지 마시오! 남은 건 내가 몽땅 다 사야겠소! 우리 두목께서 사서 칸[81])께 진상하시겠답니다!"

구경하던 사람들은 그 말을 듣자마자 멀찍이 물러서서 쳐다보는 것이었습니다. 문약허는 영리한 사람이었습니다. 그가 들이닥치는 것을 보자마자 일찌감치 그가 아주 듬직한 고객임을 눈치 챘지요. 서둘러 채롱 속의 귤을 모두 쏟아보니 쉰 개 정도만 남아 있지 뭡니까. 문약허는 잠시 세어보더니 이번에도 거드름을 피우면서 말했습니다.

---

81) 칸[克汗]: '극한克汗'은 '가한可汗'과 마찬가지로, 몽골어의 '하앙Хаан' 또는 만주어의 '칸Khan'을 한자로 표기한 차용어이다. '가한'은 원래는 몽골蒙古·만주滿洲·돌궐突厥 등 북방 민족의 임금이나 수장을 부르는 존칭이다. 여기서는 남양南洋 각국의 임금을 높여 부르는 존호로 변용되었으나, 실제와는 다르다. 편의상 여기서는 일단 '칸'으로 번역했다.

"아까는 남겨두었다가 제가 먹을 생각으로 팔 수 없다고 한 겁니다. (…) 지금 값을 좀 더 쳐주신다면 몇 개 정도는 양보하지요. 방금 전에 벌써 한 개를 두 전에 팔았답니다."

그러자 그 사람은 말 위에서 커다란 주머니를 끌어내려 돈을 꺼냈습니다. 이번에는 전부 나무 문양이 들어간 것들이었지요.

"그럼 이 돈 한 닢으로 합시다."

"싫소이다! 아까 그 돈으로 합시다."

그 사람은 한동안 웃다가 이번에는 손을 뻗어 용과 봉황이 들어간 돈을 꺼냈습니다.

"이런 돈 한 닢은 어떻소?"

그래서 문약허가 또 말했지요.

"싫소이다. 아까 그 돈만 받겠소!"

그 사람은 이번에도 웃으면서 말하는 것이었습니다.

"이 돈 한 닢이 아까 것 백 닢과 맞먹는 액수올시다. 그러니 당신한테 줄 이유가 없지. 그냥 웃자고 해본 소리요. 이 돈을 받지 않고 그돈만 달라고 하니 당신은 바보로구려! 그 물건을 모두 나한테 넘긴다면야 아까 그 돈을 하나씩 더 드리는 거야 전혀 어렵지 않지!"

문약허가 귤을 세어보니 쉰두 개가 남아 있었습니다. 그래서 그에게 물풀 문양의 은전으로 정확하게 백 쉰여섯 닢을 요구했지요. 그 사람은 대나무 채롱까지 달라고 하더니 한 닢을 더 내고 채롱을 말에 묶은 다음 웃음을 띠고 채찍질을 하면서 그 자리를 떠났습니다. 구경하던 사람들은 더는 팔 것이 없는 것을 보자 금세 끼리끼리 떠들면서 흩어지는 것이었지요.

문약허가 사람들이 흩어지고 나서 짐칸으로 가서 은전의 무게를 저울로 달아 보니 한 닢이 여덟 돈 일곱 푼 정도였습니다. 몇 닢을 더 달아 보아도 마찬가지였지요. 돈을 전부 세어 보니 모두 천 닢 정도 되길래 두 닢을 뱃사람에게 수고비로 주고[82] 나머지는 모두 보따리에 챙겨 넣었습니다. 그러고는 웃음을 띠고

"그 점쟁이가 참 용하기도 하구나![83]"

하고 몹시 기뻐하면서 같은 배의 사람들이 돌아와 입방정을 떨기만 기다릴 뿐이었지요.

"이야기꾼 양반, 말도 되지 않는 소리 좀 작작 하슈! 그 나라의 은자가 그렇게 가치가 없다면 어떻게 장사를 하겠소? 그리고 오랫동안 바다를 누벼온 사람들이 가지고 간 건 전부 다 비단이었을 텐데, 어째서 안 팔았답니까? 그렇게 했으면 이문이 백 곱절은 더 남았을 게 아니오?"

---

82) 【즉공관 측비】畢竟是有福人手段。 어쨌거나 복이 있는 사람이 그렇게 한 덕이겠지.
83) 【즉공관 측비】照應妙。 대응이 기막히군!

손님께서 잘 몰라서 하는 말씀입니다.[84] 그 나라에서는 비단 같은 물건을 보면 전부 물물교환을 합니다. 우리나라 사람들도 그들의 물건들을 받아야 이문이 생겨요. 만일 그들의 은전을 받고 팔면 그들은 다들 용과 봉황·인물 문양이 든 것만 가지고 와서 바꾸려고 했을 겁니다. 그렇게 되면 밑천은 잔뜩 들였는데 정작 무게에서는 별 차이 없이 그저 그렇기 때문에 오히려 타산이 맞지 않는 거지요.[85] 방금 전에도 먹을 것을 사는 경우였습니다. 그 사람이야 싼 값에 귤과 바꾸었다고 여기겠지요. 허나 우리 쪽이야 문양과는 상관없이 무게만 따지지요. 그러니까 이문이 남은 것 아니겠습니까?

"이야기꾼 양반, 또 말도 되지 않는 소리를 하는구려! 당신 말대로라면 바다를 누비는 그 사람들은 어째서 처음부터 전부 먹을거리만 장만하지 않았던 게요? 싼 값의 은전과 교환해주기만 해도 이문이 남는다면서요? 그런데 거꾸로 밑천을 많이 들여서 비싼 물건을 장만한다는 게 말이나 되오?"

손님, 그런 뜻이 아니지요. 그것 역시 이 사람이 우연히 그런 횡재수를 만났으니까 귤을 가지고 갔다가 큰 재미를 본 것입니다! 만일

---

84) 【즉공관 미비】駁得細, 方知近實。 꼼꼼하게 반박하네. 그러니까 더 실제에 가깝게 느껴지는군.

85) 정작 무게에서는~: 다른 나라는 돈의 중량이나 소재가 무엇인가에 따라 가치가 달라지지만 길영국에서는 은전의 중량은 동일하고 문양만으로 가치가 달라지기 때문에 상인들이 부르는 값이 높으면 높아질수록 그 은전을 받는 상인들만 손해를 볼 수밖에 없다는 말이다. 여기서도 문약허의 귤을 살 때 한 개를 사면서 낸 은전(물풀 문양)과 여러 개 또는 비단을 사는 데 내는 은전(용·봉황·사람)은 중량은 같은 상황에서 문양만 다를 뿐이다. 즉, 다른 나라에서는 두 쪽 다 동일한 액수의 은전인 것이다.

작심하고 두 번째로 귤을 가지고 갔다가 사나흘이라도 날이 어긋나면 썩어 문드러져도 팔짱만 끼고 있을 수밖에 없잖습니까.[86] 문약허가 횡재수를 만나지 못하고 부채를 팔았던 경우가 바로 그런 본보기가 아니겠습니까? 부채는 그래도 보관이 가능한 물건인데도 그 지경이 었는데 과일의 경우야 오죽하겠습니까? 그러니 이 두 경우를 똑같은 상황으로 볼 수는 없는 것이올시다!

객쩍은 소리는 이제 그만하고 계속 이야기를 들려드리겠습니다. 사람들은 거간꾼을 데리고 배로 와서 화물을 부리기 시작했습니다. 그래서 문약허가 앞서 있었던 일을 자세하게 들려주었지요. 그러자 사람들은 저마다

"행운을 만났구려, 행운을 만났어! 우리가 다 같이 왔는데도 밑천도 없던 당신이 먼저 목적을 이루었으니!"

하면서 놀라고 기뻐하는 것이었습니다. 장대는 손뼉을 치면서

'남들이 다 그는 운이 나쁘다고 하더니만 이제 보니 팔자가 바뀌었구나[87]!'

하고 여기고는 문약허를 보고

"선생이 번 이 은전들로 여기서 팔 물건을 장만하면 남길 수 있는 이문이 많지 않습니다. 차라리 우리 동행인들한테 주문해서 장만하십

---

86) 【즉공관 미비】透極。통찰력이 대단하다.
87) 【즉공관 측비】又准。이번에도 들어맞았군!

시오. 몇 백 냥 어치 중국의 물건들을 팔고 그 돈을 가지고 배를 내려서 이곳 특산물이나 진기한 물건들로 바꾸어 가지고 돌아간다면 큰 이문을 남길 겁니다. 이 은전들을 공연히 아무 쓸모도 없이 곁에 재어 놓고만 있는 것보다야 훨씬 낫지 않겠습니까?"

그러자 문약허가 말하는 것이었습니다.

"저는 운이 없는 놈이올시다. 여태껏 밑천을 가지고 재산을 늘리려고 할 때마다 밑천까지 다 날리지 않은 적이 한 번도 없었지요. 이번에 여러분께서 이끌어주신 덕분에 밑천 없이 이 장사를 해서 우연히 뜻밖의 횡재를 만났으니 이것만 해도 정말 엄청난 행운인 셈입니다. 그런데 어떻게 돈을 더 불리겠다고 무모한 욕심을 부린단 말입니까? (…) 만에 하나라도 예전처럼 또 밑천을 날려버린다면 동청홍처럼 인기 있는 물건을 또 구한다는 보장이 어디 있겠습니까?88)"

"우리가 필요로 하는 것은 은자이고 가진 것은 화물이니 서로서로 융통해서 다 같이 이문을 얻는 것도 나쁘지는 않다고 봅니다만."

하고 사람들이 말하자 문약허가 말했습니다.

"한번 뱀에게 물리면 삼 년 동안은 새끼줄만 봐도 놀란다89)고 하지

---

88) 【즉공관 미비】知足之人, 宜其有後福。 만족할 줄 아는 사람은 나중에 복을 받게 되지.
89) 한번 뱀에게 물리면 삼 년 동안 새끼줄만 봐도 놀란다[一年喫蛇咬, 三年怕草索]: 명·청대에 유행한 속담. 우리 속담 "자라 보고 놀란 가슴 솥뚜껑 보고도 놀란다"와 같은 경우라고 할 수 있다. 여기서는 문약허가 평소 자신을 놀리던 배의 상인들이 그가 귤을 팔아 번 은전에 욕심을 내고 그런 제안을

않습디까. 팔 물건 이야기를 꺼내시니 바로 주눅이 드는군요. 그냥 이 은전들만 챙겨서 돌아가렵니다."

그러자 사람들은 일제히 손뼉을 치면서 말했습니다.

"몇 배나 되는 이문을 눈앞에 두고 포기하다니 아깝구나 아까워!"

그리고는 다른 사람들을 따라 배를 내려 상점으로 가서 팔 물건을 무사히 인도하고 돈을 건네받는 것이었지요.

그렇게 얼추 보름 정도 지났습니다. 문약허는 괜찮은 물건들을 몇 가지 봐 두기는 했지만 자신은 이미 목적을 다 이루었다고 여기고 전혀 신경을 쓰지 않았지요.

볼일을 다 마친 사람들은 함께 배에 올라 신복(神福)90)을 사르고 음복을 한 후 출항했습니다.

그렇게 며칠 동안 바닷길을 갔을 때 였습니다. 갑자기 기상이 바뀌기 시작 하는데 가만 보니

해상의 평안을 지켜 주는 수호신 마조馬祖가 그려져 있는 신복

하는 속셈을 알고 완곡하게 거절하기 위하여 말한 것으로 해석할 수 있겠 다. 원문에는 '한번'이 "한 해[一年]"로 나와 있으나 편의상 우리 식 표현에 맞추어 '한번'으로 번역했다.

90) 신복神福: 신의 모습을 그린 종이. 여기서는 배와 뱃사람을 지켜주는 수호 신에게 바치는 제물 정도로 이해하면 좋을 것 같다.

먹구름이 해를 가리고	烏雲蔽日,
시커먼 파도가 하늘까지 치솟으며	黑浪掀天。
뱀, 용이 노닐고 춤추며 허공에 솟구치니	蛇龍戲舞起長空,
물고기, 거북 모두 놀라 물로 숨는구나.	魚鼈驚惶潛水底。
배는 출렁출렁	艨艟泛泛,
마치 편히 머물지 못하는 갈가마귀들 같고	只如棲不定的數點寒鴉,
섬은 넘실넘실	島嶼浮浮,
흡사 잠수할 줄 모르는 가마우지들 같구나.	便似沒不煞的幾雙水鶹。
배 안은 키로 쌀을 까부는 듯	舟中是方揚的米簸,
배 밖은 솥에서 밥이 익어가는 듯.	舷外是正熟的飯鍋。
어쨌든 풍백[91])께서 너무도 무정하셔서	總因風伯太無情,
뱃사공조차 다들 새파랗게 질리는구나!	以致篙師多失色。

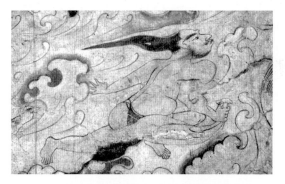

중국 남북조 시대 고분벽화에 그려진 풍백(비렴)의 모습

---

91) 풍백風伯: 중국 고대 신화나 전설에 등장하는 바람의 신. 치우蚩尤의 후배
로 '풍사風師·기백箕伯' 등으로도 불리며 이름은 '비렴飛廉'이었다고 한다.
사슴 같은 몸통에 표범 같은 무늬가 있고, 머리는 공작孔雀을 닮았고, 꼬리
는 뱀의 그것과 같았다고 전해진다.

배의 사람들은 바람이 이는 것을 보자 돛을 반이나 끌어내린 뒤에 동서남북을 따지지도 않고 기세등등한 바람에 쓸려 떠내려갔습니다. 그러다가 저 멀리서 어렴풋이 섬이 하나 보이자 바로 돛줄을 움켜잡고 무조건 섬을 주시하면서 배를 몰았지요. 조금씩 가까워지면서 보니 공교롭게도 사람이 살지 않는 빈 섬인데 가만 보니

나무들은 하늘을 향해 뻗어 있고	樹木參天,
잡초들은 곳곳에 자라 있네.	艸萊遍地。
황폐하고 썰렁한 길목에는	荒涼徑界,
토끼의 흔적이며 여우의 자취뿐이요	無非些兔跡狐踪。
평탄하면서도 구불구불한 땅은	坦迤土壤,
용이 깃든 못이나 범이 사는 굴은 아니겠지.	料不是龍潭虎窟。
흐릿하고 아득하다 보니	混茫內,
어느 나라 땅인지조차 알 수가 없으니	未識應歸何國轄,
천지가 개벽한 이래	開闢來,
사람이 오른 적 있었는지조차 모르겠구나.	不知曾否有人登。

배 위의 사람들은 고물 쪽으로 쇠닻[92]을 내리고 말뚝과 니리泥犁[93]를 들고 상륙해 단단히 고정한 다음 선창을 향해 말했습니다.

"일단 느긋하게 좀 앉아서 바람이 불 때까지 기다리시면 되겠습니다."

---

92) 【교정】쇠닻[鐵猫]: 앞의 "쇠닻"과 마찬가지로, 상우당본 원문(제52쪽)에는 뒷글자가 '고양이 묘猫'로 나와 있으나 전후 맥락을 고려할 때 '닻 묘錨'을 써야 옳다.
93) 니리泥犁: 닻을 고정하는 데에 사용하는 공구의 일종.

수중에 돈이 생긴 문약허는 날아서라도 집으로 돌아가고 싶었고 당장이라도 길을 나서고 싶었습니다. 그런데 이렇게 발이 묶여 우두커니 앉아만 있으려니 속이 다 타지 뭡니까. 그래서 사람들에게

"저는 일단 배에서 내려 섬이나 둘러보겠습니다."

하고 말했더니 사람들은

"황량한 섬일 뿐인데 무슨 볼 것이 있다고요."

하고 말하지 뭡니까. 그래서 문약허가 말했습니다.

"어차피 마냥 빈둥거리고만 있어야 될 판이니 지장이야 있겠습니까?"

사람들은 거친 바람에 시달려 머리가 다 지끈거렸습니다. 그래서 저마다 연신 하품을 해대면서 함께 가려 들지 않는 것이었습니다. 결국 문약허만 혼자서 정신을 추스르고 뭍으로 뛰어내렸지요. 그런데 바로 이 걸음 덕분에 다음과 같은 일이 벌어집니다.[94]

---

94) 다음과 같은 일이 벌어집니다[有分交]: 명대 (의)화본 및 장회章回 소설에서 장면이 끝나거나 바뀔 때마다 사용하는 상투어. 보통 이 앞에는 "바로 이 걸음 덕분에只因此一去"라는 말이 관용적으로 사용되며, 이 뒤에는 다음 장면에서 벌어질 사건이나 상황을 사전에 미리 암시하는 두 구절의 시를 사용함으로써 청중들이 이야기에 몰입하도록 이끄는 역할을 하는데, 엄밀한 의미에서는 독서를 목적으로 한 일반 소설의 관용적인 표현이라기보다는 극장에서의 공연을 목적으로 한 공연물에서 주로 사용하는 연극적 장치의 일종으로 이해하는 것이 더 좋을 듯하다. "분교分交"는 '분교分敎'로 표기하기도 한다. 여기서는 "유분교有分交"를 편의상 "다음과 같은 일이 벌어진다" 식으로 번역했다.

십 년 묵은 껍데기에 정령이 모습을 드러내니   十年敗殼精靈顯,
그토록 궁상맞던 선비에게 부귀가 찾아오는구나! 一介窮神富貴來。

만일 이야기를 들려드리는 소인이 연배가 같고 시대가 같았다면, 거기다 점을 치기도 전에 미리 알 수 있는 예지력이 있었더라면 두 발이 꼼짝도 하지 않으면 지팡이를 짚고서라도 그를 따라 동행했을 테지요. 그랬더라면 아쉬움은 없었을 것입니다.

다시 이야기를 들려드리겠습니다.[95] 문약허는 사람들이 동행하지 않자 오기가 발동했던지 나무 덩굴을 잡고 타면서 아예 섬 가장 높은 곳까지 올라갔지요. 그 섬은 고생스럽기는 하지만[96] 그다지 높지 않아 큰 힘이 들지는 않았습니다. 그러나 잡초가 무성해서 길다운 길조차 없었지요. 어쨌든 위로 올라가 바라보니 사방은 끝없이 펼쳐져 있는데 자신만 외로운 한 닢의 풀잎 같은 신세인지라 저도 모르게 서글퍼져서 눈물이 나왔습니다.

'생각해보면, 내가 그렇게 똑똑한 체 굴었는데도 내내 운수가 나빴지. 가산이 차츰 줄어들고 이 몸 하나만 남아 바다 너머까지 흘러왔으

---

95) 다시 이야기를 들려드리겠습니다[却說]: 송·원대 화본, 명·청대 의화본 및 장회 소설에서 이야기꾼이 상투적으로 사용하는 표현. 앞서의 상황에 반전이 발생하거나 맥락이 바뀔 때 주로 나온다. 본서에서는 상황에 따라서는 "한편, 어쨌든 간에, 그런데 말입니다" 등으로 융통성 있게 번역했다.

96) 【교정】고생스럽기는 하지만[若]: 상우당본 원문(제53쪽)에는 '같을 약若'으로 나와 있으나 전후 맥락을 고려할 때 원래는 '쓸 고苦'를 써야 옳다. 여기서는 바로 앞에 섬을 둘러보는 대목이 소개되고 있으므로 '고苦'를 '힘이 들다, 고생스럽다' 정도로 번역하는 것이 좋을 듯하다.

니 말이야. 요행히 주머니에 천 닢 남짓한 은전이 생기기는 했지만 그것들이 운명적으로 내 것으로 정해진 것인지 아닌지는 알 수가 없지. (…) 지금은 절해고도에 발이 묶인 채 괜찮은 곳도 미처 가보지도 못하고 있구나! 어쩌면 목숨마저 바닷속 용왕님에게 갖다 바치는 것과 같은 격이 아닌가!'

이렇게 생각하면서 슬퍼할 때였습니다. 가만 보니 저 멀리 풀더미 속에 웬 물건이 높다랗게 솟아 있는 것이 아닙니까. 문약허는 그쪽으로 걸음을 옮겨 다가갔습니다. 가까이서 보니 침상만큼이나 커다란 오래 묵은 거북이 껍데기였습니다. 그는 깜짝 놀랐습니다.

정화鄭和 대항해 600주년 기념 우표 속의 원양선. 돛이 여러 개 보인다.

"이렇게 큰 거북이 다 있다니 믿을 수가 없구나! 세상 사람들이 어디 본 적이 있겠어? 이야기를 해줘도 믿지 않을 거야. (…) 나는 바다 너머로 나온 이래로 외국의 특산물은 전혀 챙긴 적이 없었다. 이번에 내가 이것을 가져가면 희한한 물건이니까 남들에게 보여주더라도 없는 말을 지어낸다며 '소주 사람들은 거짓말을 잘한다'는 소리를 듣는 일은 없겠지. 또 하나, (…) 톱으로 켜서 하나는 덮개로 하나는 널판으로 삼고 각각 다리를 네 개씩 만들면 두 개의 침대라고 해도[97] 전혀 이질감이 들지 않아."

그러다가 발싸개 두 장을 풀어 거북 껍데기 속으로 관통시킨 다음 매듭을 묶어서 끌고 갔습니다.[98] 그렇게 뱃전까지 끌고 오자 배의 사람들은 그 모습을 보고 웃으면서 말하는 것이었습니다.

"문 선생님, 어디서 배라도 끌고[99] 오셨나 보죠?"

송대 풍속화 《청명상하도淸明上下圖》 속의 배끌이꾼(동그라미)

---

97) 【즉공관 측비】 奇想。非蘇州人不能。 기발한 발상이군! 소주 사람이 아니면 불가능하지.

98) 【즉공관 측비】 又巧。 이것도 교묘하군.

99) 배라도 끌고[跎縴]: 엔진을 장착하고 증기나 석유를 에너지원으로 삼는 동력선이 존재하지 않았던 고대에는 배를 움직일 때 인력이나 풍력에 의존할 수밖에 없었다. 특히, 하천의 하류에서 상류로 배를 움직여야 할 때에는 다수의 인부가 배에서 내려진 여러 가닥의 동아줄을 몸에 묶고 배를 끌곤 했는데 이를 '타견跎縴' 또는 '납견拉縴'이라고 했다. 여기서 배에 있는 상인의 농담은 문약허가 큰 거북 등껍질을 끌고 온 것을 배를 끄는 것에 빗대어 그를 조롱하기 위해서 한 말이다.

"여러분께 알려드리겠습니다. (…) 이것이 바로 제가 가지고 돌아갈 해외의 특산물이올시다!"

문약허가 이렇게 응수하길래 사람들이 고개를 들고 보니 기둥 없이 널판만 있는 딱딱한 침상 같은 모양이지 뭡니까.

"정말 큰 거북 껍질이로군요! 헌데… 그건 끌고 와서 어쩌시게요?"

다들 놀라서 묻자 문약허가 말했습니다.

"좀처럼 보기 드문 것이어서 가지고 가려고요."

"좋은 물건이야 얼마든지 많구만 그걸 어따 쓰시려고…"

하면서 사람들이 이죽거리는 것이었습니다. 개중에는 또

"저래 보여도 쓸 데가 있다네. 무슨 엄청나게 궁금한 일이라도 생기면 저걸 달구어서 점을 치면 되거든. 그건 그렇고 … 저렇게 큰 거북으

명대에 점집에서 거북점을 치는 사람들. 구영, 〈소주청명상하도〉(부분)

로 만든 약은 없겠지[100])?"

하는 사람이 있는가 하면 또 어떤 사람은

"의원들은 졸여서 거북이 고약[101])을 만들기도 하지. 끌고 가신 다음 빻아서 졸이면 작은 거북 껍데기 몇백 개 값은 할 게 아닌가?"

하고 놀리는 것이 아닙니까. 그래도 문약허는

"쓸모가 있든 없든 상관없습니다. 그냥 희한하기도 하고 (…) 게다가 밑천도 들이지 않고 가지고 갈 수 있잖습니까?"

하더니 그 자리에서 배의 선원을 불러 어깨에 지게 해서 선창까지 부려놓는 것이었습니다. 당초에는 산 아래가 하도 드넓다 보니 '크기가 그저 그런가' 싶었는데 지금 선창 안에서 보니 한결 더 커 보였지요. 바닷길을 다니는 배가 아니었다면 이렇게 큰 물건은 실을 수조차 없었을 테지요. 어쨌든 사람들은 다 같이 한바탕 웃더니 말했습니다.

"댁에 도착해서 누가 물으면 문 선생님은 '이렇게 큰 거북이 장사를 하고 왔다'고 대꾸하시면 되겠구먼요?"

---

100) 【즉공관 미비】 渾語俱趣。 거친 표현들이지만 다 재미있군.

101) 거북이 고약[龜膏]: 거북이 등껍질을 다른 약재들과 함께 졸여서 만든 중국의 전통 의약. '귀고龜膏·귀교龜膠·귀갑교龜甲膠' 등으로도 부르며, 묵은 거북이 등껍질을 사용한다고 해서 '패귀고敗龜膏'로 부르기도 하는데, 심장과 신장을 튼튼하게 하고 음기를 기르고 피를 보충하며 지혈 등의 약효가 있다고 전해진다.

"놀리지 마십시오! 제게는 어쨌든 쓸 데가 있습니다. 절대로 버릴 물건이 아니에요."

문약허는 이렇게 말하면서 남들이야 비웃건 말건 그저 의기양양했습니다. 그는 물을 좀 받아 와서 그 안팎을 깨끗이 잘 씻고 수건으로 물기를 훔쳤습니다. 그런 다음 자신의 돈주머니며 짐들을 모두 거북 등껍질 안에 욱여넣더니 동아줄로 묶어 커다란 가죽 상자로 삼아 웃으면서 말했습니다.

"이렇게 해놓으니까 당장 쓸모 있게 되지 않았습니까?"

"기발한 생각이네요, 기발한 생각이야! 우리 문 선생님은 역시 똑똑한 분이라니까?"

그날 밤은 다른 이야깃거리가 없었습니다.[102]

다음날은 바람이 잠잠해져서 배를 몰고 길을 나섰지요. 그렇게 며칠이 되지 않아 또 도착한 곳은 다름 아닌 복건 땅이었습니다그려. 배를 세우기가 무섭게 뱃사람 시중과 접대에는 이골이 난 거간꾼 무리가 떼를 지어 몰려들더니 누구는 '장 가 집이 좋다', 누구는 '이 가 집이 좋다' 하고 밀고 당기면서 쉬지 않고 바람을 잡는 것이 아닙니까. 배의 사람들이 전부터 잘 알고 지내던 한 사람을 알아보고 그 뒤를 따라가자 나머지 사람들도 그제야 호객을 멈추는 것이었습니다.

---

102) 다른 이야깃거리가 없었습니다[無詞]: 송·원대 화본, 명·청대 의화본 및 장회 소설에서 이야기꾼이 상투적으로 사용하는 표현. 특기할 만한 이야깃거리가 없어서 그다음 줄거리를 생략할 때 이 표현을 사용하곤 했다.

사람들이 어떤 페르시아[103) 이방인의 큰 가게로 가서 앉았을 때였습니다. 안에서 주인이 바다 손님들이 오셨다는 소리를 듣고 서둘러 선불로 요리사를 불러 식탁 몇십 개의 술자리를 마련하더니 이런저런 분부를 잘 마친 뒤 느긋하게 걸어 나오는 것이었습니다. 이 가게의 주인은 페르시아국 사람으로, 특이하게도 마노의 '마馬' 자를 성씨로 써서 이름을 '마보합馬寶哈'이라고 했지요. 그는 바다 손님들만을 대상으로 진귀한 보물이나 화물을 현금으로 바꾸어주는 장사를 하고 있었는데 밑천만 해도 몇 만 금이나 되는지 모를 정도였습니다. 이 사람들은 모두가 전부터 바닷길을 다니던 사람들이어서 다들 주인과 서로 잘 아는 사이였고 문약허만 초면이었지요. 문약허가 고개를 들어 보니 페르시아 이방인은 중국 땅에서 얼마나 오래 살았는지 차림새며 말투가 내국인들과 그다지 분간이 되지 않을 정도였습니다. 물론, 눈썹과 수염을 깎고 눈구멍이 움푹 들어가고 콧대가 높은 것이 이국적으로 보이기는 했지만요. 주인은 나와서 사람들과 인사를 나누고 손님에 대한 예의를 다 차리고 나서 자리에 앉았습니다. 그러고는

---

103) 페르시아[波斯]: 고대 국가인 '페르시아Persia'를 한자로 표기한 음차 이름. '페르시아'는 원래 아리안Aryan이 이란 고원 일대로 진출하여 세운 나라와 그 문명을 말하며, 기원전 6세기경 그리스 사람들이 그 지역의 파스Pars라는 곳의 이름을 따서 '페르시아'로 부르게 된 것이다. 기원전 6세기 이후로 이란이 건국되는 1935년까지 이 지역에서는 파르티아, 박트리아 등 시기에 따라 조금씩 다른 이름으로 일컬어졌지만, 중국에서는 전통적으로 '페르시아'를 발음 그대로 한자로 표기한 '파사波斯'라는 이름으로 통용되었다. 《박안경기》가 출판되던 시기인 16~17세기에 '페르시아' 즉 이란 지역에는 사파비드Safavid 제국이 존재하고 있었다. 《박안경기》의 작자 능몽초는 제1권에서 마보합을 페르시아국 출신으로 소개하는데 이는 이란 지역뿐만 아니라 중동, 즉 아라비아 지역을 두루 일컫는 이름으로 사용되었을 가능성이 높다.

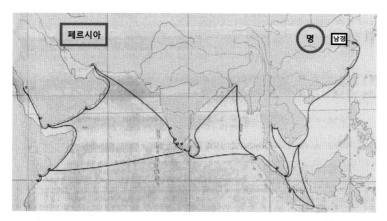

명대 항해가 정화鄭和의 항해노선도. 왼쪽 동그라미 지점이 페르시아(지금의 이란)이다.

차를 두 잔 마신 뒤 몸을 일으켜 어떤 큰 회당會堂[104]으로 손님들을 안내하는 것이었습니다.

거기에는 술자리가 아주 근사하게 마련되어 있었습니다. 거기다가 줄까지 나란히 맞추어져 있는 것이 아닙니까. 알고 보니 관례상 바닷 배가 이곳에 도착하면 주인이 일단 이런 환대 잔치를 베풀고 그런 다음에 화물을 부려다가 흥정을 한다는 것이었습니다. 주인은 손에

---

104) 큰 회당[大廳] : 중국 근세의 가옥 구조 중 하나. 한대 이전의 중국인들은 지금의 한국이나 일본처럼 신발을 벗고 입실하는 좌식 문화가 전승되었다. 그러나 한대 이후로 5호 16국 시대를 거쳐 북방민족의 중원 진출이 활발해 지면서 신발을 신고 입실하는 입식 문화로 변형되었다. 대청大廳은 이 이야 기의 두 번째 삽화에서 보듯이 전형적인 서양식 홀hall의 형태이다. 다만 한국에서는 '홀'에 대응하는 어휘가 존재하지 않는다. 일본의 시오노야 온 〈초각 박안경기〉에서는 이를 '히로마ひろま, 広間' 즉 '넓은 방'으로 번역했 다. 그러나 '대청'은 방room이 아니라 홀hall을 가리키기 때문에 정확한 번 역이라고 보기 어렵다. 여기서는 편의상 '의미적으로' 가장 비슷한 '큰 회당 會堂'으로 번역하기로 한다.

법랑으로 된 국화 문양의 쟁반과 잔 한 벌을 들고 두 손을 모아 인사하면서 말했습니다.

꽃 문양이 그려진 법랑 쟁반

"여러분, 자리를 정하기 수월하도록 물목105)을 보여주실까요?"

손님들, 이것이 무슨 뜻인지 아시겠습니까? 이제 보니 페르시아 이방인들은 이문을 중시하여 화물의 물목에 일만 금이 넘어가는 신기하거나 기이한 보물을 가진 사람만 상석에 앉히고 나머지 사람들은 물건 값어치에 따라 순서대로 앉히곤 했던 것입니다. 여기에 나이나 신분은 따지지 않는 것이 오랫동안 지켜온 불문율이었지요.106) 그 사람들 중에서 화물이 값지고 싸고, 많고 적고는 너도 알고 나도 알고 서로가 다 훤히 알고 있었습니다. 그래서 거의 모두가 술잔을 받자 자기 자리로 가서 앉는데 문약허 한 사람만 혼자 남아서107) 한쪽에 멀뚱멀뚱 서 있는 것이 아닙니까.

"이쪽 손님은 뵌 적이 없는데… 이번에 처음 바다 너머로 다녀오셨나 보군요. (…) 가지고 오신 물건이 많지 않은가 봅니다?"

---

105) 물목[單子]: '단자單子'는 특정한 사건이나 물건에 관한 정보를 적거나 명칭을 열거한 명단 또는 목록을 말한다. 특정인의 사주四柱를 적은 종이를 '사주단자', 혼례 예물을 나열한 물목을 '혼수단자'라고 부르는 것도 이와 같은 맥락의 표현이다. 여기서는 편의상 "물목"으로 번역했다.
106) 【즉공관 미비】當今之世, 不獨波斯胡爲然矣。요즘 같은 세상에서는 페르시아 오랑캐들만 그런 것은 아닐 테지.
107) 【즉공관 측비】可憐。딱하구나!

하고 주인이 말하니 사람들이 일제히 이렇게 말하는 것이었습니다.

"그분은 우리하고 좋은 친구인데 바다 너머까지 놀러 나왔답니다. 수중에 돈은 있는데 물건을 장만할 생각은 아예 안 하시더군요. 미안하게 됐지만 오늘은 어쩔 수 없이 말석에 앉으셔야지요 뭐."

문약허가 민망한 표정이 완연한 얼굴로 맨 끝자리에 앉자 주인도 그제야 한쪽 옆에 앉는 것이었지요. 그런데 술을 마시는 사이에도 어떤 사람은 '나한테는 묘아안猫兒眼[108])이 얼마나 있네', 어떤 사람은 '나한테는 조모록祖母綠[109])이 얼마나 있네' 하면서 서로 자랑이 끊이지 않았지요.

그 바람에 문약허는 아무 소리도 못 하고 묵묵히 앉아만 있었습니다. 그러다가 자신도 후회가 좀 되기는 했던지 속으로

묘아안(묘안석)과 조모록(에메랄드)

'저번에 사람들이 권하는 대로 따라서 팔 물건을 좀 장만해 올 것을! (…) 지금 주머니에는 달랑 은전 몇백 냥만 지니고 있으니 한마디

108) 묘아안猫兒眼: '고양이 눈cat's eye'을 닮은 1자 문양이 있는 보석인 묘안석猫眼石의 다른 이름. 황색·갈색·녹색 등 다양한 색깔이 있다.
109) 조모록祖母綠: 녹색을 띠는 상당히 비싼 보석인 에메랄드emerald의 중국식 이름.

도 끼어들 수가 없구나."

하는 생각도 했지만 이내 한숨을 쉬면서 말했습니다.

"나는 애초에 밑천조차 없었지 않은가! 이번에는 이 정도도 큰 행운을 만난 셈이니까 만족할 줄 알자."

문약허는 이런저런 생각을 하다 보니 술을 마실 기분이 다 달아나 버렸습니다. 그런 심정을 아는지 모르는지 사람들은 획권劃拳110)을 놉네 주령酒令111)을 벌입네 하면서 질펀하게 술을 마시고 놀기에 바빴습니다.

획권과 주령을 노는 모습

주인은 노련한 사람이다 보니 문약허가 우울해하는 기색을 진작부터 눈치 채고 있었습니다. 그러나 대놓고 묻기는 난감해서 무심한 척 그에게 술만 몇 잔 권할 수밖에 없었지요. 이윽고 사람들은 모두 일어나

---

110) 획권劃拳: 중국 고대에 술자리에서 흥을 돋우려고 놀던 놀이로, '시권猜拳·시매猜枚·장구藏鬮·장구藏鉤' 등으로 불리기도 한다. 노는 방법은 가위바위보와 비슷하지만 승부를 결정하는 방법은 상당히 다르다. 두 사람이 각자 손가락이나 주먹을 내면서 숫자를 외치고 그 숫자가 쌍방이 낸 손가락의 숫자와 일치하는 쪽이 이기며, 진 쪽은 벌주를 마신다.

111) 주령酒令: 중국의 전통적인 놀이. 술자리에서 참여자들이 한 사람을 심판으로 정하고 남은 사람들은 시나 대련對聯, 그 밖에 즉석에서 정한 규칙 등을 돌아가면서 차례로 대답해야 되는데, 이를 어기거나 틀리면 벌로 술을 마셔야 한다.

"술도 마실 만큼 마셨고 날도 저물었으니 서둘러 배를 타러 갑시다. 내일 물건도 내려야 하니까."

하더니 주인에게 작별인사를 하고 떠나고, 주인도 술자리를 끝내고 정리를 마치고 나서 잠자리에 드는 것이었습니다.

이튿날 이른 아침이었습니다. 주인은 일찌감치 해안에 정박한 배 앞까지 손님들에게 인사를 하러 왔습니다. 그가 배 위로 올라가 죽 둘러보는데 선창 안에서 그 육중한 물건이 가장 먼저 눈에 들어오지 뭡니까. 그는 깜짝 놀라면서 말했습니다.

"이건 … 어느 손님 보물입니까! 어제 술자리에서는 전혀 이야기를 안 하셨는데 (…) 설마 팔지 않을 생각이십니까?"

그러자 사람들은 다들 손가락으로 가리키고 이죽거리면서

"그건 저희 친구 문 선생님의 보물이지요."

하고 빈정거렸고 개중에 어떤 사람은

"게다가 팔리지도 않는 재고품이올시다."

하고 깐족거리지 뭡니까. 주인이 문약허 쪽을 보니 새빨개진 얼굴에 성이 난 기색이 역력한지라 사람들을 호되게 나무랐습니다.

"저는 여러분과 벌써 몇 해째 거래해온 사이입니다. 그런데 어떻게 이런 식으로 저를 우롱할 수가 있습니까? 저더러 처음 오신 손님을 말석에 앉히는 큰 실례를 범하게 만들다니요. 이게 무슨 경우입니까!"

그러고는 덥석 문약허의 손을 잡아 끌더니 그들을 향해 말하는 것이었습니다.

"잠시 화물 부리는 작업을 멈추고 배에서 내려 사죄하게 해주십시오!"

사람들은 영문을 알 길이 없었습니다. 문약허와 좀 알고 지내던 몇 사람, 그리고 호기심이 많은 몇 사람은 상황이 좀 심상치 않다고 여겼던지 십여 명 정도 나와서 그들 뒤를 따라 가게로 와서 어찌 된 영문인지 지켜보았지요. 주인은 문약허를 데려다 놓고 등받이가 있는 접의자를 나란히 놓았습니다.

등받이가 있는 명대의 접의자

그러고는 남들이야 뭐라고 하든 말든 그를 가장 윗자리에 앉히더니

"아까는 실례를 저질렀습니다! (…) 일단 좀 앉으시지요."

하고 권하는 것이 아닙니까. 문약허는 어리둥절한 한편 이렇게 생각했습니다.

'설마 이것이 보배라도 된다는 말인가? 그렇다면 복덩이가 굴러 들어온 셈이 아닌가!'

주인은 안으로 들어갔다가 잠시 후에 나와서 사람들을 몰고 전날 술을 마셨던 장소로 데려갔습니다. 그리고 준비해놓은 몇 상의 술자리로 안내하는데 가장 윗자리는 전보다 더 성대하게 차려져 있었지요. 주인은 술잔을 들고 문약허에게 예의를 갖춘 뒤에 사람들을 보고 말하는 것이었습니다.

"문 공이야말로 가장 상석에 앉으셔야 합니다. 당신들은 쓸데없이 배에 물건을 잔뜩 실어 오기는 했습니다만 이 분을 따라오려면 아직 멀었습니다. (…) 지난번에는 실례를 했습니다, 실례를!"

그 광경을 본 사람들은 상황이 우습기도 하고 해괴하기도 해서 긴가민가하면서도 따라서 자리에 앉았습니다.
술이 세 잔째 돌았을 때 주인이 입을 열었습니다.

"손님께 여쭙겠습니다. 아까 그 보배를 (…) 파실 의향은 없는지요?"

문약허는 기자가 넘치는 사람이어서 '지금이 기회다' 싶었는지 대답했지요.

"값만 잘 쳐주신다면 왜 안 팔겠습니까!"

하고 대답했지요. 팔 용의가 있다는 소리를 들은 주인은 자기도 모르는 사이 갑자기 기쁜 일이 생기기라도 한 것처럼 얼굴에 웃음꽃이 흐드러지더니 자리에서 벌떡 일어나서 말하는 것이었습니다.

"정말 파실 의향이 있다니 (…) 값만 부르시면 기꺼이 아낌없이 쳐드리겠습니다!"

문약허는 사실 그것이 얼마만큼 가치가 있는지 몰랐습니다. 그러나 너무 적게 부르면 전문가가 아닌 티가 날 것 같고, 너무 많이 부르면 비웃음을 살 것 같았지요. 곰곰이 생각해보았지만 얼굴만 화끈 달아 오를 뿐 도무지 흥정을 할 도리가 없지 뭡니까. 그러자 장대가 문약허 에게 눈짓을 하더니 손을 의자 등받이 위에 올려 손가락 세 개를 세우 고 다시 검지를 허공에서 한번 삐치더니

"아예 이만큼 불러버리십시오."

하고 암시를 주는 것이었습니다. 그러나 문약허는 고개를 가로저으 면서 손가락 하나를 세우고 말했지요.

"여기서 그만큼은 달라고 하기가 어렵지요."

그 광경을 주인이 발견하고 물었습니다.

"정말 얼마나 원하시는 건가요?"

장대는 이판사판 한번 해보자는 투로

"문 선생님의 손짓을 보니 일만 금을 원하시는 것 같습니다!"

라고 말해버리지 뭡니까. 주인은 큰 소리로 웃으면서 말하는 것이 었습니다.

"그건 팔자는 게 아니라 저를 놀리시는 거지요. (…) 그런 보물을 겨우 그 값 갖고 되겠습니까?"

사람들은 전부 눈을 번쩍 뜨고 입을 쩍 벌리면서 일제히 일어나더니 문약허를 붙잡고 의논을 하려고 몰려들었습니다.

"횡재올시다 횡재! 엄청나게 값진 보물 같습니다. 사실 우리는 값을 어떻게 정해야 할지 모르겠군요. (…) 차라리 문 선생님께서 큰 액수를 요구하십시오! 저쪽에서 적당한 액수를 제시하겠지요."

문약허가 내내 입을 닫고 말 꺼내기를 민망해하면서 말을 하려다 말자 사람들은

"기가 죽으면 안 된다니까요!"

하고 부추겼고 주인은 주인대로

"솔직하게 말씀하셔도 괜찮습니다."

하고 재촉하지 뭡니까. 문약허는 하는 수 없이 오만 냥을 불렀습니다. 그러나 주인은 그래도 고개를 가로저으면서

"안 될 말씀입니다, 안 될 말씀이야! 그럴 수야 없지요."

하더니 장대를 붙잡고 말하는 것이었습니다.

"단골 여러분은 바다 너머로 드나든 적이 한두 번이 아닙니다. (…) 손님을 다른 분들이 다 '장 식화'라고 부르던데 어떻게 이 보물의 가치를 모르실 수가 있습니까? (…) 역시 파실 마음도 없이 그저 저희 가게나 놀려먹자는 생각이신 것 같군요!"

"솔직히 말씀드리자면 이분은 제 절친한 친구로 '바다 너머로 유람이나 다녀오자'는 생각으로 동행하셨습니다. 그래서 팔 물건을 장만하지도 않았지요. 아까 그것은 태풍을 피하러 들어간 섬에서 우연히 구하신 것이지요. (…) 값을 치르고 장만한 것이 아니다 보니 여기서 값을 얼마나 불러야 할지 난감해하시는 겁니다. 정말로 오만 냥을 주시면 이 분이 한평생 부귀를 누리기에도 충분하니 진심으로 만족하실 것입니다."

하고 장대가 말하자 주인은

"그렇다면 손님이 대표로 보증을 서시면 두둑하게 사례하겠습니다. 물론, (…) 절대로 번복하면 안 됩니다?"

하면서 점원에게 문방사우를 꺼내 오게 한 후 물목 용도로 만들어진 면 재질의 종이를 한 번 접더니 붓을 장대에게 건네고 말했습니다.

"수고스럽겠지만 손님께서 책임지고 계약서를 작성해 주십시오. 거래를 성사시킬 수 있게 말입니다!"

그러자 장대는 함께 온 어떤 사람을 가리키면서

"이 손님은 저중영楮中穎[112]이라고 하는데 글을 잘 쓰십니다."

---

112) 저중영楮中穎: '저楮'는 종이를 만드는 데에 주재료로 사용되는 닥나무를 말하는데 여기서 그 의미가 '글' 또는 '필력', 나아가 '문인' 등으로 확장되기도 한다. '저중영'은 그 이름 자체가 '문인들 중에서도 출중한 사람'을 뜻할 뿐만 아니라, '장 식화識貨' 등의 경우가 그러하듯이, 해당 등장인물이 작품 속에서 수행하는 역할이나 위상을 상징하거나 암시하기도 한다.

하더니 종이와 붓을 그에게 양보하는 것이었습니다. 그래서 저중영은 먹을 진하게 갈고 종이를 잘 편 다음 붓을 들고 이렇게 썼습니다.

"이번 계약에서 장승운 등은 다음 사항들을 보증하는 바입니다: 금일 소주의 고객 문실이 해외에서 입수한 큰 거북 등껍질 한 개[113]를 페르시아인 마보합의 점포에 양도하오니 은자 오만 냥으로 매입해주시기 바랍니다. 합의가 이루어져 계약이 성사되면 갑은 물건을 내고 을은 돈을 내되 쌍방은 절대로 계약사항을 번복하는 일이 없을 것입니다. 만일 번복할 시에는 계약금의 두 배를 벌금으로 물릴 것이며 이 계약서를 그 증거로 삼는 바입니다."

立合同議單張乘運等, 今有蘇州客人文實, 海外帶來大龜殼一个, 投至波斯瑪寶哈店, 願出銀五萬兩買成。議定立契之後, 一家交貨, 一家交銀, 各無翻悔。有翻悔者, 罰契上加一, 合同爲照。

이렇게 같은 양식으로 두 장 작성한 다음, 끝에는 연월일을 적고 그 아래에 장승운을 필두로 해서 그 자리를 지키고 있던 십여 명의 이름까지 차례로 적었습니다. 저중영은 자신이 직접 문안을 작성했으므로 맨 끝에 이름을 적었지요. 계약 날짜 앞의 빈 줄에는 두 계약서를 포개고 그 겹쳐지는 부분에도 한 줄을 적었습니다. 그리고 그 양쪽의 반쯤

이처럼 등장인물의 이름을 통하여 당사자가 해당 작품 속에서 지니는 위상이나 수행하는 역할이 드러나거나 읽히게 하는 기법은 중국의 전통적인 소설·희곡에서 자주 찾아볼 수 있다.

113) 【교정】 개个: 상우당본 원문의 '개个'는 본자本字가 개個이다. 송대 이래로 인쇄를 위한 목판에 글자를 새길 때에는 획수가 복잡한 글자를 동일한 발음의 다른 글자로 대신하는 경우가 많았다. '개'의 경우도 획이 많고 새기기 번거로운 개個 대신 간단한 '개个'를 차용한 것으로 보인다.

되는 지점에 "합동의약合同議約" 네 글자를 적은 다음 그 아래에는 "고객 문실, 주인 마보합"이라고 쓰고 각자 서명을 했습니다. 이어서 물목에 이름을 적을 때에는 뒤에서부터 적는데 '장승운'의 이름까지 왔을 때였습니다.

"우리 서명은 값을 좀 비싸게 쳐주십시오. 그래야 이 거래가 성사됩니다."

하길래 주인도 웃으면서 말하는 것이었습니다.

"적으면 안 되지요, 안 되고말고요!"

장승운이 이렇게 말하자 작성을 마친 주인은 안으로 들어가 먼저 은자가 든 상자 하나를 지고 나와 말했습니다.

"우선 수고비부터 확실하게 지불하고 말씀을 드리도록 하지요."

그러자 사람들은 우르르 그 앞으로 몰려들었습니다. 주인이 상자를 열자 쉰 냥씩 든 보자기가 모두 스무 개 들어 있었습니다. 많지도 적지도 않은 딱 천 냥이었지요. 주인은 그것을 통째로 두 손으로 장승운에게 건네면서 말했습니다.

"손님께서 받아서 잘 확인하시고 여기 계신 분들께 나누어주십시오."

사람들은 처음에 술을 마시고 계약서를 작성하다보니 다들 와자지껄하고 법석을 떨면서 속으로 그래도 믿지 못하는 기색이 역력했었습니다. 그런데 이제 장대가 번쩍번쩍하는 백은을 꺼내 수고비로 나누어주는 것을 보고 나서야 참말이라는 것을 깨달았지요. 문약허는 문약허대로 '이게 무슨 꿈인가, 아니면 술에 취하기라도 했나' 싶어서 말도 제대로 못 하고[114] 멍하니 그 모습을 지켜볼 뿐이었지요. 그러자 장대가 그의 옷자락을 잡아끌면서

"이 수고비는 … 어떻게 나눌까요? 역시 문 형께서 결정하셔야겠습니다!"

하자 문약허는 그제야

"일단 일부터 마무리하고 천천히 하시지요."

하고 한마디 할 뿐이었습니다. 그러자 주인이 빙그레 웃으면서 문약허를 보고 말하는 것이었습니다.

"손님과 상의해야 할 일이 하나 있습니다. (…) 돈은 지금 안채 다락에 있습니다. 전부 지난번에 무게를 다 달아놓았으니 한 푼도 착오가 없습니다. 그러니 손님들 한두 분이 들어가셔서 아무 보자기나 하나 펴서 맞추어보고 달아보십시오. 틀림이 없으면 나머지는 더 맞추어보실 필요도 없겠지요. 다만 한 가지 말씀드리고 싶은 것은, (…) 그 은자는 액수가 적지 않다는 것입니다. 그것들을 나르는 작업이 금방 끝나지는 않을 거라는 말씀이지요. 게다가, (…) 문 선생께서는 홀몸이신데

---

114) 【즉공관 측비】 逼眞光景。得意事乍來, 都如此。사실적인 장면이군. 팔자가 펴지는 일이 갑자기 찾아오면 다 그런 법이지.

어떻게 그것들을 다 배까지 날라 가실 수가 있겠습니까? 더욱이 바닷길로 왔다갔다 해야 하니 불편한 일이 적지 않을 것입니다."

문약허가 곰곰이 생각하더니

"지당하신 말씀입니다. 그러니 지금 어떻게 해야 좋겠습니까?"

하고 되물었더니 주인은 이렇게 제안하는 것이었습니다.

"제 생각에는, (…) 문 선생께서는 지금 돌아가시면 안 될 것 같습니다! 제게는 여기에 포목점이 하나 있습니다. 밑천 삼천 냥이 들어가 있지요. 그 앞뒤로도 크고 작은 건물과 가옥이 백 칸 넘게 있습니다. 역시 규모가 상당히 크고 값도 이천 냥 쯤 되는데, 여기서 반 리 정도 떨어져 있지요. (…) 제 생각은 이 점포의 물건과 건물, 가옥의 문서를 오천 냥으로 쳐서 전부 양도하고 문 선생께서 이곳에 계속 살면서 장사를 하시도록 해드렸으면 하는 것입니다. 그 은자 역시 몇 번이나 날라야 될지 알 수가 없군요. 훗날 문 선생께서 고향으로 돌아가시게 되면 여기는 신임하는 지배인이 운영하도록 위임해놓으면 홀가분하게 다니실 수가 있을 겁니다. 안 그러면 … 지금 저희 점포를 양도하는 것도 어렵지는 않습니다. 그러나 문 선생께서 이것들을 전부 쥐고 계시기에는 아무래도 버거울 겁니다. 제 생각은 그렇습니다."

이렇게 조목조목 설명하고 나자 문약허와 장대는 발을 동동 구르면서

"역시 상계의 거물이자 귀감이십니다! 말씀마다 다 일리가 있군요."

하고 탄복하는 것이었습니다.

'우리 집에는 애초부터 처자식도 없는 데다가 가산도 벌써 탕진한 상태이지. 그러니 은자를 많이 챙겨 간들 보관할 데도 없다. (…) 이 사람 말대로 여기에 살면서 가업을 일으키는 것도 안 될 것은 없겠지. 더욱이 이번에 행운을 만난 것도 매번의 인연과 기회를 한결같이 하늘께서 내려주신 셈이다. 그러니 그저 운에 맡기고 한번 해 보는 수밖에. 물건이며 건물, 가옥도 값이 오천 냥이 안 된다고는 하지만 어쨌든 거저 생긴 것이 아닌가.'

이렇게 생각한 문약허는 바로 주인에게 말했습니다.

"방금 하신 말씀은 정말 훌륭한 묘책입니다! 전부 말씀대로 따르도록 하지요."

명대의 포목점. 구영, 〈소주청명상하도〉(부분)

주인은 문약허를 데리고 안채로 들어가 재물을 확인시켜 주었습니다. 그러고는 장대와 저중영을 불러

"같이 가서 보도록 합시다. 다른 분들은 수고하실 것 없으니 잠시 좀 앉아 계십시오."

하고 이르더니 네 사람이 함께 안으로 들어가는 것이었습니다. 따라 들어가지 못한 나머지 사람들은 저마다 안쪽을 기웃거리면서 너도 한마디 나도 한마디

"이런 신기한 일이 다 있다니! 이런 행운이 다 있다니! (…) 이럴 줄 알았다면 섬에 배를 대고 있을 때 내려서 둘러보기라도 할 것을!115) 그랬더라면 다른 보배라도 챙길 수 있었을 게 아닌가!"

하면서 후회하는가 하면 또 어떤 사람은

"이게 엄청난 복이긴 하지만 저절로 굴러 들어온 거야. 억지로 빈다고 얻어지는 건 아니거든."

하면서 부러워하는데 문약허가 장대, 저중영과 함께 안에서 나오는 것이었습니다.

"어떻게 되었습니까?"

---

115) 【즉공관 측비】愚人事後之見, 大率如此。 어리석은 자들이 일이 다 끝난 뒤에 하는 생각은 늘 이런 식이더군!

사람들이 묻자 장대가 말했습니다.

"안에 높은 다락은 흙으로 만든 곳간으로 은자를 보관하는 곳인데 전부 통에 들어 있습다. 방금 들어가서 보니 큰 통이 열 개나 되는데 통마다 사천 냥씩 들었고, 작은 곽이 다섯 개인데 곽마다 천 냥씩 들어서 다 합쳐서 사만 오천 냥이나 되는 거지요. (…) 이제 문 형께서 직접 자신만의 기호를 적어 잘 봉인해놓았으니 물건을 인도하기만 하면[116) 몽땅 문 형 것이 되겠지요."

이어서 주인도 나오더니 말했습니다.

"건물·가옥 관련 문서와 비단 재고 목록 모두 여기 있습니다. 다 합치면 액수가 오만 금은 되고도 남을 것입니다. 이제 물건을 날라 와야 하니 배로 가시지요."

사람들은 그 길로 다 함께 배가 있는 곳으로 향했습니다. 문약허는 가는 길에 사람들에게 입단속을 시켰지요.

"배에는 사람이 많으니 오늘 일은 절대로 발설하지 말아주십시오! 제가 두둑하게 챙겨드리겠습니다."

사람들은 사람들대로 배에 남아 있는 사람들이 눈치 챌까 걱정이 되었던지 수고비를 받자마자 저마다 입을 닫아걸었지요. 문약허는 배에 오르자 거북 등껍질에서 자신의 보따리와 이불·주머니를 빼고는

---

116) 【즉공관 측비】垂涎。군침이 절로 생기는군!

그 등껍질을 손으로 쓰다듬으면서 중얼거렸습니다.

"횡재였구나, 횡재였어!"

주인은 가게의 점원 둘에게 그 등껍질을 지게 하더니

"조심조심 지고 들어가거라. 절대로 바깥에 두면 안 된다!"

하고 당부했습니다. 배에 남아 있던 사람들은 그 등껍질을 지고 가는 광경을 보고

"재고가 이제야 팔렸나 보군. 그래 얼마에 파셨나?"

하고 물었지만 문약허는 아무 대꾸도 하지 않고 한 손에 보따리를 든 채 배에서 내렸습니다. 방금 전에 같이 내렸던 몇 사람은 뭍까지 따라와서 거북 등껍질을 위에서 아래까지 자세히 뜯어보았지요. 그걸로도 모자랐던지 등껍질 속까지 두리번거렸다 쳐들어보았다 하더니 서로 마주보면서 말하는 것이었습니다.

"뭐가 특별하다는 거야, 대체?"

주인은 아까 그 여남은 명을 데리고 같이 내린 다음 가게로 가서 말했습니다.

"이제 일단 문 선생과 같이 건물과 점포부터 보고 오시지요."

사람들이 주인과 함께 한 장소로 갔더니 번화가 복판에 번듯한 큰

건물이 서 있는데, 문 앞 한가운데가 점포이고 그 옆으로는 골목이 하나 나 있었습니다. 골목으로 들어가서 모퉁이를 돌았더니 커다란 돌널 두 짝으로 된 대문이 보였지요. 문 안에는 큰 뜰이 있고 그 위로 는 대청이 있는데 '내침당來琛堂[117])'이라는 이름이 적힌 현판이 걸려 있었습니다. 대청 옆으로는 곁방이 두 칸 있고, 방 안에는 삼면에 옷장 이 갖추어져 있는데 그 안에는 능라며 온갖 비단이 가득 차 있지 뭡니 까. 그 뒤로도 안방이며 다락방이 즐비하게 늘어서 있었지요.

'이곳을 살 집으로 얻다니, (…) 왕후장상의 저택도 이보다는 못하 겠구나! 게다가 장사를 할 비단 가게까지 있으니 이문이 무진장하겠 구나! (…) 아예 여기서 객상으로 사는 것이 낫겠다. 고향집에 미련을 두어서 무엇 하겠는가?'

문약허는 속으로 이렇게 생각하고 주인에게 말했습니다.

"좋기는 좋은데, (…) 소생이 홀몸이다 보니 아무래도 부릴 하인도 몇 사람 구해야 지낼 수 있을 것 같군요."

"그건 어렵지 않습니다. 저희 가게에 맡겨만 놓으십시오."

주인이 이렇게 말하자 문약허는 벅찬 기쁨을 안고 사람들과 같이 처음의 그 가게로 돌아왔습니다. 주인은 차를 내오게 해서 마시고 말 했습니다.

---

117) 내침당來琛堂: 글자의 의미대로 풀면 '보물이 들어오는 집'이라는 뜻이다. 여기서는 마보합이 문약허의 거북 등껍질을 사들일 것을 암시하는 이름으 로 이해해도 좋을 듯하다.

"문 선생께서는 오늘밤 배에 계실 것 없이 그냥 가게에서 묵으십시오. 부릴 하인은 가게에 지금 있는 사람을 쓰시면 됩니다. (…) 다른 일들도 차근차근 하나씩 해결해나가면 되고요."

그러자 사람들이 모두 말하는 것이었습니다.

"거래가 성사되었으니 더 말할 필요가 없겠고, (…) 우리가 아무리 생각해도 납득 되지 않는 것이 한 가지 있습니다. (…) 이 등껍질에 무슨 특별한 점이 있고, 또 그만큼의 가치가 있느냐 하는 것입니다. 주인장께서 분명하게 가르쳐주시면 좋겠습니다!"

"맞습니다, 맞아요."

문약허까지 거기에 맞장구를 치는지라 주인이 웃으면서 말했습니다.

"여러분께서는 바다를 그렇게 많이 다녔지만 헛수고를 하셨나 봅니다. 이런 것도 알아보지 못했으니 말입니다! (…) '용에게는 새끼가 아홉 마리 있다龍有九子[118]'라는 말은 다들 들어보셨을 테지요? 그중

---

118) 용에게는 새끼가 아홉 마리 있다龍有九子: 중국 고대의 전설. 명대의 서응 추徐應秋(?~1621)가 《옥지당담회玉芝堂談薈》〈용에게는 새끼가 아홉 마리 있다〉에서 "용이 새끼를 아홉 마리 낳지만 용이 되지 않는 것은 각자 좋아하는 것이 있기 때문龍生九子不成龍, 各有所好"이라고 한 데서 비롯되었다. 나중에는 한 배로 낳은 동기지간이라도 성격이나 취향이 각자 다른 것을 비유할 때 주로 사용되었다. 여기서 '아홉[九]'은 정확하게 '아홉'을 나타내는 실수라기보다는 막연하게 '많다'는 의미를 담은 허수로 사용된 것이지만 호사가들을 이를 실수로 해석하여 각각의 새끼에게 이름과 의미를 부여하기도 했다. 예를 들어 명대 학자 이동양李東陽(1447~1516)은 《회록당집懷麓堂集》에서 용의 새끼들 중 첫째를 수우囚

한 마리가 타룡鼉龍입니다. 그 가죽을 북에 씌우면 소리를 백 리 밖에
서도 들을 수 있다고 해서 '타고鼉鼓'라고 하지요. 타룡은 만년을 사는
데 마지막에 등껍질을 벗는 순간 용이 된다고 합니다. 이 등껍질에는
갈비뼈가 스물네 대 있는데, 천상의 이십사 절기에 따라 갈비뼈마다
속의 관절 안에 큰 구슬이 하나씩 들어 있지요. 만일 갈비뼈가 완전히
자라지 않으면 용이 될 수 없고, 따라서 이 등껍질도 벗을 수가 없게
됩니다. 그리고 만일 산 채로 사로잡았을 때에는 등껍질을 북을 씌우
는 용도로만 쓸 수밖에 없지요. 갈비뼈 안에 생긴 것이 없으니까 말입
니다. 그 스물네 대의 갈비뼈가 완전히 자라고 나면 마디마다 구슬이
차고 그제서 그 등껍질을 벗고 용이 되어 승천할 수가 있다는군요.
문 선생께서 구하신 이 등껍질은 저절로 벗겨진 것으로 기간도 다
채웠을 뿐만 아니라 뼈마디도 다 온전합니다. 산 채로 사로잡아 제
수명을 다 채우지 못한 것과는 다르지요. 그래서 이렇게 큰 것입니다.
이 보물에 대해서는, (…) 우리도 속으로야 잘 압니다만 그것이 언제
등껍질을 벗을지 어느 누가 알겠습니까? 게다가 어느 곳에서 마냥

牛, 둘째를 애자睚眦, 셋째를 조풍嘲風, 넷째를 포뢰蒲牢, 다섯째를 산애
狻猊, 여섯째를 도철饕餮, 일곱째를 폐안狴犴, 여덟째를 비희贔屭, 아홉째
를 이문螭吻 또는 치미鴟尾라고 보았고, 양신楊愼(1488~1559)의 《승암외집
昇庵外集》에서는 비희·이문·도철·공복蚣蝮·초도椒圖·금예金猊·포뢰·
폐안·애자를 꼽기도 했다. 또, 어떤 경우는 비희·이문(또는 치미)·포뢰
·폐안·도철·공복·애자·산애·초도로 꼽기도 했다. 여기에 '타룡'은 언급
되지 않은 것을 보면 아마 명대 후기에 새로 추가된 것이 아닌가 싶다.
용의 아홉 마리 새끼에 관한 명대 초·중기의 속설들과는 달리, 여기서 마
보합은 '타룡'을 그중 하나로 소개하고 있지만 《박안경기》의 작자 능몽초
가 활동하던 명대 말기에 '타룡'이 거기에 새로 추가된 것인지 그가 창작
의 필요에 의하여 임의로 허구해낸 것인지는 알 수가 없다. '타룡'은 어떤
경우에는 장강에 서식하는 악어를 일컫는 별칭으로 사용되기도 한다.

페르시아 사람이 타룡의 등껍질을 알아보다.

그 놈을 지켜보고 있을 수도 없는 노릇이지요. 그렇다 보니 등껍질은 가치가 없지만 그 구슬들은 밤에 빛을 내는 까닭에 값을 이루 따질 수 없을 정도로 엄청난 보물로 치는 것입니다. (…) 오늘 우연히 이것을 제 눈으로 직접 보기에 이르렀고, 당초에 의도하지는 않았지만 사들이기까지 했으니 이런 행운이 또 어디 있겠습니까!"

사람들이 그 말을 다 듣고도 반신반의할 때였습니다. 주인은 안으로 들어가서 한동안 있다가 얼굴에 함박웃음을 머금고 나오더니 소매 속에서 서양 천으로 만든 보자기를 하나 꺼내서

"여러분, 이것 좀 보십시오."

하면서 매듭을 풀어헤쳤습니다. 그러자 한 치 크기의 야명주夜明珠119) 한 알이 면화 뭉치에 싸인 채 눈부시게 빛나고 있는 것이 아닙니까. 검은 칠120)을 한 쟁반을 내오게 해서 어두운 곳에 담아놓자 그 구슬은 멈추지 않고 구르면서 번쩍번쩍 한 자가 넘는 빛을 내는 것이었습니다. 그 광경을 본 사람들은 놀란 나머지 어안이 다 벙벙해져 자신이 혀를 빼고 있는 것조차 잊을 정도였지요. 주인은 몸을 돌려 사람들을 보더니 일일이 고맙다고 인사를 했습니다.

---

119) 야명주夜明珠: 밤만 되면 밝게 빛을 낸다는 전설 속의 신비로운 구슬. 통상적으로는 야광석 또는 형광석을 말하며 경우에 따라서는 '수주隨珠·현주懸珠·수극垂棘·명월주明月珠' 등으로 일컫기도 했다.
120) 【교정】 칠[漆]: 상우당본 원문(제74쪽)에는 '무릎 슬膝'로 나와 있으나 이 대목에서 주로 화제가 되는 것이 '검은 쟁반'이므로 전후 맥락을 고려할 때 원래는 '옷 칠漆'을 써야 옳다.

"여러분 덕택으로 드디어 제 소원을 이루었습니다! 이 한 알만 해도 우리나라로 가지고 가기만 하면 아까 그만큼의 값은 너끈히 받을 수 있지요. 나머지 구슬들은 모두 여러분께서 주신 혜택으로 여기고 고맙게 잘 받겠습니다!"

그러자 사람들은 너도 나도 다 놀라 자지러질 지경이었습니다. 그러나 한번 내뱉은 말을 번복할 수는 없었지요. 주인은 사람들 안색이 좀 변한 것을 보더니 구슬을 챙겨 서둘러 안으로 들어갔습니다. 그러고는 비단 상자를 하나 지고 나와 문약허를 제외한 나머지 사람들에게 주단을 두 필匹121)씩 선물로 주면서 말했습니다.

"여러분, 고생하셨습니다. 두루마기나 두 벌씩 지어 입으십시오. 저희 가게의 작은 성의입니다."

이번에는 소매 속에서 알이 작은 구슬을 열 꿰미 정도 꺼내서 각자 한 꿰미씩 주면서

"약소합니다마는 돌아가실 때 찻값으로 쓰십시오."

하고 인사를 했습니다. 그러고는 문약허한테 와서는 따로 좀 더 굵은 구슬 네 꿰미와 주단 여덟 필을 주면서

"되는 대로 옷을 몇 벌 지어 입으십시오."

---

121) 필匹: 중국 고대의 도량형 단위. 일반적으로 베틀에서 한 번에 짜내는 베[布]나 비단[帛]을 '한 필[一匹]'로 삼았다. 명대에는 한 필이 네 장[四丈]에 해당했는데, 한 장이 3미터 정도니 '두 필'이라면 6미터 정도 되는 셈이다.

하는 것이 아닙니까. 문약허 역시 기뻐하면서 고맙다고 인사를 했지요.

주인은 사람들과 함께 문약허를 비단 가게까지 배웅한 다음 그곳 점원을 모두 불러 인사를 시키고

"이제부터는 이분이 주인이시니라."

하더니 작별인사를 하고 떠나면서 말했습니다.

"이제 저희 가게로 가시지요."

얼마 뒤에 짐꾼 수십 명이 굵은 막대기를 잔뜩 메고 오더니 앞서 문약허가 봉인해두었던 열 통 다섯 곽이나 되는 짐을 모두 지고 왔습니다. 문약허는 그것들을 어떤 은밀하고 조용한 침실 안의 한 자리에 부려놓고 오더니

"여러분께서 도와주신 덕택으로 이처럼 뜻밖의 횡재를 만났습니다. 정말 대단히 감사합니다!"

하고 사람들에게 인사를 하고 나서 안으로 들어가 자기 보따리에 넣어두었던 지난번 동정홍을 팔고 번 은전을 다 쏟아 부었습니다. 그러고는 사람마다 열 닢씩 선물로 주고, 장대와 지난번에 선뜻 밑천을 꾸어주었던 두세 사람에게는

"약소합니다만 고마워서 성의를 좀 보이려 합니다."

하면서 그 돈 말고도 따로 열 닢씩 더 챙겨주는 것이 아닙니까.[122]

이제 문약허에게는 그 은전들조차 대수롭지 않게 된 거지요. 사람들은 기쁜 나머지 연신 감사하다는 말을 그치지 않았습니다. 문약허는 이번에는 몇십 닢을 더 깨내더니 장대를 보고 말했습니다.

"수고스럽겠지만, 이 돈을 지금까지 함께 고생한 배의 여러분들에게도 한 사람에 한 닢씩 나누어주십시오. 약소하지만 찻값으로라도 쓰도록 말입니다.[123] 소생은 이곳에 더 머물다가 여유가 좀 생기면 천천히 고향으로 가도록 하겠습니다. 지금은 같이 가기 어려우니 여기서 작별해야 할 것 같군요."

그러자 장대가 물었습니다.

"아까 그 수고비 천 냥, (…) 여태 나누지 못했는데 어떻게 할까요? 문 형께서 직접 나누어주셔야 뒷말이 생기지 않을 텐데요."

"그걸 깜빡 잊고 있었군요."

문약허는 그 자리에 있던 사람들과 의논한 끝에 백 냥은 배에 남은 사람들에게 공평하게 나누어주게 했습니다. 나머지 구백 냥은 지금 이 가게에 같이 있는 인원에 맞추어 나누어주되, 문약허가 따로 두 뭉치를 보태 열한 뭉치로 맞춘 다음 각자 한 뭉치씩 나누어주게 하는 것이었습니다. 물론, 보증을 선 장대와 계약서를 작성한 저중영에게는 한 뭉치씩 더 챙겨주었지요. 사람들은 이루 말할 수 없이 기뻐하면

---

122) 【즉공관 미비】 此人元不酸。 이 사람이 사실은 쩨쩨한 게 아니었어.
123) 【즉공관 미비】 忠厚甚。 宜其有此福也。 참 자상하고 정이 많구나. 이런 복을 받을 만하다!

서 아무도 이의를 제기하지 않았습니다. 물론 개중에 어떤 사람은

"그 회교도만 이득을 본 것 같습니다! 문 선생께서 항의하셔야 하겠습니다. 축난 금액을 더 내놓으라고 말입니다."

하고 불만을 터뜨리기도 했지만, 문약허는 이렇게 잘라 말했습니다.

"만족할 줄 모르면 안 되지요. 저를 보십시오. 운이라고는 지지리도 없어서 무슨 일이든 했다 하면 밑천까지 다 날리던 놈입니다. 그런데 행운이 오자 팔자에도 없던 이런 횡재수를 만났지 않습니까? (…) 인생에서 운은 정해져 있어서 억지로 구한다고 되는 것이 아님을 알 수 있는 셈이지요.[124] 우리도 만일 물건의 진가를 알아본 그 주인장이 아니었다면 그 거북 등껍질을 한낱 쓰레기 취급이나 하고 말았을 겁니다. (…) 그 사람이 가치를 알아본 것만 해도 고마운 일입니다. 그런데 어떻게 그걸로도 부족하다고 모진 마음을 품고 아귀다툼을 벌이겠습니까?"

그러자 사람들도 다들

"문 선생 말씀이 옳습니다. 마음이 이처럼 성실하고 너그러우니 이같은 횡재를 만나신 것도 당연하지요!"

하면서 거듭 감사해 마지않으면서 각자 받은 것을 끌어안고 자신들의 화물을 내리기 위하여 배로 향하는 것이었습니다.

---

124) 【즉공관 미비】쭈心甚。조금도 마음이 흔들리지 않는군.

이리하여 문약허는 복건 땅의 거상이 되었고 그곳에서 아내를 맞이하고 가업을 일으켰답니다. 그리고 몇 년 만에 겨우 한 번 소주로 가서 옛 지인들을 만나보고 다시 복건 땅으로 돌아갔지요. 지금은 자손이 번창하고 가세도 번영하여 기울 줄을 모른다고 합니다. 그야말로

운이 다하면 황금조차 색을 잃지만	運退黃金失色,
때가 오면 고철조차 빛을 내는 법.[125]	時來完鐵生輝。
미친 사람에게는 꿈 이야기를 하지 마라.	莫與癡人說夢,
바다 너머 거북 찾으러 나서려 들 테니….	思量海外尋龜。

* 이 이야기는 이보다 나중에 포옹노인抱甕老人이 엮은 또다른 화본소설집인 《금고기관今古奇觀》에는 59번째 이야기로 소개되고 있다. 제목 역시 〈팔자 바뀐 사내가 우연히 동정홍을 발견하다轉運漢遇巧洞庭紅〉로 줄여져 있다.

---

125) 운수가 다하면 황금조차 색을 잃지만, 때가 오면 고철조차 빛을 내는 법 [運退, 黃金失色, 時來, 完鐵生輝]: 명·청대에 널리 쓰이던 유행어. 앞서 언급된 "팔자에 가난해지려 들면 황금을 파내도 구리로 변하고, 팔자에 부자가 되려 들면 백지를 주워도 옷감이 된다.命若窮, 掘着黃金化作銅, 命若富, 拾着白紙變成布"와 비슷한 경우에 사용되었다.

제2권

요적주는 수치를 피하려다 수치를 당하고
정월아는 착오를 알고도 착오를 밀어붙이다

姚滴珠避羞惹羞 鄭月娥將錯就錯

卷之二

姚滴珠避羞惹羞 鄭月娥將錯就錯 해제

이 작품은 얼굴이 닮아 한바탕 소동을 겪은 사람에 관한 이야기이다. 이야기꾼은 반지항潘之恒의 《궁사亘史》에 소개된 유복공주柔福公主를 사칭한 무당의 이야기를 앞 이야기로 들려주고, 이어서 같은 책에서 요적주姚滴珠의 이야기를 몸 이야기로 들려준다.

명대 만력萬曆 연간에 휘주부徽州府 휴녕현休寧縣의 부잣집에서 곱게 자란 요적주는 반갑潘甲에게 출가하지만, 형편이 어려워 생활고에 시달리던 탓에 신랑 반갑이 신혼 두 달 만에 객지로 장사를 나간다. 혼자 남아 온갖 허드렛일을 다 하던 적주는 시부모의 폭언과 구박에 견디다 못해 새벽에 몰래 친정에 가려고 길을 나선다. 도중에 고을 무뢰한 왕석王錫의 꼬임에 넘어가 그의 집에서 상산象山 고을 부자 오대랑吳大郎의 첩이 된다. 적주가 사라진 것을 안 반 씨네 시부모는 적주가 친정으로 간 것으로 여기고, 요 씨네 부모는 시부모가 해코지를 한 것으로 여겨 서로를 고발하지만 현령은 증거가 없어 결론을 내지 못한다.

그로부터 이 년 후, 구주衢州에서 장사를 하던 중 우연히 홍등가에서 적주를 발견한 요 씨네 처가붙이 주소계周少溪는 그 일을 적주의 오라비 요을姚乙에게 알린다. 오입쟁이로 가장해 기방에 돈을 치르고 그녀와 하룻밤을 보낸 요을은 얼굴만 닮았을 뿐 사실은 구주 현지 출신의 정월아鄭月娥임을 확인한다. 월아는 자신을 팔아넘긴 강 수재에게 복수한 후 자신이 적주인 척 관아에 출두해 양가의 송사를 매듭짓게 해주겠다고 제안한다. 그 제안에 동의한 요을은 월아와 입을 맞추고 지현은 심문 끝에 월아를 적주로 판정해 남편에게 돌려보냄으로써 양가의 송사를 일단락시킨다. 그러나 월아와 밤을 보낸 반갑은 그녀가 아내가 아니라는 진정을 넣고, 현령은 그 즉시 상을 걸고 수소문한 끝에 왕석의 집에서 진짜 적주를 찾아낸다. 새로 찾은 여인이 진짜 요적주이며 지난번 여인은 기생임을 확인한 휘주부 양楊 태수는 왕석에게 곤장 60대를 쳐서 즉사시키고, 적주는 남편 반갑에게 돌려보낸다. 이어서 가짜를 데려다 관아를 기만한 죄로 요을을 변방 군졸로 충당하라는 판결을 내리자 월아는 울면서 요을을 따라가기를 자청한다. 그 절개에 감동해 월아의 몸값을 물어준 적주의 부친은 요을을 따라가게 해주고, 나중에 조정의 사면으로 휴녕으로 돌아온 두 사람은 정식으로 부부가 되어 해로한다.

순천부(북경)
●

응천부(남경)
●

휘주부
●

휴녕현
●

황산
○   임안   항주부
      ●   ●

둔계   구주
●   ●

이런 시가 있습니다.

예로부터 사람 마음이란 같은 것이 아니어서　　　自古人心不同,
저마다 그 얼굴과 똑같다고들 말하누나.　　　　　盡道有如其面。
아무리 용모에는 차이가 없다고 하지만　　　　　假饒容貌無差,
그래도 속마음은 바꾸기 어려운 법이라네.　　　　畢竟心腸難變。

이야기를 들려드리겠습니다. 사람이 살다 보면 용모만큼은 저마다
다릅니다. 아마 각자의 부모가 낳아서일 테지요. 서로 다른 혈통이 수
천 집안 수만 갈래나 되니 어떻게 모습이 똑같이 생길 수가 있겠습니
까? 부모가 같은 형제나 한배에서 동시에 태어난 쌍둥이 아들이라도
그렇습니다. 서로 많이 닮았다고는 하지만 그래도 자세히 살펴보면 다
른 구석이 조금이라도 있기 마련이지요. 그런데도 기이한 것은 내력이
각자 다르고 상관도 전혀 없는 사람에게 뜻밖에도 완전히 둘도 없이
똑같이 생겨서 가짜가 진짜로 보이는[1] 사람이 존재하기도 한다는 것
입니다. 지금까지 공인된 책들[2]에서는 공자孔子가 양호陽虎[3]와 생김

---

1) 【교정】 보이는[克]: 상우당본 원문(제81쪽)에는 '이길 극克'으로 나와 있으나
　여기서는 가짜와 진짜에 관한 이야기를 하고 있으므로 전후 맥락을 고려할
　때 원래는 '충당할 충充'을 써야 옳다.

공자가 광 땅에서 포위 당한 장면을 묘사한 장면. 〈공자성적도孔子聖蹟圖〉(부분)

새가 비슷해서 광匡 땅 사람들에게 포위를 당했다[4]고 하지요.

이는 악인이 성인을 닮은 경우입니다. 전기傳奇[5] 쪽을 예로 들어볼

---

2) 공인된 책들[正書]: 공신력 있는 기관이 기획, 출판하거나 학자들에 의하여 사실 여부나 품질을 검증하거나 보증한 책들. 여기서는, 그 뒤에 "전기傳奇"가 언급되고 있듯이, 소설이나 희곡처럼 허구해내서 현실성이 없는 문학작품이나 근거 없는 풍문 같은 책들과 대비적으로 사용되었다고 이해해도 좋겠다.

3) 양호陽虎: 춘추시대 후기 노魯나라 사람으로, 성은 희姬, 씨는 양陽, 이름은 호虎 또는 화貨이다. 계손씨季孫氏의 가신으로, 가문의 후광이나 정치적 배경이 없이 경대부卿大夫의 반열에까지 올랐으나, 그 후 '삼환三桓'을 지휘하여 실권을 장악함으로써 노나라의 국정을 농단한 원흉으로 비난받았다.

4) 공자가 양호와 생김새가 비슷해서 광匡 땅 사람들에게 포위를 당했다:《사기史記》〈공자세가孔子世家〉의 기록에 의하면, 공자가 여러 나라를 두루 돌아다닐 때 한번은 광匡 땅을 경유하게 되었는데, 현지 주민들이 공자가 자신들을 해쳤던 양호와 비슷하게 생겼다 하여 그 일행이 그곳을 지나가지 못하도록 막았다고 한다. '광'은 지금의 하남성 개봉시 북쪽에 위치한 장원현長垣縣 일대에 해당한다.

5) 전기傳奇: '전기'란 '신기하여 전할 만한 가치가 있는 이야기'라는 뜻으로

까요? 주견周堅이 조삭趙朔을 대신해 죽음으로써 후궁에서의 위기에서 구해주었다고 하는데[6] 그것은 미천한 사람이 존귀한 사람을 닮은 경우입니다. 이 두 경우는 논리적으로는 설명이 되지 않는 상황이지요.

명대의 전기傳奇 희곡 《팔의기八義記》 속의 주견과 조삭

번역된다. 당대의 소설가 배형裴鉶은 소설 여섯 권을 짓고 이를 '전기'라고 명명했는데, 사람들이 이때부터 당대의 소설을 그렇게 부르기 시작했다고 한다. 원래는 당대에 소설을 일컫던 말이지만 명대에는 남부의 음악인 '남곡南曲' 가락에 맞추어 창작된 장편 희곡을 뜻하는 용어로 굳어졌다.

6) 주견周堅이 조삭趙朔을 대신해 죽음으로써~: 명대 전기의 하나인 《팔의기八義記》에 나오는 이야기. 춘추시대 진晉나라의 부마 조삭이 정적이던 도안고屠岸賈에게 정치적 박해를 당하자 그 문객으로 용모가 매우 흡사한 주견이 그의 옷을 입고 자결함으로써 도안고의 감시를 따돌리고 조삭이 위기를 벗어날 수 있게 해주었다고 한다. 《팔의기》는 만력萬曆 연간의 극작가 서원徐元(?~?)이 원대 초기의 극작가 기군상紀君祥(?~?)이 지은 잡극 《조씨고아趙氏孤兒》를 각색해 창작한 전기 희곡이다. 《조씨고아》의 번역문 및 해제는 문성재의 〈번역: 조씨고아대보구趙氏孤兒大報仇〉(1993)와 《중국희곡선집中國戲曲選集》(1995)을 참조하기 바람.

《서호지여西湖志餘》7)에 따르면, 송宋나라 때에도 그런 일이 있었답니다.8) 외모가 닮은 덕에 한동안 남의 부귀를 가로채 십여 년 호강을 누리다가 결국 들통이 난 사례가 있지요. 그것은 다름 아닌 정강靖康 연간에 금金나라 군사가 변량汴梁9)을 포위해 곤경에 빠뜨렸을 때의 일입니다.10) 휘종徽宗11)과 흠종欽宗12) 두 황제가 먼지를 뒤집어쓰면

7) 《서호지여西湖志餘》: 명대의 문인 전여성田汝成(1503~1557)이 《서호유람지西湖遊覽志》를 토대로 엮은 산문집 《서호유람지여西湖遊覽志餘》를 말한다. 전여성은 자가 숙화叔禾이며, 전당錢塘 즉 지금의 절강성 항주 사람이다. 이 산문집은 항주 지역의 명승지·일화·전설을 소개하며, 그중 일부 내용은 나중에 화본·의화본 등의 백화소설白話小說로 각색되어 민간에 소개되기도 했다.

8) *이 앞 이야기는 명대에 반지항潘之恒(1536?~1621)이 지은 문언체 소설집 《긍사亘史》〈외기外紀〉 권10의 〈두 적주兩滴珠〉(부록)에서 소재를 취한 것이다.

9) 변량汴梁: 원·명대에 개봉開封을 부르던 이름. 송대에는 변경汴京으로 불렸으나 원대인 1288년 금대의 이름인 남경로南京路를 '변량로汴梁路'로 개칭하면서 '변량'으로 불리기 시작했다.

10) 정강靖康 연간: 북송의 제9대 황제 흠종欽宗 조항趙恒(1100~1156)이 사용한 첫 번째 연호이자 북송의 마지막 연호. 1126년부터 이듬해 4월까지 1년 남짓 사용되었다. 바로 이 정강 2년 4월 금金나라 군사가 대거 남침하여 당시 송나라의 도성이던 변경汴京, 즉 지금의 하남성 개봉을 유린한 후 흠종과 그 부황인 휘종徽宗, 그리고 다수의 황족과 후궁·대신 등 삼천여 명을 포로로 끌고 본국으로 돌아가는 사건이 발생했다. 송나라는 이 사건을 계기로 그동안 변경에 축적되었던 경제적 부를 방화와 약탈로 하루아침에 날려버렸을 뿐 아니라, 정치적 거점이 갑작스럽게 강남으로 이동하면서 강역의 절반 이상을 금나라에게 빼앗기고 사회·문화적으로도 커다란 혼란에 휩싸인다. 때문에 중국 역사에서는 이 사건을 "정강 연간의 난리[靖康之亂], 정강 연간의 변고[靖康之難], 정강 연간의 치욕[靖康之恥], 정강 연간의 재앙[靖康之禍]", 또는 그해의 간지를 빌어 "병오년의 치욕[丙午之恥]" 등으로 부르기도 한다.

서 북녘 땅으로 끌려갔는데13) 덩달아 황후·황비며 공주들까지 포로
로 끌려간 사람이 무척 많았지요. 그중에는 '유복柔福14)'이라는 이름
의 공주도 있었습니다. 그 분은 바로 흠종의 따님으로, 당시 함께 포로
로 끌려갔지요. 나중에 고종高宗15)은 강남으로 건너가 연호를 '건염建

---

11) 휘종徽宗: 북송의 제8대 황제 조길趙佶(1082~1135)을 말한다. 제6대 황제 신
종神宗의 아들이자 철종哲宗의 동생이다. 정강 연간에 금나라 군사가 대거
남침하여 도성을 포위하자 측근이던 이강李綱(1083~1140)의 건의에 따라
제위를 급히 태자 조환趙桓에게 선양함으로써 금나라의 예봉을 피하려 했
다. 그러나 금나라와의 교섭이 좌절되고 아들 흠종과 함께 포로가 되어 금
나라로 끌려갔다가 거기서 병사했다. 고대의 군주로서는 좀처럼 드물게도
다양한 예술 분야에서 두각을 드러낸 팔방미인이었지만 정치적으로는 나
라를 망쳤다는 부정적인 평가를 받는다.

12) 흠종欽宗: 북송의 제9대 황제이자 마지막 황제인 조환趙桓(1100~1161)을 말
한다. 정화政和 5년(1115) 황태자로 책립되자마자 휘종에게서 선양禪讓을
받아 제위에 오르고 나서 연호를 '정강靖康'으로 바꿨다. 성품이 우유부단
하고 변덕이 심했으며 판단력이 부족했다. "정강 연간의 변고"가 발생했으
나 당시의 내우외환에 적절하게 대처하지 못하고 결국 부황인 휘종과 함께
금나라로 끌려갔다가 남송 소흥紹興 26년(1156) 연경燕京, 즉 지금의 북경
에서 죽었다.

13) 먼지를 뒤집어쓰면서 북녘 땅으로 끌려갔는데[蒙塵北狩]: 두 황제가 포로가
되어 금나라로 끌려간 일을 완곡하게 표현한 말. 여기서 '몽진蒙塵'은 전통
적으로 군주가 전란을 피하여 피신하는 것을 에둘러서 표현하는 말이며,
'북수北狩'는 원래 글자 그대로는 '북녘 땅에 사냥을 나가다' 또는 '북녘 영
토를 순시하다' 등으로 번역되지만 여기서는 두 황제가 금나라 군의 포로
가 되어 북쪽(금나라)으로 끌려간 것을 에둘러서 표현한 말이다.

14) 유복柔福: 휘종의 20번째 공주로 나중에는 '유복제희柔福帝姬'로 불리기도
한 조환환 趙嬛嬛을 가리킨다. 용모가 아름답고 수려했으나 정강 연간에
남침했던 금나라 군사가 본국으로 철군할 때 포로로 끌려갔다가 귀환하지
못하고 소흥 11년(1141) 금나라에서 죽었다.

15) 고종高宗: 남송의 초대 황제 조구趙構(1107~1187)를 말한다. 자는 덕기德基

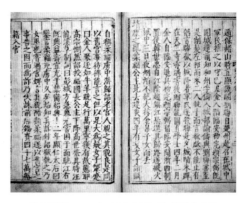
《서호지여西湖志餘》속의 유복공주 이야기 대목

炎16)'으로 바꾸었습니다. 그런데 건염 4년, 어느 날 갑자기 웬 여자가
황궁으로 찾아와 '내가 유복 공주인데 오랑캐들 속에서 도망쳐 왔으
며 특별히 황제를 알현하러 왔다'고 고하는 것이었습니다.

'두 황제를 따라 함께 끌려간 그 많은 대신과 재상조차 탈출하지

로, 휘종의 아들이자 흠종의 동생이다. 당시 강왕康王 신분이었던 조구는
북방민족인 여진족女眞族 출신의 금나라가 휘종과 흠종을 포로로 끌고 간
"정강의 변고" 이후로도 수시로 송나라를 침략하고 살인과 약탈을 일삼아
민심이 흉흉해지자 당시의 '남경'이던 하남의 상구商丘에서 종묘에 제사를
지내고 황제로 즉위한 후 연호를 '건염建炎'으로 바꾸었다. 이어서 장강 이
북의 영토를 포기하고 그 이남으로 도주하니 이것이 남송 왕조(1127~1279)
의 시작이다. 이 사건을 역사적으로 "건염 연간에 강남으로 건너간 일[建炎
南渡]"로 부른다. 그 후인 소흥 원년(1131), 고종은 항주를 월주越州를 소흥
부紹興府로 격상시키고 임시 도성 즉 '행재行在'로 삼더니 얼마 후 임안臨
安, 즉 지금의 항주에 정식으로 도읍을 정한다. 정치적으로는 우매하고 무
능했지만 서예에 뛰어나 당대의 명필로 평가받았다.
16) 건염建炎: 남송의 초대 황제 조구가 사용한 첫 번째 연호. 1127년 5월부터
1130년까지 4년간 사용되었다. '건염 4년'은 1130년에 해당한다.

못하는 것이 실정이다. (…) 공주는 발도 작은데 어떻게 도망쳐 돌아
올 수 있었다는 말인가?'

송대의 지방 연혁지 《함순임안지咸淳臨安志》에 소개된 임안의 모습

고종은 속으로 이상하게 여기면서도 어명을 내려 예전의 궁녀들에
게 확인하게 했습니다. 그러자 저마다

"진짜이십니다. 조금도 틀림이 없나이다!"

하고 말하는 것이 아닙니까. 그래서 이번에는 궁중에서 있었던 옛
일을 물어보니 대답이 모두 일치했습니다. 심지어 당시 사람들 몇몇
에 대해서는 일일이 이름까지 대지 뭡니까. 그러나 사람들이 그녀의
두 발을 보니 커서 닮은 구석이라고는 없는지라 다들 이렇게 말했습
니다.

공주님께서 당시 발이 얼마나 작았는데요! 그런데 지금은 저렇다
니 (…) 그것만 다릅니다."

그래서 그 일을 황제에게 보고했습니다. 고종은 몸소 현장으로 행
차하여 직접 확인해보더니 자신도 그녀를 알아보고는

"네 발이 어째서 이렇게 되었느냐?"

하고 캐물었습니다. 여자는 그 말을 듣자마자 큰 소리로 울면서 말
하는 것이었지요.

"그 괘씸한 오랑캐놈들[17]이 우리를 마소처럼 몰아[18]댔지 뭡니까!
이번에 감시가 소홀한 틈을 타서 탈출했지요. 맨발로 헤매면서 여기
까지 만리나 되는 길을 도망쳐 왔습니다. 그러니 왕년의 그 가녀린
발을 어떻게 옛날 모습 그대로 보존할 수가 있겠습니까![19]"

---

17) 오랑캐놈들[羯]: 중국 고대 북방민족의 하나. 일찍이 흉노匈奴에 귀속되었다
가 위·진魏晉시대에는 지금의 산서성山西省 노성潞城 일대에 흩어져 살았
다. 동진東晉 시기에 갈족 출신의 석륵石勒이 황하黃河 유역에 '십육국十六
國'의 하나인 후조後趙를 세웠다. 여기서는 유복 공주가 정강 연간에 송나라
를 남침하고 황제와 황족·대신들을 포로로 끌고 간 금나라를 세운 여진족
을 '갈족'으로 인식하고 있는 것을 볼 수 있다. 그러나 엄밀하게 말하면 금나
라를 세운 여진족은 갈족과는 별개의 족속이다. 이야기꾼이 의도한 것인지
아닌지는 알 수 없으나, 금나라에 끌려가서 몇 년이 넘는 세월을 지낸 사람
이 금나라 사람들이 여진족인지 갈족인지조차 알지 못한다는 점 자체가 유
복 공주를 자처하는 이 여자가 가짜임을 보여주는 단서가 되는 셈이다.
18) 【교정】몰아[聚逐]: 상우당본 원문(제83쪽)에는 앞 글자가 '모을 취聚'로 나
와 있으나 그 뒤에 '쫓을 축逐'이 사용된 것 등, 전후 맥락을 고려할 때 원래
는 '몰 구驅'로 써야 옳다.

고종은 그 말을 듣고 몹시 착잡해졌습니다. 그래서 어명을 내려 특별히 '복국 장공주福國長公主'라는 칭호를 내리는 한편 고세계高世繫[20])에게 하가下嫁[21])하게 하고, 고세계는 부마도위駙馬都尉[22])로 삼았지요. 그때 왕용계汪龍溪[23])가 어명의 초안을 작성했는데 그 문구는 다음과 같았습니다.

'팽성[24])이 위급한 지경에 처했을 당시 노원[25])은 면치에서 곤경에

---

19) 【즉공관 미비】 說得慘痛有理。 말이 참담하고 괴로우면서도 일리가 있군!

20) 고세계高世繫: 남송 황제 고종의 부마. 명대 상우당본 및 현행 판본 《박안경기》에는 모두 '고세계'로 소개하고 있으나 원래 이름은 '고세요高世曇'이다. 고세요는 고종 재위 기간에 영주 방어사永州防御使로 있다가 부마가 되었으나, 여자의 정체가 밝혀진 후의 행적은 알려진 바가 없다.

21) 하가下嫁: 지체가 낮은 곳으로 시집간다는 뜻으로, 공주나 옹주가 귀족이나 신하의 집안에 출가하는 것을 낮추어 이르던 말이다.

22) 부마도위駙馬都尉: 중국 고대의 벼슬 이름. 한나라 무제武帝 때 처음으로 설치되었다. 한대에 황제가 출행할 때 황제가 타는 어가 즉 정거正車는 봉거도위奉車都尉가, 황제의 시중을 맡은 측근들의 수레인 부거副車는 부마도위가 각각 관장했다. 공주와 혼인하는 사람에게 이 벼슬을 내린 것은 위魏·진晉시대 이후부터이다.

23) 왕용계汪龍溪: 송대의 문학가 왕조汪藻(1079~1154)를 가리킨다. 요주饒州 덕흥德興 사람으로, 자는 언장彦章이고 '용계龍溪'는 호이다. 대표작으로 《건염 3년 11월 3일 덕음建炎三年十一月三日德音》 등이 있다.

24) 팽성彭城: 중국 고대의 지역 이름. 고도古都인 탁록涿鹿의 옛 이름으로, 지금의 중국 강소성 서주徐州에 해당한다. 선진先秦시대의 전적으로 전해지는 《세본世本》의 기록에 의하면, "탁록은 팽성에 있는데, 황제가 그곳을 도읍으로 삼았다涿鹿在彭城, 黃帝都之." 기원전 221년, 진秦나라가 여섯 나라를 통일하고 군현제郡縣制를 시행하면서 팽성읍彭城邑을 팽성현彭城縣으로 개편했으며, 그로부터 1,954년 동안 그 이름이 이어졌다.

25) 노원魯元: 한나라 고조高祖 유방劉邦의 딸인 노원 공주魯元公主(?~BC187)를 말한다. 조왕趙王 장오張敖에게 출가했으며 생모인 여후呂后가 나중에

처해 있었으나, 강좌26)에서 중흥을 이룩했으니 익수는 황실의 것이
되어야 옳을 터이다.'

> 彭城方急, 魯元嘗困于面馳。江左既興, 益壽宜充于禁臠。

　여기서 '노원'이라는 사람은 한나라 고제高帝의 공주로, 팽성에서 이
산되었다가 나중에서야 돌아왔지요. 또, 익수는 진晉나라 부마27)인 사
혼謝混28)의 소싯적 이름으로, 강좌에서 중흥을 이루자 원제元帝29)가

　장오를 '노원왕魯元王'으로 봉했기 때문에 '노원태후魯元太后'로 불리기도
　했다.

26) 강좌江左: 중국 고대의 지역 이름. 지리적으로는 안휘성 경내에서 동북방으로
　비스듬히 흐르는 장강을 기준점으로 좌우(또는 동서)로 구분한 것으로, 대체
　로 지금의 남경 이남의 강소성 남부, 안휘성 남부, 절강성 북부, 강서성 동북
　부를 아울러 일컫는다. 명대 말기의 학자 위희魏禧(1624~1680)가 《목록잡설
　目錄雜說》에서 "강동은 '강좌'라고 하고 강서는 '강우'라고 하는 것은 강북
　에서 따질 때 강동은 왼쪽이고 강서는 오른쪽이어서였다江東稱江左, 江西
　稱江右, 自江北論之, 江東在左, 江西在右耳"라고 한 것처럼, 중국에서는 고
　대에 동쪽을 '좌左', 서쪽을 '우右'라고 부르기도 해서 '동서'를 곧잘 '좌우'
　로 바꾸어 부르기도 했다. '강좌' 또는 '강동'은 때로는 강남지방을 두루 일
　컫는 말로 사용되기도 한다. 여기서 "강좌에서 중흥을 이룩했다"는 것은
　진晉나라가 '다섯 오랑캐[五胡]'의 중원 진출로 멸망 위기에까지 갔다가 장
　강 이남으로 남하하여 동진東晉을 세우면서 새로 왕조의 명맥을 이어가게
　된 것을 두고 한 말이다.
27) 【교정】부마駙馬: 상우당본 원문(제84쪽)에는 앞 글자가 '붙을 부附'로 나와
　있으나 여기서는 관직명으로 사용되었으므로 전후 맥락을 고려할 때 원래
　는 '부마 부駙'를 써야 옳다.
28) 사혼謝混(?~412): 동진東晉의 정치가. 자는 숙원叔原, 어릴 적 이름은 익수
　益壽이며, 진군陳郡 양하陽夏 사람이다. 태보太保 사안謝安의 자손이며 효
　무제孝武帝 사마요司馬曜의 사위이다. 의희義熙 8년(412)에 유유劉裕에게
　살해당했다.
29) 진나라 원제元帝: 동진의 개국 황제 사마예司馬睿(276~323)를 말한다. 사마

공주를 그에게 하가시켰습니다. 그러므로 이 두 사람을 그 두 사람에 빗댄 것은 아주 적절한 비유인 셈입니다. 그로부터 남편은 영달하고 아내는 고귀해져 황제가 내린 하사품이 셀 수조차 없을 정도였지요.

위현후의 초상

당시 고종의 생모 위현비韋賢妃[30]는 오랑캐 소굴에 억류되어 있었습니다. 그렇다 보니 해마다 엄청난 양의 재물과 보배들을 써 가면서 신병을 인도해줄 것을 간청했고, 멀리서나마 '현인태후賢仁太后로 봉하기도 했지요. 결국 담판이 성사되어 소흥紹興[31] 20년이 되어서야 금나라에서 돌아왔답니다. 그런데 그때

"유복 공주께서 알현하고자 입궁했나이다!"

하고 고하는 말을 들은 태후가 깜짝 놀라면서 말하는 것이었습니다.

의司馬懿의 증손이며 팔왕의 난[八王之亂] 후기에 동해왕東海王 사마월司馬越에게 의탁하여 평동장군平東將軍·감서주 제군사監徐州諸軍事를 지냈다. 서진이 멸망한 이듬해 3월에 진나라 왕위에 올라 건국하고 연호를 '건무建武'로 바꾸었으며, 318년 황제로 즉위하면서 연호를 태흥太興으로 바꾸었다.

30) 위현비韋賢妃(1080~1159): 북송 황제 휘종 조길의 후궁이자 남송 초대 황제 고종 조구의 생모. 지금의 개봉開封 사람으로. "정강의 변고"로 포로가 되어 금나라로 끌려갔다가, 강남으로 천도하고 남송을 세운 고종이 금나라와 강화를 맺으면서 송나라로 귀환되었다.

31) 소흥紹興: 남송의 개국 황제인 고종 조구가 1131년부터 1162년까지 32년 동안 사용한 연호. "소흥 20년"은 서기 1150년에 해당한다.

"그게 무슨 말이냐? 유복은 오랑캐 소굴에서 고초를 견디다 못해 죽은 지가 벌써 여러 해이다. 내가 직접 확인까지 했느니라. 그런데 어찌 또 다른 유복이 있을 수가 있겠느냐? (…) 어느 자가 사칭을 하는 게냐!"

그러자 황제는 어명을 내려 사법기관[32]에서 엄한 형벌로 추궁하도록 일렀습니다. 사법기관에서는 어명을 받들어 죄인을 끌고 와서 형벌을 가했지요. 그러자 그 여자는 고통을 참지 못하고 진실을 자백할 수밖에 없었습니다.

"쇤네는 본래 변량의 무당입니다. 정강 연간의 난리로 궁중에서 도 망쳐 나온 여종이 민간을 떠돌다가 쇤네를 보고 유복 공주 마마로 착각해서 연거푸 '공주 마마'라고 부르지 뭡니까. 쇤네가 깜짝 놀라 물었더니 정말 공주 마마와 생김새가 똑같이 닮았다는 것이었습니다. 해서 쇤네가 작정을 하고 매일 궁중의 옛일들을 그녀에게 묻고, 그녀가 날마다 한 말을 속에 새겨두었지요. 그리고 나서 간 크게도 공주를 사칭하고 나타나 이렇게 몇 년 동안 호강을 누린 것입니다. 제 딴엔 사실을 입증할 증거가 영원히 없을 줄 알고 말입니다! 그런데 뜻밖에도 태후 마마께서 돌아오실 줄이야! (…) 쇤네로서는 복이 바닥나고 불행이 시작된 셈이니 이제 죽어도 여한이 없습니다."

---

32) 사법기관[法司]: 법사法司는 중국 고대에 사법과 형벌을 관장한 국가기관. 일반적으로 형부刑部·도찰원都察院·대리시大理寺를 아울러 '삼법사三法司'로 불렀다. 명대에는 이 세 기관이 공동으로 심리를 진행했으며, 그중 형부는 중앙심판기관으로서 심판권을, 대리시는 중앙사법행정기관으로서 재심권을, 도찰원은 중앙감찰기관으로서 감찰권을 각각 행사했다.

이렇게 심문이 끝나고 죄목이 결정된 것입니다. 고종은 그 진술서를 보고

"임금을 능멸한 발칙한 종년 같으니라구!"

하고 호된 욕을 퍼붓더니 그 길로 저잣거리로 끌고 가 사형에 처하게 하는 것이었습니다. 그러고는 집안을 샅샅이 수색해 재산을 모두 관청에서 몰수했지요. 그동안 황제가 하사한 재물을 따져보니 다 합쳐서 엽전으로 사십칠만 꿰미33)나 되지 뭡니까, 글쎄. 그녀 입장에서는 평생을 가지는 못했지만 십 년이 넘도록 실컷 호강을 한 셈이지요. 그게 모두 외모가 너무도 닮아 순간적으로 혈육과 지인들조차 알아보지 못한 탓이었습니다. 그렇기는 하지만 만일 태후가 다시 돌아오지 않았더라면 끝까지 그녀에게 속았을 테니 어느 누가 의심인들 품었겠습니까. 태후가 돌아오기 전에 먼저 죽기라도 했다면 그녀한테만 좋

2010년 섬서성陝西省 화현華縣에서 대량 출토된 송대의 엽전들

33) 꿰미[緡]: '민緡'은 원래 고대에 엽전을 꿰던 끈을 부르던 이름으로, 나중에는 엽전을 세는 단위['꿰미']로 전용되었다. 한 꿰미는 1,000전錢인데, 때로는 '관貫'으로 불리기도 했다. "47만 꿰미"라면 4억 7천만 전에 해당한다.

은 일이 될 뻔했습니다. 그러나 하늘께서 용납지 않아서 진실이 저절로 드러나게 되었던 거지요.

오늘도 용모가 아주 비슷한 탓에 상당히 간교하고 희한한 한바탕 송사를 초래한 이야기를 하나 더 해보겠습니다.[34] 이거야말로

예로부터 '형제가 닮았다'는 말이야 전해져 왔지만	自古唯傳伯仲偕,
서로 다른 지역에도 그런 일이 생길 줄이야!	誰知異地巧安排。
똑같이 닮은 적주의 얼굴을 보시라	試看一樣滴珠面,
그래도 사람 마음만은 전혀 닮지 않았더란다.	惟有人心再不諧。

우리나라 만력萬曆[35] 연간의 이야기입니다. 휘주부徽州府[36] 휴녕

---

34) *이 몸 이야기는 반지항潘之恒이 지은 《긍사亘史》〈외기外紀〉 권10의 〈두적주兩滴珠〉에서 소재를 취한 것이다.

35) 만력萬曆: 명나라 제14대 황제 신종神宗 주익균朱翊鈞(1563~1620)이 사용한 연호. 국내에는 임진왜란壬辰倭亂 때 원군을 파견한 황제로 잘 알려져 있다. '신종'은 그의 묘호廟號이며 일반적으로 그 연호를 따라 '만력제萬曆帝'로 불린다. 10세의 어린 나이에 즉위한 그는 초기에는 자신의 사부이자 대학사大學士이던 장거정張居正(1525~1582)의 보필에 힘입어 일련의 개혁을 단행하여 큰 지지를 받았다. 그러나 1582년 장거정이 죽자 사치향락에 탐닉하고 정사를 게을리하면서 당쟁과 권력 암투가 일상화되었다. 설상가상으로 야심을 가진 환관들이 이에 편승함으로써 동림당東林黨과 비동림파의 당쟁이 첨예해졌다. 아울러, 임진년의 조선 출병을 비롯한 '만력 연간의 3대 원정[萬曆三大征]'으로 국력이 날로 쇠진해지자 재정 위기를 극복하고자 환관을 전국에 파견하여 광산을 열고 세금을 징수했다. 그러나 이를 위해 파견된 환관의 가렴주구와 부정부패가 극에 달하자 전국 각지에서 조세저항 운동과 민란이 빈발하면서 결국 명나라 멸망의 화근이 되었다.

36) 휘주부徽州府: 명대의 지역 이름. 원래는 신안강新安江 상류에 자리 잡고

현休寧縣37)의 손전향蒅田鄕에 사는 요姚 씨에게 '적주滴珠'라는 이름의 딸이 있었습니다. 나이가 이제 막 열여섯이 되었고, 외모가 꽃이나 옥과도 같아서 아름답기가 그 고을에서 으뜸이었지요. 부모가 모두 건재하고 집안 형편도 매우 여유롭다 보니 딸을 보배처럼 애지중지하면서 지나칠 정도로 응석받이로 키웠답니다. 그러다가 중매쟁이의 중매로 둔계屯溪38)의 반갑潘甲에게 아내로 출가시켰지요.

가만 보면 세상에서 가장 못 믿을 것이 바로 중매쟁이의 입일 것입니다. 그들이 작정하고 가난하다고 우기면 석숭石崇39) 같은 갑부도

있다고 해서 '신안'으로 일컬어졌으나 송나라 휘종 선화宣和 3년(1121) '휘주'로 개칭하면서 송·원·명·청 네 왕조에 걸쳐 그 이름으로 일컬어졌다. 치소治所(행정관청소재지)인 흡현歙縣을 위시해 이현黟縣·휴녕休寧·적계績溪·무원婺源·기문祁門의 여섯 개 현을 관할했다. 이 지역은 명·청대 500년 동안 중국 상계를 지배한 지역 상인 집단인 '휘상徽商'의 발상지로, "휘상이 온 천하를 누빈다徽商遍天下", "휘상이 없이는 고을이 만들어지지 않는다無徽不成鎭"고 할 정도로 경제는 물론이고 문화·사회 전반에 큰 영향을 주었다.

37) 휴녕현休寧縣: 중국 고대의 지역 이름. 안휘성安徽省 최남단의 현으로, 황산시黃山市에 예속되어 있다. 후한대 건안建安 13년(208)에 처음으로 현이 설치되었으며, 송대 가정嘉定 10년(1217)부터 청대 광서光緒 6년(1880)까지 19명의 문무 장원文武狀元을 배출하기도 했다.

38) 둔계屯溪: 중국의 지역 이름. 휴녕현에서 가장 큰 도시로서, 역사적으로 수상 운송이 원활한 장점 때문에 예로부터 물자의 집산지이자 경제의 중심지였다.

39) 석숭石崇(249~300): 서진西晉의 정치가이자 거부. 자는 계륜季倫이며 남피南皮 사람으로, 벼슬은 형주 자사荊州刺史에 이르렀다. 관직을 이용하여 온갖 이권을 독점하면서 엄청난 부와 권세를 누려서 부리는 하인이 800여 명, 처첩만 해도 100여 명이나 되었다고 한다. 또한 사치와 향락을 즐기면서 황제의 인척인 왕개王愷와 부를 다투기도 했다. 당시 도읍이던 낙양洛陽 서쪽에 조성한 별장인 금곡원金谷園에서 수시로 연회를 열고 관리와 문인

송곳 꽂을 땅조차 없는 거지로 둔갑하고, 그들이 작정하고 부유하다고 우기면 범단范丹[40] 같은 가난뱅이도 만 경頃[41]이나 되는 재산을 가진 갑부로 탈바꿈하니 말입니다. 이거야말로

부유하고 고귀한지가 그 입놀림에 따라 결정되고　　富貴隨口定,
아름답고 추한지가 그 마음먹기에 따라 달라지네.　　美醜趁心生。

그러니 도무지 한마디도 믿을 말이 없는 거지요. 둔계의 그 반 씨 집안도 아무리 왕년의 명문가라고는 하지만 몰락한 집안일 뿐이었습니다. 집안 형편이 어려워서 밖으로는 남편이 객지로 나가 살길을 찾고 안으로는 아내가 물을 긷고 절구질까지 직접 다 하다 보니 빈둥거리면서 살 수 있는 상황이 아니었지요. 반갑이라는 자도 아무리 인물은 제법 그럴듯한지 모르지만 이미 학문은 포기하고 장사에 뛰어든 상태였습니다. 게다가 시부모는 몹시 엄하고 괴팍해서 걸핏하면 욕부터 해대면서 도무지 경우가 없었지요. 적주의 부모는 중매쟁이 말만 믿고 그들이 좋은 사람들인 줄로만 알고 눈에 넣어도 아프지 않을

들을 초대해 풍류를 즐겼는데 술자리에서 시를 짓지 못하는 사람은 벌로 술을 세 말이나 마시게 했다고 한다.
40) 범단范丹: 후한대의 청백리이자 유명한 선비 범염范冉(112~185)을 말한다. 진류陳留 외황外黃에서 태어났으며. 자는 사운史雲이다. 박학다식하여 젊은 시절에 현의 관리를 지냈지만 권세가에게 아부하기를 거부하고 오랫동안 은둔하는 바람에 집안 형편이 어려워져 번번이 끼니를 굶었다고 한다. 그러나 그 청렴결백함이 당시의 선비들에게 본보기가 되어 그가 죽었을 때에는 장례에 참석한 사람이 2,000명이 넘었다고 한다.
41) 경頃: 중국 고대의 면적 단위. 한 경은 100무畝로, 미터법으로 따지면 대략 6.6헥타르 정도 된다. "만 경"이라면 얼추 66,666헥타르에 해당하지만, 막연히 상당히 넓은 면적을 가리키는 말로 사용되기도 한다.

그 사랑하는 딸을 출가시켰던 것입니다. 젊은 부부는 그런 대로 금슬 좋게 지냈습니다. 그러나 같이 지내는 시간이 길어지면서 내심 못마땅한 부분이라도 있으면 자주 남몰래 눈물을 흘렸답니다. 반갑도 그녀의 그런 마음을 아는지라 좋은 말로 그녀를 달래면서 지내고 있었지요.

혼인을 한 지 겨우 두 달 정도 지났을 즈음이었습니다. 결국 반갑의 부친은 아들에게 불평을 터뜨리고 말았지요.

"이렇게 둘이 좋아 죽네 사네 하면서 서로 얼굴만 쳐다보면서 세월만 허송할 테냐? 어째서 장사는 하러 갈 생각도 하지 않는 게야!"

반갑은 어쩔 도리가 없어서 아내 적주에게 그 이야기를 했습니다. 두 사람은 하염없이 울면서 이야기를 나누느라 하룻밤을 꼬박 새우고 말았지요. 이튿날, 반갑은 부친의 닦달을 받아 객지로 떠나버리고 적주만 혼자 남아 있다 보니 갈수록 서글프고 마음도 심란하기 그지없지 뭡니까. 더욱이 응석받이로 자란 금지옥엽인데다 이제 갓 시집 온 새색시가 아닙니까. 그렇다 보니 도통 갈피를 잡지 못해 무엇 하나 제대로 하는 일이 없는지라 온종일 울적하게 지내야 했지요. 반갑의 부모는 그런 며느리의 모습을 볼 때마다 어김없이 화를 내고 호통을 치면서 욕을 퍼부어댔습니다.

"네 이년, 무슨 샛서방 생각이라도 하는 게냐 뭐냐! 상사병이라도 났냐구!"

적주는 태어날 때부터 부모 곁에서 금지옥엽처럼 사랑을 받아왔으니 언제 그런 소리를 들어보기나 했겠습니까. 감히 말대답도 하지 못하고 그저 분을 참으면서 남몰래 흐느끼며 눈물을 흘릴 수밖에 없었답니다. 그러던 어느 날이었습니다. 적주가 좀 늦게 일어나는 바람에 시부모가 아침밥을 보채도 미처 밥상을 다 차리지 못했지 뭡니까. 그러자 시아버지가 다짜고짜 욕을 퍼붓는 것이었습니다.

"이렇게 처먹기나 하고 게으름만 부리는 요망한 년이 있나! 해가 중천에 뜰 때까지 처자고 이제야 일어나? (…) 제멋대로인 네년 꼴을 보아하니 가서 창녀 노릇이나 하면서 문간에 기대고 서서 교태나 부리고[42] 남의 집 도령들이나 꼬셔야 속이 후련하겠구나! (…) 살림을 똑바로 하려면 이 따위로 해서 쓰겠어?"

적주는 그 욕을 듣자마자

"저는 양갓집 딸입니다. 아무리 일이 좀 서툴다고 해도 제게 이런 식으로 막말을 하시면 안 되지요!"

하고 말하고는 한 바탕 대성통곡을 하는 것이었습니다. 그러나 어디 하소연하러 갈 곳도 없었지요. 밤이 되어서도 도무지 잠을 이루지 못도 생각하면 할수록 화가 치밀지 뭡니까.

"무식한 노인네 같으니! 그런 식으로 막말을 하면 법대로 하는 수

---

42) 【교정】 교태나 부리고[買俏]: 상우당본 원문(제89쪽)에는 앞 글자가 '살 매 買'로 나와 있으나 이 대목에서 주인공이 여자이고 화제가 되는 것이 여자의 행실이므로 전후 맥락을 고려할 때 원래는 '팔 매賣'를 써야 옳다. "매초 賣俏"는 '교태를 팔다'라는 뜻으로 해석되지만 여기서는 편의상 '교태를 부리다'로 번역했다.

밖에 없지. 이제 더는 못 참아. (…) 일단 집으로 달려가서 아빠 엄마한테 말씀드리고 분명하게 따져볼 거야. 그게 할 소리인지 안 할 소리인지! 그리고 그걸 구실 삼아 우리 집에 며칠 더 묵으면서 화를 좀 삭여야겠다."

이렇게 결심하고는 새벽에 머리도 빗지 않고 세수도 하지 않고 비단 수건으로 머리만 싸맨 채 단숨에 나루터까지 달려갔습니다.

지금 이야기를 들려드리는 제가 그녀와 같은 시절에 태어나 같은 시기에 자란 사이였다면[43] 말입니다. 그녀가 그렇게 떠나면 안 된다는 것을 아니까 허리를 끌어안고 멱살을 잡아채서라도 끌고 돌아왔을 겁니다. 그랬더라면 그 뒤에 사건들이 줄줄이 벌어지는 사태는 막을 수 있었을 테지요. 그러나 그녀가 집을 나선 것이 하필이면 이른 시간이었습니다. 그렇다 보니 일찍 다니는 사람이 있다고는 해도 아직은 인적이 드물고 나루터도 사람 그림자 하나 찾아볼 수 없었지요. 그런데 이 고을에는 한결같이 못된 짓만 벌이는 건달이 하나 있었는데, 이름이 왕석汪錫이었습니다. 별명이 '눈 속 구더기'로, 춥고 굶주린 것도 두려워하지 않는다는 뜻이었지요.

요적주는 아무래도 재수가 없을 팔자였나 봅니다. 아 하필이면 혼자 시냇물에서 대나무 뗏목을 타고 있는 그를 마주치고 말았지 뭡니까, 글쎄!

---

43) 이야기를 들려드리는 제가 그녀와 같은 시절에 태어나 같은 시기에 자란 사이였다면[說話的若是同時生幷年長]: 송·원대 화본이나 명·청대 의화본에서 이야기꾼이 상투적으로 사용한 표현. 작품 속의 등장인물이 하지 말았어야 할 일을 했거나 지나친 행동을 했을 때 이런 식으로 아쉬움이나 안타까운 감정을 표현하면서 청중(독자)과 공감대를 형성하곤 한다.

그는 나루에 도착하기도 전에 꽃 같은 젊은 여인이 혼자 물가에 서 있는 모습을 발견했습니다. 머리는 꾸미지도 않고 얼굴이 온통 눈물 자국인 것을 보고 좀 이상하다는 것을 눈치채고 뗏목 위에서 말을 걸었지요.

"새댁, 건너가시게요?"

"마침 건너가려던 참이었어요."

"그럼 내 뗏목을 타요."

이렇게 말한 왕석은

대나무 뗏목을 타고 물고기를 잡는 어부

"조심하시고 …"

하고 외치면서 한 손으로 그녀의 손을 잡고 뗏목에 태웠습니다.[44] 뗏목에 올라서자 삿대로 버텨 물가에서 멀어지더니 이윽고 뗏목을 으슥한 곳으로 저어 가서 물었습니다.

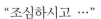

44) 뗏목에 태웠습니다[接他下來]: 원문의 "하래下來"는 글자 그대로 번역하면 "내려오다"가 되기 때문에 이 부분을 무심코 '뗏목에서 [물가로] 내려오는 것'으로 잘못 이해할 수가 있다. 그러나 "하래"는 적주가 아닌 왕석의 시점에서 이루어진 행동이므로, 그의 입장에서 "내려오는 것"이 되려면 행위의 기점은 '물가'이고 종점은 '뗏목 위'가 되는 것이다. 따라서 여기서는 '내려오다'가 아니라 '타다'로 이해해야 옳다.

"새댁, (…) 무슨 일 하는 분이슈? 혼자서 … 어디로 가시게?"

"손전 친정에 가려고요. 강어귀까지 가서 물가에 내려주기만 하면 돼요. (…) 나도 친정 가는 길은 잘 아니까 남 일에 괜히 참견하지 말라구요!"

그러자 왕석이 말하는 것이었습니다.

"새댁을 보아 하니 머리도 빗지 않고 세수도 하지 않고 눈물이 글썽글썽한 채로 혼자 길을 나섰길래 '분명히 심상치 않은 일이 있었구나' 싶어서 그러는 게요. (…) 분명히 이야기를 해야 건너게 해주지요."

적주는 마침 강 한가운데 있는데다가 속으로 서둘러 돌아가고 싶은 마음이 간절했습니다. 그래서 남편이 집에 없는 동안 어떻게 수모를 당했는지 앞서 있었던 일들을 이야기하다가 울다가 하면서 처음부터 끝까지 들려주는 수밖에 없었지요. 왕석은 다 듣고 나서 생각을 좀 하더니 그녀 쪽으로 몸을 돌리고 말하는 것이었습니다.

"그렇다면 건너게 내버려둘 수 없지! (…) 새댁이 모진 마음을 먹고 있는데 무턱대고 물가에 내려줘 봐요. 혹시라도 도망치거나 자살하거나 그게 아니면 남에게 납치라도 당했는데 나중에 내가 새댁을 태워준 일이 밝혀지기라도 하면 새댁은 팔자에도 없는 송사를 당할 것 아닌가!"

"말도 안 되는 소리에요! 나는 친정에 가는 길인데 도망을 왜 쳐요? 그리고 … 자살할 생각이면 진작에 물에 뛰어들었지 강을 건너가서 자살을 하는 바보짓을 하겠어요? 친정 가는 길도 다 아는 마당에 누가 나를 납치할까 겁을 내겠어요?"

석주가 대꾸하니 왕석은 그래도 이렇게 말했습니다.

"난 그래도 새댁을 못 믿겠어. (…) 기어이 친정에 가겠다면 우리 집이 아주 가까우니까 일단 우리 집으로 가서 좀 쉬고 있어요. 내 가서 새댁 친정에 알리고 사람을 불러서 새댁을 데려가게 해주리다. 그러면 피차 마음을 놓을 수 있지 않겠소?"

"그것도 괜찮은 방법이군요."

그제야 석주도 응낙하는 것이었지요. 아무래도 그녀는 여자이다 보니 세상 물정에 어두웠습니다. 게다가 순간적으로 이렇다 할 방법이 없는지라 그의 제안을 거부할 수도 없었지요. '그저 좋은 뜻에서 저러겠거니' 싶어서 그를 따라나서고 말았지 뭡니까.

그렇게 물가에 내려 이리로 돌고 저리로 꺾어서 어떤 곳에 도착했습니다. 그리고는 석주를 안내해 문을 몇 개나 들어갔지요. 그 안쪽에 있는 방은 아주 조용하고 운치가 있었습니다. 그 방을 보아하니

밝은 창에 조용한 책상,	明窓靜几,
비단 휘장에 무늬 융단.	錦帳文茵。
뜰 앞에는 여러 가지 꽃 화분이 놓여 있고,	庭前有數種盆花,
방 안에는 소박한 의자가 몇 개 있구나.	座內有幾張素椅。
벽의 그림은 주지면45) 것이요,	壁間紙畵周之冕,
탁자 위 오지 주전자는 시대빈46) 것이렷다.	桌上沙壺時大彬。

비좁고 작기가 달팽이 집 같으니	窄小蝸居,
부유하고 고귀한 권문세가의 저택은 아니지만,	雖非富貴王侯宅,
깨끗하고 한적한 구불구불한 오솔길은	淸閒螺徑,
평범한 여염집과도 다르구나.	也異尋常百姓家。

주지면의 그림과 시대빈의 오지 주전자

알고 보니 이 장소는 이 왕석이라는 자의 영업장소[47])였습니다. 온
갖 방법을 다 동원해 양갓집 부녀자들을 끌어들이고 그들을 일가친척
으로 꾸며서, 방탕한 도령들이나 오입질을 밝히는 자들을 이곳에 불
러들이거나 여자를 데리고 놀기 좋아하는 사람을 속여서 이곳까지

---

45) 주지면周之冕(1521~?): 명대 말기의 화가. 자는 복경服卿, 호는 소곡少谷으
로, 장주長洲(지금의 소주) 사람이다. 꽃이나 새의 모습·표정과 갖가지 움
직임을 사실적으로 생동감 있게 묘사하는 데에 탁월한 재능을 보여 명대
화조화花鳥畫의 대가로 꼽힌다.

46) 시대빈時大彬(1573~1648): 명대 말기의 도자기 장인. 강소성 의흥宜興 사람
이다. 진흙을 구워 만드는 찻주전자[茶壺]의 달인으로, 평생 동안 제작한
작품이 수천 점에 이르렀다고 한다.

47) 영업장소[穀囤]: '돈囤'은 원래 한데 쌓아놓은 곡식 낟가리를 가리키지만,
명대에는 도둑이나 범죄자들의 '소굴·은신처·아지트' 등의 뜻을 가진 은
어로 사용되기도 했다. 여기서는 맥락상 '불법 매춘이 이루어지는 비밀 장
소'라는 의미여서 편의상 '영업장소'로 번역했다.

유인했지요. 그러고는 서로 눈이 맞으면 잠시 환락을 즐기게 하거나 매혹된 자들은 아예 바깥채에 머무르게 하는 식으로 그들로부터 이루셀 수 없을 정도로 많은 돈을 챙기고 있었습니다. 만일 그 부녀자가 근본이 없는 경우에는 '물장수 손님'[48]이 와서 큰돈을 내놓기만 하면 바로 창기로 팔아치우곤 했지요. 이런 일은 하루이틀이 아니었습니다. 그러던 차에 오늘도 적주의 행동을 보자 또 못된 마음이 동하여 그녀를 속여 이곳까지 데리고 왔던 것입니다.

적주는 양갓집 따님이다 보니 내심 깨끗하고 한적한 환경을 좋아했지요. 그러나 시부모가 흉악하고 사납다 보니 매일 불 때고 밥 짓고 요리하고 물 긷는 일은 말할 것도 없고 기름·간장·소금·식초로 간을 맞추는 것조차 여간 골치 아픈 일이 아니었지요.[49] 그러던 차에 이렇게 깨끗하고 잘 차려놓은 장소를 보더니만 물정도 모르고 오히려 내심 은근히 기뻐하는 것이었습니다. 왕석은 그녀에게 당황하는 기색은 없이 거꾸로 희색이 도는 것을 보더니 욕정이 생겼습니다. 그는 그녀에게 다가가 두 무릎을 꿇더니 자신과 동침해줄 것을 애걸하는 것이 아닙니까. 그러자 적주는 안색이 바뀌면서 말하는 것이었습니다.

"말도 안 돼요. 나는 양갓집 귀한 딸이라구요! (…) 댁은 아까 나더러 여기 잠시 앉아 있으면 우리 집에 가서 알려주겠다고 했잖아요. 벌건 대낮에 어찌 사람을 집으로 끌어들여서 뒤통수를 치려고 들어요? 이런 식으로 나를 계속 몰아세우면 오늘 정말 자결이라도 할 거예요!"

---

48) 물장수 손님[販水客人]: '판수객인販水客人'은 원래 '물을 파는 손님'이라는 뜻이지만, 명대 강남 지역에서는 인신매매자를 뜻하는 은어로 주로 사용되었다.

49) 【즉공관 미비】可憐甚。참 안쓰럽군그래!

그러고는 탁자 위에 등불을 켜는 쇠꼬챙이가 있는 것을 보고 집어 들더니 목을 찌르려고 하는 것이 아닙니까. 왕석은 당황해서 손발을 휘저으면서 사정하는 것이었습니다.

"차근차근 말로 합시다! (…) 다시는 안 그러겠소."

사실 왕석의 입장에서는 사람들을 끌어들여 재물을 뜯는 식으로 잇속을 챙기는 일이 더 중요했습니다. 여색은 대수롭지 않게 여겼지요. 그런데 그녀가 정말 사달을 내기라도 하면 짭짤한 장사가 말짱 도루묵이 될 판이었습니다. 이번에 하도 화들짝 놀라는 바람에 방금까지도 왕성하게 타오르던 욕정이 어느 사이에 죄다 저 멀고멀다는 자바국50) 너머까지 달아나버렸지 뭡니까.

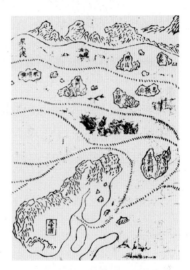

《무비지武備志》 '정화항해도'의 자바국
맨 아래에 '조와국'이라는 글자가 보인다.

---

50) 자바 국[爪哇國]: '조와국爪哇國'은 명대에 중국인들이 지금의 인도네시아 자바Java를 일컫던 한자식 이름이다. 때로는 '조와도爪哇島·협조叶調·가릉訶陵·도파闍婆·가라단呵羅單·야파제耶婆提' 등으로 부르기도 했다. 명대에는 중국에 여러 차례 공물을 바치기도 했지만 나중에는 네덜란드인들에게 점령되면서 동인도회사의 무역 및 행정을 관리하는 본부가 되었다. "자바 국 너머까지 다 달아났다"라거나 "자바국까지 날아갔다" 식의 말은 명대의 소설에서 수시로 등장하는 표현으로, 당시 중국인들이 상상할 수 있는 가장 먼 나라가 자바 국이었음을 짐작할 수 있게 한다.

그는 뒤쪽으로 가서 한참을 있더니 웬 노파를 불러냈습니다.

"왕 할멈, 여기서 이 새댁하고 좀 앉아 계시구라. 난 새댁 친정에 가서 기별을 전하고 바로 올 테니까."

그러자 적주는 왕석을 불러 세우더니[51] 주소와 부모 이름을 알려주면서 신신당부했습니다.

"제발 부모님 좀 빨리 불러오세요! 제가 단단히 보답할게요."

왕석이 떠나자 그 노파는 세숫물을 한 대야 받쳐 들고 와서 머리를 단장하는 물건들을 꺼내 적주에게 머리를 빗고 세수를 하게 했습니다. 그러고는 옆에 서서 물끄러미 지켜보면서 말을 걸었습니다.

"새댁은 어느 댁 분이유? (…) 어쩌다가 예까지 왔어?"

그래서 적주가 앞서 있었던 일들을 이러쿵저러쿵 끝까지 들려주니 그 노파는 일부러 발을 동동 굴리면서 분통을 터뜨리는 것이었습니다.

"아니 뭐 그런 망할 놈의 늙은이가 다 있담? 정말 사람 볼 줄도 모르네! (…) 이렇게 참한 새댁을 며느리로 삼았으면[52] 황공한 줄을 알아야지, 부끄럽지도 않나? 그런 고약한 욕까지 해대다니 정말 인정머리 없는 것들 같으니라고! (…) 그런 작자들하고 어떻게 하루라도 같이 지낼 수가 있겠어 그래!"

---

51) 【즉공관 측비】可憐甚。참 안쓰럽군그래!
52) 【즉공관 측비】來了。이제 시작이로군!

적주가 속내 시름을 털어놓으면서 눈물을 흘리자 노파는 이때다 싶어서 바로 묻는 것이었지요.

"이제 … 어디로 가실라우?"

"이제 친정으로 돌아가서 아버지 어머니한테 일러바치고 친정에서 잠시 며칠이라도 피해 있어야지요. 서방님이 집으로 돌아오면 그때 가서 정리를 하든지 할 거예요."

"남편이 언제 돌아오길래?"

적주는 또 눈물을 흘리면서 말했습니다.

"부부가 된 지 겨우 두 달밖에 안 됐는데 나무라면서 객지로 나가게 만들었지요. (…) 언제 돌아올지 누가 알겠어요? 기약도 없네요!"

그러자 노파가 말하는 것이었습니다.

"정말 경우도 없지! 꽃같이 참한 새댁인데 독수공방하게 하질 않나,53) 거기다 욕까지 해? 새댁, (…) 새댁이 핀잔을 줘도 내가 한마디 해야 쓰겠구려. 새댁이 이제 친정으로 돌아가서 며칠을 머물더라도 어차피 시집에는 돌아갈 수밖에 없잖우. 설마하니 평생을 친정에 피해 있을 생각은 아니겠지? 그런 진절머리 나는 괴로움은 앞으로도 시도 때도 없을 텐데 이를 어쩌면 좋아, 글쎄!"

---

53) 【즉공관 측비】 來了。 시작했군.

"내 팔자니까 어쩔 도리가 없지요."

"이 늙은이가 어리석은 소리를 하는지는 모르겠수. 하지만서두 … 새댁도 즐겁게 행복을 누리면서 평생 호강할 수 있는 길이 있다우."

"무슨 좋은 생각이라도 있으세요?"

그러자 노파가 말하는 것이었습니다.

"내가 큰 부잣집 도령이나 고관대작댁 공자들하고 내왕을 하는 데말이유. 점잖고 준수한 젊은 도령들이 아주 바글바글해! (…) 새댁, … 새댁 정도면 혼담을 넣을 필요도 없어. 마음에 드는 사람이 있으면 아무나 하나 골라봐요. 내가 그 사람한테 말만 잘 해놓으면 새댁을 무슨 진귀한 보물하고 똑같이 대하면서 엄청 아낄 테니께. (…) 먹고 싶으면 먹고 입고 싶으면 입고 하든서 그 고운 손 하나 까딱하지 않아도 종이며 하녀며 얼마든지 부리면서 이 꽃같이 참한 모습이 헛되지 않게 해드리리다. 아, 그게 독수공방하며 거친 일이나 하면서 말도 안 되는 수모나 당하고 사는 것보다 억만 배는 낫지 뭐야?"

적주는 고생을 참지 못하는 사람이었습니다. 더욱이 나이가 어리디어린 데다가 여자이다 보니 물처럼 수시로 마음이 흔들렸지요.[54) 거기다가 시댁의 못마땅한 구석들을 떠올리던 차에 이런 말을 들으니 금세 마음이 흔들리지 뭡니까. 그래도 입으로는

---

54) 【즉공관 측비】 不由不動, 可憐之甚。 절로 마음이 흔들리는군. 참 안됐구나!

"안 돼요! 누가 알면 어째요55)!"

하고 말할 뿐이었지요. 그러자 노파가 말하는 것이었습니다.

"이 장소는 외부 사람은 함부로 오지 못한다우. 귀신도 모르는 …
아주 은밀한 곳이지. 새댁이 한 이틀만 지내고 나면 천당으로 보내준
대도 안 가려고 할 걸, 아마?"

"방금 전에 그 뗏목 젓던 이한테 벌써 친정에 기별을 전하라고 보
내 버린 걸 어떻게 해요."

적주가 이렇게 말하니 노파가 말했습니다.

"걔는 내 수양아들인데 그렇게 철이 없다니까? 그런 나쁜 소식을
다 알리러 가다니 …."

이렇게 이야기를 나누고 있을 때였습니다. 가만 보니 웬 사람이 밖
에서 걸어 들어오더니 한 손으로 왕 노파를 덥석 붙잡으면서 말했습
니다.

"잘한다, 잘해! 백주 대낮에 아녀자를 꼬드겨서 서방질을 시키려
들다니56)! 관가에 가서 고해야겠군!"

깜짝 놀란 적주가 자세히 보니 뗏목을 저었던 아까 그 왕석이 아닙
니까. 적주가 그를 보고

---

55) 【즉공관 측비】軟了。마음이 누그러졌네.
56) 【즉공관 측비】有粧點。잘도 꾸며내는군!

"우리 집에 가서 기별은 했어요57)?"

하고 물었더니 왕석이 말하는 것이었지요.

"기별 같은 소리 하고 있네! 내가 한참 전부터 듣고 있었어! 왕할멈이 하는 소리는 새댁이 남은 반평생 동안 호강하는 데에 안성맞춤인 대책이니까 새댁이 알아서 하슈!"

그래서 적주가 한숨을 내쉬면서

"난 곤경에 처한 사람인데 당신들 올가미에 걸려들었군요. (…) 이제 방법이 없네요. 다만 내 일을 그르치지만 말아주세요.58)"

하고 말하니 노파가 말하는 것이었습니다.

"내가 방금 들려준 말을 새댁이 선택하면 피차 소원을 이루는 셈이야. 새댁을 그르치긴 왜 그르치겠어!"

적주는 한동안 결정을 내리지 못했습니다. 그러나 노파의 감언이설을 들은 데다가 그런 대로 방이 잘 꾸며져 있고 침상도 가지런한지라 말 그대로

> 대숲의 절간 지나는 김에 스님 말씀 듣노라.　因過竹院逢僧話,
> 덧없는 인생에서 조금이나마 여유를 즐기자.　偸得浮生半日閒。59)

---

57) 【즉공관 측비】 可憐。딱하구나.
58) 【즉공관 측비】 軟了。마음이 누그러졌어.
59) 대숲의 절간 지나는 김에~: 당대의 시인 이섭李涉(806?~?)이 지은 시에 나

싶어서 안심하고 조용히 머물기로 작정했답니다. 노파와 왕석 두 사람은 아주 정성스럽게 교대로 시중을 들었습니다. 차를 달라고 하면 차를 주고, 물을 달라고 하면 물을 주면서 하나라도 빠뜨릴세라 세심하게 챙기는 것이었지요. 적주는 더더욱 기쁜 나머지 세상 시름을 다 잊었답니다.

그렇게 하루가 지났을 때였습니다. 왕석은 외출을 했다가 현지 상산商山 고을의 대단한 갑부 오대랑吳大郞을 우연히 마주쳤습니다. 오대랑은 백만금이나 될 정도로 거액의 재산을 가지고 있었는데 어지간히도 여색60)을 밝혔지요. 그는 평소 빈둥거리는 한량들을 기꺼이 챙

오는 말. 이섭은 지금의 강소성 진강鎭江에 있는 학림사鶴林寺에 들렀다가 〈학림사 벽에 쓰다[題鶴林寺壁]〉라는 시를 지었다. "종일 꿈인지 생시인지 모를 꿈에 빠져 있더니, 문득 봄날이 다 가버리겠다는 소리 듣고 마지못해 산에 올랐다가, 대숲 절간 지나다가 스님 말씀 듣고 나서야, 덧없는 인생살이에서 새로 조금이나마 여유를 즐기누나.終日昏昏醉夢間, 忽聞春盡强登山. 因過竹院逢僧話, 又得浮生半日閑." 이 시는 복잡하고 바쁜 속세를 벗어나 산속 절을 거닐며 잠시나마 여유를 가지고 심기일전하는 작자의 마음을 잘 표현하고 있다. 여기서는 그 시에서 제3구와 제4구만 빌려 쓰고 있다. 호가 청계자淸溪子인 이섭은 낙양洛陽 사람으로, 젊어서 그 인근의 양원梁園에서 객지 생활을 하던 중 병란을 만나 남쪽으로 피난하여 동생 이발李渤과 함께 여산廬山 향로봉香爐峰 아래에 은거했다. 나중에 태자 통사사인太子通事舍人을 맡았지만 얼마 후 협주峽州의 사창 참군司倉參軍으로 좌천되어 십 년 동안 고생한 끝에 사면되면서 다시 낙양으로 귀환했다. 문종文宗 대화大和 연간(827~835)에 국자감 박사國子監博士를 지내서 '이박사李博士'라고 불렸다고 한다.

60) 여색[風月]: '풍월風月'은 '청풍명월淸風明月'을 줄인 말로, 원래 이섭의 경우처럼 맑은 바람과 밝은 달을 짝하며 망중한忙中閑을 즐기는 것을 두고 하는 말이지만, 중국 소설에서는 남녀 간의 밀회나 연애를 가리키는 말로 전용되는 경우가 많다.

겨주곤 했는데 왕석을 알아보고 묻는 것이었습니다.

"요즈음 무슨 좋은 놀이 장소라도 있던가?"

그러자 왕석이 말했지요.

"조봉朝奉[61] 나리께 희소식을 알려드립죠. 얼마 전에 과부 신세가 된 외종 조카딸이 저희 집에 있습니다. (…) 생기기도 예쁘고 귀여운 데다가 아직 짝이 없답니다. (…) 조봉 나리께 딱 안성맞춤 아니겠습니까? 물론, … 값이 좀 세기는 합니다만서도 …."

"나한테 선을 좀 보여주지 그러나?"

하고 대랑이 말하니 왕석이 대답했습니다.

"여부가 있겠습니까! 다만, … 양갓집 출신이라서 부끄러움이 많습니다. 제가 먼저 집에 가서 조카딸하고 대청에서 이야기를 나누고 있을 테니 나리는 불시에 들이닥쳐서 자세히 살펴보시면 될 것 같습니다."

오대랑은 그것이 무슨 소리인지 눈치 챘습지요.
왕석이 먼저 돌아와 보니 적주가 방 안에 앉아 말없이 생각에 잠겨

---

61) 조봉朝奉: 명대의 존칭. 송대 초기에는 조봉랑朝奉郎·조봉대부朝奉大夫 등과 같이 관직명이었으나 남송대 이후로는 부자나 토호, 나아가 가게의 점원 등을 두루 높여 부르는 존칭으로 전용되었다. 명대의 경우 안휘성 휘주徽州 일대에서는 부자를 '조봉'이라고 부르고 소주·절강·안휘 등지에서는 전당포의 지배인이나 점원을 높여 부르는 존칭으로 사용되었다.

있는 것이었습니다.

"새댁, 회당으로 가서 거동 좀 하구랴. 왜 답답하게 방만 지키고 있수."

하고 왕석이 말하자 왕 할멈이 뒤쪽에서 그 소리를 듣고 나와서 거들었습니다.

"그러게 말이야 …! 새댁, 밖에 나와서 좀 앉아 있어."

적주가 그 말을 따라 밖으로 나오자 왕석은 그 방문을 걸어 잠갔습니다. 적주는 자리에 앉더니 말했습니다.

"할멈, 아무래도 나는 돌아가는 게 낫겠어요.62)"

"새댁, 성급하게 좀 굴지 마. 우리는 그냥 새댁 몸을 아끼고63) 새댁이 고생하는 게 안쓰러워서 하는 소리야. (…) 조금만 더 참고 기다리면 새댁에게 틀림없이 좋은 인연이 찾아올 거라니깐!"

노파가 이렇게 말하다가 가만 보니 바깥에서 웬 사람이 들이닥치지 뭡니까. 그 사람이 어떤 차림을 하고 있었느냐고요? 그 모습을 볼작시면

머리에 쓴 건	頭戴一頂,
앞에 한 닢 뒤에 한 닢인 댓살 엮은 모자요	前一片後一片的竹簡巾兒。
양쪽으로 두른 건	旁縫一對,

---

62) 【즉공관 측비】遲了。이미 늦었지.
63) 【즉공관 측비】好語動人。감언이설로 사람을 구슬리려는 속셈이로군.

왼쪽 하나 오른쪽 하나의 밀랍 금박이며	左一塊右一塊的蜜蠟金兒。
몸에 입은 건	身上穿一件,
얇은 목 큰 소매의 감청색 양모 도포	細領大袖青絨道袍兒。
발에 신은 건	脚下着一雙,
굽 낮고 겉이 얇은 붉은 비단 미투리라.	低跟淺面紅綾僧鞋兒。
담장 옆 지나던 송옥[64]이 아니라면	若非宋玉牆邊過,
수레 끌고 나온 반안[65]이 분명하렷다?	定是潘安車上來。

바로 큰 회당까지 들어온 그가 말하는 것이었습니다.

"왕 가 집에 있는가?"

---

64) 송옥宋玉(BC298?~BC222): 전국시대 초楚나라의 가객. 사부辭賦에 뛰어나 굴원屈原의 명성을 이었기 때문에 당륵唐勒·경차景差 등과 나란히 당대의 이름난 문학가로 일컬어졌으며, 현재 전해지는 작품으로는 〈구변九辯〉·〈풍부風賦〉·〈고당부高唐賦〉·〈등도자호색부登徒子好色賦〉 등이 있다. 외모가 수려하여 '중국 고대의 4대 미남' 중의 하나로 꼽히기도 했다. 송옥은 〈등도자호색부〉에서 동쪽 이웃의 여인이 자신의 용모와 재능을 흠모하여 삼 년 동안 담장 너머로 자신을 훔쳐보았노라고 노래한 바 있다. 이 담장은 원래 자신이 여색을 밝히지 않고 지조를 지킨다는 뜻에서 든 비유이지만, 당·송대 이후의 문학작품들에서는 남녀의 밀회를 암시하거나 다정한 남자를 가리키는 말로 전용되곤 했다.

65) 반안潘安(247~300): 서진西晉시대의 문학가. 하남河南 중모中牟 사람이다. 원래 이름은 '악岳'이지만 자가 안인安仁이어서 줄여서 '반안'으로 불렸으며, 어릴 때부터 아름다운 외모와 재능으로 이름을 떨쳐 후대의 문학작품에서 미남의 대명사로 등장한다. 《어림語林》에 따르면, 반안은 하도 미남이어서 수레를 타고 외출이라도 할라치면 나이 지긋한 여인들이 과일을 그에게 던져 수레가 과일로 가득 찰 정도였다고 한다. 후대에는 '수레를 탄 반안'은 미남을 두고 하는 말로 굳어졌다.

적주는 당황해서 몸을 일으켰지만 이미 서로 눈이 마주친 뒤였습니다. 그래서 서둘러 방문가로 뛰어갔지만 그 문은 아까 방에서 나올 때 왕석이 몰래 잠가버리는 바람에 순간적으로 몸을 피할 데가 없지 뭡니까. 왕 노파는 웃으면서

"오 조봉 어른이셨군요[66]? 기척이라도 좀 하지 그러셨어요!"

하더니 적주를 보고

"우리 집 단골이시니까 괜찮수."

그러고는 이번에는 오대랑을 보고 말하는 것이었지요.

"이쪽 새댁하고 인사라도 나누세요."

그러자 오대랑이 깍듯이 꾸뻑 절을 하고 적주도 별 수 없이 답례를 했습니다. 곁눈질로 훔쳐보니 준수하고 사랑스럽게 생긴 젊은 도령인지라 속으로는 벌써 어느 정도 마음에 드는 것이었습니다. 오대랑도 그녀를 위아래로 한번 훑어보는데 가만 보니 연지나 분도 바르지 않은 채 수수하고 단아하게 차린 것이 영락없는 양갓집 규수였습니다. 덕지덕지 처바른 화류계 여인들과는 완전히 격이 다르지 뭡니까. 그도 이 방면에서는 전문가 축에 드는 사람이었습니다. 알 만큼은 다 알지 어디 모를 턱이 있겠습니까마는 저절로 몸 한쪽이 나른해져서는 말을 거는 것이었습니다.

---

66) 【즉공관 측비】虔婆腔。 기생어멈 말투로군.

姚滴珠避羞

요적주가 수치를 피하려다 수치를 당하다.

"부인, 앉으시지요."

적주는 아무리 그래도 양갓집 출신이었습니다. 그래서 좀 부끄러웠던지 왕 노파만 부르더니 말하는 것이었지요.

"우리 들어가요."

"뭘 그리 당황하고 그래요?"

할멈은 이렇게 말하면서도 적주와 같이 들어가는 것이었지요.[67] 그러더니 얼마 뒤 도로 나와서 오대랑을 보고 물었습니다.

"조봉 어른, … 보니까 마음에는 드십디까?"

"할멈, … 부탁함세, 부탁해! 서둘러 성사시켜주시게. 그 은혜는 절대로 잊지 않겠네!"

오대랑이 이렇게 말하자 왕노파가 말했습니다.

"조봉 어른이야 돈이 아주 많으시니까 천 냥 정도 내고 데려가시면 됩니다요."

"기방 출신도 아니잖은가! 뭘 그리 많이 달라고 해?"

하고 대랑이 말하니 노파가 말하는 것이었습니다.

---

67) 【즉공관 측비】妙在再不逆他。 여기서 묘미는 할멈의 말에 더는 거역하지 못한다는 데에 있지.

"많은 게 아니지요. (…) 아까 그 참한 모습 보셨잖수. 이제 조봉어른 댁 작은 아씨가 될 텐데 천금도 못 내신다는 거예요?"

"사실 천금을 달라고 해도 상관은 없네. 하지만 … 우리 집 안방마님께서 하도 드세서 못된 짓이란 못된 짓은 다 골라서 하거든. (…) 나야 그녀 정도는 무섭지도 않네마는[68] 저 젊은 새댁을 못살게 굴 것 같아서 말이야. 좀 불편해서 데려갈 수는 없을 것 같으이!"

대랑이 이렇게 말하자 노파가 말했습니다.

"아 그게 뭐가 어렵다고요. (…) 따로 집 한 채를 빌려서 살면 양쪽 다 정실부인이 되는 셈이니 얼마나 좋아요! 일전에 강江 씨 댁에 화원이 하나 비어서 남한테 잡힐려고 하던데 (…) 쇤네가 대신 한번 물어봐 드리지요, 어떠세요?"

"좋긴 좋네. 하지만 (…) 따로 살게 되면 부릴 하인과 시중을 들 계집종도 있어야 하고 따로 살림을 차려야 되지 않나! (…) 그건 그래도 약과일세. 아무래도 집안사람들을 속여 넘길 수는 없지 않겠나? 하루 종일 난리를 부리고 달려와서 같이 살겠다고 들면 그거야말로 큰일일세!"

하고 대랑이 말하니 할멈이 말하는 것이었습니다.

"쇤네한테 다 방법이 있습니다요. (…) 일단 예물을 내고 아내로

---

68) 【즉공관 측비】是怕老婆人聲口。할멈의 입이 무섭겠지.

맞아들여 이 집에서 혼례를 치르세요. 달마다 생활비만 몇 냥씩 내시면 조봉 어른 대신 보살피면서 쇤네가 시중을 들고 모시겠습니다요. 조봉 어른께서는 댁에서 지내시다가 '볼일을 보러 객지로 나간다'는 핑계를 대고 수시로 여기 와서 머무세요. (…) 전혀 소문 날 리가 없으니 나쁠 게 뭐 있겠어요?"

대랑은 웃으면서

"그게 좋겠군, 그게 좋겠어!"

하더니 의논 끝에 예물로 은자 팔백 냥을 내기로 했지요. 옷과 장신구[69]까지 장만해 보내는 것은 두말할 것도 없지만 그것까지 다 합쳐도 천 냥이면 충분했습니다. 또, 매달 생활비에 방세까지 해서 은자 열 냥을 달마다 내라는 것이었습니다. 대랑은 다 승낙하고 서둘러 은자를 가지러 떠나는 것이었지요.

왕 노파는 방으로 돌아와 적주를 보고 말했습니다.

"방금 그 나리 말이유. (…) 어떻습디까?"

사실 적주는 처음에 좀 부끄러움을 타서 안으로 들어와버렸습니다. 그러나 속으로는 아무래도 못내 아쉬웠던지 어두운 구석에 숨어 그를 여기저기 자세히 뜯어보았지 뭡니까. 그래서 오대랑이 왕 노파와 이야기를 나누면서 문 안을 힐끗거릴라치면 이따금 그녀의 얼굴 반쪽이 어른거리는 것이었습니다. 만약 다른 사람이 앞에 있었고, 처음 만난

---

69) 【교정】 장신구[首飾]: 상우당본 원문(제104쪽)에는 뒷글자가 '꾸밀 희餼'로 나와 있으나 전후 맥락을 감안할 때 '꾸밀 식飾'을 써야 옳다.

중국 현대 화가 쵸스광喬十光이 그린 〈휘주의 민가-굉촌 월당〉

사이만 아니었다면 둘이 수작을 벌이느라[70] 난리가 났을 테지요. 적
주는 왕 노파가 자신에게 묻자 엉겁결에 물었습니다.

"그분 … 뉘댁 분이세요?"

"휘주부에서도 유명한 상산 오 씨 집안 분이라우. 그분은 거기다가
오 씨 집안에서도 으뜸가는 부자로 '오 백만百萬'이라는 별명을 가진
대단하신 오 조봉[71] 어른이세요. (…) 그분이 새댁을 보고 얼마나 반
했는지 몰라! (…) 그분은 새댁을 아내로 맞아 데려가려 했지만 불편
한 구석이 좀 있어서 새댁을 아내로 들여서 여기 머물게 할 생각이십

---

70) 무슨 일을 내도[做光]: '주광做光'은 명대의 구어로, 직역하면 '광을 내다'
　　정도 되겠지만 당시에는 '[교태를 부려 상대를] 유혹하다'라는 뜻으로 사용
　　되었다. 여기서는 '수작을 벌이다' 식으로 번역했다.
71) 대단하신 오 조봉[吳大朝奉]: '대조봉大朝奉'은 조봉朝奉을 높여 부른 말. 조
　　봉 자체가 존칭인데 여기에 '대大-'를 추가함으로써 어감을 최대한 과장한
　　표현이다. 앞의 "(오)백만百萬"은 백만 냥이나 되는 재산을 지닌 갑부라는
　　뜻으로 붙인 별명이다. 여기서는 "대단하신 오 조봉"으로 번역했다.

디다. (…) 새댁 생각은 어떻수?"

적주는 이 깨끗한 침실이 마음에 들기도 했고 오대랑의 인물에 반하기도 한 상태였습니다. 그래서 '여기서 지내게 된다'는 말을 듣자마치 자기 집이라도 되는 것처럼 속으로 무척 흡족해하는 눈치이지 뭡니까.

"기왕에 여기 왔으니 무조건 할멈만 믿을게요. 좀 편안하고 소문만 나지 않으면 되지, 뭐.[72]"

하길래 노파가 말했습니다.

"소문이 날 리가 있나! 다만 … 새댁은 얼마 후 그분과 같이 지내게 되더라도 절대로 사실을 고백하면 안 되우? 새댁을 깔볼 때니까. 그냥 나를 외종 친척이라고 둘러대고 몰래 즐기기만 해요."

그런데 가만 보니 오대랑은 가마를 한 대 앞세우고 배갑拜匣[73]을 받쳐 든 잘생긴 사내 아이 둘을 따라서 곧장 왕석의 집으로 오는 것이 아닙니까.

예물이나 청첩을 담는 명대의 배갑

그는 은자를 정확하게 치르고

---

72) 【즉공관 측비】 要緊。 중요하지.
73) 배갑拜匣: 예물이나 청첩을 담는 장방형의 작은 나무 곽. '배첩갑拜帖匣'이
   라고도 불렸다.

나서 물었습니다.

"혼례는 언제 치러줄 거요?"

"조봉 어른 편하신 대로 하지요. 따로 길일을 잡든지 아니면 … 날도 잡을 것 없이 오늘 밤 당장이라도 괜찮고요."

하고 노파가 대답하자 오대랑이 말하는 것이었습니다.

"오늘 우리 집 쪽은 아무 준비도 해놓지 않아서 오늘 당장 묵기는 힘들 것 같네. (…) 내일 내가 항주杭州에 불공도 들이고 빚도 받으러 다녀오겠다고 둘러대지. 그런 다음에 이리 와서 지내면 그만이야. 굳이 따로 날을 잡을 필요가 있겠는가?"

오대랑은 색욕이 앞선 나머지 따로 길일을 잡을 때까지 기다릴 수가 없었지요. 만일 혼인이 인륜지대사라는 점을 감안한다면 당연히 좋은 날을 잡아야 옳습니다.74) 그런데 오늘 이렇게 아무렇게나 대충 진행하는 바람에 무슨 흉살凶煞75)을 만났는지는 몰라도 한두 해 사이에 헤어지고 말지요. 물론 그것은 나중의 일이지만 말입니다.

한편, 오대랑은 치를 돈을 제대로 치른 다음 그 자리를 떠났습니다. 다음 날 즐거움을 만끽할 일만 기다리면서 말이지요. 노파는 노파대

---

74) 【즉공관 측비】 冷話。有致有謔趣。 가시 돋친 말이기는 하지만 정취가 있고 웃기기까지 하구나.

75) 흉살凶煞: 흉신. 중국 고대의 미신에서는 연年·월月·일日·시時는 저마다 길신吉神과 흉신凶神이 도사리고 있다고 믿었다. 그래서 흉신이 버티고 있는 때나 장소는 가급적 피했다.

로 왕석과 계산을 끝내고 와서 적주를 보고

"축하하우, 새댁! 새댁 일은 다 끝났수."

하더니 오 씨가 내놓은 은자 사백 냥을 집어들고는76) 싱글벙글 웃으면서 말하는 것이었습니다.

"은자가 팔백 냥이니께 … 새댁이 절반을 가지고 우리 둘도 나머지 반을 중매 구전으로 가져가겠수."

하면서 은자를 늘어놓는데 탁자가 온통 눈이 다 부시게 번쩍거리는 것이 아닙니까. 적주도 몹시 즐거워하는 것이었지요.

"이야기꾼 양반, 그런 말이 어디 있소! 그 건달놈과 뚜쟁이 할망구 눈에 은자가 들어왔으니 말 그대로 등에가 피를 본 격이요. 그런데 무슨 양심이고 정의를 지킨답시고 그녀한테 절반을 뚝 떼서 준단 말이요?"

손님77), 그거야 다 이유가 있지요. 그의 경우는 첫째, 적주 앞에서

---

76) 【즉공관 측비】妙在此。목적은 여기에 있었던 게지.

77) 손님[看官]: 근현대의 소설은 어디까지나 서재나 도서관에서 순전히 눈으로 '읽기read' 위하여 창작되는 것이 보통이다. 그러나 송·원대 화본이나 명·청대 의화본, 나아가 당대의 변문變文 따위의 소설은, 라디오 연속극과 마찬가지로, 이야기꾼의 제스처추임새를 눈으로 '보고see' 그가 들려주는 이야기를 귀로 '듣는listen' 것을 목적으로 창작되거나 연출되는 공연예술의 일종이었다. 화본이나 그 체제를 모방한 의화본에서 독자에 대한 호칭으로 청중 또는 관중이라는 의미의 '간관看官'이라는 표현을 쓴 것은 바로 이 같은 이유 때문이다. 송·원대에 공연을 목적으로 하거나 공연을 염두에 두고

자신들의 부귀를 과시함으로써 그녀의 환심을 사려고 한 겁니다. 둘째는 어쨌든 노파의 집에 있는 것들 아닙니까. 그 물건이 발이 달려서 어디로 사라져버릴 것도 아니니까 언젠가는 야금야금 뜯어내면 당초처럼 도로 원래 자리에 그대로 있게 되는 거지요. 만일 적주에게 물건을 좀 주지 않았다가 나중에 오대랑과 같이 지낼 때 그녀가 실상을 폭로하기라도 해보세요. 자신들이 챙긴 것까지 도로 토해내야 하니 오히려 낭패를 당하는 격 아니겠습니까? 그래서 이것을 노파의 기막힌 꾀라고 하는 겁니다!

　　오대랑은 이튿날 정말로 전날보다 더 멋들어지게 차려입고 혼례를 치르러 왕석의 집으로 왔습니다. 그는 남들이 알기라도 할까봐 주례도 쓰지 않고 악사도 부르지 않았지요. 그냥 왕석에게 잔칫상을 두 자리 마련하도록 부탁한 후 적주를 불러내어 함께 앉아 먹고 나서 신방으로 들어갔습니다. 적주는 처음에는 수줍어하면서 방에서 나오지 않으려 했지요. 그러나 나중에는 못 이기는 척 마지못해 잠깐 앉았다가 일을 핑계로 방으로 들어갔습니다. 그러고는 '후' 하고 등불을 불어 끄더니 혼자 먼저 잠자리에 드는 것이 아닙니까. 그러나 방문은 잠그지 않은 상태 그대로였지요.

　　"누가 여자 아니랄까봐 부끄러워하긴 …. 우리 가서 장난 좀 쳐줄

창작된 화본에서 사용된 '간관' 등의 공연장식 표현은 명·청대에 순전히 서재에서의 독서를 목적으로 창작된 의화본에 이르러서는 그 목적에 어울리게 '독자' 식으로 변경되는 것이 정상이지만, 중국에서는 많은 경우 공연장식 표현들이 그대로 인습되는 경향이 강했다. '간관'에 해당하는 '관중'이나 '청중'은 그 자체가 복수형이므로 편의상 여기서는 '손님'으로 번역했다.

까요?"

노파는 이렇게 말하더니 등불을 들고 오대랑이 방으로 들어가도록 비추었습니다. 그러고는 아까처럼 방 안의 등잔에 불을 붙이고 자신은 방을 나와 문을 닫는 것이었지요. 오대랑은 철저한 사람이다 보니 문의 빗장을 걸더니 등불을 침상맡으로 옮기고 휘장을 들추고 보았습니다. 그런데 가만 보니 적주가 이불을 뒤집어쓰고 잠이 들어서 깨울 수가 없지 뭡니까.[78] 그래서 살그머니 옷을 벗고 등불을 불어 끈 다음 둘둘 말린 이불 속으로 비집고 들어갔습니다. 그러자 적주는 한숨을 쉬더니[79] 몸을 움츠리는 것이었습니다. 오대랑은 온갖 달콤한 말을 다 속삭이면서 조금씩 살짝 몸을 적주 쪽으로 틀다가 '턱' 하고 올라타지 뭡니까. 적주는 몸을 바들바들 떨면서도 받아들일 수밖에 없었지요. 그렇게 몇 번이나 오르락내리락 엎치락뒤치락하면서 적주를 온 몸이 가뿐해지고 전신이 나른해지게 만드는 것이었습니다. 알고 보니 적주는 출가한 지 두 달이나 지났지만 남편은 아무래도 이쪽으로는 달인이 아니다 보니 이런 방중술은 배운 적이 없었습니다. 반면에 오대랑은 연애 방면에서는 백전의 노장이었지요. 이불 속 일에서만큼은 언제나 타의 추종을 불허하는 도사였습니다. 그러니 부드럽고 다정하기로는 두말할 필요가 없을 정도이지 뭡니까. 적주는 그저 '왜 이제야 만났는지' 야속할 뿐이었지요. 두 사람은 몇 번이나 사랑을 나누면서 온 밤을 지새웠답니다.

이튿날, 자리에서 일어나니 왕 노파와 왕석이 같이 와서 축하 인사

---

78) 【즉공관 측비】 老手。 고수구나.
79) 【즉공관 측비】 如畫。 그림의 한 장면이로군.

를 하길래 오대랑이 둘에게 상을 내렸습니다. 이로부터 그는 요적주와 즐거운 시간을 보냈고, 달포마다 집으로 돌아가 다니다가 또 건너와 지내곤 한 것은 말할 필요도 없었답니다.[80]

"이야기꾼 양반, 설마 반 씨네가 며느리가 없어졌는데도 그냥 아무렇지도 않게 여겼다는 거요? 그녀가 혼자 거기서 마음껏 환락을 즐기도록 내버려두었다는 거요, 뭐요?"

손님, 모름지기 이야기는 양쪽 입장이 다 있기 마련입니다. 그렇지만 한꺼번에 이쪽 이야기도 들려드리고 저쪽 이야기도 들려드리기는 어렵지요.[81] 그러니 지금은 일단 저 반 씨네 이야기부터 들어보십시오! (…)

그날 아침 일찍 일어났는데 아침밥을 지어야 할 며느리가 보이지 않는 것이 아닙니까. 반 씨네 시어머니는 '또 늦잠을 자는가 보다' 싶어서 그 방 앞으로 가서 사나운 목소리로 그녀를 불렀습니다. 그래도 아무 대답이 없길래 방으로 들어가서 침상 문을 밀어젖히고 침상 안을 보았지요. 그랬더니 아 글쎄 적주가 종적을 감추어버렸지 뭡니까, 글쎄!

"이 천한 화냥년이 어디를 간 게야?"

---

80) 말할 필요도 없었답니다[不題]: 송·원대 화본, 명·청대 의화본, 장회소설章回小說 등에서 상투적으로 사용되는 표현. 여러 상황을 일일이 묘사하지 않고 현재의 '말줄임표…'와 비슷한 역할을 하는 "부제不題" 또는 "부재화하不在話下" 등의 상투적인 표현으로 수렴하는 것이 보통이었다.
81) 모름지기 이야기는~: 화자(이야기꾼)가 양쪽의 상황을 동시에 전달할 수는 없으니 시차를 두고 이쪽과 저쪽 상황을 교대로 들려줄 수밖에 없다는 뜻이다.

시어머니가 욕을 하면서 나와 시아버지에게 그 사실을 일러주었더니 시아버지는

"또 꼴값을 떠는구먼! (…) 보나마나 그년 친정으로 내뺐을 테지."

하면서 서둘러 나루로 가서 사람들에게 수소문을 하기 시작했습니다.

"이른 아침에 웬 여인이 강을 건너갑디다. 그녀를 아는 사람이 반 씨댁 며느리가 뗏목을 타고 갔다고 하더군요."

하고 누가 말하자 시아버지가 말했습니다.

"이 못된 년! 어제 몇 마디 했다고 부모한테 일러 바치러 가? 그렇게 심성이 고약해서야! (…) 일단 그년이 친정에서 계속 지내게 내버려 둡시다. 절대로 데리러가지 말자구. (…) 네년이 어쩌는지 어디 두고 보자꾸나!"

성이 잔뜩 난 그는 뛰어서 집으로 돌아와 아내에게 그대로 일러주는 것이었습니다.

열흘 정도 돼갈 즈음이었습니다. 요 씨 댁에서는 딸이 걱정이 되어 곽[82] 몇 개를 마련하고 간식을 좀 만들어 남자 하나 여자 하나에게 들려 반 씨 댁에 보내서 안부 인사를 여쭙게 했습니다. 그런데 시아버지가

---

82) 곽[盒子]: 음식을 담은 곽을 뜻한다. 옛날에는 푸줏간에서 잡은 가축의 고기를 익혀서 잘 썬 다음 둥근 나무 곽에 담아서 팔았다고 한다.

"며늘아기가 댁으로 돌아간 지가 열흘이 다 돼가는데 어째서 여기 와서 안부를 묻는 게요?"

하는 것이 아닙니까. 선물을 들고 온 두 사람은 깜짝 놀라서 말했습니다.

"그게 무슨 말씀입니까? 저희 집 아씨는 댁으로 출가한 지 겨우 두 달 남짓밖에 되지 않은 걸요. (…) 저희 집에서 모셔간 일도 없는데 아씨가 어떻게 혼자 돌아오겠습니까! (…) 마님께서 걱정이 돼서 저희더러 찾아뵈라고 하셨어요. 그런데 어떻게 엉뚱하게 그런 말씀을 하십니까?"

"지난번에 꾸지람을 몇 마디 했더니 며늘아기가 강짜를 부리면서 친정으로 돌아갔소이다. 나루에서 며늘아기를 본 사람도 있고. 집으로 간 게 아니면 어디로 갔겠소?"

하고 반 씨네 시아버지가 말하니 두 남녀가 말했습니다.

"정말로 집에는 돌아오지 않았다니까요? 사람을 잘못 보고 그러시면 안 되지요!"

그러자 시아버지는 버럭 성을 내면서 말했습니다.

"며느리가 친정에 돌아가서 뭐라고 거짓말을 둘러댄 게지. (…) 사돈집에서 이혼을 시키고 새로 시집을 보낼 속셈으로 잔꾀를 꾸며놓고 거꾸로 안부를 물으러 온 겐가?"

"사람이 댁에서 사라졌는데 거꾸로 그런 식으로 말씀하시니 이 일에 분명히 곡절이 있는 게로군요?"

그 남녀가 이렇게 말하니 시아버지는 "곡절"이라는 소리를 듣자마자 대놓고

"개 같은 연놈들! 관가에 가서 고발할 테다! 그래도 너희 집안이 발뺌을 하는지 어디 두고 보자!"

하고 욕을 퍼붓는 것이 아닙니까. 그 남녀는 상황이 심상치 않자 선물은 아예 내놓을 생각도 못한 채 도로 지고 돌아와서 주인에게 자초지종을 다 고했습니다. 요 씨 댁 부모는 깜짝 놀라 울음을 터뜨리면서 말했습니다.

"그럼 우리 딸아이가 … 죽여도 시원찮을 두 늙은것한테 구박을 당해 죽었다는 말이냐? (…) 고소장을 준비해서 딸아이를 돌려받으러 갑시다!"

그러고는 한편으로 송사訟師[83]와 고소장 작성하는 일을 상의했습니다. 반 씨네 시부모는 시부모대로 요 씨 집안에서 딸을 숨겨놓았다고 여기고 사람을 시켜 아들을 집에 데려오게 했지요. 이렇게 양가가

---

83) 송사訟師: 명대에 법률·소송 관련 업무를 대행해주는 사람을 일컫던 말로, 지금의 사법서사 또는 법무사에 해당한다. 주요 업무는 유언·계약 등의 사문서를 대필하는 일이었지만 더 많은 경우는 송사 관련 문안의 작성을 대행해주었기 때문에 '송사'로 일컬어졌다. 제10권 〈한 수재는 소란 속에 어여쁜 아내 맞이하고 오 태수는 그 재주 아껴서 연분을 맺어주다〉에서는 "법가法家"라는 이름으로 소개되고 있다.

똑같이 고소장을 내서 둘 다 받아들여졌습니다.

휴녕현休寧縣의 이李 지현知縣[84]은 관련자들을 모두 관아로 소환했습니다. 그런데 재판정에서 심문할 때에는 이쪽은 저쪽 탓, 저쪽은 이쪽 탓을 하는 것이 아닙니까. 지현은 잔뜩 화가 나서 먼저 반 씨네 시아버지부터 주리를 틀었습니다. 그러자 시아버지가 말하는 것이었지요.

"며느리가 강을 건너는 것을 목격한 사람이 있습니다! 만약 강에 몸을 던져 자살했다면 분명히 시체의 흔적이라도 있어야 정상이지요. (…) 사돈집에서 며느리를 숨겨놓고 시치미를 떼는 게 분명합니다요!"

"맞는 말이다. 사람이 열흘 넘게 행방이 묘연한데 만약 죽었다면 어찌 시신이 없을 수가 있겠는가? 필경 숨겨놓고 있는 것이렷다?"

지현은 이렇게 말하면서 반 씨네 시아버지를 풀어 주고 이번에는 요 씨네 아버지의 주리를 틀게 했습니다. 그러자 적주의 아버지가 고하는 것이었지요.

"딸아이는 저 집에 있습니다! 출가한 지 두 달이 넘었지만 여태껏 친정으로 돌아온 적이 없습니다. 만약 정말 그때 저희 집에 돌아왔다

---

84) 지현知縣: 중국 중세·근세의 벼슬 이름. 송대에는 중앙 정부의 관리를 현의 장관으로 내려보내 그 행정을 관장하게 하고 그들을 '지현사知縣事'라고 불렀다. '지현사'란 '현의 일을 보살핀다'라는 뜻으로, 보통 '지현知縣'으로 약칭했다. 명·청대에는 현의 정식 장관으로 삼았으나 품계는 정7품正七品으로 상당히 낮아서 속칭 "깨알 같은 7품 벼슬아치[七品芝麻官]"로 일컬어지곤 했다.

면 이 열흘 가까운 기간 동안 반 가놈이 어째서 사람을 보내 안부를 묻거나 행방을 확인하지 않았겠습니까? (⋯) 사람은 여섯 자[85]나 되니 세상 어디에도 숨기기가 어렵습니다. 소인이 만약 딸을 숨겼다가 나중에 새로 남한테 시집을 보내면 누구든 아는 사람이 생길 것입니다. 그런데 어떻게 그들을 속일 수가 있겠습니까! 나리께서 잘 헤아려 주십시오!"

그러자 지현은 가만히 생각해보더니 말했습니다.

"그 말도 옳다. 어떻게 숨길 수가 있겠는가? 설령 숨겼다 쳐도 그게 무슨 소용이 있겠는가? 아마 다른 자와 간통을 저지르고 약속을 하고 도망친 게지.[86]"

"소인의 며느리가 게으르고 물정에 어둡기는 하지만 저희 집안 법도는 엄격합니다. 간통 같은 민망스런 일은 결코 벌어진 적이 없습니다요!"

반 씨네 시아버지가 이렇게 반박하자 지현은

"그렇다면 누군가가 납치해 갔거나[87] 아니면 친척 집에 숨어 있는지도 모르겠군."

---

85) 여섯 자[六尺]: '척尺'은 중국 고대의 길이 단위. 그 길이는 시대별로 차이가 있어서 한대에는 23cm 정도였으나 명·청대에는 31cm 정도였다. 따라서 "6척六尺"이라면 186cm 정도 되는 셈이다.
86) 【즉공관 측비】 也疑得是。 의심하는 것도 당연하다.
87) 【즉공관 측비】 更是。 더더욱 그럴 수밖에.

하더니 적주의 아버지를 보고 말했습니다.

"네가 낳은 딸이 못난 탓이다! 여식이 오간 행적은 필경 아비 된 네가 알고 있는 것이 정상이다. 더는 발뺌할 생각은 하지 말라! 행방을 추적해서라도 반드시 찾아내야 한다! 체포를 맡은 아전들과 함께 닷새마다 점검88)을 하도록 하라!"

그러고는 반 씨 부자에게는 보증인을 불러올 것을 요구하고 적주의 아버지는 팔을 결박하여 끌어내게 하는 것이었습니다.89)

적주의 아버지는 딸이 사라진 것만 해도 애가 타는데 이런 억울한 일까지 당하자 '하늘이시여 땅이시여' 하면서 애통해했지만 아무 방법이 없었지요. 하는 수 없이 사람을 찾는다는 방을 붙이고 상금을 내걸면서 곳곳을 다 찾아 헤맸습니다만 전혀 아무 기별도 없었습니다. 반갑潘甲 쪽은 또 그 쪽대로 아내가 없어지자 화를 삭일 데가 없었던지 닷새마다 관아에 찾아와 아뢰고90) 상황을 점검하면서 범인을 잡는 데에만 집중했습니다. 물론, 적주의 아버지가 곤장을 맞는 낭패도 피할 길이 없었지요. 이 사건은 휴녕현을 온통 들쑤셔놓았습니다. 읍내든 시골이든 신기한 이야기로 전해지지 않은 곳이 없을 정도였지요. 친척들이야 적주 아버지를 위해 불만을 토로했지만 문제를 해결

---

88) 점검[比較]: '비교比較'는 원래 '견주어보다'라는 뜻이지만 명대에는 관청에서 세금을 징수하거나 범죄자를 체포할 때 정해진 기한 안에 완수하게 한 것을 가리키는 말로 사용되기도 했다. 만일 기한 안에 임무를 완수하지 못하면 곤장 등의 징계를 받았다고 한다.

89) 【즉공관 미비】不該放鬆潘公。 반공은 놓아주어서는 안 되지.

90) 【즉공관 측비】冤哉。 억울하게 됐군!

할 방법이 있을 리가 없었습니다.

계속 이야기를 들려드리지요. 요 씨 집안에는 아주 가까운 처가붙이가 하나 있었습니다. 주소계周少溪라고 하는 사람이었지요. 우연한 기회에 절강 지방 구주衢州[91] 고을에서 장사를 하고 있던 그가 한가하게 홍등가를 돌아다니고 있을 때였습니다. 가만 보니 웬 창기가 문 앞에 서서 추파를 던지는데 왠지 무척 낯이 익지 뭡니까. 곰곰이 생각해보니 요적주와 완전히 닮은 얼굴이었습니다.[92]

'집에서 두 해 동안 당사자도 없는 송사가 벌어지고 있어. 그런데 여기에 있을 줄이야[93]!'

이렇게 생각한 그는 가까이 가서 확실하게 물어보려다가 다시 생각했습니다.

'안 돼, 안 돼. … 물어본들 진실을 말하려 할 턱이 없지. (…) 일단 정체가 드러나면 창기의 행적이란 것이 근본이 없는 법.[94] 밤새 도망을 치기라도 하면 어디에 가서 찾아낸단 말인가? (…) 차라리 그녀 집에 알려서 직접 찾아 나서게 하는 편이 낫겠어!'

사실 구주衢州와 휘주徽州는 각각 절강과 직예直隸[95] 두 지역으로

---

91) 구주衢州: 명대의 지역 이름. 지금의 절강성 서부, 전당강錢塘江 상류, 금구金衢 분지 서쪽 끝에 자리 잡고 있으며, 절강·강서·안휘·복건 네 지역의 교통 요지이자 물산 집산지로 유명했다.

92) 【즉공관 미비】有此天然奇巧. 이처럼 신기하고 교묘한 경우가 다 있다니!

93) 【즉공관 미비】亦宿因也. 이것도 전생의 인연인가.

94) 【즉공관 측비】此人去得. 이 사람은 [같이] 가도 되겠군.

관할이 나누어져 있었습니다. 그렇기는 해도 두 고을은 경계가 서로 맞닿아 있었습니다. 그렇다 보니 며칠 고생하지 않아서 도착할 수 있었지요. 그가 적주 아버지에게 낱낱이 다 일러주자 적주 아버지가 말했습니다.

"말할 것도 없네. 나쁜 놈을 만나는 바람에 인신매매를 당해 창기로 팔려간 게지!"

적주 아버지는 아들 요을姚乙에게 은밀히 백 냥 가까운 은자를 챙겨주며 구주로 가서 몸값을 치르고 데려오도록 일렀습니다. 그러면서 또

"사사로이 데려오려고 들면 성사시킬 수 없을지도 몰라."

하고 상의한 끝에 이번에는 휴녕현 관아에 상황을 보고하고 은자를 좀 써서 지명 수배 문서를 한 장 발부받아 몸에 지니고 가게 했습니다. 혹시라도 기방에서 협조해주지 않으면 바로 관아로 가서 문제를 해결할 요량으로 말이지요.[96]

요을이 '지시대로 따르겠다'고[97] 하자 적주 아버지는 주소계에게 부탁해 길동무가 되어 곧장 구주로 향하게 했습니다. 주소계에게는

---

95) 직예直隸: 명대에는 '양경제도兩京制度'를 시행하여 황제의 직할지인 직예가 북경을 행정 중심지로 한 '북직예'와 남경을 행정 중심지로 한 '남직예'로 구분 운영되었는데, 여기서는 '남직예'를 말한다.

96) 【즉공관 미비】周到, 亦是周少溪之教也. 주도면밀하군. 역시 주소계의 가르침인 게지.

97) 【교정】따르겠다고[德]: 상우당본 원문(제116쪽)에는 '덕 덕德'으로 나와 있다. 그러나 전후 맥락이나 그 다음 글자인 '명령 명命'과의 관계를 고려할 때, 여기에는 동사 성분이 와야 하므로 '들을 청聽'을 써야 옳다.

전부터 가게 주인이 있었으므로 요을만 따로 숙소를 찾아주고 여장을 풀게 했지요. 이윽고 주소계가 그를 지난번 그 집 문어귀로 안내했는데 마침 그녀가 문 밖에 있길래 요을이 보니 정말 자기 누이동생이지 뭡니까. 요을은 그녀의 어릴 적 이름을 연달아 몇 번이나 불렀습니다만 그 창기는 살짝 웃으며 바라보기만 할 뿐 아무 대답도 하지 않는 것이었습니다. 그러자 요을이 주소계를 보고 말했습니다.

"정말 내 누이구려. 그런데 … 몇 번이나 불렀는데도 전혀 대답하지 않는 것을 보면 나를 못 알아보는 것 같습니다. 설마 여기서 즐겁게 사느라 친형제조차 알아보지 못하는 걸까요?"

"자네가 알 리가 없지. 보통 사창가의 기둥서방이나 포주들은 예외 없이 악랄하다네. (…) 자네 누이는 내력이 확실하지 않아. 해서 저 집에서는 분명히 진실을 누설하는 것을 막기 위해 사전에 단단히 다짐을 해놨을 거야. 그래서 동생도 남들이 알아볼까 봐서 감히 그 자리에서 바로 아는 체하지 못하는 게지!"

주소계가 이렇게 말하자 요을이 말했습니다.

"그럼 이제 어떻게 동생한테 소식을 전하지요?"

"그게 어려울 게 뭐 있겠나? (…) 자네가 그녀를 사는 손님인 척하는 거야.[98] 술상을 차리고 은자 한 냥을 지불하게. 추가로 가마삯으로 한 뭉치를 챙겨준 다음 그녀를 처소로 태워 와서 자세하게 살펴보는

---

98) 【즉공관 미비】 此人去得。 이 사람이라면 가겠지.

거지. 자네 누이가 맞으면 은밀히 서로 확인하고 방법을 강구하면 되지. 누이가 아니면 하룻밤 동침하고 돌려보내면 그만일세."

"일리가 있네요, 일리가 있어!"

주소계는 구주에서 오랫동안 객지 생활을 하다 보니 발이 무척 넓었지요. 사환을 하나 불러왔는데 그 사람이 은자를 가지고 가더니 얼마 되지도 않아서 가마 한 대를 처소까지 메고 오는 것이 아니겠습니까.

가마와 가마꾼. 구영, 〈소주청명상하도〉(부분)

"정말 그의 누이라면 내가 여기 같이 있는 게 불편할 거야."

이렇게 생각한 주소계는 일을 핑계 삼아 그 자리를 나갔습니다.[99] 요을도 그녀가 누이가 맞으면 서로 불편하겠다고 여기고 굳이 주소계를 붙잡지 않았지요. 그런데 가만 보니 그 가마 안에서 사뿐사뿐 창기 하나가 걸어 나오지 뭡니까. 그 모습을 볼작시면

---

99) 【즉공관 미비】此人事事精密, 眞老江湖。 이 사람은 하는 일마다 치밀한데? 정말 수완이 대단한 자야!

한쪽은 '누이가 왔다'고 여기고	一个道是妹子來,
두 눈으로 요리조리 뜯어보고	雙眸注望,
한쪽은 '손님이 오셨구나' 여기고	一个道是客官到,
온 얼굴이 봄빛처럼 환해지는구나.	滿面生春。
…	…
한쪽은 '왜 누이가 다가와서 서둘러	一个疑道何不見他走近身,
오라비를 반기지 않는가' 의아해하고	急認哥哥,
한쪽은 '왜 저분이 가마를 보고서도 냉큼	一个疑道何不見他迎着轎,
'색시' 하고 반기지 않는가' 의아해하네.[100]	忙呼姐姐。

한편, 요을이 다가가 보니 영락없는 누이동생이었습니다. 그런데 그 창기는 생뚱맞게도 얼굴 가득 웃음을 머금고 보란 듯이

"복 많이 받으세요[101]!"

하고 인사를 하는 것이었습니다. 요을은 앉기만 권할 뿐 누이인지 확인해볼 엄두도 내지 못한 채 물었습니다.

"아가씨, … 성함이 어떻게 되고, 어디 사람이시오?"

---

100) 한쪽은~: 이 부분은 요을과 정월아가 대면하는 상황을 묘사한 시이다. "…" 표시 부분을 중심으로 그 앞의 상황과 뒤의 상황에는 시차interval가 존재한다고 이해하면 좋겠다.

101) 복 많이 받으세요[萬福]: '만복萬福'은 중국에서 고대에 부녀자들이 하던 인사말. 이 인사를 할 때는 주먹을 쥔 두 손을 포개어 가슴 쪽 우측 하단에 두고서 위아래로 흔들면서 절을 하는 자세를 취했는데, 지금은 경극京劇 등의 중국 전통극에서 젊은 아가씨를 맡은 배우가 이런 식으로 인사하는 것을 볼 수 있다.

"성은 정鄭, 이름은 월아月娥이옵고, … 이곳 사람입니다."

요을은 그녀가 구주 말씨를 쓰고, 목소리도 적주와는 닮지 않은 것을 보고 적이 의아하게 여겼습니다. 그러자 정월아가 요을에게 묻는 것이었지요.

"손님께선 어디서 오셨는데요?"

"소생은 휘주부 휴녕현 손전蓀田의 요 아무개요, 부친은 아무개이시고 모친은 아무개이십니다."

요을은 마치 누가 자신의 내력102)을 조사하기라도 하는 것처럼 집안 삼대의 연고지103)를 전부 털어놓았습니다. 물론, 이것도 그녀가 정말 누이라면 이 정도에서 분명히 인정할 거라고 여기고 그렇게 한 것이었지요. 그러나 정월아는 그가 장광설을 늘어놓자 잠시 웃더니 이렇게 말하는 것이었습니다.

"손님 신원을 따져보려는 것도 아닌데 어째서 삼대의 내력까지 다

---

102) 내력[脚色]: '각색脚色'은 명대의 구어로, 집안 배경을 뜻한다. 남송대에 조승趙升이 저술한 《조야유요朝野類要》에 따르면, "갓 벼슬길에 오른 이는 반드시 고향과 조상 삼대의 직함을 제시해야 했는데 이를 '각색'이라고 불렀다初入仕必具鄕貫三代名銜, 謂之脚色"고 한다. 참고로 중국 전통극에서는 '배역character'을 뜻하는 말로 사용되는 것이 보통이다.

103) 삼대의 연고지[三代籍貫]: 중국에서는 고향을 뜻하는 말이 크게 두 가지가 있는데, 본인의 출생지나 호적의 소재지를 뜻하는 '적관籍貫', 증조曾祖 이상의 윗대 조상의 출신지를 뜻하는 '조적祖籍'이 그것이다. 즉 전자가 '고향'이나 '출생지'라면, 후자는 '본관' 정도로 이해할 수 있는 셈이다.

밝히세요?"104)

요을은 온 얼굴이 빨갛게 달아오르면서 그녀가 적주가 아니라는 것을 눈치 챘지요.

그가 술상을 차려와 주거니 받거니 둘이 마주앉아 술을 마실 때였습니다. 정월아가 요을을 보니 내내 자기 얼굴을 한참이나 뜯어보다가 다시 혼잣말로 한참 동안 중얼거리기를 반복하는 것이 아닙니까. 그녀는 속으로 정말 이상하게 여기고 입을 열었지요.

"소녀, 지금까지 손님과는 한 번도 뵌 적이 없습니다. 그저 지난번에 대문간에 서 있으니까 손님이 왔다갔다 하고 저를 보고 손짓발짓 다 하길래 제가 뒤에서 자매들하고 같이 몰래 웃었던 것뿐입니다. (…) 오늘 손님이 예쁘게 보시고 저를 부르셔놓고 몇 번이나 얼굴만 힐끔거리면서 무슨 걱정거리라도 있는 것처럼 구시는군요. (…) 대체 왜 그러시는 겁니까?"

요을은 말을 얼버무리면서 제대로 대답하지 않았습니다. 그러나 월아는 오랫동안 손님을 익숙하게 상대해온 데다가 더없이 영리한 사람이었습니다. 그래서 이런 상황을 만나자 좀 겸연쩍게 여기면서도 꼬치꼬치 캐물었지요. 그러자 요을이 말했습니다.

"이야기가 좀 길다오. 일단 침상으로 가서 이야기합시다."

두 사람은 각자 술자리를 정리하고 나서 침상에 올라 잠을 청했습

---

104) 【즉공관 미비】姊妹聲口。누이 같은 말투로군.

니다. 그러다 보니 아무래도 운우의 정[105]을 나누고 싶은 마음이 생기지 않을 수 없었지요. 두 사람은 그렇게 해서 하룻밤 사랑을 나누었습니다. 월아는 다시 아까 그 이야기를 입에 올렸습니다. 요을은 어쩔 수 없이 집안의 일이 여차저차해서 이러저러하게 된[106] 사정을 일러 주었지요.

"아가씨가 비슷하게 생긴 걸 보고 아가씨를 사는 척하고 확실히 확인해보려 한 게요. (…) 역시 내 누이가 아니시구려."

"정말 그렇게 닮았어요?"

하고 월아가 묻자 요을이 대답했습니다.

---

105) 운우의 정[雲雨]: 남녀 간의 정사를 두고 한 말. 전국시대 초楚나라의 가객 송옥宋玉이 지은 〈고당부高唐賦〉에 따르면, 초나라의 양왕[楚襄王]이 고당高唐으로 유람을 갔다가 꿈에 어떤 여자를 만났는데, 작별할 때 "소녀는 무산의 남쪽 고구의 험지에 산답니다. 아침에는 떠다니는 구름이고 저녁에는 움직이는 비가 되어 아침저녁으로 양대 밑에 있답니다妾在巫山之陽, 高丘之阻. 朝爲行雲, 暮爲行雨, 朝朝暮暮, 陽臺之下"라고 말했다고 한다. 다음날 아침 양왕이 현장으로 가보니 그 여인의 말과 같길래 그곳에 사당을 짓고 '조운朝雲'이라고 이름 붙였다고 전한다. 중국 문학에서는 이로부터 남녀 간의 정사를 형용할 때 운우·무산巫山·고당高唐·양대陽臺 등의 말로 완곡하게 표현하곤 했다.
106) 여차저차해서 이러저러하게 된[如此如此, 這般這般]: 여차여차, 저반저반如此如此, 這般這般'은 송·원대 화본, 명·청대 의화본, 장회소설 등에 수시로 등장하는 상투적인 표현이다. '여차如此'와 '저반這般'은 전자가 문어체 표현, 후자가 구어체 표현이라는 문체상의 차이는 있지만 의미상으로는 전자가 '이와 같이', 후자는 '이렇게'로 별 차이가 없다. 중국의 이야기꾼들은 앞에서 이미 언급한 내용을 다시 반복할 때 불필요한 중복을 피하고 시간을 효과적으로 활용하기 위하여 이 같은 표현을 자주 사용했다. 때로는 네 글자로 줄여 '여차저반如此這般' 식으로 사용하기도 한다.

"행동거지나 외모는 조금도 틀림이 없고, … 다만 표정에서 미묘하게 다른 데가 좀 있구려. 하루 종일 함께 지내는 아주 가까운 혈육만, 그것도 주의해서 자세히 살펴봐야 겨우 알아챌 수 있을 정도요. 아주 많이 닮은 셈이라고 보아야겠지. (…) 만약 목소리만 다르지 않았더라면 방금 같아서는 나조차 못 알아봤을 거요."

"그 정도로 닮았다니! 그럼 … 제가 손님 누이동생 해드리지요, 뭐107)!"

하고 월아가 말하길래 요을이

"또 놀리는군!"

했더니 월아가 말하는 것이었습니다.

"놀리는 게 아니라, … 손님하고 잘 상의해보려는 거예요. 손님 댁에서 누이동생이 사라져버렸다면서요. 그럼 이번 소송은 결판이 날리가 없지요. 어쨌든 누이가 관아에 나타나야 끝나는 거니까요. (…) 저는 이 고을 양갓집 딸로, 강姜 수재秀才108) 집에서 첩으로 지냈답니다. 그런데 큰 마님이 거두어주지 않은 데다가, 나중에는 강 수재마저

---

107) 【즉공관 미비】月娥亦是奇人, 有此奇想奇見。 월아도 기인이야, 이런 기발한 생각과 주견을 가졌으니.

108) 수재秀才: 중국 고대에 선비들을 높여 부르던 호칭. '수재'는 한대漢代 이래로 인재를 발탁하는 절차로서 존재했으며, 당대唐代에도 과거 시험 과목으로 존립하다가 나중에 폐지되었다. 당대의 제도를 계승한 송대에는 과거 시험에 급제한 선비들만 한정해서 '수재'로 불렸지만 명대에는 과거 시험 당락과는 상관없이 선비들에 대한 통칭으로 사용되기도 했다.

정월아가 착오를 알고도 착오를 밀어붙이다.

이익을 탐내어 당초의 정리를 저버리고 저를 정鄭 씨 아주머니 집에 팔아버렸지 뭡니까! (…) 기둥서방과 포주는 사정은 따져볼 생각도 하지 않고 걸핏하면 부당한 체벌과 고문을 가했지요. 저도 그자들의 학대를 참다못해 거기서 벗어날 궁리를 하던 참이었답니다. (…) 손님께서 지금 저를 잃어버린 누이라고 하시고 저도 손님을 제 오라버니라고 하자구요. 둘이서 입을 맞춘 후 관아에 가서 이치를 따지면 틀림없이 저를 집으로 돌려보내라는 판결을 내리고 송사도 일단락될 겁니다. 제가 몸만 빠져나올 수 있다면 원수도 갚을 수 있을 거구요. (…) 손님 댁에 가서 손님 누이 행세를 하면 송사도 잘 마무리될 테니 이거야말로 완벽한 계획이 아니겠어요?”

“맞기는 맞는 말이오. 허나 … 목소리가 너무 달라서 말이요. (…) 게다가 우리 집에 와서 누이 행세를 하면 분명히 일가친척이며 지인들한테까지 제대로 대처해야 진짜라고 믿을 텐데 (…) 그건 만만한 일이 아니라서 …”

요을이 이렇게 말하자 월아가 말하는 것이었습니다.

“사람들이야 외모가 안 닮은 것만 신경을 쓰지요. 목소리야 사람에 따라 바뀌는 건데 누가 꼭 맞게 따라 할 수가 있겠어요?[109] 손님은 누이를 잃어버린 지 두 해나 되었지요. 정말 구주에 있다면 저와 같은 구주 말투를 쓰지 않을 리가 없잖아요? 친척 지인들이야 손님이 저한테 가르쳐주시면 되고요. 게다가 … 손님이 이 일을 하시게 되면 관아

---

109) 【즉공관 미비】俱絶頂議論。한결같이 대단한 식견이야.

의 처분도 기다려야 하니까 시간이 오래 걸릴 거예요. 그러니 손님하고 함께 지내면서 말투도 따라서 좀 배울 수가 있고요. 집안일은 매일 익숙해질 때까지 가르쳐주시면 어려울 게 뭐가 있겠습니까?"

요을은 내심 일단 집안의 송사부터 끝내는 것이 급선무라는 생각뿐이었습니다. 그래서 월아가 한 말을 곰곰이 따져보니 전부 다 시도해볼 만하다는 생각이 들지 뭡니까. 그래서 바로 월아를 보고 말했지요.

"내가 누이의 지명 수배 문서를 챙겨 왔소이다. 관아에 가서 고하기만 하면야 아가씨에게 귀가 판결이 내려지는 것은 어렵지 않을 거요. 다만 … 끝까지 맞다고 꿋꿋하게 인정해야 하외다. 절대로 한 치의 실수도 있어서는 안 되니까!"

"저로서도 스스로 여기서 벗어나려면110) 이 기회를 활용하는 수밖에 없습니다. 그런데 왜 딴소리를 하겠어요? 다만 한 가지 … 손님 댁의 매부는 어떤 분입니까? 제가 그분을 섬길 수 있을까요111)?"

"매부는 객지에 나가 장사를 하는 사람이오. 그런 대로 젊고 성실하니 섬겨도 괜찮을 거요.112)"

요을이 이렇게 대답했더니 월아가 말하는 것이었습니다.

"그분이 어떻든 간에 아무튼 창기 노릇 하는 것보다야 낫겠지요.

---

110) 【즉공관 측비】 主意。조심해야 돼.
111) 【즉공관 측비】 要緊。중요하지.
112) 【즉공관 측비】 混賬話。바보 같은 소리!

더욱이 지아비도 한 사람, 아내도 한 사람 아닙니까? 과거처럼 첩으로 지낼 것도 아니니 제 신세를 망칠 일도 없고요."

그러자 요을은 다시 한 번 다짐을 하는 것이었습니다.

"둘이 한 마음으로 이 일을 진행하되113) 서로 배신하는 일이 없도록 합시다. (…) 만약 약속을 깨거나 비밀을 누설하면 천지신명께서 천벌을 내리실 게요!"

두 사람은 의기가 투합하자 그것만으로도 후련하게 여겼던지 또다시 한 덩이가 되어서 끌어안고 날이 밝을 때까지 잠을 자는 것이었지요.114)

잠자리에서 일어난 요을은 머리도 빗지 않은 채로 바로 주소계를 찾아가서 그조차 속이고 그를 보면서 말했습니다.

"정말 제 누이더군요. 이제 (…) 어떻게 하면 되겠습니까?"

"화류계 패거리는 만만치 않은 자들일세. 그러니 사사롭게 몸값을 치르고 데려가려고 하면 분명히 들어주려 하지 않을 걸세. (…) 내가서 여기서 장사를 하는 고향 사람 열 명 정도를 끌어모아 탄원서를 작성해서 태수님께 바치겠네. 사람이 많으면 공론이 되는 셈이지. 더욱이 자네는 해당 현에서 발부한 적주 수배 문서를 증거로 가지고 있으니 즉시 귀가 조치가 이루어지지 않겠는가? 다만, … 자네가 은자

---

113) 【즉공관 측비】 要緊。 중요하고말고.
114) 【즉공관 미비】 忙中冷趣亦熱趣。 바쁜 와중에도 이런저런 재미를 다 보는군.

몇 냥을 추가로 그 기방에 보내고 그자들에게 '그 아이를 숙소에 며칠 더 데리고 있겠다'고 귀띔을 해서 그자들이 의심하지 않도록 조치해 두게. 그러면 우리도 일을 진행하기가 한결 수월해질 테니까."

주소계가 이렇게 말하자 요을도 일일이 그 말대로 잘 처리했습니다. 얼마 후 주소계는 바로 휘주 사람들을 한 무리 끌어 모은 다음 요을과 함께 부 관아의 재판정으로 가서 그간의 사정들을 끝까지 다 고했습니다. 요을도 이어서 현의 지명 수배 문서를 꺼내 즉석에서 확인을 받았지요. 태수는 즉시 명령패를 뽑아[115] 정 가네 기방의 기둥서방과 포주를 모두 잡아오게 했습니다.

명대에 순천부順天府(지금의 북경)에서 사용한 명령패

정월아도 재판정에 출두해서 한쪽은 오라비임을 인정하고 한쪽은 누이임을 인정했지요. 그 휘주 사람들 중에는 주소계 말고도 적주를 알아보는 사람이 한둘 더 있어서 다들

"맞습니다."

---

115) 명령패를 뽑아[簽了牌]: 명대에 관청의 수장이 특정인이나 범죄 용의자를 소환·체포·심문해야 할 때 대나무로 만든 신주神主 모양의 명령패를 뽑아 아전이나 포졸에게 건네서 그것을 신표로 삼아 상부의 명령을 집행하게 했다. 지금도 《포청천包青天》 등의 중국 사극에서는 판관이 명령패를 뽑아 던지는 장면을 자주 찾아볼 수 있다.

하고 이구동성으로 대답하는 것이었습니다. 반면에 그 기둥서방은 전혀 영문도 모른 채 엉겁결에 끌려온 탓에 끝까지 인정하지 않고 고래고래 소리를 지르는 것이 아닙니까. 태수는 긴 말 하지 않고 그의 입을 때리게 했습니다. 그러고 나서 '그녀를 어디서 납치해 왔는지' 상세하게 캐물으니 기둥서방은 감히 속일 엄두도 내지 못하고 술술 자백하는 것이었지요.

"강 수재 댁 첩입니다요. 소인이 은자를 팔십 냥이나 들여서 사들인 것은 사실입니다. 하오나 절대로 납치해 온 여자는 아닙니다요!"

태수가 이번에는 가서 강 수재를 잡아오게 했습니다. 강 수재는 자신이 변명할 여지가 없다는 것을 눈치 채고 몸을 숨긴 채 아예 관아에 출두조차 하지 않지 뭡니까. 그러자 태수는 요을에게 은자 사십 냥을 포주에게 몸값으로 치르고 누이를 데려가게 함으로써 송사를 일단락 지었습니다. 그 기둥서방에게는 '양갓집 규수를 사들여 창기로 만들었다' 하여 응분의 죄를 물으니 강 수재까지 신세를 망치고 말았지요. 정월아가 품었던 원한이 일단 전부 풀린 셈이었지요.[116] 요을은 기쁜 마음으로 그녀를 데리고 처소로 돌아갔습니다. 그리고 관아에서 공문을 다 준비하기를 기다려 돈도 관아에 낼 것은 내고 객주집 주인에게 줄 것은 준 다음, 잡다하게 쓸 물건들을 모두 장만하고 나서야 길을 나섰지요. 그러는 동안은 월아와 함께 자고 함께 일어나는 사이가 되어 남들에게는 오누이라고 둘러댔습니다만 둘만 있을 때에는 부부지간으로 지내면서[117] 베개맡에서도 두런두런 해야 할 말과 알아야 할

---

116)【즉공관 측비】樂哉。기쁘구나!

일들을 일일이 잘 가르쳐주었지요.

길을 떠나고 며칠이 되지 않아 손전에 이르렀을 때였습니다. 어떤 사람이 오누이가 함께 오는 것을 보고 손뼉을 치면서 말하는 것이었습니다.

"잘됐군, 잘됐어! 이 송사도 이제 결판이 나겠군!"

어떤 사람은 먼저 그의 집으로 가서 기별을 넣어서 부모가 함께 문 밖까지 마중을 나왔습니다. 월아는 아는 사이인 척하면서 후다닥 문 안으로 들어가 '아버지, 어머니' 하고 불러대는데, 그 모든 것이 요을이 자연스러워질 때까지 가르친 덕분이었지요. 게다가 기방에서의 경험을 살려 임기응변으로 대처하는데 조금도 틀림이 없었습니다.

"내 딸아, 그 두 해 동안 어디에 가 있었느냐? 네 아비가 정말 고생하다가 죽는 줄 알았구나!"

적주 아버지가 이렇게 말하자 월아는 흐느끼며 통곡하는 척하면서도

"아버지 어머니, (…) 그동안 평안하셨어요?"

하는 인사를 잊지 않았습니다. 아버지는 그녀가 말하는 것을 보더니 말했습니다.

"두 해를 헤어져 지내는 사이에 목소리까지 다 변했구나!"

---

117) 【즉공관 측비】 樂哉。 기쁘구나!

이번에는 어머니가 손을 뻗어 그녀의 손을 잡아끌더니 몇 번이나 문지르면서 말했습니다.

"손톱을 정말 길게 길렀구나. 헤어지기 전에는 기르지 않았었는데…."

이런 식으로 다들 한바탕 통곡을 하는 것이었습니다마는 진실을 잘 알고 있는 것은 요을과 월아뿐이었지요. 적주 아버지는 두 해를 끌어 온 송사로 지치고 두려워하던 참이었습니다. 그런데 '딸이 왔다'는 말을 듣자 그제야 마음속에서 큰 짐을 내려놓았다고 여길 뿐이었지요. 그러니 어디 그녀를 자세히 확인할 겨를이나 있었겠습니까? 더욱이 하도 많이 닮아서 조금도 의심할 구석이 없었으니 오죽하겠습니까.[118] 그녀의 당일 행적에 대해서도 아버지는 진작부터 기방에 몸값을 내고 데려온 것을 아는지라 자세히 캐묻기도 어려웠지요.

날이 밝자 아버지는 아들 요을에게 누이와 함께 현 관아로 가서 지현을 만나도록 일렀습니다. 지현이 재판정에 나타나자 사람들은 앞서의 일들을 끝까지 다 아뢰었지요. 지현은 이 사건에 두 해를 매달렸던 탓에 이미 상황을 잘 아는 터인지라 물었습니다.

"너를 납치한 것이 어떤 자였느냐?"

"성도 이름도 모르는 사내였습니다. 다짜고짜 협박을 하면서 저를 구주 고을 강 수재 집에 팔아넘겼지요. 강 수재도 저를 되팔아버렸지 뭡니까. 그 바람에 그 앞 사람들에 대해서는 행방을 알 수가 없었던

---

118) 【즉공관 측비】 體悉盡情。 동병상련의 심정이다 보니 성의를 다할 수밖에 없지.

것입니다."

지현은 이 일이 구주에서 생긴 일이어서 경계를 넘어 남의 관할 지역까지 조사하기는 난처하다는 점을 잘 알고 있었습니다. 그래서 사건을 얼른 일단락지을 생각으로 더는 따지지 않기로 하고[119] 명령 패를 뽑더니 반갑에게 부모와 함께 와서 그녀를 데려가게 하는 것이었지요. 반 씨네 시부모는 관아로 와서 가짜 적주와 상봉하자

"아이구 우리 며늘아가! 왜 그렇게 오래 가 있었니?"

하고 말하고 반갑은 반갑대로 그녀를 보자

"부끄럽구려! (…) 그래도 이렇게 상봉할 날이 올 줄이야!"

하고 반가워하더니 각자 확인을 마친 다음 그녀를 데리고 돌아갔습니다. 현 관아 대문을 나오자 두 바깥사돈과 두 안사돈은 서로 사죄하고 '운이 나빠서 그런 일을 당했다'며 현실을 그대로 받아들였지요. 이렇게 해서 다들 이 사건은 이렇게 마무리되었다고 믿었습니다. 그런데 하룻밤을 보내고 난 다음 날이었습니다. 이 지현이 재판정에 나와 반갑의 안건을 '미결 사건'에서 말소하려고 하는데 가만 보니 반갑이 또 나타나서

"어제 데려간 사람은 진짜 아내가 아닙니다!"

하면서 다시 소송을 제기하는 것이 아닙니까, 글쎄! 지현은 버럭

---

119) 【즉공관 측비】 也是。 그건 그렇지.

성을 내면서 말했습니다.

"발칙한 놈 같으니! 네놈이 장인 댁을 그만큼 괴롭혔으면 충분하거
늘 어째서 그래도 그만둘 생각을 하지 않는 게냐?"

그러더니 호통을 치면서 반갑을 당장 끌고 가 곤장 열 대를 치게
하지 뭡니까.[120] 그래도 반갑이 억울하다고 외치자 지현이 힐난했습
니다.

"구주에서 발부한 그 공문에 분명하게 적혀 있고, 네 처남도 직접
신병을 인도받아 돌아갔느니라. 너희 장인 장모가 확인한 것은 말할
것도 없고 너희 부모와 네놈조차 이 재판정에서 직접 확인하고 나서
데려가지 않았더냐! 그래놓고 어째서 또 이의를 제기한단 말이냐!"

그러자 반갑이 이렇게 말했습니다.

"소인이 소송을 제기했던 것은 그저 소인 아내를 찾을 생각이었
지,[121] 남의 아내를 달라고 한 적은 없습니다요. 그런데 이제 보니
소인 아내가 아닌 것이 분명하고 소인도 그녀를 거두기 난감합니다.
그렇다고 해서 나리께서도 소인에게 그 여인을 아내로 거두라고 강요
하실 수도 없는 것입니다요. 그래도 기어이 소인에게 '가짜를 진짜로
여기고 살라' 하신다면 소인, 차라리 아내를 포기하고 말겠습니다!"

"어째서 진짜가 아니라는 게냐?"

---

120) 【즉공관 측비】 寃哉。 억울하겠군!
121) 【즉공관 측비】 其詞甚直。 표현이 참 직설적이군.

지현이 물었더니 반갑이 대답하는 것이었습니다.

"외모는 아주 비슷한데 … 소인이 아내와 함께 지내다 보니 다른 점이 상당히 많더이다!"

"바보 같은 소리 마라! 한동안 창기 노릇을 했으니 신분이 양갓집 처자들에 비할 수는 없지 않은가!"

"나리! 그런 뜻이 아닙니다요. 평소 부부 사이에 주고받았던 은밀한 말이 단 한마디도 맞지 않는 건 그렇다 치겠습니다. 허나 … 몸의 은밀한 특징조차 다른 구석이 너무도 많습니다요. (…) 소인이야 속으로 잘 아는 바입니다만 … 어찌 그것들을 일일이 나리께 아뢸 수가 있겠사옵니까? 만약 정말 제 아내라면, 소인이야 그녀와 겨우 두 달만 부부로 지내다가 헤어졌으니 그녀와 상봉하기를 학수고대하는 입장입니다. 그런데 설마 엉뚱하게[122] 아니라고 우기면서 공연한 시비를 벌이려고 들었겠습니까? (…) 나리께서 푸른 하늘처럼 밝게 헤아리시어 현명한 판결을 내려주십시오!"

지현은 그가 하는 말이 정리상으로는 물론 이치상으로도 옳은 것을 보고 몹시 놀랍고 의아하게 여겼습니다. 그러나 한편으로는 자신이 잘못된 판결을 내렸다는 것을 인정하기도 난감했지요. 그래서 반갑에게 은밀히 이렇게 분부했습니다.

---

122) 【교정】엉뚱하게[到]: 상우당본 원문(제130쪽)에는 '이를 도到'로 나와 있으나 전후 맥락을 고려할 때 '넘어질 도倒'로 해석해야 옳다. 근세 이래로 '도到/倒'는 문법적으로 부사의 기능까지 가지면서 그 의미가 '거꾸로, 오히려'로 확장되었다. 여기서도 부사로 해석하여 "엉뚱하게"로 번역했다.

"일단 진정하고 성급하게 굴지 마라. (…) 부모와 친척들 앞일지라도 우선 얼버무리되 일체 절대로 발설해서는 안 된다.[123] 내게도 다 방법이 있느니라."

이 지현은 관속들에게 방을 써서 곳곳마다 두루 붙이도록 분부했는데 그 방의 내용은 다음과 같았습니다.

"요적주는 이미 모월 모일 그 행방을 추적한 끝에 찾아내어 관아에 출두했다.[124] 이로써 양가가 각자 소송을 취하했으니 다시 소송을 제기하는 일이 없도록 하라."

그러고는 비밀리에 큰 상을 걸고 열 명 넘는 포졸을 적절히 안배하여 사방으로 흩어져 수색에 나서게 했지요. 그리고 만일 누구든지 방을 보고 조금이라도 동정이 있으면 즉시 자세히 확인하고 잡아와 보고하게 했답니다.

범인을 찾아다니는 이쪽 이야기는 일단 접어두고 이제부터는 요적주 쪽 이야기를 들려드리지요. 그녀는 오대랑과 두 해 동안 같이 살았습니다. 그런데 대랑의 집에서 점점 눈치를 채고 그가 예사로 나다니도록 내버려두지 않는 바람에 출입이 차츰 뜸해졌습니다. 적주는 곁[125]에 자기 시중을 들 하녀를 두고 싶어서 오대랑을 보고 말했더니

---

123) 【즉공관 측비】妙, 妙。기막혀, 기막힌 생각이야!
124) 【즉공관 측비】好着。잘했어.
125) 【교정】곁[身伴]: 상우당본 원문(제131쪽)에는 뒷 글자가 '짝 반伴'으로 나와 있으나 전후 맥락을 고려할 때 '두둑 반畔'으로 해석해야 옳다. '반畔'은 근세 이래로 그 의미가 확장되어 '옆·곁' 등의 뜻으로 사용되기도 했다.

그는 다시 왕석에게 부탁을 해놓은 상태였지요. 그러나 왕석은 사람을 납치하는 일에는 이력이 난 자였습니다. 그러니 어디 자기 돈을 내고 하녀를 쓰려 들 리가 있겠습니까? 기회를 봐서 하녀를 하나 납치해 올 속셈이었습니다. 마침 일전에 흡현歙縣[126] 고을 왕여란汪汝鸞 댁에 계집종이 하나 있는 것을 봐두었는데 늘 냇가로 와서 물건을 씻곤 해서 그 종을 찍어 둔 참이었지요. 하루는 왕석이 바깥에 볼일을 보러 갔다가 현 관아 앞에 '적주를 이미 찾았다'는 내용의 방이 붙었다는 말을 들었겠다? 그는 허둥지둥 돌아와서 왕 노파를 보고 말했습니다.

"어떤 인간이 남의 이름을 사칭하고 다니는 건지, 원! 우리 물건은 우리 수중에 곱게 잘 있는데 말이유."

왕 노파는 그 말을 믿지 않고 사실을 확인해보려고 함께 현 관아 앞으로 방을 보러 갔습니다. 왕석은 곁에서 손짓발짓을 다 하고 연신 고개까지 끄덕거리면서 왕 노파에게 읽어주었지요. 당연히 그 광경은 일찌감치 그 곁을 지키고 있던 포졸의 눈에 띄었습니다. 포졸들이 두 사람의 미행에 나서[127] 으슥한 곳에 이르렀을 때였습니다. 가만 들어보니 두 사람이 조용히

여기서 "신반身畔"은 '신변', 즉 '자기 곁'으로 해석되지만 편의상 '곁'으로 번역했다.

126) 흡현歙縣: 명대의 지역 이름. 휘주부의 치소로, 옛 이름은 흡주歙州이다. 안휘성의 최남단에서 북으로는 황산黃山, 동으로는 항주杭州와 이웃하며 남으로는 천도호千島湖가 자리 잡고 있다.

127) 【즉공관 미비】正中妙計。기막힌 꾀에 딱 걸렸구먼!

"잘됐네, 잘됐어! 이제야 두 다리 뻗고 편하게 잘 수가 있겠구려!"

하는 것이 아닙니까. 바로 그 순간 포졸이 불시에 튀어나오더니 호통을 치는 것이었습니다.

"두 분께서 참 대단한 일을 하셨군그래? (…) 이제 들통이 났으니 어디로 내뺄 테냐!"

당황한 왕석은 어쩔 줄을 몰라 하면서

"겁은 왜 주고 그러십니까요! (…) 일단 술집에라도 가서 좀 앉읍시다요."

하더니 왕 노파와 함께 포졸을 대접하겠다면서 술집으로 데려가 앉혀놓고 같이 술을 마셨습니다. 그러다가 요리를 좀 시키겠다고 둘러대고는 연기처럼 달아나버렸답니다. 혼자 남은 왕 노파가 포졸과 같이 아무리 앉아 있어도 술도 요리도 내오지 않길래 아래층으로 내려가서 물었더니 왕석은 이미 내뺀 지 한참이 지난 뒤였지요. 그래서 포졸이 당장 왕 노파를 결박하고

"내, 너를 관아로 끌고 가야겠다!"

하니 왕 노파도 그제야 무릎을 꿇고 말하는 것이었습니다.

"나리, 용서해주십시오! (…) 저희 집까지 가시면 돈을 가져다 나리님한테 사례를 하겠습니다요!"

그 포졸은 그저 그들의 행동이 수상한 것을 보고 말로 겁을 준 것뿐이었습니다. 그때까지만 해도 무슨 영문인지 모르고 있었던 거지요. 그런데 왕 노파가 지레 겁을 먹고 스스로 마각을 드러내었지 뭡니까. 포졸은 뭔가 수상한 냄새를 맡고 노파를 놓아주지 않고 끌고 그 뒤를 따라 왕석의 집으로 가서 문을 두드렸지요. 그러자 웬 여인이 나와서 문을 여는 것이었습니다. 포졸은 그 모습을 딱 보더니

'이건 지난번에 구주에서 압송해온 여인이 아닌가!'

하고 깜짝 놀라면서도 불쑥

'이 여인이 진짜 요적주임이 분명하다!'

하는 생각이 들었습니다. 그래서 전혀 내색을 하지 않고 차를 마시더니 왕 노파가 술값을 좀 쥐어주는 대로 잠자코 가만히 있었지요. 그러자 왕 노파는 왕 노파대로 '별일 없나 보다' 싶었는지 마음을 놓는 것이었습니다.

포졸은 이튿날 바로 현 관아로 가서 이 사실을 보고했습니다. 지현은 열 명이 넘는 포졸을 추가로 파견해 서둘러 그들을 체포하게 했습니다. 포졸들은 이리·범처럼 기세등등하게 왕석의 집 문 앞까지 와서 함성을 지르면서 밀고 들어갔습니다. 그 서슬에 당황한 왕 노파는 들보에 목을 매어 죽어버렸지 뭡니까. 포졸들은 그 길로 적주를 재판정으로 잡아 오니 지현이 그녀를 보고

"바로 지난번 그 여인이잖은가!"

하면서 이번에는 명령패를 던져주고 반갑과 그 아내를 함께 소환하라는 명령을 내렸습니다. 이윽고 그 가짜 적주까지 출두해서 두 여인이 나란히 재판정에 선 모습을 보니 아, 글쎄 생김새가 정말 둘도 없이 똑같은 것이었습니다. 지현은 분간이 되지 않자 반갑에게 직접 확인하도록 일렀습니다. 반갑은 당연히 잘 알고 있었지요. 그가 진짜 적주와 서로 은밀한 말을 주고받길래 지현이 그녀를 불러 분명하게 캐물었습니다. 그러자 진짜 적주가 왕석에게 속아 넘어가게 된 경위를 끝까지 아뢰는 것이 아닙니까. 그래서 지현이 다시 물었지요.

"왕석이 사람을 유인하여 너를 농락하지 않았느냐?"

적주는 내심 오대랑을 마음에 두고 있던 터라 끝까지

"이름은 알지 못합니다."

하고 대답할 뿐이었습니다. 그래서 이번에는 가짜 적주를 불렀더니 이렇게 진술하는 것이었지요.

"소녀는 정월이라고 합니다. 저 자신은 개인적인 원한을 갚아야 하고 요을은 집안의 송사를 끝내야 했지요. (…) 제 말씨와 외모가 이쪽 여자 분과 닮았길래 상의 끝에 그런 일을 한 것입니다."

지현은 급히 왕석을 체포해 오라는 명령을 내렸으나 그는 벌써 달아난 뒤였습니다. 그래서 증명서를 작성하고 공문 양식에 맞추어 작성해서[128] 사건 관련자들과 함께 휘주부 관아로 압송하게 했습니다.

다시 이야기를 들려드리지요. 왕석은 술집에서 달아난 뒤에 우연히 한 패거리인 정금程金을 마주치자 길동무가 되어 함께 흡현 고을로 가고 있었습니다. 그런데 마침 왕여란 댁 계집종이 냇가에서 발싸개129)를 빨고 있는 것을 발견하고 그녀를 덥석 잡아채더니

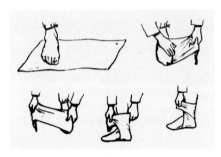

명대의 발싸개와 착용법 예시

"너는 우리 집 계집종이렷다? 도망쳐 나와서 바로 여기 있었구나!"

하면서 그녀의 발싸개를 낚아채서 그녀를 결박했습니다. 그러고는 바로 끌고 가서 대나무 뗏목에 강제로 태우려고 하는데 그 계집종이 크게 소리를 지르는 것이 아닙니까. 왕석이 소매로 그 입을 막았지만 계집종은 그래도 '웅얼웅얼' 하고 소리를 내는 것이었습니다. 그래서

---

128) 공문 양식에 맞추어 작성해서[疊成文卷]: '첩성문권疊成文卷'은 '접어서 공문의 격식으로 맞추다' 정도로 직역할 수 있다. 여기서는 문서를 꾸미는 것을 두고 한 말로 해석했다.

129) 발싸개[裹脚]: '과각裹脚'은 원래 명대에 발이 신발과 마찰해 다치는 일이 없도록 긴 천을 사용해 발을 싸는 행위를 뜻하지만 때로는 그 긴 천을 가리키기도 했다. 여기서는 후자의 뜻으로 쓰여 편의상 "발싸개"로 번역했다.

정금이 냅다 목을 졸랐는데 손에 힘을 너무 준 데다가 계집종은 입으로 제대로 숨을 쉬지 못하는 바람에 순식간에 숨이 지고[130] 말았습니다그려. 그 사이에 현지 담당관들이 사방에서 몰려들어서 두 사람을 모두 붙잡아 현 관아로 끌고 갔습니다. 그러자 그 흡현의 방方 지현은 정금에게는 교수형을, 왕석에게는 변방의 군졸로 충당하라는 판결을 내린 다음 휘주부로 압송하게 했습니다. 공교롭게도 적주 일행도 마침 그곳에 압송되어 와 있었지요. 그런데 다 같이 재판정에 들어갈 때 별안간 진짜 적주가 크게 소리를 지르는 것이었습니다.

"여기 왕석이 있어요!"

그곳 태수太守는 성이 양梁 씨로 상당히 공명정대한 사람이었습니다. 그런데 두 사건 다 범인이 왕석인 것을 알고 벌컥 성을 내면서

"왕석은 주범인데 어찌 겨우 변방 군졸로 충당하는 형벌로 끝내겠는가!"

하더니 형리들에게 곤장 예순 대로 다스리게 했습니다. 그 바람에 왕석은 그 자리에서 숨이 끊어져버리고 말았지요. 지현은 이어서 진짜 적주는 원래의 남편에게 돌려보내 집안이 안정을 되찾게 했습니다. 그리고 가짜 적주는 관기로 팔게 했지요. 또 요을은 '가짜를 진짜

---

130) 숨이 지고[嗚呼哀哉]: '오호애재嗚呼哀哉'는 고대에 제사를 지낼 때 낭독한 제문祭文에서 망자의 죽음을 애도하는 비통한 감정을 나타내는 데에 상투적으로 사용하는 표현으로, "아아, 슬프구나!" 정도로 번역할 수 있다. 중국의 전통 소설이나 희곡에서는 죽음을 완곡하게 표현하는 말로 사용되기도 했다.

로 속여 관아의 문서로 사람을 가로챘다' 하여 변방 군졸로 충당하라는[131] 판결을 내렸습니다. 관련자들 중에서 오대랑만은 세상 물정에 밝아서 사건이 터졌다는 소식을 듣자마자 위아래로 뇌물을 쓰는 바람에 이름 한 자 거론되거나 소동이 벌어지는 일 없이 어물어물 넘어가 버렸답니다.

반갑은 요적주를 데리고 귀가하여 예전처럼 함께 살게 되었습니다. 그러나 요을은 귀양 갈 곳이 정해지자 그곳 군졸로 충당되어 현지로 보내지는 신세가 되고 말았습니다. 사실 변방 군졸로 보내지는 죄인의 경우에는 그 아내도 함께 보내도록 규정되어 있었습니다. 그러나 요을은 아직 아내를 맞지 않은 총각이었지요. 그런데 가만 보니 정월아가 그 사실을 알고 대성통곡을 하면서 말하는 것이었습니다.

"그건 모두 제가 기방을 빠져나와 원수를 갚겠다는 욕심 때문에 벌어진 일입니다. 그런데 그 일이 요을 님을 해치게 될 줄 누가 알았겠습니까! (…) 이제 저는 죽든 살든 저분을 따라가겠습니다. 그래야 우리 사랑이 헛되지 않을 테니까요[132]!"

---

131) 변방 군졸로 충당하라는[太上老]: 원문의 '태상로太上老'는 명대에 유행한 일종의 언어유희이다. 중국에서는 춘추시대에 주周나라 조정에서 지금의 국립 도서관장에 해당하는 주하리柱下史를 지낸 노자老子를 신격화하여 '태상노군太上老君'이라고 불렀다. '임금 군君'은 명·청대에도 독음이 '쥔jun'으로, 성조聲調는 다르지만 '군졸 군軍'과 독음이 같았다. 이 작품의 작자 능몽초는 '태상노군'에서 '태상노'와 '군'을 쪼개고, '군'을 '군졸'의 '군'에 연결시켜 '충군充軍' 즉 '변방의 군졸로 충당하는 형벌'이라는 답을 이끌어내도록 언어유희를 벌인 것이다.

132) 【즉공관 미비】好箇鄭月娥。정월아가 참 훌륭하구나!

적주 아버지는 내심 차마 아들을 포기하지 못하던 참이었습니다. 그러다가 그 말을 듣자 바로 사람을 사서 이름을 바꾸고 돈을 내어 월아의 몸값을 치러주는 것이었습니다. 그러고는 성씨를 고치고 아들을 따라 군인 아내의 신분으로 함께 따라갈 수 있게 해주었지요.[133] 두 사람은 나중에 조정의 사면을 받아 고향으로 돌아와서 마침내 정식 부부가 되었답니다. 이 또한 정월아에게 살아 있던 작지만 착한 마음 때문이었습니다. 그 시누이와 올케 두 사람은 아무리 봐도 너무 닮아서 휘주에서는 지금까지도 웃음을 짓게 만드는 미담으로 전해지고 있지요. 이 이야기를 증명하는 시가 있습니다.

똑같은 양갓집 규수가 인생의 갈림길까지 갔다가	一樣良家走岐路,
다시 같이 갈림길에서 양갓집으로 되돌아왔구나.	又同岐路轉良家。
얼굴이야 서로 비슷하다 할 수 있을지 모르겠지만	面龐怪道能相似,
관상만 놓고 보면 조금도 차이가 없더란다.	相法看來也不差。

---

133) 【즉공관 측비】也快活。 그래도 후련하게 됐군.

제3권

유동산이 순성문에서 재주를 자랑하고
십팔형이 시골 술집에서 기이한 행적을 보이다
劉東山誇技順城門 十八兄奇踪村酒肆

卷之三
劉東山誇技順城門 十八兄奇踪村酒肆 해제

　이 작품은 외형이나 신분 등 외적인 요인만으로 사람을 평가했다가
낭패를 본 사람에 관한 이야기이다. 이야기꾼은 호응린胡應麟의《소실
산방필총少室山房筆叢》및 이방李昉 등의《태평광기太平廣記》에 소개된
월지국月支國 사자와 범을 때려잡은 여장부의 이야기를 앞 이야기로
들려주고, 이어서 반지항潘之恒의《긍사亘史》에 소개된 북경의 포졸 대
장 유금劉嶔의 이야기를 몸 이야기로 들려준다.
　명대 가정嘉靖 연간에 북경 순포아문巡捕衙門의 포졸 대장 유금劉嶔,
자 동산東山은 궁술과 기마술에 뛰어나고 백발백중이어서 자신의 무술
실력에 상당한 자긍심을 가지고 있다. 나이 서른 줄에 들어서면서 공직
에서 물러나 장사에 뛰어든 그는 한번은 나귀를 팔러 북경에 갔다가
우연히 만난 고향 사람이 '도적들이 출몰하니 조심하라'고 조언하지만
그 충고를 묵살한다. 다음 날 돌아가는 길에 양향良鄕에 이르렀을 때,
스무 살 정도의 잘생긴 청년이 말을 타고 따라와 길동무를 하자고 한다.
무예가 화제로 나오자 유금은 신이 나서 자신의 실력을 자랑한다. 그의
자랑을 들은 청년은 유금의 활을 건네받더니 비단 띠 다루듯 활을 놀리
고, 승부욕이 발동한 유금은 청년의 활을 당기지만 아무리 안간힘을 써
도 시위를 당기지 못해 머쓱해한다. 이어서 청년은 백 걸음 밖에서 첫
화살을 쏘아 유금의 귓가로 날리더니 그 다음에는 얼굴을 겨냥하고 가

진 것을 다 내놓으라고 위협한다. 청년에게 돈을 다 털리고 망신을 당한 날로부터 삼 년이 지난 어느 날, 15~16세 정도의 새파란 젊은이를 우두머리로 한 열한 명의 패거리가 술집에 나타나고, 유금은 그 무리 속에서 왕년의 청년을 발견한다. 또 곤혹을 당할까 봐서 지레 겁을 집어먹지만 청년은 당시 유금이 '자기 자랑을 하면서 남을 무시해서 본때를 보여준 것'이라면서 당초보다 열 배나 많은 천 냥으로 갚고 사과한다. 그 돈으로 가게를 성 안으로 옮긴 유금은 다시는 허풍을 떨지 않고 자신의 신분을 숨긴 채 분수를 지키며 장사에만 전념한다.

양향현

막주●
하간부●
교하현●

변경(개봉)●
황 하

서안
●

응천부(남경)
●

양 자 강

이런 시가 있습니다.

약한 것이 강한 것에게 제압당하는 것은	弱爲强所制,
덩치가 크고 작은 것 때문이 아니라네.	不在形巨細。
'즉저'가 '대'를 맛있게 여기는 것이	蝍蛆帶是甘,
어디 긴 주둥이가 있어서이겠는가?	何曾有長喙。

이야기를 들려드리겠습니다.[1] 어떤
생물이든 그것을 제압하는 천적이 있기
마련입니다. 그래서 높다고 뽐내서도 안
되고 강하다고 으스대서도 안 되지요.
이 시에서 말하는 '즉저蝍蛆'가 무엇이
냐? 바로 붉은다리 지네입니다. 민간에

붉은다리 지네

서는 '백각百脚'이라고도 하고 '백 개의 다리를 가진 벌레[百足之蟲]'
라고도 하지요. 그러면 여기서 '대帶'는 또 무엇이냐? 그것은 큰 뱀으
로, 그 모양이 띠와 똑같이 닮았다고 해서 이런 이름이 붙었답니다.

---

1) *본권의 앞 이야기는 명대에 호응린胡應麟(1551~1602)이 지은《소실산방필총
少室山房筆叢》권35의〈이유철유二酉綴遺〉(상) 및 송대에 이방李昉(925~996)
등이 지은《태평광기太平廣記》권4의〈월지사자月支使者〉에서 소재를 취했다.

영남嶺南²)지방에는 큰 뱀이 많습니다. 수십 장丈³)까지 자라는데 유독 사람만 해치지요. 그래서 그쪽 지방 백성들은 집집마다 지네를 기르는데, 한 자 넘게 자란⁴) 것을 다들 베개 곁이나 안에 놓아둡니다. 만일 뱀이 다가오면 지네는 '쯔쯔쯔' 소리를 내는데 이때 지네를 풀어놓으면 허리를 구부리고 머리와 꼬리에 힘을 모아 단번에 한 장 높이까지 뛰어올라 큰 뱀의 몸통 일곱 치 되는 지점에 달라붙습니다. 그러고는 쇠갈고리와도 같은⁵) 두 집게로 큰 뱀을 단단히 붙잡고 그

---

2) 영남嶺南: 중국 남방에 있는 '5령五嶺' 이남 지역, 즉 지금의 광동廣東·광서廣西·해남海南 및 홍콩·마카오 지역을 아울러 일컫는 이름. 중국 역사에서 당대에 설치한 영남도嶺南道에는 베트남 홍강 삼각주 일대까지 포함되었으나 송대 이후로 베트남 북부가 중국 강역에서 분리되면서 '영남'에서도 배제되었다. 영남 지역은 중국에서 지리는 물론이고 문화, 민속에서도 서로 공통점이 많은 중국 남방 문화의 중심지이다.

3) 장丈: 중국의 전통적인 도량형 단위. '장'은 '10十'을 손으로 들고 있는 글자의 형태에서 짐작할 수 있듯이 열 자[十尺]를 가리킨다. 중국에서 한 자는 역사적으로 진·한대에는 23센티미터, 당대에는 30센티미터 등, 시대마다 조금씩 차이가 있는데, 명·청대에는 대략 31센티미터 정도였다고 한다. 따라서 한 장은 310센티미터이므로 얼추 3미터가량 되는 셈이다.

4) 【교정】 자란[丈]: 상우당본 원문(제139쪽)에는 '길이 단위 장丈'으로 나와 있으나 전후 맥락을 고려할 때 길이의 단위로는 그 다음에 '자 척尺'이 이미 존재하고 있기 때문에 여기서는 길이의 단위를 나타내는 수량사가 아니라 앞의 "수십 장이나 자란다長數十丈"의 경우처럼 '자랄 장長'으로 이해해야 옳다.

5) 그 쇠갈고리와도 같은[那鐵鉤也似]: 중국의 설화說話 대본인 송원대 화본과 이를 모방한 명·청대 의화본에는 "X也似"구조의 비유법이 자주 보인다. 이 경우, '也似'의 앞과 뒤에는 일반적으로 명사나 동사가 와서 「명사/동사＋也似＋명사/동사」 구조를 이루며, 앞의 "X也似" 부분은 그 뒤에 명사가 오면 그 대상을 수식하는 한정어로, 그 뒤에 동사가 오면 그 행위를 묘사하는 상황어로 각각 작동한다. 문성재(2010)에 따르면, 여기에 사용된 '야也'는

진과 피를 다 빨아먹어 숨이 끊어져야 놓아준답니다. 길이가 수십
장이나 되고 몸통이 말만큼이나 큰 그런 놈이 거꾸로 길이가 한 자
정도에 손가락 굵기밖에 되지 않는 녀석에게 붙잡혀서 죽는 것입니
다. 그러니 옛말에

"'즉저'는 '대'를 맛있어한다."6) 蝍蛆甘帶。

해당 부분을 읽거나 노래할 때 액센트를 주거나 리듬을 주기 위해 추가된
것이다. '문법적' 용도를 위하여 필연적으로 추가된 성분이 아니라 '음악적'
효과를 위하여 인위적으로 추가한 장치라는 뜻이다. 《박안경기》에서는 이
"X也似" 구조의 표현들은 일률적으로 '야也'의 리듬감을 살려 "X와도 같
은" 식으로 번역했다.
6) '즉저'는 '대'를 맛있어한다[蝍蛆甘帶]: 《장자莊子》에 나오는 말. 〈제물론齊
物論〉에서 장자는 "사람은 가축을 먹고 사불상 사슴은 풀을 먹고 지네는
뱀을 맛있어하고 소리개 까마귀는 쥐를 즐긴다. 이 네 존재 중에서 누가
올바른 맛을 알 것인가?民食芻豢, 麋鹿食薦, 蝍蛆甘帶, 鴟鴉耆鼠, 四者孰知
正味"라고 말하면서 아름다움과 추함에 대한 미적 기준은 절대적인 것이
아니라 상대적인 것임을 설파한 바 있다. 여기에 언급된 '즉저'가 무엇이냐
에 대해서는 두 가지 주장이 있다. 서진西晉의 학자 곽박郭璞(276~324)은
전한대의 백과사전격인 《이아爾雅》〈석충釋虫〉의 "'질리'는 '즉저'이다蒺藜,
蝍蛆"라는 소개에 대해 "메뚜기 같은데 배가 크고 뿔이 길며 뱀의 뇌를 잘
먹는다似蝗而大腹長角, 能食蛇腦"라는 주석을 달고 있다. 말하자면 그는
'즉저'를 귀뚜라미[蟋蟀]로 이해한 셈이다. 반면에, 청대 중기의 학자 왕염
손王念孫(1744~1832)은 《광아廣雅》〈석충釋虫〉의 "'즉저'는 '오공'이다蝍蛆,
吳公也"라는 소개에 대하여 "'오공'은 '오공'으로 쓰기도 한다吳公, 一作蜈
蚣"라고 설명한다. 그는 '즉저'를 '오공蜈蚣' 즉 지네로 이해한 것이다. 이와
함께 선진시대의 저술로 전해지는 《관윤자關尹子》〈삼극三極〉에서는 "'즉
저'는 뱀을 먹고 뱀은 개구리를 먹고 개구리는 '즉저'를 먹는 식으로 서로
잡아먹는다蝍蛆食蛇, 蛇食蛙, 蛙食蝍蛆, 互相食也"라고 언급하고 있다. 이처
럼 고대의 '즉저'가 정확하게 어떤 동물을 가리키느냐에 대해서는 귀뚜라미
와 지네의 두 설이 존재하는 셈이다. 그러나 능몽초는 이를 "붉은다리 지

라고 한 것도 이런 경우를 두고 한 말이었을 겁니다.

한漢나라 무제武帝7) 정화征和8) 3년, 서쪽 오랑캐의 월지국月支國9)

네"로 특정해서 이야기를 전개시키므로 여기서는 그의 이해를 좇아 '지네'
로 번역했다.
7) 한나라 무제[漢武帝]: 전한의 제7대 황제 유철劉徹(BC156~BC87)을 말한다.
10살 때 황제로 즉위한 후 찰거제도察擧制度를 시행하여 인재를 선발하고
'추은령推恩令'을 반포하여 제후국의 권력을 축소했으며 염철鹽鐵과 화폐
의 제조권을 중앙정부에 귀속시켰다. 아울러 문화적으로는 "백가를 파출하
고 오직 유가만 존숭하라罷黜百家, 獨尊儒術"는 동중서董仲舒의 건의에 따
라 유가 사상을 국가 통치이념으로 선포했다. 재위하는 동안 동으로는 조선
朝鮮을 정벌하고 남으로는 백월百越을 제압했으며 북으로는 흉노匈奴를 격
퇴하고 서로는 대완大宛을 정복하는 등, 대외적인 전쟁을 빈번히 벌여 강역
을 크게 확장하기도 했다. 이처럼 다방면의 혁신과 업적으로 그 치세는 "중
국 역사상의 3대 성세盛世"의 하나로 꼽히지만 빈번한 대외정벌과 토목공
사로 국가가 탕진되고 '무고巫蠱'의 내란으로 태자를 희생양으로 만들어 나
라를 정치적 위기상황으로 몰고 가서 급기야 정화 4년(BC89) 〈죄기소罪己
詔〉를 선포하고 자신의 죄를 참회하기까지 하는 불운을 맞기도 했다.
8) 정화征和: 상우당본 원문에는 연화延和로 나와 있는데, 사실은 한나라 무제
의 10번째 연호年號인 '정화征和'를 가리킨다. 기원전 92년에서 기원전 89
년까지 4년간 사용된 이 연호가 '정화'이냐 '연화'이냐에 대해서는 과거 학
자들 사이에 이설이 분분했다. 즉, 한대 이후에 완성된 각종 사서, 저술들에
는 모두 '이끌 연延'자를 써서 '연화'로 전해져왔다. 그러나 후한대 학자 응
소應劭(153~196)가 《한서漢書》〈무제기武帝紀〉에서 그 연호의 내력과 관련
하여 이미 "사방의 오랑캐를 정벌하고 천하를 평화롭게 만든다는 뜻을 밝
힌 것言征伐四夷而天下和平"이라고 소개하는 데다가, 진직陳直(1901~1980)
등 중국 사학자들이 뒷받침하듯이, 지난 100여 년 사이에 중국 서안西安
등지에서 출토된 한대의 고고 유물 및 필사 문헌들에서는 모두 앞 글자가
'연'이 아닌 '정(辶+正)'으로 적혀 있는 점을 근거로 이 글자를 '정벌할 정
征'자로 보고 이 연호를 '정화征和'로 확정하고 있다. 한대 이후의 각종 문
헌에서 '정화'가 '연화'로 전해진 것은 한대의 필사 문헌들이 후대에 목판

에서 맹수를 한 마리 바쳐 올렸습니다. 생
김새는 태어난 지 오륙십 일 정도 된 강아
지 같은데, 살쾡이만큼 큰 덩치에 누런 꼬
리가 달렸지요. 그 나라 사신이 그것을 손
으로 안고 문으로 들어와서 바치자 무제는
그놈이 못생긴 것을 보고 껄껄 웃으면서 말
했습니다.

"요 작은 녀석이 어째서 맹수라는 것인
가?"

그러자 사신이 고하는 것이었습니다.

"위세로 온갖 짐승을 제압하는 동물은

명대의 기린도와 봉황도

인쇄본으로 이행하는 과정에서 글자 형태가 비슷한 다른 글자 '연'으로 오
독하면서 빚어진 결과이다. 필사 문헌에서 목판 인쇄본으로 전승하는 과정
에서 발생한 오독, 오판, 오기로 당초의 원본과는 전혀 엉뚱한 해석을 하
고, 오역이 거꾸로 정역을 압도하는 일은 노자老子의《도덕경道德經》등
수많은 사례에서 빈번하게 찾아볼 수 있다. 중국·일본에서 출판된 기존의
〈박안경기〉들에서는 모두 연호를 그대로 '연화'로 반영했다. 그러나 역사
적으로 '정화'가 옳으므로 여기서는 '정화'로 바로 잡기로 한다.

9) 월지국月支國: 한대에 서역西域에 존재했던 고대 국가. 흉노가 역사에 등장
하기 전에 '하서 주랑河西走廊' 및 기련산祁連山 일대에서 유목생활을 하던
족속이 세운 나라로, 기원전 2세기에 흉노에게 패하고 중앙아시아로 이동했
다가 다시 오손烏孫에 패하자 서쪽의 박트리아를 공략하여 아무 다리아Amu
Darya 유역을 점령한 후 '대월지 왕국大月氏王國'를 건설했다. '월지'는 때로
는 '월씨月氏'로 쓰고 '씨氏'를 '지'로 읽는데, 이때의 '씨'는 아마도 형태가
비슷한 '근본 저氐'자를 오독한 결과가 아닌가 싶다. '지'와 '저'는 현재의
중국 한자음에서 일치할 뿐만 아니라 고대의 독음과도 부합하기 때문이다.

그 크기를 따지지 않습니다. 그래서 신령스러운 기린麒麟[10]이 거대한 코끼리들의 임금 노릇을 하고, 봉황이 거대한 붕새들의 맏이 노릇을 하는 것입니다. 이 역시 그 크기가 크냐 작으냐에 달리지 않았기 때문이지요."

무제는 그 말을 곧이듣지 않고 사신을 보면서 말했습니다.

"그 녀석이 우는 소리를 들려다오."

그래서 사신이 손가락으로 가리키자 그 짐승은 잠시 주둥이를 핥고 대가리를 흔드는가 싶더니 갑자기 외마디로 울부짖는 것이 아닙니까. 그 소리는 평지에 벼락이 치는 것 같고, 번뜩이는 두 눈에서는 두 줄기 번개 불빛을 내뿜는 것 같았지요. 무제는 삽시간에 금박을 입힌 의자에서 굴러 떨어져 허둥지둥 두 귀를 틀어막더니 마구 몸을 떠는 것이었습니다. 황제 곁에 늘어섰거나 우림羽林[11]의 늘어선 의장대 군

10) 기린麒麟: 중국 전설에 등장하는 상서로운 짐승. 용의 머리, 사슴의 뿔, 사자의 눈, 범의 등, 곰의 허리, 뱀의 비늘, 말의 발굽, 소의 꼬리를 가진 것으로 묘사되곤 한다. 성질이 온순하고 수명이 이천 년이나 되며 이 짐승이 출몰하는 곳에는 어김없이 상서로운 일이 생겼다고 한다. 명·청대에는 관청의 위엄과 공정함을 나타내는 상징물로 주로 사용되었다.

11) 우림羽林: 한대에 황제에 대한 시중과 호위를 담당했던 금위군禁衛軍을 일컫던 이름. 전한 무제 때인 태초太初 원년(BC103) 농서隴西·천수天水·안정安定·북지北地·상군上郡·서하西河 여섯 군에서 양가의 자제들 가운데 선발하여 건장궁建章宮을 지키게 한 것이 계기가 되었다. 때문에 처음에는 '건장영기建章營騎'로 부르다가 나중에 '우림기羽林騎'로 개칭했으며 후한대에는 '우림랑羽林郎'으로 불렸다. 전한대에 흉노 정벌에 큰 공을 세운 위청衛靑·곽거병霍去病 등의 명장은 이 우림군에서 배출된 사람들이었다. 중국에서는 한대 이후로도 황제의 금위군을 '우림(군)'으로 일컫는 경우가 많았다.

사들은 그들대로 모두 그 울부짖는 소리에 손에 든 것들이 울리자 저마다 땅에 떨어뜨리는 것이었지요. 무제는 언짢아하면서 즉시 어명을 내려 '그 짐승을 상림원上林苑[12]에 던져 범들이 잡아먹게 만들라'고 일렀습니다. 상림원의 관리가 어명에 따라 그 작은 짐승을 안고 가서 범 우리 근처에 놓아주었습니다. 그랬더니 범들은 그 짐승을 보자마자 저마다 몸을 웅크리고 무릎을 꿇는 것이 아닙니까.

상림원 관리가 그 일을 고하자 무제는 더더욱 화가 치밀어 '기필코 그 짐승을 죽이겠다'고 다짐했지요. 그랬는데 다음 날 사신과 맹수는 모두 사라지고 없었습니다. 이처럼 범이나 표범처럼 흉악하고 사나운 맹수들조차 그 작은 짐승을 두려워했던 것입니다. 그래서 사람에게 있어 기운이 강하냐 약하냐, 지혜와 수단이 뛰어나냐 못하냐를 따지는 것은 의미가 없다고 하는 거지요. 이거야말로

강자들 속에서도 최강자가 있기 마련이니　　　强中更有强中手,
남들 앞에서는 잘난 체하지 말지어다!　　　莫向人前誇大口。

당唐나라 때[13] 거인擧人[14]이 한 사람 살았습니다. 그의 이름과 고

---

12) 상림원上林苑: 한대의 어용 정원. 한나라 무제가 건원建元 3년BC138 진秦나라 황제의 옛 어용 정원을 보수·확충한 것이다. 당시의 도성인 장안長安과 함양咸陽·주지周至·호현戶縣·남전藍田의 다섯 지역에 걸쳐 사방 300리나 되고 그 안에 패灞·산滻·경涇·위渭·풍灃·호鎬·로澇·휼滈의 여덟 하천이 흐를 정도로 규모가 컸다고 한다. 무제는 이곳에 온갖 짐승을 풀어놓고 우림군을 거느리고 사냥과 향응을 즐겼다고 한다. 동시대의 유명한 시인 사마상여司馬相如(BC179~BC118?)가 지은 가사 〈상림부上林賦〉는 무제가 새로 조성한 상림원의 호화롭고 화려한 모습을 생생하게 묘사하고 있다.
13) 【교정】당나라 때[當時]: 상우당본 원문(제142쪽)에는 앞 글자가 '마땅할 당當'

향은 알 수가 없지만, 기운이 남달리 세고 무예 또한 출중했지요. 평생 호걸처럼 의협심이 강해서 길가에서 억울한 일을 당한 사람을 만나기라도 하면 어김없이 칼을 뽑아 도와주곤 했답니다. 한번은 그가 서울에 올라가 회시會試[15]를 보게 되었습니다. 종복도 없이 자기 기운만 믿고 좋은 말에 안장을 채운 다음 허리에는 활과 화살·단검을 찬 채 혼자서 길을 나섰지요.[16] 도중에는 꿩·토끼 같은 들짐승을 잡아 객주집에 묵을 때마다 안주로 내오게 하는 것이었습니다.

으로 나와 있으나 전후 맥락을 고려할 때 원래는 '당나라 당唐'을 써야 옳다.
14) 거인擧人: 중국 고대에 과거에 급제한 사람을 부르던 호칭. 글자 그대로 '천거받은 사람'이라는 뜻으로, 그 유래는 한대에서 찾을 수 있다. 과거제도가 실시되기 한참 전인 한대에는 인재를 등용할 때 각 군·국郡國에 명령을 내려 유능하고 현명한 인재를 추천하게 했는데 이것이 '거인'의 어원이 되었다. 그 후 당·송대에 과거제도가 시행되면서 진사과進士科가 개설되자 과거에 응시하여 급제한 사람들을 '거인'으로 불렀다. 명·청대에는 관련 호칭이 더욱 세분화되어 향시鄕試에 합격한 사람을 '거인' 또는 '대회장大會狀·대춘원大春元' 등으로 일컬었으며, 격을 갖추어서는 '효렴孝廉', 속칭으로는 '거자擧子'나 '나리'를 뜻하는 '노야老爺' 등으로 불렀다. 명대 이후로 거인은 계속해서 회시會試에 응시할 자격을 갖는 것은 물론이고 여기에 추가로 '출신出身' 즉 벼슬을 할 자격도 얻었다. 적합한 설명이 될지 모르겠지만 이를 쉽게 설명하자면, 당시의 거인에게는 향시에 합격한 후 다시 바로 '출신'하여 말단 관리(9급 공무원?)부터 시작하거나 일정 기간의 준비를 거쳐 추가로 그보다 단계가 높은 회시에 지원하여 고급 관리(5급 공무원?)로 시작하는 선택권이 주어졌던 셈이다.
15) 회시會試: 중국 고대에 시행된 과거제도에서 최종 단계의 중앙고시. '회시'는 전국 각지 향시에서 합격한 거인들이 한곳에 모여 실력을 겨룬다는 뜻에서 유래한 말로서, 고시는 예부禮部의 주관으로 향시 이듬해 2월에 도성에서 거행되었다. 시험이 봄철에 열린다고 해서 '춘시春試' 또는 '춘위春闈'라고 부르기도 했다.
16) 【즉공관 미비】亦是豪人本色. 역시 호걸의 진면목이야.

청대 초기의 화첩 《개자원화보芥子園畵譜》에 소개된 태호석

그러던 어느 날이었지요. 산동山東으로 가는 길인데, 말이 하도 빨리 달리는 바람에 객주집을 지나쳐버렸지 뭡니까. 가까스로 어느 마을에 도착하기는 했는데 날이 어느새 어둑해져서 더는 갈 수 없을 것 같았습니다. 그런데 가만 보니 대문이 열린 어떤 인가에서 등불빛이 새어나오는 것이 아닙니까. 거인은 말에서 내려 한 손으로 고삐를 잡고 다가가서 보았습니다. 가만 보니 대문을 들어서자 넓은 공터가 있고 그 공터에는 태호석太湖石[17]이 서너 개 쌓여 있었습니다.

정면에는 세 칸짜리 몸채[18]와 좌우 양쪽으로 곁채가 한 칸씩 있

---

17) 태호석太湖石: 중국 고대의 감상용 석회암. 석회질이 장기간에 걸쳐 물과 공기에 접해 침식하면서 기이한 형상이 나타나는데, 지역적으로 강소·절강 두 지역의 경계에 있는 태호太湖에서 주로 나타나 붙여진 이름이다. 중국에서는 고대부터 권문세가나 거상갑부들이 기이한 형상의 석회암을 집 뜰에 놓고 감상했는데, '산을 닮은 돌'이라는 뜻에서 '가산석假山石', 동굴 같이 '구멍이 난 돌'이라고 해서 '굴롱석窟隆石' 등으로 부르기도 했다. 여기서는 태호에서 운반해 온 돌이라는 뜻이 아니라 '태호석'과 같은 재질의 돌이라는 뜻으로 해석된다.

18) 몸채[正房]: 중국에서는 전통적으로 대문을 들어서 정면에 보이는 가옥을 '정당正堂'이라고 하고 그 방을 '정방正房'이라고 한다. 그리고 정당을 축으로

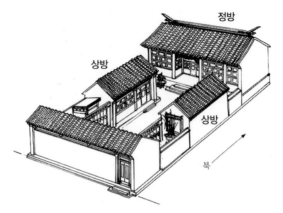

정방

상방

상방

북

중국 전통 가옥의 기본 구조. 대문을 축으로 맨 안쪽에 정방正房이, 그 양쪽에 상방廂房이 배치된다. 시골에서는 담을 치지 않고 울타리만 두르는 경우도 많았다.

는데, 웬 노파가 그 사이에 앉아 삼베를 짜고 있다가 뜰에 나는 말발굽 소리를 듣고 일어나서 사유를 묻는 것이었습니다.

"노인장, 내가 길을 잃었는데 (…) 하룻밤만 묵어가도 되겠소?"

거인이 큰 소리로 묻자 노파가 대답했습니다.

"나리, 그건 어려울 것 같군요. 저는 결정할 수 있는 입장이 아니라서요."

좌우에 각각 '상방廂房'이 배치되는 것이 보통이다. 중국 원대의 극작가 왕실보王實甫가 지은 러브 스토리의 제목 《서상기西廂記》는 글자대로 하면 '서쪽 상방의 사랑 이야기' 정도로 번역된다. 중국과 우리나라는 주거문화의 차이로 말미암아 가옥 구조와 명칭이 다르기 때문에 딱 떨어지게 대입해서 번역하기 어렵다. 예컨대, 중국에서는 정당과 정방을 혼용한다. 그러나 엄밀하게 따지면 '방'은 밀폐된 방room을 가리키지만 '당'은 개방된 홀hall을 뜻하기 때문에 양자 간에 의미상의 편차가 크다. 여기서는 편의상 '정방'을 '몸채', '상방'을 '곁채'로 번역했다.

그녀의 말투에는 처량함이 역력했습니다. 거인은 좀 이상한 생각이 들어서 물었지요.

"노인장, 이 집 남정네들은 다 어디 갔소이까? 어째서 혼자 여기 계시오?"

"저는 과부랍니다. 남편은 여러 해 전에 돌아가시고 아들만 하나 있는데 객지로 장사를 하러 갔지요."

"며느리는 있으시오?"

그러자 노파는 눈살을 찌푸리면서 이렇게 말하는 것이었습니다.

"며느리가 하나 있기는 하지요. 사내들보다 훨씬 나아요. 식구들을 다 먹여 살리고 있으니까요. 헌데 … 기운이 하도 세고 유난히 사납고 난폭하지 뭐예요. 게다가 성미도 급하다 보니 한마디라도 말을 잘못 꺼냈다가는 나리 정도는 손가락 하나도 감당하지 못하고 닿기만 해도 바로 쓰러지고 말 겁니다. (…) 늙은 이 몸은 고분고분 다소곳하게 며느리 눈치를 봅니다만 그것도 마음에 들지 않는지 매번 수모를 당하곤 한답니다! 그러니 나리가 묵어가려 하셔도 제가 결정을 내릴 엄두가 안 나는 군요."

그러고는 눈물을 비처럼 쏟았습니다. 그 말을 다 들은 거인은 저도 모르게 눈썹을 치켜세우고 두 눈을 부라리면서

"세상에 그런 억울한 일이 다 있나! (…) 그 고얀 며느리는 어디 있습니까? 제가 없애드리리다!"

하더니 말을 뜰의 태호석에 맨 다음 칼을 뽑아들었습니다. 그러자 노파가 말하는 것이었지요.

"나리! 토지신 머리 위에서 땅을 파면 안 됩니다[19]. 우리 며느리는 그렇게 호락호락한 아이가 아니에요, 글쎄! 그 아이는 집안일, 바느질 같은 건 배우지도 않고 날마다 점심만 먹고 나면 맨몸으로 산에 가서 노루·사슴·토끼 같은 짐승을 몇 마리씩이나 사냥해 돌아와 소금에 절여 말린 다음 손님들에게 팔아 몇 꿰미씩 돈을

토지신이 그려진 신복(청대 북경)

버는데, 일이 경更[20]은 되어야 돌아옵니다. 매일 드는 생활비를 며느

---

19) 토지신 머리 위에서 땅을 파면[太歲頭上動土]: 명대의 유행어. 현지의 실력자를 제쳐두고 함부로 행동하거나 남의 땅에서 주인 행세를 하는 것을 빗대어 하는 말이다. 우리 속담 중 "범 없는 굴에서 여우가 주인 행세를 한다"와 비슷한 경우이다. 여기서 '태세太歲'는 '세음歲陰'으로 불리기도 하는 가상의 천체로, 나중에 일종의 신령으로 신앙의 대상이 되었다. 중국의 민간전설에서는 태세가 운행하면 해당 방향 아래에 태세성의 화신이 나타나며, 따라서 그곳의 땅을 파면 태세를 놀라게 해 불행을 자초한다고 믿었다. 중국에서 '태세'에 관한 최초의 언급은 《순자荀子》〈유효儒效〉에 보이며 태세에 대한 신앙이나 금기 역시 전국시대에 유행한 점성술에서 비롯한다.

20) 일이 경一二更: 중국 고대에는 밤 시간을 다섯 단계로 구분하고 저녁 7시부터 밤 9시까지를 '초경初更' 또는 '일경一更', 밤 9시부터 밤 11시까지를 '이경二更', 밤 11시부터 새벽 1시까지를 '삼경三更', 새벽 1시부터 새벽 3시까지를 '사경四更', 새벽 3시부터 새벽 5시까지를 '오경五更'이라고 불렀다. "일이 경"이라면 저녁 7시부터 밤 11시 사이의 시간을 가리키지만 여기서는 그 경계를 이루는 시간대인 8~10시 사이를 말하는 것이 아닐까 싶다.

리가 버는 돈에만 기대고 있다 보니 이 늙은것도 당최 그 아이의 뜻을 거역할 도리가 없군요!"

그러자 거인은 칼을 거두어 칼집에다 넣으면서 말했습니다.

"이 몸은 평생 동안 강한 자에게는 강하게, 약한 자에게는 한없이 약하게 대하면서 남들을 위해 힘을 써온 사나이올시다. (…) 그래 봤자 아녀자일 뿐이오. 드세 봤자 얼마나 드세겠소이까? 노인장이 며느리에게 의지해 산다고 하시니 이 몸도 그 목숨만은 용서해서 죽이지 않으리다. 그냥 흠씬 두들겨 패고[21] 단단히 훈계를 해서 그 성질머리만이라도 고치게 해드리겠소!"

"그 아이가 곧 돌아올 거예요. (…) 나리도 제발 사달은 내지 않는 편이 좋을 겁니다!"

노파가 이렇게 말했지만 거인은 그래도 성을 내면서 기다리고 있었지요. 그런데 가만 보니 문 밖에 큰 검은 그림자가 드리워지면서 사람이 하나 걸어 들어오는 것이 아닙니까. 그 사람은 어깨에 짊어진 마대와도 같은 물건 하나를 뜰에다 툭 팽개치면서 소리를 지르는 것이었습니다.

"엄니, 빨리 불 갖고 와서, 이것들 정리 좀 해요!"

그러자 노파는 벌벌 떨면서

"얼마나 좋은 물건이길래 그러니?"

---

21) 【즉공관 미비】 *好貨。* 잘했다!

하면서 뜰에 팽개쳐진 물건에 등불을 비추었습니다. 아니, 그런데 숨이 끊어진 얼룩무늬 맹호이지 뭡니까, 글쎄! 그 말이 채 끝나기도 전이었습니다.[22] 거인이 타고 온 말이 불빛 속에서 죽은 범을 발견하고 놀라서 마구 날뛰는 것이 아닙니까. 이것을 보고 그 사람이 물었습니다.

"이 말은 어디서 난 거유?"

거인이 숨어서 몰래 보니 가무잡잡하고 키가 큰 여인이었습니다. 거인이 그녀의 모습하며 죽은 범을 짊어지고 온 것을 보고

'제법 한 가닥 하는군그래?'

하고 생각하노라니 내심 살짝 두려워지는 것이었습니다. 그는 황급히 달려가 말고삐를 잡아채더니 단단히 묶고 나서 여인 곁으로 다가가 말했지요.

"이 몸은 길을 잃은 거인이올시다. 묵을 객주집을 지나쳤는데[23] 다행스럽게도 귀댁을 발견했구려. 문을 아직 걸지 않으셨길래 외람되게

---

22) 그 말이 채 끝나기도 전이었습니다[說時遲, 那時快]: 송·원대 화본, 명대 의화본이나 백화소설에서 상투적으로 사용되는 표현. 보통 특정한 행위나 상황이 말보다 먼저 종결되는 것을 두고 하는 말로, 글자 그대로 풀이하면 "말하는 순간이 더디다는 생각이 들 만큼 그 순간은 빨랐다.說時遲, 那時快"이다. 《박안경기》에서는 이 표현을 편의상 "그 말이 채 끝나기도 전에" 또는 "그 행위가 끝나기가 무섭게" 식으로 상황에 맞춰 번역했다.

23) 【교정】 지나쳤는데[趄過]: 상우당본 원문(제146쪽)에는 앞 글자가 '뒤뚱거릴 저趄'로 나오나 전후 맥락을 고려할 때 원래는 '달릴 간趕'을 써야 옳다.

도 하룻밤만 신세를 질까 해서 말입니다."

그러자 그 여인은 웃으면서

"엄니는 정말 뭘 모르셔! 귀인이 오셨는데 어째서 이 야심한 시각에 한데에다 세워놓을 수가 있수?"

하더니 죽은 범을 가리키면서 말하는 것이었습니다.

"소녀가 오늘 산속에서 이 얼룩덜룩한 놈을 만났지 뭡니까. 한동안 엎치락뒤치락하다가 겨우 끝장을 냈답니다. (…) 좀 늦게 돌아오는 바람에 주인의 예의를 차리지 못했사오니 귀인께서는 너무 나무라지 마십시오."

거인은 그녀가 말투도 시원시원하고 사근사근한 데다가 예의가 바른 것을 보고 속으로

'말귀를 못 알아먹을 위인은 아니군.'

하고 생각하면서 연거푸

"그럴 리가 있나요, 그럴 리가!"

하고 대답했습니다. 이윽고 여인은 몸채로 들어가 의자를 하나 가지고 오더니 거인을 보고 말했습니다.

"안으로 모셔야 옳지만 우리 고부 두 사람뿐으로 다 여자들이올시다. 남녀가 유별하니 죄송하지만 복도에 좀 앉으시지요."

그녀는 두 손으로 탁자를 옮겨와 그의 앞에다 놓은 다음 등잔에 불을 붙여 올려놓는 것이었습니다. 그리고는 뜰로 내려와 두 손으로 죽은 범을 들더니 주방으로 갔습니다. 얼마 뒤, 따뜻한 술을 한 주전자 데우고 큰 쟁반에 음식을 담아내는데 거기에는 김이 모락모락 나는 범고기 한 쟁반과 사슴 육포 한 쟁반, 소금에 절여 말린 꿩이며 토끼 따위의 고기가 대여섯 접시 담겨져 있었지요.

"대접이 소홀하다고 나무라지는 마십시오."

거인은 그녀가 이렇게 정성스럽게 대접을 하자 그 음식들을 받아 스스로 술을 따라 마셨습니다. 이윽고 술과 안주가 다 바닥나자 거인은 두 손을 모으고 말했습니다.

"환대해주셔서 정말 고맙습니다!"

"부끄럽습니다!"

여인은 이렇게 말하더니 쟁반을 가지고 와서 탁자 위의 그릇과 술잔을 치우는 것이었습니다. 거인이 그 틈에 말을 걸었습니다.

"부인을 뵈니 성격은 이렇게 영웅호걸 같고 행동거지도 이처럼 현명할 수가 없구려. 그런데 … 어째서 윗사람과 아랫사람 사이에 갖추어야 할 예절은 부족하신 게요?"

그러자 여인은 쟁반을 확 밀치더니만 치울 생각조차 하지 않고 눈을 부라리면서

"방금 전에 저 늙은 할망구가 귀인한테 무슨 거짓말이라도 합디까?"

하고 말하는 것이 아닙니까. 그러자 거인은 황급히 둘러댔지요.

"그, 그런 것은 아니고요. 다만 부인의 호칭과 말투를 듣다 보니 몹시 … 불손하신 것 같기도 하고 … 도무지 시어머니와 며느리 사이 같지 않길래 말씀이지요. 부인이 손님을 대접하는 모습은 정성스럽고 재능도 출중하신 걸 보면 그런 점에서는 또 도리를 모르는 분은 아닌 것 같고 … 아무튼 그래서 좋은 뜻으로 한 말씀 여쭈어본 것뿐입니다만.24)"

그 여인은 그 말을 듣자마자 덥석 거인의 옷자락을 잡아챘습니다. 그러고는 한 손에 등불을 들고 태호석 옆까지 가더니 말하는 것이었습니다.

"그렇지 않아도 말씀드리려던 참이올시다!"

거인은 순간적으로 안간힘을 써보았지만 그 손길을 뿌리칠 수가 없자 속으로 생각했지요.

'말도 되지 않는 소리를 하면 이 여자를 흠씬 두들겨 패야지.'

그런데 가만 보니 그 여인이 태호석에 기대더니 그 돌을 손으로

---

24)【즉공관 미비】看此光景, 必是老婆子無眼珠, 不識豪傑性, 非其婦之過也。舉子元覺多事, 饒舌也。이런 것을 보면 노파가 안목이 없어서 호걸의 기질을 알아보지 못한 것이지 그 여자의 잘못은 아니다. 거인이 알고 보니 쓸데없는 일에 끼어서 잔소리를 늘어놓는 게지.

두드리면서

"지난번에도 이런 일이 있어서 여차저차해서 이러저러하게²⁵⁾ 했더랬지. (…) 그게 내 잘못이요, 저 할망구 잘못이요?"

하고 말하는 것이 아닙니까. 그녀는 말을 마치자마자 바로 검지로 돌에 줄을 하나 긋더니 말했습니다.

"그게 하나야!"

그렇게 긋고 또 긋는데 가만 보니 돌 표면이 마구 갈라지면서 어느새 한 치 깊이로 움푹 파이는 것이 아닙니까, 글쎄! 그렇게 연이어 세 가지 잘못을 세면서 줄을 세 개나 긋는 것이었습니다. 그러자 그 태호석에는 송곳으로 '내 천川' 자를 새긴 것 같기도 하고, 비스듬히 보면 '석 삼三' 자 같기도 한 것이, 글자마다 깊이가 족히 한 치 남짓은 돼 보이는데 영락없이 쇠보습으로 새긴 것 같았지요. 거인은 놀란 나머지 온몸이 땀으로 범벅되고 얼굴이 빨갛게 달아오르더니 연달아 맞장구를 쳐 댔습니다.

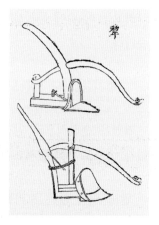

명대의 보습. 《삼재도회》

---

25) 여차저차해서 이러저러하게[如此如此, 這般這般]: 송·원대 화본이나 명대 의화본에서 상투적으로 사용되는 표현. 보통은 특정한 사건이나 사연이 길고 복잡해서 짧은 시간 안에 설명이 불가능할 경우 이런 표현으로 간단하게 정리하고 다음 장면으로 넘어가곤 한다.

"무조건 (…) 부인 말씀이 옳습니다!"

그녀와 단단히 시비를 가리겠다던 당초의 그 호기는 어느 사이에 사라지고, 마치 얼음물을 통째로 정수리에[26] 끼얹기라도 한 것처럼, 숨조차 제대로 가누지[27] 못하지 뭡니까.

말을 마친 여인은 네모난 평상을 번쩍 들어 갖다놓고 거인이 알아서 자게 하고는 말 먹이까지 대신 잘 챙겨 먹였습니다. 그러고는 안으로 들어가 시어머니와 문을 잠그고 등불을 끄더니 잠자리에 드는 것이었습니다. 거인은 밤새도록 잠을 이루지 못한 채 한숨을 쉬면서 말했습니다.

"세상에 저렇게 기운 센 사람이 다 있다니! (…) 저 여자와 맞붙지 않은 게 천만다행이다. 그렇지 않았다면 이 목숨이 끝장 날 뻔했지 뭔가!"

그렇게 뜬눈으로 날이 밝기를 기다려 말에 안장을 채우고 고맙다고 인사를 하고는 다른 말은 꺼낼 엄두조차 내지 못하고 조용히 그곳을 떠나는 것이었습니다. 그 이후로 거인은 왕년의 그 허세를 상당 부분

---

26) 【교정】 정수리에[淋頭]: 상우당본 원문(제149쪽)에는 앞 글자가 '물 뿌릴 림 淋'으로 나와 있으나 전후 맥락을 고려할 때 원래는 '당할 당當'을 써야 옳다. '당當'은 근세 이래의 백화에서 그 문법적 기능이 본래의 동사에서 전치사로 확장되어 '~에, ~를 향하여'의 의미로 사용되기도 했다. 여기서도 "당두當頭"는 '머리를 향하여, 머리에' 정도로 번역된다.

27) 【교정】 가누지[抖]: 상우당본 원문(제149쪽)에는 '떨 두抖'로 나와 있으나 전후 맥락을 고려할 때 원래는 '스며들 투透'를 써야 옳다. "투기透氣"는 근세 이래의 백화에서는 '숨을 쉬다' 또는 '공기가 통하다' 정도로 해석되지만 여기서는 편의상 '숨을 가누다'로 번역했다.

거두고 다시는 쓸데없는 일에 참견하지 않게 되었지요. 물론, 그것은 그 여인처럼 무지막지한 사람과 마주치면 낭패라도 당할까 두려웠기 때문이었답니다.

오늘은 자기 재주만 믿고 큰소리를 쳤다가 단단히 낭패를 보고 놀림감이 돼버린 사람 이야기를 들려드리겠습니다. 그야말로

범은 백수의 왕이어서	虎爲百獸尊,
온갖 짐승이 납작 엎드려 복종하지만	百獸伏不動。
울부짖는 사자라도 마주친다면	若逢獅子吼,
아무리 범이라도 아무 쓸모없단다.	虎又全沒用。

이제 이야기를 들려드리겠습니다.[28] 우리나라[29] 가정嘉靖[30] 연간이었습니다. 북직예北直隸[31] 하간부河間府[32]의 교하현交河縣에 성이

---

28) *본권의 몸 이야기는 송대 유청劉淸이 지은 《구약집九籥集》과 명대에 반지항潘之恒(1536?~1621)이 지은 《긍사亘史》〈외편外篇·호협1豪俠一〉 "유동산우협사劉東山遇俠事"조에서 소재를 취했다. 나중에는 청대 초기의 극작가이자 소설가인 이어李漁(1611~1680)가 지은 《진회건아전秦淮健兒傳》에 영향을 주었다고 한다.

29) 우리나라[國朝]: 송·원대 화본, 명대 의화본에서 상투적으로 사용하는 표현. 주로 이야기가 발생한 시점이 이야기꾼의 시대와 동일할 때 '국조國朝' 또는 '본조本朝' 등으로 표현하는데, 송대 화본에서는 송나라를 가리키지만 명대 의화본인 《박안경기》에서는 명나라를 가리킨다.

30) 가정嘉靖: 명나라 제11대 황제 세종世宗 주후총朱厚熜(1507~1567)이 사용한 연호. 1522년부터 1566년까지 총 45년 동안 사용되었다.

31) 북직예北直隸: 명대에 도성이 속한 하북河北 대부분 지역과 하남河南, 산동山東 일부 지역을 일컫던 말. 명대에는 황제가 머무는 도성이 자리 잡은 지역을 '황제에게 직접 예속되어 있다'라는 뜻에서 '직예直隸'라고 불렀다.

유劉, 이름이 금鈂으로, 평소 '유동산劉東山'이라고 불리는 사람이 살았습니다. 그는 북경北京의 순포아문巡捕衙門33)에서 집포 군교緝捕軍校들의 우두머리를 맡고 있었지요. 이 사람은 실력이 대단해서 활을 쏘거나 말을 타는 데에 능숙했습니다. 특히 활을 쏘면 절대로 빗맞는 일이 없어서 남들이 "연주전連珠箭"34)이라고 부를 정도였답니다. 상대가 아무리 흉포한 강도라도 그야말로 독 안의 자라를 잡는

명나라 태조太祖 주원장朱元璋(1328~1398)은 지금의 강소성 남경을 도읍으로 정했다. 주원장 사후, 그 아들로 지금의 북경에 연왕燕王으로 책봉된 주체朱棣는 조카 건문제建文帝를 제거하고 제3대 황제 영락제永樂帝로 즉위한 후 도성 및 중앙정부의 기능을 자신의 근거지인 북경으로 이관했다. 반면에 남경은 부황이 왕업을 닦은 명나라의 발상지였으므로 그 격을 낮출수 없어서 '양경제도兩京制度'를 채택하여 당초의 도읍이었던 남경이 유사시의 도읍 즉 '유도留都'로서 북경과 동일한 정부기구를 유지하게 했는데, 이를 계기로 북경이 속한 하북 지방을 '북직예', 남경이 속한 강소 지방을 '남직예'로 일컬었다. 그러나 명대에는 정치적 실권이 북직예의 정부기구에만 집중되어 있었으며 남직예는 기구는 동일하지만 그 권력이나 규모 면에서는 유명무실해서 한직으로 간주되었다. 청대에는 도읍을 북경에만 두었으므로 남북 구분이 없어지고 '북직예'를 그대로 '직예'로 부르는 대신 청나라와 연고가 없는 '남직예'는 '강소성江蘇省'으로 격하했다.

32) 하간부河間府: 지금의 중국 하북성 하간시 지역. 명대에는 치소를 지금의 하간시인 하간현河間縣에 두고 하간·헌獻·부성阜城·숙녕肅寧·임구任丘·교하交河·청青·흥제興濟·정해靜海·영진寧津 등 10개 현과 경주景州·창주滄州 등 2개 주를 관할했다. 참고로 하간부는 북경에서 남쪽으로 200킬로미터 지점, 교하현은 하간부의 남동쪽, 임구현은 하간부의 정북쪽에 각각 위치해 있었다.

33) 순포아문巡捕衙門: 명대의 관청 이름. 그 성격 및 기능이 조선시대의 포도청捕盜廳과 거의 일치한다. 뒤에 이어서 나오는 '집포군교緝捕軍校' 역시 조선시대의 '포졸'과 같은 성격의 아전들이었다.

34) 연주전連珠箭: 한 번에 구슬 두 개를 동시에 꿴 화살이나 그런 실력.

것같이 손만 댔다 하면 금방 잡아들이곤 했지요.35) 그 덕분에 재산도 제법 모았답니다. 그런데 나이가 서른 남짓 되자 내심 그런 일을 하는 것이 지겹지 뭡니까. 그래서 자리에서 물러나 그 현에서 다른 일거리를 구해 생계를 유지하고 있었습니다.

그러던 어느 날이었지요. 겨울 연말에 열 마리가 넘는 나귀와 말을 몰고 도성에 가서 팔아 백 냥 남짓한 은자를 벌었습니다. 일을 마친 그는 순성문順城門36)으로 가서 노새를 빌려 집으로 돌아가기로 했지요.

북경 순성문의 옛 모습

---

35) 독 안의 자라를 잡는 것 같이 손만 댔다 하면 금방 잡아들이곤 했지요[甕中捉鱉, 手到拿來]: 명대의 속담. 붙잡을 대상이 도망칠 길이 없어서 손만 뻗으면 바로 잡을 수 있는 상황을 두고 한 말로, 우리 속담 중 "독 안에 든 쥐"와 같은 경우에 사용된다. 다만 "독 안에 든 쥐"는 현재의 상황을 비유한 한 구절로 사용되지만, 이 유행어는 그 뒤에 앞 구절의 상황에 대한 '결과'를 예시하는 "손을 대는 족족 다 잡아들였다" 같은 또 다른 구절이 짝을 이루는 것이 보통으로, 이런 유행어를 '헐후어歇後語'라고 한다.

36) 순성문順城門: 명대 북경의 구역 이름. 지금의 북경 중심가에 있는 선무문宣武門을 가리킨다. 뒤의 삽화에도 순성문이 보인다.

그런데 그 주인의 객주집에서 역시 상경한 장이랑張二郞이라는 이웃을 만나 같이 밥을 먹게 되었습니다.

"동산께서는 어디로 가십니까?"

이랑이 묻자 유동산은 앞서 있었던 일을 다 들려주고

"… 지금 여기서 노새를 빌려 오늘 하룻밤 묵고 내일 길을 나서려고 합니다."

하고 말했습니다. 그러자 이랑이 당부하는 것이었지요.

"요즘은 길을 다니기가 정말 어렵습니다. 양향良鄕37)과 막주鄚州38) 일대에 도적이 출몰하는데 대낮에도 약탈을 한다는군요. 노형께서는 은자를 이렇게 많이 지니셨으니 동행도 없이 혼자서 다니다가는 속임수에 넘어갈 수도 있습니다. 조심하도록 하십시오!"

그 말은 들은 동산은 무심결에 수염과 눈썹을 실룩거리고 입술과 이를 치켜 올리더니 두 주먹을 꽉 쥐고 활을 당기는 시늉을 해 보이면서39) 큰 소리로 껄껄 웃더니 호언장담했습니다.

"이십 년 동안 활을 쏘고 도적들을 잡아왔지만 화살이 한 번도 빗맞은 적이 없고 호적수도 만난 적이 없수다. 지금 장사를 마치고 돌아

---

37) 양향良鄕: 명대 하북성의 지역 이름. 북경 서남쪽 20킬로미터 지점의 소도시로, 과거에는 북경으로 진입하는 서남쪽의 관문 역할을 했다고 한다.
38) 막주鄚州: 중국 하북성 임구시 서북쪽의 소도시.
39) 【즉공관 미비】亦是豪人本色。역시 호걸의 진면목.

가는 길이니 아무리 그래 봤자 밑천이 달아날 일은 없을 겝니다."

객주집 안에 가득 찬 사람들은 그가 지르는 고함 소리를 듣고 모두 고개를 돌리고 쳐다보는 것이었습니다. 개중에 어떤 사람은 그의 이름을 묻더니

"존함은 오래전부터 들었습니다!"

하고 반기기까지 하지 뭡니까. 이랑은 자신이 실언을 했다고 여겼던지40) 그와 작별하고 그 객주집을 나가버렸습니다.

동산은 오경五更 초41)까지 자고 일어나 세수를 하고 머리를 빗었습니다. 그리고 은자를 배두렁이 안에 단단히 묶고 그것을 다시 허리춤에 동여맨 다음 어깨에는 활을 매고 옷 밖으로는 칼을 차고 두 무릎 아래에는 화살을 스무 대나 감추었지요. 그런 다음 크고 튼튼한 노새를 한 마리 골라 휙 올라타더니 채찍질을 해서 길을 나서는 것이었습니다.

그렇게 삼사십 리 길을 가서 양향에 이르렀을 때였습니다. 가만 보니 뒤에서 웬 사람이 말을 달려 따라오더니 동산의 노새와 마주치자 고삐를 당겨 잠시 멈추는 것이었습니다. 동산이 눈을 들어 바라보니 스무 살 남짓한 잘생긴 젊은이이지 뭡니까. 옷도 제법 잘 차려입었는데 그 모습을 볼작시면

---

40) 【즉공관 측비】到未必失言。 그래도 실언까지는 아닌 듯싶군.
41) 오경 초: 전통적으로 '오경五更'은 새벽 3시에서 5시까지이므로, "오경 초"라면 새벽 3~4시 정도 되는 시점이다.

누런 저고리에 전립 쓰고　　　　　　　　黃衫氈笠,

단검에 긴 활 차고　　　　　　　　　　　短劍長弓。

화살통에는 새 화살이 스무 대 넘게 들었고　箭房中新矢二十餘枝,

말 이마에는 붉은 술이 주렁주렁 달렸고　　馬額上紅纓一大簇。

화려하게 치장한 과복42)은 비까번쩍　　　裹腹鬧裝燦爛,

뽀얀 얼굴의 낭군께서　　　　　　　　　是箇白面郞君。

야속하게 고삐 당기자 숨도 거칠게 울부짖는　恨人緊轡噴嘶,

키 크고 빠른 훌륭한 말을 타셨구나!　　　好疋高頭駿騎。

동산이 힐끔힐끔 뒤를 돌아보는데 그
젊은이가 멀리서

"같이 가시지요!"

하고 부르는가 싶더니 바로 동산에게
손을 모으고 인사를 하면서 말하는 것이
었습니다.

"갑자기 길동무가 되었군요. 한데 존함
이 … 어떻게 되십니까?"

허리에 과복을 착용한 주유
나관중, 《삼국지연의》

"소생은 성이 유, 이름이 금이며 별호는 동산이올시다. 남들은 그냥
'유동산'이라고 부르지요."

---

42) 과복裹腹: 송·원대의 남성용 복장. 배와 허리를 보호하기 위하여 두루마기
바깥에 둘렀는데 때로는 수를 놓아 화려하게 장식했다.

동산이 이렇게 대답하니 젊은이가 말했습니다.

"선배님 존함은 귀가 따가울 만큼 많이 들었습니다. 이렇게 뵙게 되어 정말 영광이군요. 그런데 … 지금은 어디 가시는 길입니까?"

"제 본향인 교하현으로 돌아가던 참이올시다."

하고 동산이 말하니 그 젊은이가 이렇게 말하는 것이었습니다.

"마침 잘됐군요! 소인은 집이 임치臨淄[43]이고 옛 명문가의 자식입니다. 소싯적부터 글공부도 꽤 많이 했지요. 하지만 천성이 활 쏘고 말 타기를 즐기다 보니 책은 다 팽개치고 삼 년 전부터는 밑천을 좀 지니고 도성에 가서 장사를 해서 꽤 재미를 보았지요. 지금은 장가를 들려고 집에 가는 길인데 공교롭게도 선배님과 길동무가 되어 같이 가게 되었으니 한결 든든하군요! 하간부 성까지 가서 헤어지기로 하지요. 아무튼 정말 다행입니다, 정말 다행이에요!"

동산이 도중에 그 젊은이를 살펴보니 허리춤이 묵직하고 말투가 부드럽고 신중했습니다. 거기다 용모도 빼어나고 체구가 작으면서도 재빨라서 나쁜 자는 아닌 것 같았지요. 그는 '도중에 길동무가 있으면 적적하지는 않겠다' 싶어 내심 기뻐하면서 말했습니다.

"당연히 그렇게 해야지요."

---

43) 임치臨淄: 중국 산동성 치박淄博 일대의 옛 이름. 산동성의 행정 중심지인 제남濟南의 정동쪽에 위치하며, 고대에는 번화하고 풍요로운 문화도시로 명성이 높았다.

劉東山時甚
順城門

유동산이 순성문에서 재주를 자랑하다.

이날 밤 두 사람은 함께 여관을 잡고 한곳에서 먹고 자면서 마치 형님과 아우 사이처럼 어지간히도 사이가 좋아 보였습니다.

이튿날, 두 사람은 나란히 말을 타고 탁주涿州44)로 향했습니다. 도중에 젊은이가 말 위에서

"전부터 듣자니 선배님께서 도적을 아주 잘 잡으셨다더군요. 평생 몇 놈이나 잡으셨습니까? 더러 괜찮은 호걸을 마주친 적은 없는지요?"

동산은 그렇지 않아도 자신의 대단한 재주를 자랑하고 싶던 참이었습니다.45) 그런데 마침 젊은이가 이렇게 비위를 맞춰주지 뭡니까. 그래서 젊은이가 나이가 적은 것을 만만하게 여기고 바로 허풍을 떨기 시작했지요.

"이 몸이야 평생 이 두 손과 활 하나로 산 속 도적떼를 잡다 보니 그 수를 이루 다 셀 수도 없을 정도올시다. 적수가 될 만한 자는 한 번도 본 적이 없지. 그런 좀도둑들이야 언급할 가치조차 없소이다! (…) 지금은 중년이 되어 마음이 내키지 않길래 그 일을 그만두었지. 만약에 도중에 나쁜 놈을 마주치면 당장 한두 놈 잡아서 솜씨를 보여 드리리다!"

그러자 젊은이는 살짝 코웃음을 치면서46)

---

44) 탁주涿州: 중국 하북성의 도시. 북경 서남쪽, 하간과 임구의 정북쪽에 자리 잡고 있다.
45) 【즉공관 측비】 小伎倆破綻。어쭙잖은 실력이 들통나려고, 쯧쯧!
46) 【즉공관 미비】 笑者不可測也。웃는 사람은 예측할 수가 없는 법.

"아하, 그러셨군요!"

하더니만 말 위에서 손을 뻗으며 말하는 것이었습니다.

"어깨의 그 활 좀 빌려주시지요."

동산이 노새를 탄 채 활을 건네자 젊은이는 왼손으로 활을 단단히 잡았습니다. 그리고는 오른손으로 힘도 별로 들이지 않고 활시위를 단번에 바짝 당기더니 쉬지 않고 놓았다 당겼다 하는 것이 아닙니까, 글쎄? 마치 부드러운 비단 띠 다루듯이 말이지요. 동산은 깜짝 놀라 표정이 바뀌었습니다. 이어서 젊은이의 활도 좀 빌려달라고 해서 그 활을 들어보니 무게가 얼추 스무 근은 되어 보였지요. 동산은 젖 먹던 힘까지 다 써서 얼굴이 벌게질 정도로 시위를 당겼습니다. 그러나 아무리 바짝 당겨도 겨우 초여드레 어두운 밤의 초승달만큼만 당겨질 뿐 그 이상은 도저히 당길 수가 없지 뭡니까. 동산은 부끄럽고 놀라워 몸 둘 바를 모르면서

'정말 대단한 활을 쓰는데?'

하고 혀를 내두르더니 젊은이를 보고 말했습니다.

"아우님 기운이 초인적이시구먼? 이 정도나 되다니! 소생은 엄두도 못 내겠소이다!"

"소인의 힘이 어디 초인적이기까지야 하겠습니까? (…) 선배님 활이 너무 힘이 없는 거겠지요."

동산이 몇 번이나 찬탄해 마지않았지만 젊은이는 이렇게 끝까지

겸손을 잃지 않았습니다. 저녁이 되자 두 사람은 이번에도 같이 묵었지요.

이튿날이 되자 또 함께 길을 떠났습니다. 그런데 해가 서쪽으로 기울고 웅현雄縣[47]을 지날 때였습니다. 젊은이가 말에 채찍질을 하자 그 말이 구름과도 같이 빠르게 내달리는데 동산이 그 쪽으로 시선을 돌릴 즈음에는 이미 젊은이의 행방이 보이지 않는 것이었습니다. 그는 도적 소굴을 평생 뒤지고 다닌 역전의 노장이었습니다. 그런데 이런 민망한 꼴을 당했으니 어떻게 당황하지 않을 수가 있겠습니까?

"하늘이 이번에 나에게 톡톡히 망신을 주셨군그래! 만약에 나쁜 자였다면 그런 초인적인 힘을 어떻게 당해낼 수 있었을까! 살아남을 길조차 없었을 게야!"

명대의 공공 우물과 두레박
구영, 〈소주청명상하도〉(부분)

그는 마치 열다섯 개나 되는 두레박으로 물을 긷는 것처럼 가슴 속이 다 쿵쿵거리지 뭡니까.[48] 어쩔 수 없이 느릿느릿

47) 웅현雄縣: 중국 하북성의 도시. 탁주의 남쪽에 자리 잡고 있다.

48) 열다섯 개나 되는 두레박으로 물을 긷는 것처럼~[十五個吊桶打水, 七上八落的]: 명대의 유행어. 앞에 나온 "독 안에서 자라를 잡는 것 같았다, 손만 뻗으면 되니까 말이다"의 경우처럼, 원래는 "두레박 열다섯 개로 물을 긷는 것 같았다十五個吊桶打水" 다음에 앞 구절과 맥락상 연결되는 "일곱 개는 올라가고 여덟 개는 내려간다七上八落的"라는 구절이 이어지는 헐후어의 일종이다. 위에서처럼 두 구절을 그대로 직역하면 좋겠지만 그렇게 되면 우리 정서에서는 무슨 뜻인지 제대로 이해할 수가 없다. 여기서는 편의상 앞구절만 직역하고 뒷구절은 그 맥락에 맞게 의역하여 "가슴이 쿵쿵거리다" 정도로 번역했다.

길을 갔지요.

그렇게 일이십 리49) 길을 갔을 때였습니다. 저 멀리로 아까 그 젊은
이가 보이는데 마침 백 걸음 너머에서 활에 화살을 재어 만월이 될
만큼 한껏 당긴 채로 동산 쪽을 보고 말하는 것이었습니다.

"전부터 귀하께는 적수가 없다고 듣기는 했습니다만 오늘은 일단
제 살바람 소리 한번 들어보실까요?"

그 말이 채 끝나기도 전에 '쌩' 하는 소리가 나더니 동산의 양쪽
귓가로 마치 작은 새 두 마리가 차례로 '휙휙' 스쳐 지나가는 것처럼
울리는 것이었습니다. 다행스럽게도 상처를 입지는 않았답니다.50) 그
런데 이번에는 화살 한 대를 잰 다음 동산의 얼굴을 똑바로 겨누더니
큰 소리로 웃으면서

"동산 씨, 당신은 물정을 아는 양반이니 … 노새와 말을 팔아 허리
춤에 찬 돈을 어서 내게 넘기시오. 화살을 쏘기 전에 말이요!"

하고 말하는 것이 아닙니까, 글쎄. 동산은 그를 당해낼 수 없음을
알고 처음에는 당황해서 어쩔 줄을 모르다가 이내 별 수 없이 안장에
서 뛰어내렸습니다. 그러고는 허리춤에 묶어둔 은자 주머니를 끌러
두 손으로 받쳐 들고 젊은이의 말 앞까지 무릎으로 기어가51) 머리를
조아리며 말했습니다.

---

49) 일이십 리[一二鋪]: '포鋪'는 명대에 거리를 세던 단위로, 1포는 10리에 해당
한다.
50) 【즉공관 미비】趣甚。참 재미있군.
51) 【즉공관 측비】可憐, 可笑。딱한 장면인데도 웃음이 나는구먼.

"은화를 몽땅 호걸님께 바칠 테니 부디 목숨만은 살려주십시요!"

젊은이는 말 위에서 바로 손을 뻗어 은화 주머니를 낚아채더니 큰 소리로

"네놈 목숨 따위를 어디에 쓴다더냐? 냉큼 꺼져라! 이 어르신52)께 서는 여기서 하실 일이 있으시다.53) 아들내미하고는 같이 못 가시겠 다!"

하고 외치더니 말머리를 돌려 북쪽으로 한달음에 내달리지 뭡니까. 그렇게 길 위로 누런 흙먼지가 풀풀 날리는가 싶더니 삽시간에 행방 을 감춰버리는 것이었습니다.

동산은 한참을 넋 놓고 있더니 가슴을 쳤다가 발을 동동 굴렀다가 하면서 말했습니다.

"은화를 빼앗긴 건 그렇다고 쳐도 이제 어떻게 사람 구실을 한 담54)! 평생 동안 이룩한 호걸이라는 명성이 오늘 이렇게 만신창이가 돼버렸으니 … 이거야말로 귀신 잡는 장張 천사天師가 도리어 귀신에 게 홀려버린 꼴55) 아닌가 말이야! 정말 분하구나, 정말 분해!"

---

52) 어르신[老子]: 청년이 자신을 높여서 부른 말. 반면에 뒤에 나오는 "아들내 미[兒子]"는 청년이 유동산을 낮추어 부른 말이다.

53) 【즉공관 측비】趣甚。참 재미있군.

54) 【즉공관 측비】也是豪人本色 이것도 호걸의 진면목이군.

55) 장 천사가 도리어 귀신에게 홀려버린 꼴[張天師吃鬼迷]: 명·청대의 유행어. 후한의 도교 지도자 장도릉張道陵(34~156)을 말한다. 장도릉은 본명이 릉 陵, 자가 보한輔漢이며 패군沛郡 풍읍豐邑 사람이다. 처음에는 태학太學의 학생으로 학문을 즐기고 오경五經에 밝았다. 그러나 나중에 《도덕경道德

그는 고개를 떨구고 기가 팍 죽은 채 좀처럼 발을 떼지 못하면서 빈손으로 교하로 돌아갔습니다. 집에 도착해 아내에게 그 일을 들려주고는 두 사람 모두 한참이나 속상해했지요. 부부 두 사람은 상의 끝에 밑천을 좀 마련하여 마을 변두리에 술집을

원앙새 한 쌍이 그려진 명대의 곽

차리고 술을 팔아 생계를 꾸리기로 했습니다. 다시는 활이니 화살이니 들고 돌아다니지 않고 말이지요. 또 누가 지난번 일을 알기라도 하면 자기 명성이 엉망이 될까봐 남들에게는 그 일을 들먹일 엄두도 못 내고56) 조용히 입을 닫고 지낼 수밖에 없었지요.

그렇게 삼 년이 지난 어느 날이었습니다. 마침 엄동설한이 닥쳤지 뭡니까. 이 일을 증명하는 가사가 있지요.

원앙 그려진 기와에는 서리가 내리고 霜瓦鴛鴦,
비췻빛 발에는 바람이 부니 風簾翡翠,

經)과 도참사상의 진수를 터득하면서 벼슬길을 포기하고 도교의 정일맹위도正一盟威道를 개창하고 태상노군太上老君으로부터 "삼천의 정법을 전수받고 '천사'가 되라는 명령을 받았다.授以三天正法, 命爲天師."고 선전하고 스스로를 "삼천법사 정일진인三天法師正一眞人"으로 일컬으면서 도교 서적 스물네 편을 편찬하고 교세 확장에 전념했다. 환제桓帝 때 사천성 창계현蒼溪縣의 영대산靈臺山에서 123세의 나이로 승천했다고 전한다. 중국에서는 그가 도력이 높아서 귀신을 제압할 수 있었다는 민간전설이 다양한 형태로 전해진다.

56) 【즉공관 측비】名根重如此, 其意亦可憐。명성이라는 것이 이처럼 중요한 것이다. 그 마음도 참 딱하구나.

금년은 벌써 추위가 잦아들었나?	今年早是寒少。
밝은 창에는 작은 못을 박고	矮釘明窓,
붉은 문은 옆으로 살짝 열어	側開朱戶,
절대로 남들 멋대로 나들게 하지 말라.	斷莫亂敎人到。
한밤이 가시기도 전이건만	重陰未解,
구름과 눈은	雲共雪,
헤아려보니 많이도 내렸나니	商量不了。
모직 드리운 푸른 휘장일랑 단단히 닫고	靑帳垂氈要密,
두른 붉은 장막도 빈틈없이 막아야지	紅幙放圍宜小。
- 가사는 【천향】 가락 앞 절에 맞추어 지음57)	- 詞寄【天香】 前

계속 이야기를 들려드리지요. 어느 겨울날, 동산 부부가 가게에서 술을 팔고 있을 때였습니다. 가만 보니 문 앞에 말을 탄 손님이 한 무리 들이닥치지 뭡니까. 모두 열한 명으로, 각자 안장을 얹은 큰 준마를 탔는데, 화려한 안장과 고삐를 갖추고 몸에는 다 딱 맞는 짧은 옷을 입고 허리에는 활과 화살, 도검을 차고 있었습니다. 그들은 차례로 말에서 내려 가게로 들어오더니 안장과 고삐를 푸는 것이었습니다. 그들을 맞이한 동산은 대신 말들을 끌고 마구간으로 갔습니다. 점원은 점원대로 가서 꼴을 썰고 콩을 삶은 것은 말할 필요도 없었지요.58)

---

57) 원앙 그려진~: 송나라 정치가이자 가객이었던 왕관王觀(1035~1100)이 지은 가사의 전반부. 왕관은 자가 통수通叟이며 지금의 강소성 여고如皋 사람이다. 고우高郵 출신의 진관秦觀(1049~1100)과 더불어 '이관二觀'으로 일컬어졌다고 한다. 북송의 정치가 왕안석王安石이 개봉부開封府의 시관試官으로 있을 때 과거에 급제하고 인종仁宗 가우嘉佑 2년(1057)에 진사가 되었으며 대리사승大理寺丞·강도지현江都知縣 등을 역임했다.

58) 말할 필요도 없었지요[不在話下]: 송·원대 화본이나 명대 의화본, 장회소설

그 무리 속에는 약관의 나이가 채 되지 않은 사람도 하나 끼어 있었습니다. 나이는 열대여섯 살 정도로 보이고 키는 여덟 자[59]나 되는데 혼자서만 말에서 내리지 않은 채 사람들을 보면서 이렇게 말하는 것이었습니다.

"이 열여덟째는 맞은 편에 가서 쉬도록 하지요."

"우리는 여기 좀 있다가 모시러 가겠습니다!"

사람들이 이렇게 대답하는가 싶더니, 그 사람 혼자 건너편 집으로 향하는 것이었지요. 남은 열 사람은 자기들끼리 술을 마시기로 했습니다. 그들은 주인이 닭, 돼지, 소, 양 등의 고기를 안주로 내오자 늑대나 범처럼 먹어치우기 시작했지요. 그런데 얼추 따져도 육칠십 근은 너끈히 될 고기를 다 먹어치우고 예닐곱 단지나 되는 술까지 몽땅 다 비우는 것이 아닙니까. 그러고는 주인에게 술과 안주를 건너편 다락방 위로 아까 그 젊은이에게 갖다주도록 이르는 것이었습니다. 그들은 술집의 음식을 다 먹어치우고도 성에 차지 않았던지 급기야 가죽 부대를 끌러서 사슴다리며 꿩·토끼 구이까지 꺼내더니 웃으면서 말했습니다.

章回小說에서 상투적으로 사용하는 표현. 복잡한 절차나 장황한 내용을 간단히 정리할 때 주로 사용했다.

59) 여덟 자[八尺]: 명대에는 한 자가 31.1센티미터였으므로, "여덟 자"라면 249센티미터나 되는 셈이다. 여기에 등장하는 "아직 약관이 되지 않은" 젊은이가 아무리 영웅호걸이라지만 2.5미터라면 엄청난 거구가 되기 때문에 여기서의 "여덟 자"는 실제 수치가 아니라 설화story-telling 이야기꾼들의 관용적인 상투어로 이해하는 것이 옳을 듯하다.

十八兄奇踪
村酒肆

십팔형이 시골 술집에서 기이한 행적을 보이다.

"이번에는 우리가 한턱내지. 주인장도 같이 마시자고 해!"

동산은 몇 차례 사양하다가 마지 못해 합석했습니다. 그러고는 눈으로 한 사람씩 쳐다보다가 북쪽 왼편의 한 사람에게 눈길이 이르렀는데 처진 전립氈笠[60]이 얼굴을 가려서 잘 보이지 않았습니다. 그러다가 갑자기 그 사람이 고개를 드는 순간 자세히 지켜보던 동산이 혼비백산할 정도로 깜짝 놀라 죽는 소리를 하는 것이 아닙니까. 그 사람이 누구냐고요? 바로 웅현에서 노새와 말을 판 돈을 빼앗아간 바로 그 길동무 젊은이지 누구였겠습니까.[61] 동산은 속으로 생각했습니다.

'이제는 죽었구나! 내게는 고작 이 재산뿐인데 저 인간이 이마저 다 뜯어가면 어쩔꼬! 더욱이 지난번에는 저 인간 혼자여도 감당하지 못했는데 이번에는 무리가 이렇게 많으니 … 분명히 하나같이 똑같은 영웅호걸들일 텐데 이를 어째야 좋담?'

쿵쿵 뛰는 가슴은 정말 새끼 사슴이 날뛰기라도 하는 것 같았습니다. 술잔을 마주한 채 아무 소리도 못 하고 있는데 그 속을 아는지

---

60) 전립氈笠: 양모 같은 짐승 털로 짜고 사방으로 넓은 챙이 있는 모자. 주된 소재가 양모이고 송·원대 이후의 문학작품에서 인물을 묘사할 때 주로 언급되는 것을 보면 몽골 등 북방민족의 영향으로 만들어진 것으로 보인다. 몽골 통치자들의 초상화에서 보이는 모자가 전형적인 전립이며, 나중에는 우리나라 사극에서 포도대장·금부도사 등의 전립처럼 챙이 더 넓고 크게 변형되었다. 이 이야기의 두 번째 삽화에서도 두 사람이 전립을 쓴 모습이 보인다.

61) 【즉공관 미비】塞翁禍福。 새옹의 화복인가?

모르는지 사람들이 전부 일어나 주인인 자신에게 술을 권하는 것이 아닙니까.

그렇게 한동안 꼿꼿하게 앉아 있을 때였습니다. 북쪽 왼편에 앉아 있던 그 젊은이가 머리 위의 전립 챙을 치켜올리더니 주인을 부르는 것이었습니다.

"동산 선배! (…) 그동안 평안하셨습니까?[62] 저번에 동행하는 동안 잘 보살펴주신 일이 지금도 생각나는군요!"

동산은 안색이 흙빛으로 변하면서 자신도 모르게 두 무릎을 꿇더니[63] 말했습니다.

"호걸님, 용서해 주십시오!"

그러자 젊은이는 자리를 박차고 나와 똑같이 무릎을 꿇더니 그를 부축해 일으키고 손을 잡아당기면서 말하는 것이었습니다.

"이러지 마십시오! 민망해 죽겠습니다. 그해에 우리 형제들은 순성문 객주집에서 선배님께서 '실력으로는 천하무적'이라고 자랑하시는 말씀을 들었지요. 그때 형제들이 다들 불쾌해하면서 저더러 길에서 그런 민망한 일을 벌이라고 시키더군요. 그래서 선배님과 장난을 쳐서 좀 골려드리느라 당초의 약속을 어기고 하간까지 가지 못했습니다. 그러나 꿈을 꿀 때조차 선배님과 나란히 고삐를 잡고 임구로 길을

---

62) 【즉공관 미비】 趣甚。 참 재미있네.
63) 【즉공관 측비】 可憐。 딱하게 됐군.

가던 일을 새록새록 떠올리곤 한답니다. (…) 선배님의 호의에 감격했으니 이제 열 곱절로 갚아드려야지요!"

말을 마친 그는 바로 주머니에서 천 냥을 꺼내 탁자에 놓더니[64] 동산을 보고 말했습니다.

"그날 작별한 뒤로 드리는 보답으로 여기고 어서 받아주십시오!"

동산은 '이게 꿈인가 생시인가' 싶어서 한참을 넋을 놓고 있었습니다. 또 자기를 골리는 것은 아닐까 싶어서[65] 순간적으로 받을 엄두를 내지 못하고 있었지요. 그러자 그 젊은이는 주저하는 동산을 보고 손뼉을 치면서 말하는 것이었습니다.

"사내대장부가 어찌 남을 속일 리가 있겠습니까? 동산 선배 역시 호걸이면서 이렇게 소심해서야 원! 설마 우리 형제들이 정말 선배 돈을 바라고 그랬겠습니까? 어서 받으시라니까요."

유동산이 그가 하는 말을 들어보니 시원시원한 것이 거짓말은 아닌 것 같았습니다. 그제서야 술에서 이제 막 깬 듯, 꿈에서 방금 막 깬 듯 더는 사양하지 않는 것이었지요. 그는 안으로 들어가 아내에게 이야기하고 밖으로 불러내 같이 그 돈을 챙겨 들어갔습니다. 정리를 마치자 두 사람은

---

64)【즉공관 측비】到底也爲東山是好漢, 相借耳。非眞以途聞之情也。 따지고보면 동산도 호걸이어서 빌려 갔던 게지. 정말 길에서 들을 수 있는 사정일 리가 없어.

65)【즉공관 측비】嚇怕了。 단단히 놀란 게지.

"이 같은 호걸들, 이 같은 은혜는 절대로 소홀히 넘겨서는 안 되지! (…) 우리 따로 가축을 잡고 술단지를 열어서 이참에 그분들을 며칠 더 묵으면서 놀다 가게 해드립시다."

이렇게 의논한 끝에 동산이 나와 고맙다고 인사를 하고 이 같은 뜻을 그 젊은이에게 전했습니다. 그래서 젊은이가 무리에게 알렸더니 그 사람들은 다 같이

"이분이 아우님 지인이라니 안 될 것이 뭐가 있겠습니까! 허나 … 아무리 그래도 십팔형十八兄께는 한번 여쭤봐야지요."

하더니 그 길로 전부 건너 편으로 건너 가서 약관이 되지 않은 아까 그 사람에게 경위를 설명해 주었습니다. 동산 역시 따라가서 보니 그 사람들이 약관이 되지 않은 아까 그 사람에게 아주 깍듯이 예의를 갖추고 그 사람 역시 그들을 무척 점잖게 대하는 것이 아닙니까. 그 사람들이 자신들에게 며칠 더 묵으면서 놀고 가라고 주인이 붙잡는다는 이야기를 일러 주니 그 사람도 이렇게 말하는 것이었지요.

"좋습니다, 좋아요, 상관없습니다. 다만 … 술과 음식은 배불리 드시더라도 잠을 너무 많이 주무시면 안 됩니다. 주인장의 온정을 저버리는 격이 되니까요. 만약 조금이라도 그런 조짐이 보이면 제 허리의 두 자루 칼이 피맛을 보려 들 겁니다."

"잘 알겠습니다!"

그 무리가 일제히 그렇게 대답했습니다만 동산은 그것이 무슨 뜻인지 도통 알 길이 없었습니다.

조리   전병

 그 무리는 술집으로 돌아와 다시 마음껏 술을 마셨지요. 그러다가 이번에는 맞은편 다락방으로 술을 가지고 가더니 자신들은 그 자리에 낄 엄두도 내지 못하고 십팔형 혼자서만 술을 마시는 것이었습니다. 그 젊은이 혼자서 먹어치운 술과 고기를 보니 술집에서 다섯 명이 먹은 것과 맞먹는 양이었습니다. 십팔형은 음식을 거의 다 먹었을 즈음 주머니를 뒤져 순은으로 된 조리를 꺼냈습니다. 그러고는 숯불을 지피고 전병煎餅을 부치더니 그 자리에서 연거푸 백 장 넘게 먹어치우는 것이 아닙니까. 그는 자리를 정리하고 큰 걸음으로 성큼성큼 문을 나갔는데66) 그 행방을 알 길이 없었습니다. 그러다가 날이 저물 즈음 돌아와서 다시 맞은편에 머물 뿐 도무지 유동산의 가게로 건너올 생각을 하지 않는 것이었습니다. 그 무리가 동산의 가게에서 먹고

---

66) 【교정】 문을 나갔는데[去門去]: 상우당본 원문(제164쪽)에는 첫 글자가 '갈 거去'로 나와 있으나 전후 맥락을 고려할 때 원래는 '날 출出'을 써야 옳다. 근세의 구어[白話]를 포함하여 현대 중국어에 이르기까지 '거去'는 단독으로 사용될 때에는 동사로 기능하지만 위의 "거문거去門去"의 경우처럼 목적어門를 끼고 다른 동사 성분去과 함께 사용될 때에는 목적어 앞에 사용된 사례가 없다. 게다가 앞에서 이미 '문을 나가다'의 의미로 사용된 "출문 거出門去"의 사례가 있으므로 여기서도 그 구조가 다시 사용된 것으로 보아 앞의 '거'를 '출'의 오자로 보는 것이 옳다.

놀다가 맞은편 집으로 건너가 만나도 십팔형은 그들과는 좀처럼 담소를 나누는 일이 없어서 상당히 거만해 보이기까지 했지요. 동산은 내내 이상하게 여기다가 몰래 그 길동무 젊은이를 붙잡고 캐물었습니다.

"십팔형이라는 저분 … 대체 어떤 양반이십니까?"

그러나 젊은이는 대답해줄 생각도 하지 않았습니다. 오히려 자기 무리에게 이 말을 해주니 다들 큰 소리로 웃기만 하지 뭡니까. 그들은 그 내력에 대해서는 한마디도 하지 않고 엉뚱하게도

"버드나무와 복사꽃이 번갈아 꽃을 피우니   楊柳桃花相間出,
어느 것이 봄바람인지 모르겠구나!"   不知若個是春風。

하는 시만 큰 소리로 읊더니 또다시 껄껄껄 웃는 것이었습니다.

그렇게 사흘을 머문 그들은 다들 동산과 작별인사를 하고 행장을 꾸려 말에 올랐습니다. 약관이 되지 않은 그 소년이 맨 앞에, 나머지 무리가 뒤에 서서 우르르 길을 나서는 것이었지요. 동산은 도무지 그 영문을 알 수가 없었습니다. 그러나 어쨌든 졸지에 은자가 천 냥이나 생겨 주머니가 넉넉해진 데다가 무슨 일이라도 생길까 걱정도 되고 해서[67] 성 안으로 이사하여 따로 장사를 하기 시작했답니다.
나중에 누가 그 일을 거론하자 학식 있는 한 인사가 이런 말을 했다고 합니다.

---

67) 【즉공관 측비】 嚇怕了。 단단히 놀란 게로군.

"그가 남긴 그 두 구절의 뜻을 따져보니 '오얏 리李'자 같군요. 게다가 '십팔형'으로 불렀다니 약관이 되지 않았던 그 사람은 분명히 이씨로, 우두머리였을 겁니다. 그 사람이 무리에게 한 말을 따져보니 … 아마 그는 누군가가 자신들을 몰래 해칠 것을 우려해서 의도적으로 맞은편 집에 머물렀던가 봅니다. 양쪽에 나누어 묵으면서 서로 동정을 살피기 수월하게 할 요량으로 말이지요. 그리고 … 나머지 열 사람하고 한 자리에서 식사를 하지 않은 것은 존비의 서열을 나타내려는 의도였을 겁니다. 밤중에 혼자 외출한 것은 또 무슨 짓을 벌이러 갔던 것 같군요. 그러나 그날 밤의 그의 행적은 확실히 캐낼 방법이 없군요."

유동산은 평생 동안 영웅으로 불렸습니다. 그러나 이 일을 겪은 뒤로는 '무예의 고수'라는 따위의 말은 함부로 꺼내지 않았지요. 그저 활을 버리고 화살을 꺾은 뒤 분수를 지키면서 장사를 해 생계를 꾸리는 데에만 전념하다가 나중에 자기 수명을 다 채우고 세상을 떠났습니다. 이 이야기를 통하여 '사람이 한평생을 사는 동안 절대로 자신이 높고 강하다고 자만해서는 안 된다는 것'을 알 수 있는 셈입니다. 자만하는 자들은 아직 임자를 만나지[68] 못했기 때문에 그러는 것일 뿐입니다. 이런 유동산의 이야기를 언급한 시가 한 편 있습니다.

---

68) 임자를 만나지[逢着狠主子]: 명대의 유행어. 우리나라에서 사용하는 "임자를 만나다"와 비슷한 경우이다. "봉착한주자逢着狠主子"는 원문대로 번역하면 "무서운 임자를 만나다"가 되겠지만 우리나라에서는 "임자를 만나다" 식으로 표현하고, 또 그 자체만으로 충분히 본래의 의미를 나타낼 수 있기 때문에 여기에서 "무서운[狠]"은 따로 번역하지 않았다.

평생에 활과 화살 솜씨 뽐내느라 바쁘더니　　　　生平得盡弓矢力,
막바지에 큰 적수를 만났더라.　　　　　　　　　直到下場逢大敵。
인생살이에서 재주 비상하다고 자만하지 마라　人世休誇手段高,
패왕[69]에게도 슬피 노래 부르는 날이 있었나니.　霸王也有悲歌日。

이와 함께 그 젊은이를 언급한 시도 한 편이 있었답니다.

---

69) 패왕霸王: 전국시대 말기의 군벌인 항우項羽
(BC232~BC202)를 말한다. 항우는 본명이 적籍,
자가 우羽로, 초楚나라 하상下相 사람이다. 초
나라 명장 항연項燕의 손자로 무예가 출중했는
데, 어려서부터 숙부 항량項梁을 따라 오중吳中
으로 가서 진秦나라에 대한 저항운동을 벌였다.
항량이 전사한 후로는 군사를 이끌고 황하를
건너 조왕趙王을 구하고 거록巨鹿에서는 장감
章邯·왕리王離가 이끄는 진나라의 주력군을 격
파했다. 진나라가 멸망한 후 스스로 '서초 패왕
西楚霸王'을 일컬으면서 팽성彭城에 도읍을 정

패왕 항우. 《삼재도회》

하고 분봉제分封制를 시행하여 진나라 멸망에 공로를 세운 공신과 전국시
대 여섯 나라의 귀족들을 왕으로 책봉했다. 그러나 경쟁자인 '한왕漢王' 유
방劉邦이 고립되어 있던 한중漢中을 벗어나 공세를 취하면서 유방 세력과
4년에 걸친 전쟁을 벌인다. 그 후로 한신韓信의 활약으로 전투에서 번번이
패하던 항우는 급기야 기원전 202년 해하垓下에서 한나라 군사와 제후들에
게 사방으로 포위당하고 고립무원의 상태에 빠진다. 그날 밤 유방 세력의
심리전술로 사방에서 초나라 노래를 불러 항우의 부하들이 전의를 상실하
자 항우는 〈해하가垓下歌〉를 부르며 침통해하다가 결국 다음 날 마지막 결
전에서 참패하고 오강烏江에서 스스로 목을 베어 죽었다. 여기서 "패왕에
게도 슬피 노래 부르는 날이 있었나니"는 항우가 〈해하가〉를 부른 일을 두
고 한 말로, 능력만 믿고 자만하면 결국 실패하고 만다는 교훈을 주려 한
것이다.

영웅은 자고로 재물을 하찮게 여겨 왔으니   英雄從古輕一擲,
도적들에게도 정말 전할 만한 법도가 있더라.   盜亦有道眞堪述。
천 냥으로 백 냥 빚을 갚았다 비웃지 마라70)   笑取千金償百金,
길에서 뜻밖에도 좋은 벗을 만나지 않았더냐!   途中竟是好相識。

---

70) 천 냥으로 백 냥 빚을 갚았다고 비웃지 마라[笑取千金償百金]: 유동산에게
서 말과 노새를 판 돈을 강탈해 갔던 젊은이가 유동산에게 그 10배나 되는
1,000냥으로 보답한 일을 두고 한 말이다.

제**4**권

정원옥은 객주집에서 대신 돈을 내주고
십일낭은 운강에서 협객을 두루 논하다
程元玉店肆代償錢 十一娘雲崗縱譚俠

卷之四
程元玉店肆代償錢 十一娘雲崗縱譚俠 해제

　　이 작품은 비전의 검술로 권선징악에 앞장섰던 여검객들에 관한 이
야기이다. 이야기꾼은 반지항의 《검사劍史》에 소개된 홍선紅線 · 섭은낭
聶隱娘 · 향환녀香丸女 등 여협객 아홉 명의 이야기를 앞 이야기로 들려
주고, 이어서 같은 책에 소개된 정덕유程德瑜와 위십일낭韋十一娘의 이
야기를 몸 이야기로 들려준다.

　　명대 성화成化 연간에 사천四川 · 섬서陝西 일대에서 장사를 하던 휘
주 출신의 상인 정덕유程德瑜(자 원옥元玉)는 물품 대금을 수금해 하인
과 함께 귀가하던 중 객주집에 묵는다. 거기서 밥을 먹던 덕유는 서른
살 남짓한 고운 여인이 들어와 밥을 먹고 나서 은자를 놓고 왔다고 변명
하다가 주인과 실랑이를 벌이는 것을 보고 대신 밥값을 내준다. 여인이
갑절로 갚겠다면서 그의 이름을 물어도 덕유가 정중하게 사양하자 자신
이 위십일낭韋十一娘임을 밝힌 그녀는 얼마 후 그가 놀랄 일을 당할
거라고 예측한다. 덕유는 대수롭지 않게 여기고 하인과 길을 나섰는데,
도중에 강도떼가 나타나 돈과 짐을 모두 빼앗아 가고 하인과 말까지
자취를 감춘다. 첩첩산중에 홀로 남아 어쩔 줄 모르고 쩔쩔맬 때 갑자기
웬 여인이 나타나 십일낭의 제자 청하靑霞라고 밝힌 뒤 그를 십일낭의
처소로 안내한다. 덕유를 만난 십일낭은 짐과 하인과 말을 찾아주겠다
고 안심시키고 자신이 수련하는 운강암雲崗庵에서 하룻밤을 묵어갈 것

을 제안한다. 덕유에게 저녁을 대접한 십일낭은 자신이 여검객임을 밝히고 객주집에서 실랑이를 벌인 진짜 이유를 말하고 나서 구천현녀九天玄女로부터 전수된 여류 검술의 내력과 역대 검객 평가, 그리고 자신의 인생 역정을 들려준다. 그 이야기에 호기심이 생긴 덕유가 검술을 보여 줄 것을 요청하자 제자인 청하와 표운縹雲에게 시범을 보이게 하고 두 사람의 대련을 지켜본 덕유는 감탄해 마지 않는다. 이튿날 정오에 십일낭과 작별한 덕유는 그녀의 말대로 전날의 강도들을 다시 만나 돈과 물건·말을 돌려받은 후 귀향길에 오른다. 그로부터 십여 년이 지난 어느 날, 사천 땅의 벼랑길을 가던 덕유는 우연히 청하와 재회한다. 청하는 십일낭의 근황을 전하고 나서 급한 일이 있다며 발길을 재촉한다. 며칠 후 촉 땅에서 어떤 관리가 급사했다는 소식을 접한 덕유는 그것이 청하가 한 일임을 눈치 챈다.

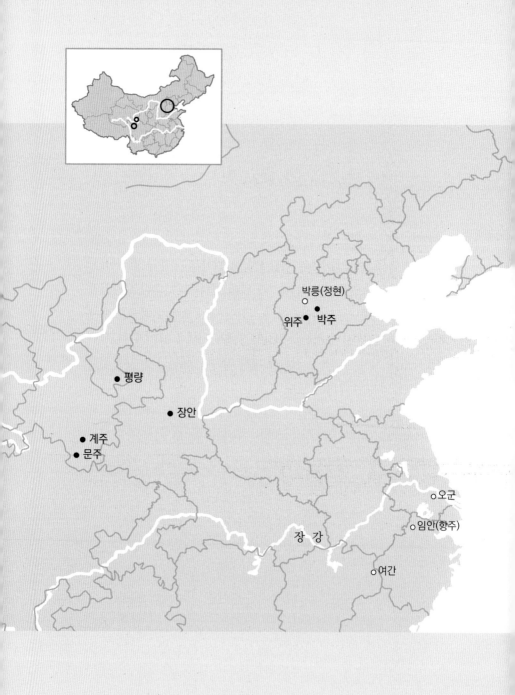

박릉(정현)
○
위주● ●박주

●평량

●장안

●계주
●문주

○오군

○임안(항주)

○여간

장 강

이런 예찬하는 가사가 있습니다.[1]

홍선이 속세로 내려와서는	紅線下世,
모질기도 했구나 그 가벼운 자태로.	毒哉僄僄。
은낭은 신출귀몰하면서	隱娘出没,
흑위 백위라는 나귀 타고 다녔네.	跨黑白衛。
향환은 하늘하늘거리는	香丸裊裊,
향 연기 타고 칼날이 춤을 추었지.	游刃香烟。
최 씨의 첩은 흰 비단 감고	崔妾白練,
한밤중에 홀연히 자취를 감추었지.	夜半忽失。
늙은 여협객은 천을 찢어	俠嫗條裂,
신상들의 귀를 집으로 삼게 했네.	宅衆神耳。
상인의 아내는 아기를 토막 내고	賈妻斷嬰,
이별의 한을 떨쳐버렸네.	離恨以豁。
해순이 맞아들인 여인은	解洵娶婦,
물길 뭍길을 다 챙겼었지.	川陸畢具。
삼환은 구슬을 지녔건만	三鬟携珠,

---

1) *본권의 앞 이야기는 반지항이 지은《궁사亘史》〈외기外紀〉 권1의 "여협女俠"조에서 소재를 취했다.

탑 문은 굳게 닫혀 있었네.　　　　　　　　塔戶嚴扃。

마차 속 여인이 날아간 곳은　　　　　　　車中飛度,

한 자 남짓 되는 구멍이었지.　　　　　　　尺餘一孔。

　이 예찬 가사는 모두 예전 여검객들의 사적을 소개한 것입니다. 예전에 세간에는 여검객들의 검술이 존재했답니다. 남녀를 막론하고 그 도술을 배우곤 했지요. 진짜 신선의 계보를 이은 것은 아니지만 나쁜 자들을 없애고 착한 이들을 돕는 데에 전념했고, 그 공덕을 이룬 이는 그 덕분에 신선이 되기도 했습니다. 그리하여 호기심이 많은 사람들이 그런 사례들을 분류하고 모아 《검협전劍俠傳》2)을 지었고, 이어서 여인들만 따로 추려 책으로 엮어서 《협녀전俠女傳》을 짓기도 했지요. 앞의 찬사에서 소개한 이들은 모두 여자입니다.

　홍선紅線은3) 노주潞州4)의 절도사節度使5) 설숭薛嵩6) 집안의 어린

---

2) 《검협전劍俠傳》: 명대 중기의 무협소설집. 당시 저명한 정치가이자 문학가 왕세정王世貞(1526~1590)이 1569년 전후에 당·송대 검객, 협객의 이야기 33편을 4권으로 엮었는데, 여기에는 당대의 소설가 두광정杜光庭이 지은 《규염객전虬髯客傳》에서 모티브를 딴 〈부여국왕夫餘國王〉 이야기도 수록되어 있다. 청대 말기에 임웅任熊(1823~1857)은 이 소설집의 내용에 근거하여 《삼십삼검객도三十三劍客圖》를 그려 인기를 끌기도 했다. 왕세정 이전의 것으로는 당대 말기 사람 단성식段成式(803~863)이 지었다는 《검협전》이 있으나, 중국의 저명한 현대소설가 노신魯迅(1881~1936)은 《중국소설사략中國小說史略》에서 그것을 명대 사람의 위작으로 판정했다.

3) 홍선紅線은~: 《박안경기》 원문에는 이 부분에서 협녀들의 이름 앞에 '그' 또는 '저'로 번역되는 지시사指示詞 '나那'가 붙어서 "나홍선那紅線"으로 되어 있다. 그것을 문법에 맞추어 풀이하자면 "[그 여검객들 중의] 저 홍선" 또는 "그 홍선" 식으로 번역해야 한다. 그러나 우리말에서는 이럴 때 지시사를 붙여 말하는 경우가 드물다. 이 점을 감안하여 여기서는 "나홍선"에서

시녀였습니다. 위박魏博7)의 절도사 전승사田承嗣8)는 외부에 삼천 명

지시사 "나"를 생략한 '홍선'으로 번역했다. 그 뒤에 잇따라 소개되는 다른 여검객들의 경우도 마찬가지이다.

4) 노주潞州: 중국 하북성 상당군上黨郡의 옛 이름. 오대십국五代十國시대 북 주北周가 선정宣政 원년(578) 최초로 상당군에 노주를 설치했는데, 수隋나 라 때 폐지된 것을 당나라 무덕武德 원년(618)에 다시 설치했다.

5) 절도사節度使: 당·송대에 지방 통치지역인 번진藩鎭을 통솔했던 관리. 당 나라는 그 강역에 있어 비약적인 확장이 이루어진 태종太宗 때부터 도호부 都護府·기미羈縻·부병府兵·진병鎭兵 등의 행정제도를 가동하여 지방을 통치했다. 이때 변방을 지키는 '진병'으로는, 로마 제국의 게르만족 용병의 경우와 마찬가지로, 말갈·거란 등 이민족 출신의 '변장蕃將·변병蕃兵'을 많이 기용했는데, '번진藩鎭'이라는 이름은 바로 여기서 비롯된 것이다. 원 래 절도사는 주로 서북 변방 지역의 방위를 목적으로 운영하기 시작했으나 현종玄宗 때에 이르러 부병제가 기능을 상실하면서 다른 지역에까지 설치 되면서 절도사가 해당 지역으로 파견되었고, 경우에 따라서는 관찰사觀察 使 등의 직책을 겸임하기도 했다. 당시 조정에서는 휘하의 군사들에 대한 지휘권과 함께 군비나 병력 충당을 목적으로 한 현지의 세수 집행권도 일 임되었는데, 나중에 국정 부패와 각종 전란의 발생으로 번진에 대한 중앙정 부의 통제력이 점차 약화되면서 급기야 지방 군벌화한 절도사가 번진을 실 질적으로 통치하기에 이르렀다. 당대와 송대 사이에 80여 년 동안 존재했던 오대십국의 건국자들 중 대다수가 절도사 출신인 것은 바로 이 같은 이유 때문이었다.

6) 설숭薛嵩(712~773): 당대의 군벌. 설인귀薛仁貴의 손자로, 지금의 산서성 하 진河津 사람이다. 성격이 호탕하고 젊어서부터 완력이 세며 말타기와 활쏘 기에도 뛰어났다. 안록산·사사명이 반란을 일으키자 그들 편에 서서 매번 전공을 세워 업군 절도사鄴郡節度使에 봉해지기도 했다. 그러나 사사명의 아들 사조의史朝義가 패하자 상주相州·위주衛州·명주洺州·형주邢州를 당 나라 조정에 바치고 투항한 후 소의 절도사昭義節度使에 봉해졌으며, 대란 이 휩쓸고 지나간 후 당나라를 재건하는 과정에서 상당한 공헌을 했다는 평가를 받고 있다.

7) 위박魏博: 중국 고대에 하북성 대명大名 일대인 위주魏州와 박주博州를 아

울러 일컬은 이름. 당나라 초기인 숙종肅宗(711~762) 건원乾元 연간에 위주
魏州에 절도사가 파견되면서 하북도河北道에 속해 있던 위주·박주·상주相
州·패주貝州·위주衛州·전주澶州의 여섯 고을을 관할하기 시작했다. 초대
위박 절도사는 전승사田承嗣이다.

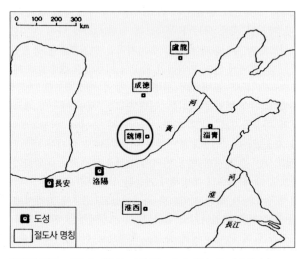

위박의 위치. 지금의 하북성 남부(동그라미 부분)에 해당한다.

8) 전승사田承嗣(705~779): 당대의 군벌. 돌궐족 출신으로, 자도 승사承嗣이며
평주平州 노룡盧龍 사람이다. 원래는 역시 돌궐족 출신의 군벌이던 안록산
安祿山(703~757) 휘하의 부장이었는데 여러 차례 전공을 세워 무위장군武
衛將軍이 되었고, 그를 따라 당나라에 반기를 들고 낙양을 함락하기도 했
다. 그러나 안록산·사사명史思明의 반란이 실패하자 광덕廣德 원년(763)
에 막주莫州에서 당나라 조정에 투항하고 복고회은僕固懷恩에게 의탁했
다. 당나라 조정은 하북 지역에 잔존한 안록산·사사명의 옛 군사들을 회유
하려고 대종代宗 대력大曆 7년(773)에 전승사를 위·박·덕·창·영 오주도
방어사魏博德滄瀛五州圖防禦使에 임명하고 위주에 10만 병력을 주둔시키
면서 변방의 안녕을 도모했다. 그러나 당시 전승사가 실질적으로 통치하는
지역은 위주와 박주에 머물렀기 때문에 같은 해 6월 '위박 절도사'로 개칭
한다. 대력 10년, 더 나아가 상주·위주를 함락시킨 전승사는 치·청 절도사

이나 되는 사내들을 육성해 노주를 집어삼키려 드는 바람에 설호는 밤낮으로 걱정이 이만저만이 아니었습니다.

홍선은 그 일을 알고 검술 등의 수단을 써서 몸을 날려 위박으로 갔습니다. 물시계가 삼경9)을 알릴 때까지 칠백 리 길을 왕복한 끝에 전승사의 침상 머리맡의 금합金盒을 가지고 돌아왔습니다. 다음 날 위박에서는 금합을 훔쳐간 자를 색출해 잡는다고 난리를 떨었답니다. 군사들이 다들 걱정하고 의심해 마지않는데 이쪽에서 뜻밖에도 사람을 시켜 그것을 돌려주었지 뭡니까. 전승사는 금합을 보자마자 놀라

淄靑節度使 이정기李正己와 공모하여 이보신李寶臣, 유주 절도사幽州節度使 주도朱滔와의 암투 과정에서 승리를 거둔다. 그 결과, 조정으로부터 지금의 하북성 남부, 산동성 북부에 대한 실질적인 통치권을 인정받았다. 휘하의 군사를 '천웅군天雄軍'으로 일컬었으며, 그 관할 지역은 이때부터 성덕成德·범양范陽, 지금의 노룡 일대과 더불어 "하삭 삼진河朔三鎭"으로 불리게 된다. 대력 14년(779), 임종을 앞둔 전승사는 자신의 아들이 절도사로서 부적합하다는 판단에 따라 조카인 전열田悅에게 절도사의 직책을 맡기는데, 이를 조정에서 추인함으로써 번진 세습의 선례가 되었다. 덕종德宗 건중建中 연간에 전열은 성덕의 왕무준王武俊, 치청의 이납李納, 유주의 주도, 회서 절도사淮西節度使 이희열李希烈과 함께 반란을 일으켜, '기왕冀王'을 일컬은 주도, '조왕趙王'을 일컬은 왕무준, '제왕齊王'을 일컬은 이납, '초제楚帝'를 일컬은 이희열 등과 마찬가지로 '위왕魏王'을 참칭하면서 위주를 '대명부大名府'로 개칭했다. 정원貞元 원년(784), 전승사의 아들 전서田緒는 전열을 살해하고 조정에 귀순하여 위박 절도사로 제수되고 거기에 덕종의 열 번째 딸인 가성공주嘉誠公主와의 혼인을 통하여 위주·박주에 대한 실권을 계속 인정받고 5대 동안 유지되다가 전승사의 당질 전홍정田弘正의 입조로 중앙정부에 귀속되면서 이 지역에 대한 전 씨 일가의 통치는 종식되었다. 그러나 그로부터 10년 후 번진에 대한 중앙정부의 통제력이 다시 약해지면서 그 주인이 하何·한韓·나羅 세 성씨로 바뀌면서 10대 동안 존속되었다.

9) 삼경三更: 밤 11시에서 새벽 1시까지를 가리킨다.

고 당황했습니다. 그는 그것이 검객이 한 일임을 알고는 나중에는 자기 머리를 잘라 갈까 두려워 당초 품었던 못된 계획을 즉시 포기했답니다. 나중에 홍선은 자신이 '전생에는 남자로 약을 잘못 써서 사람을 죽이는 바람에 그 벌로 여자로 태어났던 것인데 이제 공을 이루었으니 신선이 되기 위해 떠나겠다'고 고백했다고 합니다. 이것이 홍선의 내력입니다.

은낭隱娘은 성이 섭聶으로, 위박魏博의 대장군 섭봉聶鋒의 딸이었습니다. 어릴 적에 탁발을 하던 늙은 비구니를 우연히 마주쳤는데 그때 그녀를 홀려 데려가서 기이한 도술을 가르쳤지요. 나중에 남편에게 출가한 후로는 내외가 각자 나귀를 탔는데 한 마리는 검고 한 마리는 흰 놈이었습니다. 나귀는 위衛[10] 땅에서 난 놈이라고 해서 '위'라고도 불렀지요. 쓸 때는 타고 다니다가도 쓰지 않을 때는 행방을 알 수가 없었는데, 사실은 종이로 만든 것이었지 뭡니까. 은낭의 남편은 원래 위魏[11] 땅의 원수 측근에서 모시고 있었습니다.

섭은낭

---

10) 위衛: 중국 고대의 지역 이름. 원래는 주周나라의 제후국 이름이었지만 나중에는 그 강역이던 지금의 하남성河南省 북부와 하북성 남부 일대를 가리키는 이름으로 전용되기도 했다. 여기서는 당대에 하남성의 신향新鄕·학벽鶴壁 등지에 설치된 위주衛州를 가리키는 말로 사용되었다.

11) 위魏: 중국 고대의 지역 이름. 원래는 전국시대 '칠웅七雄'의 하나로 지금의 산서성山西省 남부, 하남성 북부, 섬서성과 하북성 일부 지역에 걸쳐 존재

위와 허의 위치. 대체로 지금의 하남성 북부와 남부에 해당한다.

그러다가 그 원수가 허許12) 땅의 원수 유창예劉昌裔13)와 사이가 틀어지자 은낭을 불러 그의 목을 베어 오게 했답니다. 그런데 뜻밖에도 그 유 절도사는 점을 잘 치는 사람이었지 뭡니까. 은낭 부부가 자신의 영토로 들어온다는 점괘가 나오자 우선 위 땅의 장수에게 명하여 성 북쪽에 미리 가서 두 사람을 기다리도록 시키면서 이렇게 일렀습니다.

"웬 사내와 여인이 검은 나귀와 흰 나귀를 타고 있다면 바로 그들

한 '위'나라의 이름이다. 여기서는 당대에 지금의 하북성 대명大名·위현魏縣·관도館陶와 하남성 남락南樂·청풍淸豐·범현范縣, 산동성 관현冠縣·신현莘縣 등지에 설치되었던 위주魏州를 가리키는 말로 사용되었다.

12) 허許: 중국 고대의 지역 이름. 지금의 하남성 중부에 있는 도시인 허창許昌을 가리킨다.

13) 유창예劉昌裔(752~813): 당대의 무장. 자는 광후光後이며 태원太原 양곡陽曲 사람이다. 진허군 절도사陳許軍節度使·금자 광록대부金紫光禄大夫·검교상서 좌복야 겸 어사대부檢校尙書左僕射兼御史大夫·우용무통군右龍武統軍 등의 관직을 역임하고 팽성군 개국공彭城郡開國公에 봉해졌고 사후에는 노주 대도독潞州大都督이 추증되었다.

이니 내 명을 전하고 모시도록 하라."

허 땅에 도착하여 그 두 사람을 발견한 은낭은 유 공의 신묘한 지혜에 감탄했습니다. 그래서 즉시 위 땅의 원수를 버리고 허 땅의 원수에게 귀순했답니다. 위 땅의 원수는 그 사실을 알고 일단 정정아精精兒를 보내 유 절도사를 죽이려 했지요. 그러나 그녀는 거꾸로 은낭에게 죽임을 당하고 말았습니다. 이번에는 고수인 공공아空空兒를 보냈지요. 그러자 은낭은 눈에놀이14)로 둔갑해서 유 절도사의 입 속으로 날아들어가더니 그에게 우전국于闐國15)의 아름다운 옥을 목에 두르라고 일러주었답니다.

눈에놀이

14) 눈에놀이[蠛蠓]: 곤충의 일종. 주로 갈색이나 검정색이며 몸통이 작고 촉각이 가늘고 길지만 날개는 짧고 넓은 편이다.
15) 우전국于闐國: 중국 고대의 서역 국가인 호탄Hotan을 말한다. 타림 분지 남쪽을 따라 동으로 차말且末·선선鄯善, 서로 사차莎車·소륵疏勒으로 통했으며, 전성기에는 강역이 지금의 화전和田·피산皮山·묵옥墨玉·낙포洛浦·책륵策勒·우전于田·민풍民豊 등의 지역까지 아울렀다. 당대에 설치된 안서 도호부安西都護府에 속한 안서의 네 진鎭 중 하나이다. 고대의 우전국 주민들은 인도-유럽어족에 속한 토화라吐火羅 사람들이었으며, 1006년 카라 한국喀喇汗國에 병탄되면서 인종·언어·문화가 점차 이슬람화했다.

명대의 과학서인 《천공개물天工開物》에 묘사된 우전국 사람들

공공아가 삼경에 나타나 비수를 유 절도사의 목을 향해 휘둘렀지만 옥이 가리고 있어서 소리만 '쨍강'하고 날 뿐 목을 찌를 수가 없지 뭡니까. 공공아는 임무를 완수하지 못한 것을 수치스럽게 여기고 그 길로 천 리 밖으로 떠나 다시는 돌아오지 않았지요. 이리하여 유 절도사와 은낭은 두 사람 다 위기를 모면할 수 있었답니다. 이것이 섭은낭의 내력입니다.

향환香丸이라는 여인이 몸종과 함께 관음보살觀音菩薩을 모시는 절에 머물고 있었습니다. 그런데 웬 선비가 한가로이 산책을 하던 중에 그녀의 아름다운 모습에 얼이 나가버렸습니다. 그러나 곁에 있던 질 나쁜 젊은이 몇이 그 자리에서 그녀의 온갖 음란하고 불미스러운 행실을 다 일러바치자 선비도 그녀를 경멸했지요. 그런데 집에 돌아와 아내에게 이야기해주니 처가와 일가친척 사이였지 뭡니까. 게다가 아주 고결하고 기이한 여인이어서 친척들도 저마다 그녀를 경외한다는 것이었습니다. 선비는 젊은이들의 중상모략을 못마땅하게 여겨 그녀를 대신해 그 질 나쁜 젊은이들을 찾아가 혼내주기로 했습니다. 그런데 길을 나서기 전에 가만 보니 그 여인이 몸종을 보내

"선비님께서 이처럼 좋은 마음을 가지고 계시는군요. 비록 실천으로 옮기지는 않으셨지만 아씨께서 감사해 마지않으십니다."

하고 고맙다고 인사를 전하는 것이 아닙니까. 그러고는 선비를 초대해 가서 술상을 차리고 그에게 혼자서라도 술을 마시게 해주는 것이었습니다. 그렇게 술을 절반쯤 마셨을 즈음이었지요. 몸종이 웬 가죽 부대를 지고 와서 선비에게 말했습니다.

"아씨께서 드리는 것입니다."

그래서 열어보았더니 서너 사람의 머리가 낯빛 하나 변하지 않은 채로 들어 있는데, 한결같이 평소 선비를 모욕하고 해치던 원수들이 었습니다. 깜짝 놀란 선비는 이 일에 연루될까 두려워 황급히 달아나 려 했지요. 그러자 몸종은

"두려워하지 마십시오!"

하면서 품속에서 희게 반짝이는 약을 한 포 꺼냈습니다. 그러고는 새끼손톱으로 좀 덜어서 머리가 잘린 자리에 대고 튕기는 것이었지 요. 그런데 가만 보니 그 머리들이 점점 쪼그라들어 자두 만하게 변하 지 뭡니까. 그것들을 하나하나 입속에 집어넣고 먹는데 뱉어낸 씨를 보니 영락없는 자두였습니다. 그것을 다 먹어치운 몸종이 다시 선비 에게 말했습니다.

"아씨께서는 선비님도 아씨 대신 복수로 못된 젊은이들을 죽이기 를 원하십니다."

"내가 어떻게 그런 일을 할 수가 있겠소."

하면서 선비가 거절하자 몸종은 웬 향환香丸[16]을 건네면서 말하는 것이었습니다.

"선비님께서는 손을 쓰실 필요도 없습니다. 서재를 깨끗이 청소하

---

16) 향환香丸: 향을 완자처럼 빚어 말린 것. 명대에는 이것을 향로에 넣고 불을 붙여 향을 피운 것으로 보인다.

고 이 향을 향로에서 태우십시오. 향의 연기가 어디로 향하는지 지켜보다가 그 뒤를 따라가시기만 하면 반드시 성사될 것입니다."

그러더니 이번에는 앞서의 그 가죽 부대를 건네면서 말했습니다.

"머리를 모두 이 속에 담아서 처음처럼 연기를 따라 돌아오십시오. 두려워하지 마시고요."

선비가 그 말대로 하는데 가만 보니 향의 연기가 모락모락 피어오르더니 연기가 이르는 곳마다 빛이 나면서 담이든 벽이든 전혀 방해를 받지 않는 것이었습니다. 그렇게 가는 곳마다 그 못된 젊은이들을 하나씩 마주치고, 연기가 그들 목을 세 번 휘감기만 하면 머리가 저절로 떨어지는데, 그 가족들도 전혀 눈치를 채지 못하는 것이 아닙니까. 그때마다 선비는 그 머리들을 가죽 부대에 담았지요. 그런 식으로 몇 군데를 돌았더니 연기가 하늘하늘 왔던 길로 도로 돌아오지 뭡니까. 선비가 그 뒤를 따라서 집에 도착했을 때는 삼경[17]이 채 되기도 전이었지요. 선비는 마치 꿈이라도 꾼 것 같았습니다. 일이 다 끝나자 향환은 날아가버리고 몸종은 벌써 와서 머리를 꺼내 약을 퉁기고 처음처럼 먹어치우더니 선비에게 말하는 것이었습니다.

"아씨께서 선비님께 말씀을 전하라고 하십니다! (…) '이건 두려움의 관문입니다. 이 관문을 넘으셨으니 함께 신선이 될 준비만 하시면 됩니다'라고 하셨습니다."

---

17) 삼경三更: 밤 11시부터 1시 사이. "삼경이 채 되기 전"이라고 했으니 밤 10~11시쯤으로 이해하면 좋겠다.

그렇게 해서 나중에는 세 사람의 행방을 알 수 없게 되었답니다. 그 여인과 선비는 이름도 알려지지 않은 채 《향환지香丸志》만 전해지고 있지요.

최 씨네 첩의 경우는 이렇습니다. 당唐나라 정원貞元[18] 연간에 박릉博陵[19]의 최신사崔愼思라는 사람이 진사 시험을 칠 생각으로 서울에 집을 빌려 머물고 있었습니다. 집 주인은 남편이 없는 여인으로 나이가 겨우 서른 남짓 되었는데 자색이 뛰어났지요. 신사는 중매인을 보내 그녀를 아내로 들이고 싶다는 뜻을 비쳤습니다. 그러자 여인은 그 제안을 거부하는 것이었습니다.

"저는 벼슬아치 집안의 여식이 아니니 서로 격이 맞지 않습니다. 나중에는 반드시 후회하실 테니 그냥 첩으로나 거두어주십시오."

그렇게 해서 그녀는 신사에게 출가했습니다. 그러나 두 해 만에 아들을 하나 낳을 때까지도 신사가 그녀의 성씨를 물어도 끝까지 대답하지 않았지요. 하루는 최신사가 그녀와 같이 잠자리에 들었는데 한밤중에 그녀가 보이지 않는 것이었습니다. 최 선비는 '무슨 바람이라

---

18) 정원貞元: 당나라 제9대 황제인 덕종德宗 이괄李适(742~805)이 사용한 연호. 785년에서 805년까지 21년 간 사용되었다.

19) 박릉博陵: 중국 고대의 지역 이름. 후한대 본초本初 원년(146)에 처음으로 박릉군이 설치되었으며 서진西晉 때에는 제후국이 설치되고 안평安平을 치소로 삼았다. 지금의 하북성 안평현安平縣·심주시深州市·요양饒陽·안국安國 등지에 해당한다. 역사적으로 '박릉'은 여러 시기에 여러 군데에 존재했기 때문에 어느 곳이라고 확정할 수는 없다. 그러나 중국 중고등학교 교과서에는 지금의 하북성 정현定縣으로 소개하고 있다.

도 난 건 아닐까' 하는 의심이 들어 화를 억누를 길이 없었지요. 결국 몸채[20] 앞까지 걸어 나와 왔다갔다 하면서 어쩔 줄 모르고 있을 때였습니다.

문득 여인이 안에서 내려오는 것이었습니다. 그녀는 흰 비단을 온몸에 휘감고 오른손에는 비수를, 왼손에는 웬 사람 머리를 든 채 최 선비를 보고 말했지요.

"제 아버지는 몇 해 전 군수에게 억울한 죽음을 당하셨지요. 몇 년 동안 복수를 노렸으나 뜻을 이루지 못하고 있었습니다. 이제 복수를 했으니 더는 머물 수 없을 것 같습니다."

그러더니 집을 최 선비에게 주고 담을 넘어 가버리는 것이 아닙니까. 최 선비가 놀라서 어찌할 바를 모르고 있는데 이윽고 그녀가 돌아오더니 '아이에게 젖이나 좀 더 먹이고 가겠다'고 하는 것이었습니다. 얼마 후 방을 나온 그녀는

"이제 영영 이별이군요."

하더니 훌쩍 떠나버리는 것이었습니다. 그래서 최 선비가 방으로 들어가 보니 아들이 죽어 있지 뭡니까! 그녀는 자식에게 미련을 갖지 않으려고 그렇게 한 것이었지요. 그래서 '최 씨 첩의 흰 비단' 이야기라고 한 것입니다.

늙은 여협객 이야기는 원옹元雍[21]의 첩 수용修容이 직접 들려준 것

---

20) 몸채[正房]: 중국의 전통 가옥 구조의 하나. 자세한 설명과 배치도는 제3권의 제216쪽 그림을 참조하기 바란다.

입니다. 소싯적에 고을에 도적들이 생겨나자 어떤 노파가 수용의 어머니를 보고 말했습니다.

"당신 집안은 지금까지 음덕을 많이 쌓았지요. 그러니 아무리 도적들이 기승을 부려도 놀라거나 두려워할 필요가 없습니다. 내가 당신들을 숨겨드리지요."

그러고는 소매 속에서 두 자 길이의 검은 비단을 꺼내 두 갈래로 찢고 각자 팔에 하나씩 묶게 하더니 말했습니다.

"나만 따라오세요!"

그래서 수용 모녀가 어떤 도교 사원까지 따라가니 노파가 웬 신상을 가리키면서

"당신들은 저 신상의 귓속에 숨으면 됩니다."

하더니 수용 모녀더러 눈을 감게 하고나서 그들을 업고 귓속으로 들어가는 것이었습니다. 작디작은 신상이건만 그 모녀가 귓속에서 지내보니 한 칸짜리 방이라도 되는 것처럼 전혀 비좁다는 느낌이 들지 않았지요. 노파는 밤낮으로 모녀를 보러 왔고 음식도 전부 가져다주었습니다. 이 신상은 귓구멍이 손가락 크기밖에 되지 않는데도 음식이 오기만 하면 귓구멍이 커지는 것이었습니다. 나중에 도적들이 평

---

21) 원옹元雍(?~528): 북위北魏 황제 헌문제獻文帝 탁발홍拓跋弘(454~476)의 아들이자 효문제孝文帝의 아우. 자는 사목思穆이며, 처음에는 영천왕潁川王에 봉해졌다가 다시 고양왕高陽王으로 책봉되었다. 선무제宣武帝 때에는 여러 차례 사공司空을 지내면서 율령을 정했다고 한다.

정되자 전과 마찬가지로 두 사람을 업어서 집으로 돌려보내 주었답니다. 수용은 스승으로 모시고 고행을 닦으면서 그녀의 은덕을 갚으려 했지요. 그러자 노파는

"신선의 기질이 아직은 많이 부족합니다."

하면서 끝까지 제자로 받아주지 않았습니다. 나중에는 어디로 가버렸는지 알 길이 없었답니다. 그래서 '늙은 여협객과 신비로운 귀' 이야기라고 한 것입니다.

상인 아내의 이야기는 최신사 첩의 경우와 비슷합니다. 여간餘干[22)의 현위縣尉[23) 왕립王立이 임기를 마치고 인수인계를 할 즈음에 미모의 여인을 만났답니다. 그런데 하는 말이 '원래는 상인의 아내로서 남편을 여읜 지 십 년이 되었으며 재산도 제법 있어서 왕립을 서방으로 맞아들여 아들을 하나 낳았다'는 것이었습니다. 나중에는 최신사의 첩 이야기와 마찬가지로, 어느 날 사람 머리를 들고 돌아와 '드디어 원수를 갚았으니 바로 서울을 떠나겠다'면서 바로 그 자리를 떠났답니다. 그러더니 도로 와서 '아이에게 젖을 먹이고 이별의 한을 떨쳐버리겠다'고 하더니 아이를 쓰다듬고 나서 그 길로 떠나길래 왕립이 등불을 들고 침상의 휘장을 걷어보았더니 아기 몸과 머리가 이미 토막 나 있었다지 뭡니까. '상인 아내가 아기를 토막 낸' 이야기는 최선비 첩의 이야기에서 이미 써먹은 것인 셈입니다.

---

22) 여간餘干: 중국 고대의 지역 이름. 강서성江西省 동북부에 위치한 상요시上饒市 일대에 해당한다.
23) 현위縣尉: 중국 고대의 관리 이름. 현의 치안과 사법을 담당했다.

해순解洵은 송宋나라 때의 무관이었습니다. 정강 연간의 난리[靖康
之亂]24)로 북녘 땅에 발이 묶이는 바람에 혼자 외톨이로 지내야 했지
요. 친척들은 해순의 처지를 딱하게 여기고 따로 한 여인을 맞아들여
아내로 삼게 해주었습니다. 그 여인은 혼수를 넉넉하게 가지고 와서
그 덕분에 해순은 생활을 지탱할 수 있었지요. 그러다가 어느 사이
중양절重陽節25)이 오자 옛 아내를 떠올리고 눈물을 쏟는 것이었습니
다. 까닭을 물어본 여인은 해순이 본국으로 돌아가고 싶어한다는 것
을 깨달았지요. 그래서 즉시 그를 위해 매사를 챙겨주고 뭍길에서 쓸
노자까지 다 마련해 그와 함께 길을 나섰습니다. 도중에 물을 만나면
묵어가고 산을 만나면 넘어 가는 동안 보살피고 지키는 일은 한결같

---

24) 정강 연간의 난리[靖康之亂]: 북송의 제9대 황제 흠종欽宗 조항趙恒(1100~
1156)의 재위 기간인 정강靖康 연간(1126~1127)에 금金나라가 남침한 사건
을 일컫는 말. 정강 2년 4월 금나라 군대가 남하하여 북송의 도성인 동경東
京(지금의 하남성 개봉)을 유린한 후 흠종과 그 부황인 휘종徽宗, 그리고
다수의 황족과 후궁, 대신 등 삼천 명이 넘는 포로를 끌고 본국으로 돌아갔
다. 송나라는 이 사건을 계기로 그동안 동경에 축적되었던 경제적 부를 방
화와 약탈로 하루아침에 날려버렸을 뿐 아니라, 정치적 거점이 갑작스럽게
강남으로 이동하면서 강역의 절반 이상을 금나라에게 빼앗기고 사회, 문화
적으로도 커다란 혼란에 휩싸인다.

25) 중양절重陽節: 중국의 전통 명절. 매년 음력 9월 9일은 '아홉 구九'가 겹쳐
서 일 년 중 양기가 절정에 달하는 날로 간주되었다. 때문에 사람들은 이
날 나들이를 나가거나 산에 올라 가을 풍경을 즐기거나 들판에 핀 국화를
감상하면서 국화술과 국화전을 먹고 산수유 가지를 꺾어 머리에 꽂고 노는
활동을 벌였다. 이 같은 풍속은 전국시대부터 형성되었으며 당대에 이르러
정식으로 명절로 정해지면서 연례행사들이 열렸다. 때로는 '아홉 구九'가
겹쳤다고 해서 '중구절重九節', 가을 햇볕을 쪼인다고 해서 '쇄추절曬秋節',
가을 나들이를 한다고 해서 '답추踏秋' 등으로 불리기도 한다. 중양절의 명
절 습속은 음력 5월 5일 단오절端午節과 마찬가지로, 중국뿐 아니라 우리나
라·일본·베트남에서도 예로부터 지켜온 국제적 명절이었다.

이 그녀 신세를 져야 했지요. 그렇게 해서 마침내 집에 도착하고 보니 해순의 형 해잠解潛[26]은 군대에서 세운 공이 혁혁해서 벌써 대원수가 되어 있지 뭡니까. 해잠은 아우와 상봉한 일을 몹시 기뻐하면서 하녀 네 명을 주었습니다. 그러나 해순이 그들을 총애하는 바람에 여인과는 차츰 사이가 멀어지고 말았지요. 여인은 어느 날 술을 마시다가 해순을 나무랐습니다.

"당신은 지난날 조趙·위魏[27] 땅 일대에서 빌어먹을 때의 일이 기억나지 않습니까? 내가 아니었더라면 진작에 굶어 죽은 시체가 되었을 거예요. 이제 하루아침에 뜻을 이루었다고 이런 식으로 은혜를 저버리는 것은 대장부가 할 짓이 아니지요!"

해순은 벌써 술에 취한 상태였으므로 그 말을 듣자 버럭 화를 내더니 주먹을 휘두르면서 마구 때리는 것이었습니다. 여인이 그것을 다 참고 버티면서 코웃음을 치자 해순은 또 침을 뱉고 욕을 마구 퍼부었습니다. 그런데 여인이 갑자기 일어서자 등불과 촛불이 모두 꺼지고 찬 기운이 몸으로 엄습하는 것이 아닙니까. 네 명의 첩은 놀란 나머지 땅바닥에 엎드렸지요. 이윽고 등불과 촛불이 도로 밝아지길래 첩들도

---

26) 해잠解潛(?~?): 송대의 군인. 남송의 명신 조정趙鼎 문하의 장수로 금위군 禁衛軍의 지휘관들 중의 하나였으며 그 지위가 당시 명장으로 명성이 높던 한세충韓世忠 못지않았다고 한다. 남송 초기인 소흥紹興 연간(1131~1162) 에 형남 진무사荊南鎭撫使로 제수되어 황무지를 개간하고 농업을 발전시켜 식량의 대량생산을 가능하게 만들었다.
27) 조趙·위魏: 중국의 지역 이름. 일반적으로 '조趙'는 하북성 남부와 산서성 동부에 해당하며, '위魏'는 하남성 북부와 산서성 서남부에 해당한다. 여기 서는 대체로 하북성과 하남성 접경 지역 정도로 이해하면 되겠다.

그제야 몸을 일으켰습니다. 그런데 가만 보니 해순이 어느새 죽임을 당해 바닥에 쓰러져 있고 머리도 사라져 버렸지 뭡니까. 여인과 방 안에 있던 것들도 전부 흔적조차 없었습니다. 그 소식을 들은 해잠은 건장한 용사 삼천 명을 여기저기 보내 여인 뒤를 쫓아가서 사로잡게 했습니다. 그러나 전혀 행방을 찾을 길이 없었지요. 이것이 '해순이 맞아들인 여인'이라는 이야기입니다.

   이번에는 삼환三鬟이라는 여인의 경우입니다. 반潘 장군은 옥 염주를 잃어버려 찾을 길이 없었습니다. 그런데 사실은 삼환이 친구들과 장난으로 가져다가 자은사慈恩寺28) 탑 꼭대기29)에다 걸어놓았던 것입니다.

중국 서안의 자은사慈恩寺 탑과 그 꼭대기 장식

---

28) 자은사慈恩寺: 중국의 사찰 이름. 당나라 태종太宗 정관貞觀 22년(648)에 훗날의 고종高宗인 이치李治가 모후인 문덕황후文德皇后의 명복을 빌기 위하여 도성인 장안長安의 곡강지曲江池 북쪽 수나라 무루사無漏寺 터에 조성하면서 절 이름을 '자은'으로 일컬었다고 한다. 당나라의 명승 현장玄奘 (602~664)이 인도에서 불교를 배운 후 귀국하여 이곳에서 8년 간 불경 번역 작업을 벌이고 절 옆에 안탑雁塔을 세웠다. 원래의 가람은 송대에 훼손되고 지금은 안탑만 남아 있다. "삼환의 여인" 이야기에 등장하는 탑은 바로 안탑(지금의 '대안탑')을 말한다.
29) 꼭대기[相輪]: '상륜相輪'은 불교 사찰의 탑 꼭대기에 쇠붙이로 만들어 붙이는 원형 장식을 말한다.

나중에 반 씨 댁에서 상금을 두둑이 내걸고 그 외숙부 왕초王超가 그 일을 캐묻자 여인은 그제야 염주를 되돌려놓겠다고 약속했지요. 그때 절이 막 문을 열어서 탑의 문은 아직 자물쇠가 채워진 상태였습니다. 그런데 가만 보니 그녀가 나는 새 같은 기세로 올라가는 것이 아닙니까. 어느 사이에 꼭대기에 선 그녀는 왕초에게 손을 들어 보이더니 염주를 가지고 내려오는 것이었습니다. 왕초가 상금을 받고 난 이튿날 그 여인은 이미 자취를 감추고 없었다고 합니다.

마차 안 여인의 경우는 또 어떤 이야기일까요? 오군吳郡[30]의 어떤 거인擧人이 상경하여 과거에 응시하려는데 두 젊은이가 그를 안내해 어떤 집으로 데려갔답니다. 자리에 앉아 가만 보니 대문을 통해 마차 한 대가 집 안으로 들어오는 것이었습니다. 그러더니 마차에서 웬 여인이 걸어 나와 거인에게 무예를 겨루어보자고 제안하는 것이 아닙니까. 그러나 거인은 장화를 신고 담장 위를 몇 걸음 걷는 정도밖에 할 줄 몰랐지요. 그러자 여인은 자리에 앉아 있는 젊은이들에게 각자 장기를 선보이게 하는 것이었습니다. 젊은이 하나는 담장 위를 걷고, 젊은이 하나는 손으로 서까래를 잡고 매달려 앞으로 나아가는데 날렵하기가 나는 새 같지 뭡니까. 그러자 거인은 놀라고 감탄하더니 작별을 고하고 그 자리를 떠났습니다. 며칠 뒤에 지난번의 그 두 젊은이가

---

30) 오군吳郡: 중국 고대의 지역 이름. 후한 영건永建 4년(129) 회계군會稽郡의 규모가 커지고 인구가 많아지자 전당강錢塘江 동쪽 지역을 회계군에서 분리하여 오군을 설치하고 지금의 소주시蘇州市인 오현吳縣을 치소로 삼았다. 후한을 거쳐 남북조시대까지 각종 전란이 잇따라 여러 지역에서 인구가 급감했지만 오군은 인구가 40만으로 남조에서 인구가 가장 많은 군의 하나로 꼽힐 정도로 번영했다고 한다.

다시 나타나 말을 빌려달라고 하는 것이었습니다. 거인이야 그들에게 빌려줄 수밖에 없었지요. 그 이튿날이었습니다. 황궁에서 물건이 사라졌는데 물건을 실어 나른 말밖에 찾지 못했지 뭡니까. 조정에서는 말 주인을 수소문한 끝에 거인을 잡아 내시성(內侍省31)에서 심문을 했습니다. 끌려 와서 작은 문을 들어서던 거인은 관리가 뒤에서 미는 바람에 몇 장丈이나 되는 깊은 구덩이 속에 그대로 고꾸라지고 말았습니다. 거기서 천장 쪽을 올려다보니 높이가 일곱이나 여덟 장32) 정도는 되고 한 자 남짓밖에 되지 않는 구멍만 하나 보였지요. 그런데 거인이 당혹스러워하는데 갑자기 무엇인가가 새처럼 날아 내려오는 것이었습니다. 곁으로 다가가서 보니 다름 아닌 지난번 바로 그 여인이지 뭡니까. 여인은 비단으로 거인의 팔을 단단히 묶더니 비단 끄트머리를 자기 몸에 묶었습니다. 그러고는 솟아올라 궁성을 빠져나가더니 궁문에서 수십 리 떨어진 곳에 거인을 내려주고는 말하는 것이었습니다.

"선비님은 일단 돌아가십시오. 여기 계시면 안 됩니다!"

그래서 거인은 밥을 빌어먹고 남의 집에 얹혀 자면서 겨우 오吳 땅까지 올 수 있었지요. 삼환의 여인과 마차의 여인은 두 사람 다 도

---

31) 내시성內侍省: 중국 고대의 중앙 행정관청. 황제의 측근에서 시중을 들고 궁중의 각종 업무를 관장하고자 설치했다. 수나라 초기에 북제北齊 때 설치한 중시중성中侍中省을 '내시성'으로 개칭하고 환관宦官과 사인士人을 나란히 임용하다가 당대에 '내시성' 또는 '내시감內侍監'으로 부르면서 관련 업무를 환관에게 일임하면서 이 같은 전통이 명대까지 이어졌다.

32) 일곱이나 여덟 장[七八丈]: 중국 고대의 도량형 단위. 일반적으로 한 장이 3.3미터 정도이므로, 일곱이나 여덟 장이라면 24~26미터 정도 되는 셈이다.

적 같은 부류입니다. 원한을 갚고 치욕을 씻거나 위기에 처한 사람을 구해줌으로써 신선이 되는 올바른 길을 간 앞서의 여인들과는 비교가 되지 않는 거지요. 그러나 세상에는 이런 부류도 있으며, 그들이 겪은 일들도 하나하나가 있는 그대로 기록된 것들이지 절대로 터무니없는 이야기가 아니라는 사실을 알아야 할 것입니다.

그러면 이번에는 도술을 하는 어떤 여협객의 이야기를 들려드리도록 하겠습니다. 이 여인은 곤경에 빠진 사람을 구해주고 여러 검객들에 대한 의견을 개진했는데 예로부터 누구도 하지 않은 이야기로서 정말 탁견입니다. 그 점은 이 시가 증명해주지요.

염주를 가져간 것은 장난으로 벌인 일이고,　念珠取却猶爲戲,
마차 속 여인처럼 처신하면 남에게 누를 끼치지. 若似車中便累人。
위낭이 설파한 이야기를 한번 들어보시라,　試聽韋娘一席話,
정직한 것이야말로 진정한 미덕임을 알게 되리니. 須知正直乃爲眞。

이제 이야기를 들려드리지요.33) 휘주부徽州府34)에 어떤 상인이 살

---

33) * 본권의 몸 이야기는 반지항 《긍사亘史》 〈외편外篇·여협女俠〉 권9의 "위
　　십일낭전韋十一娘傳"조에서 소재를 취했다. 이 소재는 호여가胡汝嘉가 지
　　은 《위십일낭전》은 물론이고, 일본 궁내성 도서료宮內省圖書寮에 소장된
　　고려 초본高麗抄本 《산보 문원사귤刪補文苑楂橘》과 덕부씨德富氏의 성궤당
　　成簣堂에 소장된 고려 활자본 《산보 문원사귤》에도 〈위십일낭〉이라는 제목
　　으로 소개되어 있다.
34) 휘주부徽州府: 명대의 지역 이름. 원래는 신안강新安江 상류에 자리 잡았다
　　고 해서 '신안'으로 일컬어졌으나 송나라 휘종徽宗 선화宣和 3년(1121) '휘
　　주'로 개칭하면서 송·원·명·청 네 왕조에 걸쳐 그 이름으로 일컬어졌다.
　　치소인 흡현歙縣을 위시해 이현黟縣·휴녕休寧·적계績溪·무원婺源·기문

《삼재도회》에 그려진 문주와 계주 일대의 모습

앉습니다. 성은 정程이요, 이름은 덕유德瑜, 자가 원옥元玉이었지요. 말수가 적고 의젓하며 말이나 웃음이 헤프지 않은 데다가 성실하고 노련했습니다. 사천四川과 섬서陝西 일대를 다니면서 장사에만 몰두하여 큰 이문을 남기고 있었지요. 하루는 물건 대금을 다 받아 집으로 돌아가려 할 때였습니다. 데려간 하인과 같이 일을 잘 마무리하고 행낭도 가득 채운 것은 두말할 필요도 없었지요. 혼자서 말을 타고 하인도 가축을 타더니 바로 길을 나섰습니다.

그런데 문주文州와 계주階州35) 사이를 지날 때였습니다. 한 무리의

祁門의 6개 현을 관할했다. 명·청대 500년 동안 중국 상계를 지배한 지역 상인 집단인 '휘상徽商'의 발상지로, "휘상이 온 천하를 누빈다徽商遍天下", "휘상이 없이는 고을이 만들어지지 않는다無徽不成鎮"고 할 정도로 경제는 물론이고 문화·사회 전반에 큰 영향을 주었다. 그 좌표는 서두의 지도를 참조하기 바란다.

객상客商36)과 객주에 여장을 풀고 먹을 술과 음식을 샀습니다. 한참을 먹고 있는데 가만 보니 웬 여인이 나귀를 타고 객주집 앞까지 와서 내리더니 안으로 들어오는 것이 아닙니까. 정원옥이 고개를 들어 보니 여인은 서른 살 남짓 돼 보이는데 얼굴이 상당히 고왔습니다. 물론, 차림새나 기질만은 제법 무사의 분위기를 띠고 있어서 위풍이 당당했지요. 객주의 손님들은 다들 고개를 끄덕였다가 저었다가 그녀를 쳐다보거나 거론하면서 멋대로 추측하고 떠들어댔습니다. 그러나 정원옥만은 점잖게 앉은 채 곁눈질조차 하지 않았지요. 여인은 그 모습을 다 눈여겨보고 식사를 마치더니 갑자기 양 소매를 들고 털면서 말했습니다.

"방금 깜빡하고 돈을 가져오지 않았군요. (…) 지금 주인장 밥을 다 먹어버렸으니 이를 어쩐다?"

그러자 객주집에서 아까부터 그녀를 쳐다보고 있던 사람들이 다들 웃기 시작했습니다. 개중에 어떤 이는

"이제 봤더니 무전취식하는 인간이었군!"

하고 말하는가 하면 또 어떤 이는

"정말 깜박했는지도 모르지."

---

35) 문주文州와 계주階州: 명대의 지역 이름. 두 곳 다 지금의 중국 감숙성甘肅省 동남부의 문현文縣·무도武都 일대에 자리 잡고 있다.
36) 객상客商: 연고지에서만 머물지 않고 여러 지역을 활동 무대로 삼아 왕래하면서 물건을 매매하는 상인.

하고 말하고 또 어떤 이는

"저 행색을 보라고. 영락없는 떠돌이37)잖아? 제 분수도 모르고38) 돈도 없이 공밥을 먹으려 드는 것들도 있더라고."

하고 이죽거리기도 했습니다. 객주집의 젊은 점원은 돈이 없다는 소리를 듣더니 여인의 옷을 잡아끌면서 놓아주지 않는 것이었습니다. 주인은 주인대로 버럭 성을 냈지요.

"백주 대낮에 밥을 먹어놓고 돈을 내지 않겠다는 거요, 뭐요!"

그래도 여인은 대수롭지 않다는 듯 툭 내던지는 것이었습니다.

"돈을 안 가져왔다니까요? 다음에 갚으면 될 거 아니요."

"당신이 누군 줄 알고!"

---

37) 떠돌이江湖:《장자莊子》〈대종사大宗師〉의 "샘이 말랐을 때 물고기들이 그 땅에 서로 함께 있으면서 아무리 물기를 서로에게 불어주고 거품을 서로에게 적셔준다고 한들 강과 호수에서 서로 잊고 사는 것만은 못한 법이다泉涸, 魚相與處于陸, 相呴以濕, 相濡以沫, 不如相忘于江湖"에서 유래한 것이다. 그러나 '강호'는 의미상으로 하천이나 호수와는 무관할 뿐 아니라 실제로 존재하는 특정한 장소를 가리키는 것도 아니다. 이 단어는 조정이나 공직사회에서 멀리 떨어져 국가의 통제나 법률적 구속으로부터 유리된 민간(세간, 세속)을 가리키는 말로 사용되는 것이 보통이다. 중국 문학(특히 무협소설)의 영역에서 '강호'는 협객들이 활동하는 세계, 심지어 암흑사회의 대명사로 받아들여지곤 한다. 시오노야와 카라시마의 일역본(제1책 제142쪽)에서는 '떠돌이[旅人, 타비닌]'로 번역했다.
38)【즉공관 미비】皮相者多。 겉만 보고 판단하는 자들이 많지.

程元玉店肆
代償錢

정원옥이 객주집에서 대신 돈을 내주다.

이런 식으로 해결이 날 기미가 보이지 않는데 가만 보니 정원옥이 바로 앞으로 다가오더니 말하는 것이었습니다.

"이 낭자 모습을 보십시오. (…) 그런 푼돈도 못 낼 사람으로 보입니까? 정말로 깜박하고 가져 나오지 않은 게 분명합니다. 그런데 왜 그렇게 사람을 몰아세웁니까?[39]"

그러고는 손으로 허리춤을 더듬어 돈을 한 꾸러미 꺼내더니 말했습니다.

"얼마가 됐건 전부 내가 내주면 되지 않소."

점원은 그제야 손을 놓고 밥값을 따져보더니 돈을 받아 갔습니다. 여인은 정원옥 앞으로 걸어와 다시 절을 하고 나서 말했습니다.

"공께서는 훌륭한 어른이십니다. (…) 존함을 알려주십시오. 갑절로 갚아드리고 싶습니다."

"하찮은 일입니다. 그런 말씀 하실 것 없어요. 갚으실 필요도 없고 이름도 물으실 것도 없습니다.[40]"

정원옥이 이렇게 말하자 여인이 말하는 것이었습니다.

"그런 말씀 마십시오! 공께서는 다음 여정을 가시다보면 사소하지

---

39) 【즉공관 미비】知己。지기로구먼!
40) 【즉공관 미비】果是長者。정말 어른답군.

만 놀랍고 두려운 일을 당하게 되실 것입니다. 소녀가 그때 가서 힘을 좀 써서 보답 해 드리겠습니다. (…) 해서 존함을 꼭 여쭈어야 하겠으니 절대로 숨기지 마십시오. 만일 소녀 이름을 알고 싶으시다면 '위십일낭韋十一娘41)' 네 글자만 명심하십시오."

정원옥은 그녀의 말에 조금 뻘쭘했습니다. 하는 수 없이 영문을 모르면서도 이름을 알려줄 수밖에 없었지요.

"소녀는 성 서쪽에 친척을 한 분 뵈러 갔다가 금방 동쪽으로 올 것입니다."

말을 마친 여인은 나귀에 올라타 채찍을 한 번 휘두르더니 나는 듯이 사라져버리는 것이었습니다. 정원옥은 하인과 객주집 문을 나와 가축을 타고 길을 가면서도 이상하게 여겼습니다. 방금 전 여인이 한 말을 곰곰이 생각해보니 정말 이상하지 뭡니까. 그는 속으로 생각했습니다.

'아녀자가 하는 말이다. 곧이들을 필요가 어디 있겠나? 게다가 그 여인은 한 끼 밥값조차 제대로 못 챙긴 위인이 아닌가? 설령 놀라고

---

41) 위십일낭韋十一娘: 중국에서는 특정 인물을 지칭할 때 전통적으로 이름이나 별명을 지어 그 집안의 한 부모에게서 난 형제자매의 서열에 따라 숫자를 붙이는 경우가 많았다. '호삼낭扈三娘·완소오阮小五·십삼이十三姨' 등은 그런 방식으로 지어진 이름들이다. 여기서의 "위십일낭" 역시 '위 씨 집안의 열한 번째 아씨'라는 뜻에서 붙인 별명일 것이다. 물론, 여기서 "열한 번째"는 자매 중에서 열한 번째라는 뜻이 아니라 형제와 자매를 통틀어 열한 번째라는 말이다.

두려운 일이 생긴다고 한들 그런 여인이 무슨 수로 힘을 써서 돕겠어?'

이렇게 혼잣말을 하면서 몇 리 길을 갔을 때였습니다. 가만 보니 길에서 웬 사람이 전모氈帽를 쓰고 나타나는 것이었지요. 가죽 부대를 짊어졌는데 온몸이 먼지투성이인 것을 보니 평소에도 늘 먼 길을 오간 것 같았습니다. 그런데 앞섰다가 뒤처졌다 하면서 대중없이 걷다 보니 수시로 마주치는 것이 아닙니까. 그래서 정원옥이 말 위에서 그 사람에게 물었습니다.

笠 氈

此胡服也胡人謂之
自題拄詩馬驕未汗
落胡舞白題斜是也

명대의 전립
《삼재도회》

"저 앞 어디로 가야 묵어갈 수 있겠습니까?"

그러자 그 사람이 말했습니다.

"여기서 육십 리 떨어진 곳에 양송진楊松鎭이라고 객상들이 묵는 곳이 있습니다. 이 근방에는 묵을 곳이 없고요."

정원옥도 양송진이라는 곳이 있다는 것은 아는지라

"오늘 날이 좀 늦었는데 … 거기까지 갈 수 있을까요?"

하고 물었습니다. 그 사람은 고개를 들고 해 그림자를 살피더니

"나는 제때에 도착하겠지만 당신은 … 어려울 걸요."

하고 말하는 것이 아닙니까. 정원옥은 말했습니다.

"농을 잘 치시는군요. 우리는 말을 타고도 제때에 거기까지 못 가는 데 당신은 걸어서 가는데도 제때에 도착한다니 … 그런 말이 어디 있소이까!"

그러자 그 사람이 웃으면서 말하는 것이었습니다.

"이 근방에 작은 길이 하나 있소이다. 비스듬히 질러서 이십 리 길을 가면 바로 하수만河水灣에 이르고, 거기서 다시 이십 리를 가면 거기가 바로 양송진 읍내올시다. (…) 만일 당신들이 관로官路[42])로 가면 돌고 도느라 이십 리 넘게 차이가 나지. 그래서 제때에 도착하지 못한다고 한 겁니다."

"정말 그렇게 빠르고 편한 길이 있다니! (…) 죄송하지만 가르쳐주시고 함께 가시지요. 읍내에 도착하면 감사의 뜻으로 술을 대접하겠습니다."

정원옥이 말하니 그 사람은 흔쾌히 길잡이를 서면서 말했습니다.

"그러시다면 두 분 다 저를 따라오십시오."

정원옥은 지름길이라는 말에 혹한 데다가[43]) 그 작자를 보니 먼 길을 다니는 사람인지라 그를 믿고 전혀 의심하지 않았습니다. 아까 '놀

---

42) 관로官路: 명대에 관리·군사·파발 등 행정·군사·통신을 일차적 목적으로 조성한 관용 도로.

43) 【즉공관 미비】 小貪極誤大事。 작은 것을 탐내는 바람에 큰일을 단단히 그르쳤군 그래!

라고 두려운 일을 당할 것'이라고 한 여인의 말일랑 까맣게 잊어버리고 하인과 함께 말에 채찍질을 해가며 그 사람을 따라 나아갔지요.

그 길은 처음에는 평탄해서 가기에 수월했습니다. 그러나 한 리 남짓 가고 나니 땅 위로 산자락과 큰 바위가 차츰 많아지면서 나귀와 말이 가기에 상당히 불편했습니다. 거기서 좀 더 갔더니 이제는 아예 험준한 높은 산이 앞을 가로막지 뭡니까. 그 산을 돌아서 가도 온통 깊고 빽빽한 숲뿐이어서 위를 올려다보아도 하늘이 보이지 않을 정도였습니다. 정원옥과 하인은 당황한 나머지 그 사람에게 불평을 늘어놓았습니다.

"이런 길을 어떻게 간단 말입니까!"

그 사람은 그래도 웃으면서 말하는 것이었지요.

"저 앞쪽부터는 평탄해집니다."

정원옥은 마지 못해 계속 그를 따라갔습니다. 그러나 산등성이를 하나 더 넘었건만 아까보다 더 길이 험해지지 뭡니까. 정원옥은 '속임수에 넘어갔다고' 여기고

"큰일 났다! 큰일 났어!"

하고 소리를 지르면서 황급히 말머리를 돌려 되돌아가려고 했습니다. 그런데 별안간 그자가 휘파람을 불기가 무섭게 산 앞에서 사람들이 떼를 지어 쏟아져 나오는 것이 아닙니까!

험상궂은 모습에	狰獰相貌,
억센 몸집을 보아하니	劣撅身軀。
달빛 없는 어둠 속에서 사람을 죽이지 않으면	無非月黑殺人,
바람 세게 불 때 불이나 지를 위인들이로고.	不過風高放火。

도적에게도 법도라는 것이 있어서,	盜亦有道,
유생들 헛된 명성 몰래 따라 하곤 했고,	大曾偷習儒者虛聲,
아무리 이름 없는 스승을 사사했어도,	師出無名,
빼앗고 훔쳐 집에 가져다 쓸 줄은 알더라.	也會剽竊將家實用。
사람들끼리는 간혹 '도둑'이라고 불러도	人間偶爾呼爲盜,
세간에서는 지금 반은 '군자'라고 하더라.	世上於今半是君。

정원옥은 일이 심상치 않게 돌아가자 도저히 빠져나갈 수가 없다고 여겼습니다. 그래서 허둥지둥 말에서 내려 몸을 굽히고 절하면서 말했습니다.

"가진 재물은 태보太保44)님들께서 원하는 대로 다 가져가십시오. 그저 … 말과 안장, 옷가지만은 돌아갈 때 노자로 쓰도록 남겨주시기 바랍니다!"

그 강도떼는 그 말을 듣고 정말 보따리를 가져가더니 돈만 털어서

---

44) 태보太保: 중국 고대의 관직명. 태사太師·태부太傅·태보太保의 '삼공三公' 의 하나로, 서주西周시대에 처음 설치하여 임금을 감호하고 보필하게 했다. 한대 이후로는 통상적으로 실제의 관등은 없이 일종의 명예직으로 수여되 었다. 송·원대 화본, 명·청대 의화본, 장회소설 등에서는 주로 도적에 대한 존칭으로 사용된다.

사라지는 것이었습니다. 그제야 정원옥이 급히 몸을 돌려 찾아보니 자기 말은 고삐를 놓는 바람에 어디로 가버렸는지 알 길이 없었지요. 하인은 하인대로 달아나버려서 더더욱 행방을 알 수가 없었습니다. 처량하기 짝이 없게도 겨우 혼자만 남은 정원옥은 높은 산등성이를 골라 올라서서 사방을 빙 둘러보았습니다. 그러나 강도들이 어디서 나타나 어디로 사라졌는지도 보이지 않는 것은 말할 것도 없고, 말과 하인도 자취가 묘연해져서 행방조차 찾을 수 없지 뭡니까. 사방에는 인기척 하나 없고, 거기다 날까지 금방 어두워질 판이어서[45] 뾰족한 방법이 없었지요.

　

　　"나는 이제 죽었구나!"

　

　　이렇게 한숨을 쉬면서 막막한 심정으로 안절부절못할 때였습니다. 가만 들어보니 숲에서 나뭇잎이 바스락거리는 소리가 들리지 뭡니까. 정원옥이 고개를 돌려 보니 누가 덩굴을 잡고 다가오는데 몹시 날렵했습니다. 눈앞까지 다가온 그 사람은 웬 여인이었습니다. 사람을 본 정원옥은 단단히 놀란 마음이 그제야 한결 편안해지는 것이었습니다. 그래서 입을 열어 그녀에게 질문을 하려고 하는데 그 여인이 갑자기 정원옥 앞으로 와 인사를 하면서[46] 말하는 것이었습니다.

---

45) 【즉공관 측비】急景。다급한 상황이로군.
46) 인사를 하면서[稽首]: 중국의 전통 예법. '계수稽首'는 '머리를 [한동안] 조아린다'는 뜻으로, 크게 두 가지가 있다. 원래는 중국의 전통적인 아홉 가지 절 중 가장 예의를 갖춘 것으로, 신하가 임금이나 부모를 만났을 때 무릎을 꿇고 두 손을 땅에 닿게 해서 머리를 조아리는 식으로 절을 하는 것이다. 반면에 불교나 도교에서는 한 손을 들어 명치쯤에 세우고 상대방에게 인사를 하여 예를 갖추는 것을 말한다. 여기서도 원문에는 '계수'로 나와 있지만

"저는 위십일낭의 제자 청하靑霞입니다. 제 사부님은 공께서 놀라고 두려운 일을 당하실 것을 아시고 특별히 저더러 이곳에서 대기하라고 분부하셨습니다. 제 사부님은 저 앞쪽에 계시니 가서 뵈시지요."

정원옥은 "위십일낭"이라는 소리를 듣고 거기다 '놀라고 두려운 일을 당할 것'이라고 했던 말이 들어맞은 것을 보고 내심 그녀가 자신을 구해주리라는 희망이 생기자 그제야 용기가 좀 생겼지요. 그렇게 청하를 따라 걷는데 반 리도 채 못 갔을 때였습니다. 아까 그 객주집에서 만났던 여인이 와서 맞이하는 것이 아닙니까.

"공께서 이렇게 크게 놀라셨는데 일찍 마중을 나오지 못해 정말 죄송합니다! 공의 물건들은 이미 돌려받았고 하인과 말도 다 있으니 이제는 걱정하실 필요가 없습니다."

그녀가 그렇게 말하자 정원옥은 놀란 나머지 한동안 대답조차 못했습니다.

"오늘 밤에는 길을 가실 수 없습니다. 저희 암자가 여기서 멀지 않습니다. 일단 암자로 가서 요기를 하고 거기서 묵으시면 됩니다. 어쨌든 이 이상은 가시면 안 됩니다!"

십일낭이 이렇게 말하는지라 정원옥도 그 뜻을 어길 수가 없어서 그녀를 따라갔지요. 그런데 산등성이를 두 개 넘으니 눈앞에 깎아지

머리를 조아리는 원래의 큰 절이 아니라 도교나 불교 신도들이 하는 인사이기 때문에 편의상 "인사를 하다"로 번역했다.

른 산이 하나 나타났습니다. 사방으로는 이어지는 산맥 하나 없이 높은 봉우리가 구름 너머에 꽂혀 있었지요.47) 위십일낭은 손가락으로 가리키면서 말했습니다.

"저것이 운강雲岡입니다. 저희 암자가 저 위에 있지요."

그녀는 정원옥을 안내해 덩굴과 나무를 타면서 계속 위로 올라갔습니다. 깎아지른 곳에 이르렀을 때였습니다. 위십일낭과 청하가 다가와 부축하면서 몇 걸음에 한 번씩 쉬면서 계속 올라가지 뭡니까. 정원옥은 가쁜 숨을 주체하지 못했지만 두 사람은 마치 평지를 걷는 것 같았습니다. 정원옥이 고개를 들고 높은 곳을 올려다봤을 때에는 구름과 안개 속에 있는 것 같더니, 그 높은 곳에 이르렀을 때에는 구름이며 안개가 모두 발아래에 있었습니다.

그렇게 얼추 십여 리를 갔더니 그제야 돌계단이 나타났습니다. 돌계단은 백 단이 넘는데 마지막 계단을 올라서고 나서야 평지가 나오는 것이었습니다. 거기에는 초가집이 한 채 있는데 아주 청아한 느낌이 들었지요. 십일낭은 정원옥에게 자리를 권하더니 이어서 표운縹雲이라는 여자아이를 따로 불러 다과, 산나물, 잣술을 차리게 해서 정원옥을 대접했습니다. 그러고 나서 다시 식사를 차리게 하는데 그 정성이 사뭇 극진했지요. 그제야 안정을 되찾은 정원옥은 몸을 굽혀 절을 했습니다.

"소생이 신중하지 못한 탓에 소인배의 속임수에 넘어가고 말았습

---

47) 【즉공관 미비】非有術, 也住此地面不得。 도술 없이는 이런 곳에 살 수 없겠군.

니다. 부인께서 도와주시지 않았더라면 어디 가서 목숨인들 구했겠습니까? 그건 그렇고, … 부인께서는 남을 제압할 무슨 무술이라도 갖고 계신지요. 소생의 물건들을 놈들에게서 되찾아주실 수 없겠는지요?”

그러자 십일낭이 말하는 것이었습니다.

“저는 검객으로 예사 사람이 아닙니다. 아까 객주집에서 공을 뵈니 점잖고 품위가 있는 것이 남들처럼 가볍게 처신하지 않으시길래 존경심을 갖게 되었지요. 그런데 공의 얼굴을 보니 기색이 좋지 않더군요. ‘분명히 우환이 있겠다’ 싶어서 일부러 객주집에 줄 돈이 없다고 하면서 공의 마음을 떠보았습니다. 그런데 공께서 제법 정의감을 갖고 계시길래 눈여겨보았다가 여기서 기다리며 공의 은덕을 갚으려 한 것입니다. 방금 전에 무례를 범한 쥐새끼들은 벌써 혼을 내놓았지요.”

정원옥은 그 말을 듣더니 자기도 모르게 기쁨과 함께 존경심을 품었습니다. 그는 어려서부터 역사책들을 제법 읽었기 때문에 그런 무술이 있다는 것을 알고 있었거든요. 그래서 바로 이렇게 물었습니다.

“듣자 하니 검술은 당나라 때에 시작되었지만 송나라에 이르러 그 맥이 끊어졌다고 하더군요. 그래서인지 원나라 이래로 우리나라에 이르기까지 그런 이야기는 아예 들어본 일이 없습니다. (…) 부인께서는 그것을 어디서 배우셨습니까?”

그러자 십일낭이 말하는 것이었습니다.

“이 무술은 당대에 비롯된 것이 아닙니다. 송대에 맥이 끊어진 것도 아니고요. 황제黃帝[48]가 구천현녀九天玄女[49]로부터 병부兵符[50]를 받으면서 비로소 이 무술이 생겼답니다.

48) 황제黃帝: 중국 고대 신화에 등장하는 제왕. '삼황三皇'을 이어 중국을 다스린 '오제五帝' 중 첫 번째 임금이다. 전설에 따르면 그는 소전少典과 부보附寶의 아들로 본래 성씨는 공손公孫인데, 나중에 희씨姬姓로 바꾸어서 '희헌원姬軒轅'으로 일컬어지고, 헌원의 동산에 살아서 '헌원씨軒轅氏'로 불렸으며, 유웅有熊에 도읍을 정해서 '유웅씨有熊氏'로 불렸다고도 한다. '황제'라는 존칭은 그가 재위하는 동안 누런 용이 나타났기 때문에 그를 토덕土德의 상서로운 징조를 지닌 성인으로 간주하여

황제의 초상 《삼재도회》

붙였다고 한다. 황제는 중국 문명의 시조로 여겨지는 한편 전통적으로 도교의 시조로 추앙되어왔다.

청대 말기의 학자 강유위康有爲(1858~1927)나 현대의 역사학자 고힐강顧頡剛(1893~1980) 등의 '의고학파疑古學派' 사학자들은 황제 및 삼황오제의 신화를 분석한 결과 그 역사성을 부인하고 전국시대에서 위·진·남북조시대 사이에 종교적 영향을 받아 만들어진 신화의 결과물로 판정했다. 그러나 1990년대 이후로 중국 학계에서는 황제를 실존한 인물로 해석하는 경향이 강해지고 있다. 중국의 대표적인 검색 엔진인 백도百度에서 그의 생몰연대를 기원전 2717년에서 기원전 2599년까지로 소개하고 있는 것도 그 같은 학계의 주장을 반영한 것이다.

49) 구천현녀九天玄女: 중국 도교에 등장하는 여신 이름. 도교에서는 '구천낭낭九天娘娘·구천현녀낭낭九天玄女娘娘·구천현모천존九天玄母天尊' 등으로도 불린다. 전설에 따르면 인간의 얼굴에 새의 몸을 가진 그녀는 황제와 치우蚩尤가 전쟁을 벌이자 황제에게 군사를 동원할 수 있는 신표인 병부兵符와 병법을 해설해놓은 도책圖策을 내려 치우를 이기게 해주었다고 한다. 민간신앙에서의 위상은 그다지 높다고 할 수 없지만 중국의 각종 고전소설에서는 병법에 정통하고 신통한 술법을 써서 언제나 영웅을 도와 폭군과 악인을 제압하게 해주는 정의의 신으로 묘사되곤 한다.

50) 병부兵符: 고대 중국에서 군사를 동원할 수 있도록 보장해주는 일종의 신표로서 군주가 장수에게 내렸다. 두 쪽을 만들어서 한 쪽은 황제로부터 병권

구천현녀의 모습

한대 현토태수玄免太守의 병부

황제의 신하 풍후風后51)는 이 무술을 익혔기 때문에 치우蚩尤52)를
물리칠 수 있었지요. 황제는 이 무술을 아주 대단하게 여겼습니다.
그러나 남들이 함부로 사용할까 걱정스러웠지요. 게다가 옥황상제玉
皇上帝께서 계율을 매우 엄하게 세우신 터여서 함부로 퍼뜨릴 수가

을 부여받은 장수가 소지하고 나머지 한 쪽은 조정에서 보관했다. 시대마다
규격이나 형태가 조금씩 다르며, 진·한대에는 주로 청동으로 범의 형상으
로 주조하여 사용했다.

51) 풍후風后: 중국의 고대 신화에 등장하는 신. 전설에 따르면 한바탕 큰 바람
이 불어 대지의 모든 먼지를 다 쓸어가고 깨끗한 세상만 남는 꿈을 꾼 황제
가 이것을 하늘의 계시로 여기고 자신을 보필할 재상감을 찾아 헤매던 중
지금의 산서성 운성運城에서 풍후를 찾아내 재상으로 삼았다고 한다. 그가
발명한 지남거指南車와 진법陣法은 천하무적이어서 마침내 황제를 도와 중
원을 통일할 수 있었다고 한다.

52) 치우蚩尤: 중국의 고대 신화에 등장하는 신. 구려족九黎族의 수령으로 용맹
스럽고 전쟁에 능하여 '병주전신兵主戰神'으로 신봉되었다. 전설에 따르면
소 토템과 새 토템 두 씨족 집단의 수령으로, 5,000여 년 전 중국인의 집단
인 염황炎黃 부락과 탁록涿鹿에서 전쟁을 벌였으나 패하고 그 백성들은 그
들에게 흡수되었다고 한다.

없었습니다. 그래서 성실하고 믿음직한 사람만 한둘 골라 이심전심으로 전수했답니다. 그렇다 보니 이 무술은 맥이 끊어지지도 않고 그렇다고 널리 전해지지도 않았던 것입니다. 훗날 장량張良53)이 자객을 구해 진시황을 공격하고, 양왕梁王54)이 자객을 시켜 원앙袁盎55)을 척살하고, 공손술公孫述56)이 자객을 시켜 내흡來歙57)과 잠팽岑彭58)을

---

53) 장량張良(BC250~BC186): 중국 한대의 정치가. 한韓나라 명문가 출신으로, 자는 자방子房, 시호는 문성文成이며 영천潁川 성보城父 사람이다. 소하蕭何·한신韓信과 함께 '한나라 건국 삼걸'로 불린다. 한나라 고조高祖 유방劉邦이 한나라를 세우고 천하를 통일하는 데 기여함으로써 "군막에서 계책을 세워 천리 밖의 전쟁을 승리로 이끈 것이 장자방이다"라는 극찬을 받았다. 전설에 따르면 기수沂水의 이교圯橋 어귀에서 거친 베옷을 입은 노인으로부터 《태공병법太公兵法》을 전수받아 육도삼략六韜三略을 깨우쳐 '슬기 주머니[智囊]'로 일컬어졌다. 도가의 이치에 정통하여 참혹한 죽음을 당한 한신과는 달리 권력과 자리에 집착하지 않고 공을 이루자 얼마 후 은퇴하여 '명철보신明哲保身'의 본보기로도 유명하다.

54) 양왕梁王(BC184?~BC144): 전한의 황족이자 정치가 유무劉武를 가리킨다. 한나라 문제文帝 유항劉恒과 두태후竇太后의 차남이자 한나라 경제景帝와 관도공주館陶公主의 동복형제이다. 기원전 178년, 문제에 의하여 '대왕代王'으로 책봉되고 기원전 176년 다시 '회양왕淮陽王'으로 봉해졌으며, 기원전 168년 양회왕梁懷王 유읍劉揖이 후사 없이 세상을 떠나자 '양왕'이 되었다.

55) 원앙袁盎(BC200?~BC150): 전한의 정치가. 자는 사絲로, '원앙爰盎'으로도 불리며 초국楚國 사람이다. 유가의 법도에 충실한 데다가 성격이 강직하고 재간과 담력이 있어서 문제의 총애를 받았다. 그러나 황제 앞에서도 직간直諫을 서슴지 않았다가 문제로부터 미움을 사서 농서 도위隴西都尉로 좌천되고 나중에 오국吳國의 재상이 되었다. 경제가 즉위하고 오·초 칠국吳楚七國이 반란을 일으키자 원앙은 조조晁錯를 참수하여 사람들의 분노를 가라앉힐 것을 주청했으며, 반란이 평정된 후에는 초국楚國의 재상으로 봉해졌다. 훗날 양왕 유무를 태자로 옹립하는 데에 반대했다는 이유로 양왕의 원한을 사서 자객에게 암살당했다.

56) 공손술公孫述(?~36): 후한의 군벌, 정치가. 자는 자양子陽으로 부풍扶風 무

암살하고, 이사도李師道59)가 자객을 써서 무원형武元衡을 살해할 때

릉茂陵 사람이다. 전한 말기에 청수현清水縣의 현장으로 선정을 베풀어 범
죄가 근절되자 명성을 얻었다. 왕망王莽의 신新나라에서는 도강 졸정導江
卒正, 즉 촉군 태수蜀郡太守를 지내다가 정국이 혼란스러워지고 군웅이 할
거하자 보한장군 겸 영익주목輔漢將軍兼領益州牧을 자처했다. 후한이 일어
나고 건무建武 원년(25)에 촉 땅에서 황제를 참칭하고 국호를 성가成家, 연
호를 용흥龍興으로 정했다. 건무 11년(35), 한나라 조정은 공손술이 토벌군
파병을 거부하자 이듬해에 대사마大司馬 오한吳漢을 보내 성도成都를 함락
시키고 공손 씨를 모조리 주살하여 익주에서 황제를 자처한 지 12년 만에
멸망했다.

57) 내흡來歙(?~35): 후한의 명장. 자는 군숙君叔이며, 남양南陽 신야新野 사람이
다. 개연蓋延·마성馬成과 함께 하지河池·하변下辨에서 공손술 휘하의 장수
왕원王元·환안環安을 무찌르고 성을 함락시키자 공손술이 그를 두려워하여
자객을 보내 암살했다. 얼마 후 광무제光武帝 유수劉秀(BC5~AD57)는 그를 중
랑장中郎將으로 추증하고 정강후征羌侯로 추봉했다. 시호는 '절후節侯'이다.

58) 잠팽岑彭(?~36): 후한의 명장. 자는 군연君然이며, 남양 극양棘陽 사람이다.
원래 극양현의 현장이었다가 건무建武 원년(25) 유수에게 귀순해 자간대장
군刺奸大將軍에 임명되었고, 유수가 황제를 자처하면서 정남대장군征南大
將軍으로 중용되고 무음후舞陰侯에 봉해졌다. 건무 11년, 공손술 토벌에 나
서 성도까지 진격했으나 공손술이 보낸 자객에게 죽음을 당했다. 시호는
장후壯侯이다.

59) 이사도李師道(?~819): 당대의 지방 군벌. 고구려高句麗 출신으로 평·로·치
·청 절도사平盧淄青節度使 이납李納의 아들이다. 당나라 헌종唐憲宗 때인
원화元和 원년(806) 이복형인 이사고李師古가 원수로 12주의 땅을 영유하
고 자신은 평로 절도사平盧節度使로 할거하면서 조정으로부터 검교사공檢
校司空·동중서문하평장사同中書門下平章事 등의 직함을 하사받아 그 위세
가 대단했다. 그러나 얼마 후 당시 재상으로 있던 무원형武元衡(758~815)이
황제에게 번진의 세력을 감축하라는 상소를 올렸다. 그러나 원화 10년, 성
덕왕成德王 승종承宗과 함께 조정에 회서淮西의 오원제吳元濟에 대한 토벌
을 중지할 것을 주청했다가 거절당한다. 그러자 하음창河陰倉을 불태우고
자객을 보내 무원형을 살해하고 배도裴度에게 중상을 입혔다. 관군에게 회
서가 평정되자 후환을 우려하여 조정의 처벌을 따르기로 하고 원화 13년,

쓴 것이 전부 이 무술이었지요.

진시황 습격 장면을 묘사한 한대 화상석畵像石

　이 무술은 간단히 익힐 수 있는 것이 아닙니다. 당나라 때 번진藩鎭들은 이 무술을 흠모하고 모방하면서 행적이 기이한 사람들을 적극적으로 끌어모았습니다. 그러다 보니 순간적인 이익을 탐하는 무리들이 옳고 그름은 따지지도 않고 우르르 몰려가 그들에게 부려지곤 했지요. 그런 까닭에 유독 당대에 이 무술이 생겼다는 소리가 나오게 된 것입니다. 그런데 어찌 된 영문인지 그 무리에 속했던 자들은 실제로 옥황상제께서 정하신 큰 계율을 범하고 말았고, 결국 전부 참혹한 불행을 당하고 말았지요. 그래서 당시의 스승들은 지난날의 계율을 재차 강조하셨습니다. 그 대강을 말씀드리면 이렇습니다.

기주沂州·밀주密州·해주海州 세 고을을 조정에 바치기로 했다가 얼마 후 상황이 바뀌자 결정을 번복했다. 그러자 조정에서 각 진鎭에 명령을 내려 포위공격을 하자 자신의 휘하 장수 유오劉悟에게 죽임을 당했다.

함부로 전수하거나 함부로 살인하지 말 것,

나쁜 자를 거들어 착한 이를 해치지 말 것,[60]

살인으로 명성을 구하지 말 것.

이 계율들은 가장 중요한 것들입니다. 그래서 조원호[61]가 보낸 자객
도 섣불리 한위공[62]을 죽이지 못했고, 묘부와 유정언[63]이 보낸 자객도

---

60) 【즉공관 측비】右押衙所以不從盧杞也. 압야의 곁을 지키다 보니 노기를 따르지
않은 게지.

61) 조원호趙元昊(1003~1048): 송대 서하국西夏國의 개국 황제. 탕구트 즉 당항
족黨項族으로, 북위北魏 선비족鮮卑族 탁발씨拓跋氏의 후예이다. 원래 이름
은 낭소曩霄인데, 중국식으로는 당나라로부터 국성國姓인 이李 씨 성을 하
사받아 '이원호李元昊'로 불렸고 전대에는 송나라로부터 국성인 조趙를 하
사받아 '조원호'라고 불렸다. 포부가 웅대하고 지략이 풍부하여 송나라에
굴복하지 않고 황제를 자처하면서 국호를 '대하大夏'로 정하고 도읍을 흥경
부興慶府에 두었다. 그러나 말년에는 주색에 탐닉하고 방탕한 생활을 즐기
다가 그 아들 영림격寧林格에게 시해당했다. 송나라는 대하가 자국의 서쪽
에 있다고 하여 나라 이름을 '서하西夏'라고 불렀다고 한다.

62) 한위공韓魏公: 북송의 정치가 한기韓琦(1008~
1075)를 가리킨다. 한기는 자가 치규稚圭, 자
호가 공수贛叟로, 상주相州 안양安陽 사람이
다. 인종仁宗 때 진사進士에 합격하여 우사
간右司諫으로 기용된 후로 섬서 안무사陝西
安撫使로 나서 명신 범중엄范仲淹과 함께 서
하의 군사작전에 잘 대처하면서 명성을 얻
었다. 그 후로 영종英宗·신종神宗까지 3대
에 걸쳐 황제를 섬기는 동안 외직은 물론 추
밀부사樞密副使·추밀사樞密使·재상 등의
요직들을 역임했다. 신종 때에는 사마광司馬
光 등과 함께 보수파를 대표하여 누차 상소
를 올려 왕안석의 '변법變法'에 반대했다.

북송의 정치가
위공魏公 한기韓琦의 초상

함부로 장덕원[64]을 죽이지 못했던 거지요. 그들 모두가 지난날 정하신 계율을 범할까 두려워한 것입니다."

"역사책에서는 황제와 치우의 전쟁을 언급할 때 이런 무술이 있었다는 사실을 말하지 않았고, 장량이 장사들을 모은 일을 언급할 때에도 무술에 대해서는 말한 적이 없습니다. 더욱이 양왕, 공손술, 이사도가 보냈다는 사람들 역시 한결같이 '도적'이라고만 했을 뿐입니다. 언제 이런 무술 이야기를 한 적이 있었습니까?"

정원옥이 이렇게 물었더니 십일낭이 말하는 것이었습니다.

"공의 말씀은 틀렸습니다! 그것이야말로 우리 무리가 강조하는 '그 명성에 머물지 않는다[不居其名]'는 경우니까요. (…) 치우는 태어날 때부터 괴이한 형상을 지닌 데다가 대단한 술법까지 쓸 줄 알았습니다. 그러니 어디 전장에서 그를 이길 수가 있었겠습니까? 진시황은 전차를 만 승萬乘이나 동원할 수 있는 큰 나라의 군주였습니다. 그러니 노예, 시종이며 의장대, 근위대만 해도 얼마나 위세가 등등했겠습니까? 더욱이 진나라는 국법이 매우 엄격했으니 누가 섣불리 그를 공격할 수 있

---

63) 묘부苗傅와 유정언劉正彦: 남송의 장수. 두 사람은 건염建炎 3년(1129) 강남의 항주杭州에서 정변을 일으켜 고종高宗 조구趙構를 퇴위시켰으나 나중에 장준張浚·한세충韓世忠 등의 공격을 받아 패한 후 참수형에 처해졌다.

64) 장덕원張德遠: 북송의 정치가 장준張浚(1097~1164)을 가리킨다. 한나라 개국공신 장량張良의 후손으로, 자가 덕원德遠이고 사람들이 '자암 선생紫岩先生'이라고 불렀는데 한주漢州 면죽綿竹 사람이다. 금金나라와의 전쟁에서 혁혁한 전공을 세운 명장이자 명재상이었다. 묘부와 유정언이 정변을 일으키자 여이호呂頤浩·한세충 등과 함께 고종을 보호한 공으로 지추밀원사知樞密院事에 제수되었다.

었겠습니까? 공격하는 데에 성공했다고 치더라도 피신할 수 있는 사람은 없었을 걸요? 원앙의 경우를 보면 벼슬이 황제를 가까이에서 보필하는 지체에까지 이르렀고, 내흡과 잠팽은 대원수大元帥였으며, 무원형은 재상 자리에 있었습니다. 그러니 많은 사람 속에서 그 목숨을 노리거나 제왕의 행렬 아래에서 당사자를 죽이자면 신묘한 무술이 없이 어떻게 가능하겠습니까? 게다가 무원형의 경우는 그들을 죽임과 동시에 그 머리까지 가지고 사라졌지요. 그런 황망한 상황 속에서 누가 한가하게 그런 여유를 부릴 수가 있었겠습니까? 역사책에는 처음부터 엄연히 전해지고 있었건만 공께서만 그 의미를 제대로 따져보지 않으신 게지요.65)"

"역사책에는 실제로 그렇게 적혀 있지요. 태사공66)이 소개한 자객들만 해도 이 무술을 쓴 것 같더군요. 형가67)가 진 시황을 척살하려

---

65) 【즉공관 미비】眞是絕頂議論. 정말 탁월한 논리로구나!
66) 태사공太史公: 전한의 역사가 사마천司馬遷(BC145~?)을 말한다. 자가 자장子長으로, 하양夏陽 사람이다. 부친인 사마담司馬談의 벼슬인 태사령太史令을 계승하여 사관의 소임을 다했기 때문에 '태사공'으로 일컬어졌다. 나중에 흉노匈奴와의 전쟁에서 중과부적으로 패한 이릉李陵을 변호하다가 무제의 노여움을 사서 궁형宮刑을 받았으나 그 굴욕을 참고 중국 최초의 기전체紀傳體 역사서인《사기史記》를 완성했다.《사기》는 상고시대의 황제黃帝로부터 무제 원수元狩 원년(BC122)까지 3,000여 년에 걸친 중국 역사를 기록한 것으로 '중국 역사서의 본보기'라는 찬사를 받고 있고, 그 역시 '중국 역사의 아버지'로 추앙받고 있다.
67) 형가荊軻(?~BC227): 전국시대의 자객. 형경荊卿·경경慶卿·경가慶軻 등으로 불리기도 한다. 진秦나라의 인질로 있다가 귀국한 연燕나라 태자 단丹이 진나라 왕 영정嬴政(훗날의 시황제)에게 복수하기 위해 자객을 물색하던 중 형가를 만났다. 형가는 영정의 신임을 얻고자 진나라에서 죄를 짓고 연나라로 망명한 번우기樊于期의 목을 베어 연나라 지도와 함께 바치는 척하

한 사건만 해도 그렇습니다. 그는 검술 솜씨가 부족했다고 치더라도 앞서 거론하신 그 자객들은 모두 무술을 익힌 자들이었겠지요?"

 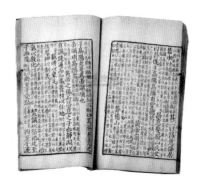

《삼재도회》에 소개된 사마천의 초상과 명대의 《사기》

정원옥이 이렇게 묻자 십일낭이 대답했습니다.

"《사기史記》를 지은 사마천이 틀렸습니다! 진시황이 무도했다고는 하나 그래도 천명을 받은 군주였습니다. 아무리 검술을 익혔다고 한들 어찌 그렇게 호락호락 쓸 수가 있겠습니까? 전제[68], 섭정[69] 같은

면서 독을 바른 비수로 영정을 암살하기로 모의했다. 태자 단과 빈객이 자신을 전송하는 자리에서 "바람은 소슬하고 역수는 찬데, 장사는 한번 가면 다시 돌아오지 않으리風蕭蕭兮易水寒, 壯士一去兮不復還"라는 짧은 노래를 부르고 나서 소년 용사 진무양秦舞陽과 함께 진나라로 향한다. 그러나 영정에게 연나라의 지리를 설명하는 척하면서 접근해 암살을 시도했지만 결국 미수에 그치고 죽임을 당했다.

68) 전제專諸(?~BC515): 중국 고대의 자객. 춘추시대 오吳나라 당읍堂邑 사람으로, 오나라 공자 광光(훗날의 오나라 왕 합려)이 당시의 왕 요僚를 죽이고 자립하려 하자 책사인 오자서伍子胥가 그를 천거했다. 기원전 515년, 오나라 내부가 빈 틈을 타서 전제와 모의해 요를 연회에 초청하고 비수를 물고

사람들도 그렇습니다. 그저 정의감 때문에 그렇게 한 것으로, 혈기 왕성한 호걸들이었을 뿐이지 사실 검술을 제대로 익힌 것은 아니었습니다. 그런 사람들까지 다 검술을 썼다고 한다면 세상에서 자기 목숨을 걸고 사람을 죽이려다가 자기 몸을 지키지 못한 경우조차 전부 무술을 배운 사람들이라고 하는 격이지요."

"곤륜의 마륵70)이라면 어떻습니까?"

하고 정원옥이 묻자 십일낭이 말하는 것이었습니다.

"그 사람은 대충 익힌 경우입니다. 섭은낭聶隱娘이나 홍선紅線이야

기 뱃속에 숨겨 진상하는 척하다가 요를 찔러 죽이고 자신도 죽임을 당했다. 나중에 오나라 왕이 된 광은 그의 아들을 경卿으로 기용하여 은혜에 보답했다.

69) 섭정聶政(?~BC397): 중국 고대의 자객. 전국시대 한韓나라 지軹 사람이다. 젊어서부터 의협심이 강해 고을의 악인을 살해하고 모친과 누이를 데리고 제齊나라로 피신하여 도축으로 생계를 유지했다. 당시 한나라 재상 협루俠累와 정쟁을 벌이던 한나라 대부大夫 엄중자嚴仲子는 그가 의협심이 강하다는 말을 듣고 거금을 들여 그 모친의 생일을 축하하고 친구가 된 후 자신의 원수를 갚아줄 것을 부탁했다. 이에 모친의 삼년상을 치른 후 단신으로 검을 들고 한나라로 가서 협루를 살해한 후 자신과 외모가 닮은 누이가 연루될까 우려하여 검으로 자신의 얼굴을 자해하여 눈을 뽑고 배를 갈라 죽었다. 나중에 그 누이는 한나라의 저잣거리에서 그의 시신을 확인하고 통곡하다가 죽었다고 한다.

70) 곤륜崑崙의 마륵摩勒: 당대에 배형裴鉶이 지은 전기소설傳奇小說《곤륜노崑崙奴》의 주인공. '곤륜'은 부족명이고 '마륵'이 이름이다. 당대에 최 선비[崔生]가 권문세족인 일품一品의 집에 가희로 있던 홍초紅綃를 사모하면서도 뜻을 이루지 못하자 그의 종인 곤륜족 출신의 마륵이 술법을 써서 두 사람이 사랑을 이루도록 도와주었다고 한다.

명대 극작가 맹칭순孟稱舜이 엮은 《신전고금명극뇌강집新鐫古今名劇酹江集》에
묘사된 홍선녀와 곤륜노

말로 지극히 신묘한 경지에까지 이른 이들이지요. 마륵은 검술의 양
식만 흉내 낸 경우입니다. 그런데도 온갖 위험과 장애를 극복하고 자
신의 용감무쌍한 재주를 다 펼쳐 보였지요. 반면에 섭은낭 같은 사람
은 검술의 정신까지 터득한 경우입니다. 그 바탕이 오묘하여 귀신들
조차 예측하지 못할 정도였지요. 바늘구멍도 다 통과할 수 있고 살갗
에도 다 숨을 수 있었습니다. 순식간에 천 리를 넘나들고 아무리 오고
가도 흔적조차 없었습니다. 그러니 어찌 무술이 없었다고 할 수 있겠
습니까?"

"제가 《규염객전虯髥客傳》71)을 보니 규염객은 원수의 머리까지 먹

---

71) 《규염객전虯髥客傳》: 당대 말기에 두광정杜光庭(850~933)이 지은 문언체 소
설. 수隋나라 말기 이정李靖은 장안長安에서 당시 사공司空으로 있던 양소

명대 출판가 모진毛晋이 엮은 희곡집《육십종곡六十種曲》의 하나
〈홍불기紅拂記〉삽화 속의 규염객(좌)-이정(중)-홍불(우)

어치웠다고 하더군요. 검술을 사사로운 원한을 갚는 데 써도 되는 것
입니까?"

정원옥이 이렇게 물으니 십일낭이 말했습니다.

"그렇지 않습니다. 규염객의 일화는 우화일 뿐입니다. 실제로 있었
던 일이 아닌걸요. 설사 원수를 갚을 때라고 할지라도 그것이 옳은지
그른지 따져보아야 합니다. 만일 허물이 내게 있다면 함부로 무술을
써서 갚으면 안 되겠지요.72)"

楊素를 만나러 갔다가 그 집 가희인 홍불紅拂에게 연정을 품고 함께 야반도
주한다. 그 후 길에서 장규염張虯髥이라는 호걸을 만나 함께 태원太原으로
가서 이세민李世民, 즉 훗날의 당나라 태종을 만난다. 장규염은 본래 천하
를 가지려는 뜻을 품었으나 이세민의 비범함을 보고 재산을 털어 이정에게
주고 그가 이세민을 도와 당나라를 세우도록 이끈다.

72)【즉공관 미비】才見此道可以修仙, 正以平心故。이 무리들 속에서도 신선이 될 수

"만일 검술가에게 이른바 원수라는 것이 있다고 한다면 어떤 것이 가장 큰 것일까요?"

그러자 십일낭은 이렇게 대답하는 것이었습니다.

"원수에도 몇 가지 등급이 있습니다. 하지만 어느 경우라도 사사로운 원수와는 무관합니다. 세상에는 고을의 수령임에도 백성들을 혹사하거나 뇌물을 탐내고 심지어 그들의 목숨까지 해치는 경우가 있지요. 세상에는 상급자이면서도 권세를 마구 휘두르면서 아첨을 듣고 존대받기만 좋아하면서 거꾸로 정직한 사람들을 해치는 경우도 있지요. 또 세상에는 장수임에도 불구하고 군량미를 갈취하거나 할 뿐 군사 업무에 전념하지 않는 바람에 국토를 적들에게 빼앗기는 경우도 있습니다. 세상에는 재상으로 있으면서도 심복들을 키워 자신에게 거역하는 이들을 해쳐서 현명한 이와 간교한 자들의 위치를 뒤집어놓는 경우도 있습니다. 그리고 세상에는 시험 감독관이면서도 사사로이 청탁을 넣고 뇌물을 써서 사리사욕을 챙기면서 진실을 호도하여 무능한 자만 요행을 만나고 유능한 이는 억울한 꼴을 당하게 만드는 경우도 있습니다. 이런 무리는 예외 없이 우리 무술로 기필코 죽여야 마땅한 자들이지요!73) 글재주를 부리는 탐관오리나 전횡을 일삼는 토호들에게는 그들을 처단하는 형리들이 있기 마련입니다. 그러나 불효한 자식이나 신의를 저버린 자들에게는 그들을 응징하는 신령들이 따로 계신 법입니다. 저희들이 할 일이 아닌 거지요."

───────────────────────────

있는 것은 바로 마음을 차분하게 가다듬기 때문임을 알겠구나.
73)【즉공관 미비】恐世間再不誅之人也少。세상에 죽일 자가 남아나지 않겠군그래.

"앞서 말씀하신 부류들이 자객이나 여검객에게 죽임을 당했다는 말은 들어본 적이 없는데요."

정원옥이 이렇게 말하자 십일낭은 웃으면서 말했습니다.

"어디 남들이 눈치 채게 만들 리가 있겠습니까? 그런 부류들이라면 죽이는 방법은 한두 가지가 아니지요. 죄가 무거운 자일 때는 당장 그 목이나 처자식의 목숨을 거두어가는 것은 말할 필요도 없습니다. 그보다 덜한 경우라면 그 목구멍으로 들어가 숨통을 끊어버리거나 심장 등의 장기에 치명상을 입힙니다. 그 가족들도 급사한 사실만 알 뿐 죽음의 원인은 전혀 눈치 채지 못하지요. 또 어떤 경우에는 술법으로 그 넋을 홀려서 당사자가 실성해 마구 날뛰다가 얼이 나가 죽게 만들기도 합니다. 어떨 때에는 술법으로 그 집안을 어지럽혀 당사자가 망신을 당한 끝에 분통이 터져 죽게 만들기도 하지요. 그리고 그중에서 아직 죽을 때가 되지 않은 자들의 경우는 기이한 꿈을 꾸게 해서 당사자가 두려움에 떨게 만들기도 한답니다."

그러자 정원옥이 말했습니다.

"그 검술 … 저한테 좀 보여주실 수 있겠습니까?"

"중요한 것은 함부로 보여드릴 수 없습니다. 자칫하다가는 공을 놀라게 할 수도 있고요. 허나 … 간단한 것이라면 보여드려도 괜찮겠지요."

십일낭은 이렇게 말하더니 청하와 표운 둘을 불러 분부하는 것이었습니다.

"정 공께서 검술을 보고 싶어 하시니 시험 삼아 한번 보여드리거라. (…) 이 절벽에서 피하고 막으면 되겠구나."

두 여자아이가 그렇게 하기로 하자 십일낭은 소매 속에서 완자를 두 개 꺼내 허공으로 던졌습니다. 그런데 완자들이 몇 길 높이까지 솟아올랐다가 아래로 떨어지려는 찰나였습니다. 둘이 바로 나뭇가지 끝으로 뛰어올라가 손으로 잡아채는데 한 치도 실수가 없지 뭡니까. 둘이 각자 완자를 하나씩 잡고 한번 털자 금세 눈처럼 번뜩이는 날카로운 검으로 변하는 것이었습니다. 정원옥이 그 나뭇가지를 보니 구부정하게 아래로 드리워지고 그 아래로는 깎아지른 골짜기가 펼쳐졌는데 그 바닥을 가늠할 수조차 없을 정도였지요. 아래를 내려다보기만 해도 정신이 다 아찔해지고 털이 다 곤두서면서 온몸에 소름이 돋을 지경이었습니다. 그런데도 십일낭은 태연하게 웃었고, 두 여자아이는 검을 놀려 서로 휘두르고 찌르는 동작을 보여주는 것이었습니다. 처음에는 그래도 분간이 가능했습니다만 시간이 흐를수록 마치 흰 비단 두 가닥이 허공에서 날고 휘감기는 것 같기만 할 뿐 사람 모습은 전혀 보이지 않았습니다.

한 끼 식사를 다 마칠 정도의 시간이 지났을 때일까요? 그제야 두 사람이 내려왔는데 숨을 헐떡이거나 안색 하나 바뀌지 않았지 뭡니까, 글쎄. 정원옥은 감탄을 금할 길이 없었습니다.

"참으로 신인74)이로구나!"

---

74) 신인神人: 도교 용어. 도(진리)를 터득하여 반인반신의 경지에 이른 신기하고 비범한 사람.

십일낭이 운강에서 협객을 두루 논하다.

때가 어느 사이에 깊은 밤이 되자 십일낭은 대나무 침상에 이부자리를 깔고 정원옥에게 그 자리에 누워 자도록 일렀습니다. 이어서 그 위에 다시 사슴 가죽옷을 덮어주고 나서야 십일낭과 두 여자아이도 인사를 하고 그 자리를 물러나 석실로 가서 잠을 청하는 것이었습니다. 이때는 바야흐로 팔월이었지요. 그럼에도 불구하고 정원옥은 가죽옷을 두르고 이불까지 덮었는데도 한기를 느낄 정도였습니다. 아마도 그들이 사는 곳이 너무 높은 데에 있는 탓이었겠지요.

동이 트기 전이었습니다. 십일낭은 벌써 자리에서 일어나 머리를 빗고 세수를 마친 상태였지요. 정원옥도 머리를 빗고 세수를 한 뒤에 밖으로 나와 그녀를 만나 거듭 고맙다고 인사를 했습니다.

"산속에서 지내다 보니 처소도 누추하고 대접도 소홀했군요. 모쪼록 용서해주시기 바랍니다!"

이렇게 말한 십일낭은 다시 아침을 대접했습니다. 그러고는 청하에게 활과 화살을 가지고 산을 내려가 들짐승을 잡아 점심을 준비하게 하는 것이었지요. 잠시 갔던 청하는 빈손으로 돌아와서 고했습니다.

"날이 너무 일러서 한 마리도 없었습니다."

그래서 이번에는 표운에게 다녀오게 했습니다. 정원옥과 십일낭이 앉아 담소를 나누고 있는데 얼마 되지 않아 표운이 꿩 한 마리와 토끼한 마리를 들고 산을 올라 왔습니다. 십일낭은 몹시 기뻐하면서 청하에게 서둘러 그것들을 손질해서 손님을 대접하게 했지요. 그러자 정원옥은 의아해서 물었습니다.

"꿩과 토끼라면 산속에 적을 리가 있나요. 그런데 … 아까는 어째서 그렇게 잡기가 어려웠을까요?"

"산속에야 적지 않지요. 숨어 있어서 찾아내기 어려운 것뿐입니다."

하고 십일낭이 일러주었지만 정원옥은 웃으면서 말했습니다.

"부인의 신묘한 무술이라면 무엇인들 못 구하겠습니까? 그런데 유독 꿩과 토끼를 잡는 것만 어렵다니요?"

"공의 말씀은 틀렸습니다. 저희 무술을 짐승 목숨까지 해쳐가며 입과 배를 채우자고 쓸 수 있겠습니까? 그런 짓은 하늘께서 용납하지 않으실 뿐 아니라 그처럼 하찮은 곳에 써서도 안 될 일이지요. 꿩이나 토끼 같은 짐승은 원래 활과 화살을 가지고 사람의 힘만 써서 잡아야지요."

십일낭이 이렇게 말하자 정원옥은 그제야 깊이 탄복하는 것이었습니다. 이윽고 술이 몇 순배 돌고 났을 때였습니다. 갑자기 정원옥이 부탁했습니다.

"부인의 집안 내력을 좀 듣고 싶습니다. …"

그러자 십일낭은 안절부절 망설이더니 말하는 것이었습니다.

"민망스러운 일이 많은걸요. (…) 그러나 공께서는 성실한 분이니 말씀 드려도 상관 없겠지요. 저는 원래 장안長安75) 사람입니다. 부모님께서 가난한 탓에 저를 데리고 객지인 평량平凉76)에서 더부살이를 하면서 손재주로 생계를 꾸리셨지요. 아버님이 돌아가신 후로는 홀몸으로 어머니와 함께 살았습니다. 그렇게 두 해가 지나자 어머니께서는 저를 같은 마을 정鄭 씨 댁 자제에게 출가시키고 당신께서도 남의 집에 개가하셨지요. 정 씨 댁 자제는 경망스럽고 무절제한 데다가 협객들과 어울리기를 좋아했답니다. 그래서 제가 번번이 타이르다가 결국 사이가 틀어지고 말았지요. 그 일로 저를 버리고 같이 어울리던 건달패와 함께 공을 세우겠다며 변방으로 가더니 기별조차 없는 것이 아닙니까. 거기다가 시아주버니는 질이 나빠 말로 희롱을 일삼았습니다. 제가 정색을 하면서 거절했더니 하루는 몰래 제 침상까지 들이닥치더군요. 그래서 제가 머리맡에 두었던 칼을 집어 들고 찔렀더니 상처를 입고 달아나버리는 것이었습니다. (…) 저는 그 일을 계기로 이렇게 생각했습니다. '나는 아녀자의 몸으로 어차피 남편과 함께 지내지도 못한 채 여기에 혼자 남겨졌다. 시아주버니와 같이 사는 것도 불편한데 이번에 상처까지 입혔으니 이곳에 살기는 틀렸구나!' 마침 어려서부터 저를 예뻐해주신 조趙 씨 성의 여도사가 있었는데 그분이

---

75) 장안長安: 전한과 당나라의 도읍지. "길이 다스리고 오래도록 평안한[長治久安]" 도시라는 뜻으로, 지금의 섬서성陝西省 서안西安을 말한다. 〈박안경기〉의 다른 이야기에서도 볼 수 있듯이, 나중에는 경우에 따라 보통명사처럼 사용되어 다른 왕조의 도읍지까지 가리키는 말로 전용되기도 했다.

76) 평량平凉: 중국 서북 지역의 도시 이름. 감숙성甘肅省 동부 섬서·감숙·영하寧夏 세 지역이 만나는 삼각지대에 자리 잡고 있으며, 동으로는 섬서성 함양咸陽, 서로는 감숙성 정서定西, 남으로는 섬서성 보계寶鷄와 감숙성 천수天水, 북으로는 영하자치구의 고원固原과 연결된다. 예로부터 중원에서 서역 및 고대 비단길Silk-road 동단으로 이어지는 교통·군사의 중요한 거점으로 인식되었다.

신묘한 술법을 안다면서 제게 전수해주겠다지 뭡니까. '부모님 살아 계실 때에야 내 마음대로 할 수 없었지만 이제는 여도사님께 몸을 의탁할 수밖에 없다' 싶더군요. 다음 날 바로 여도사님을 찾아뵈었더니 여도사님께서 흔쾌히 거두어주셨지요. 그리고는 '이곳에서는 살수가 없느니라. 산 속에 내 암자가 있으니 가서 지낼 수 있을 것이다' 하시더니 저를 데리고 웬 산봉우리까지 가셨는데 이곳보다 훨씬 험했습니다. 거기에 둥그런 초가가 하나 있어서 그곳에서 지내면서 제게 검술을 가르치셨지요. 날이 저물자 바로 산을 내려가면서 저만 홀로 자게 하는 것이었습니다. 그러면서 제게 '절대로 술을 마시거나 색에 빠져서는 안 된다'고 경고하시더군요. 그러나 '이 깊은 산속에 술과 남자가 어디 있단 말인가?' 하는 생각이 들지 뭡니까. 그래서 입으로는 그러마고 다짐하면서도 속으로는 그렇게 여기지 않고 초가 침상에서 자게 되었지요. 그런데 … 일경一更77)쯤 되었을까요? 웬 사내가 담을 넘어 들어왔는데 외모가 정말 아름다웠습니다. 제가 놀라 일어나서 누구냐고 물었지만 아무 대답도 없었습니다. 호통을 쳤지만 물러가지도 않았지요. 그러더니 바로 달려들어 저를 껴안으려 들지 뭡니까! (…) 저는 따르지 않았지요. 그 사람은 더더욱 막무가내로 요구하더군요. 그래서 검을 뽑아 찌르려고 했습니다. 그런데 그 사람도 덩달아 검을 뽑더니 저를 찌르려고 들지 뭡니까. 그 사람은 검술에 아주 정통하고 매서운데 저는 이제 막 배우기 시작한 터였습니다. 상대가 되지 못한다는 것을 스스로 잘 아는지라 어쩔 수 없이 검을 버리고 애절하게 사정했지요. '저는 팔자가 사나워서 오랫동안 희망을 버리고 살아왔습니다. 그런데 어쩌자고 제 마음을 모질게도 어지럽히십

---

77) 일경一更: 저녁 7시에서 밤 9시 사이.

니까? 사부님께서도 계율을 절대로 깨서는 안 된다고 단단히 경고하셨습니다!' 그런데도 그 사람은 말을 듣지 않고 검을 제 목에 들이대면서 자기 뜻을 따르라고 강요하는 것이었습니다. 그래서 제가 검에 목을 들이대면서 '죽었으면 죽었지 내 뜻을 꺾을 수는 없습니다!' 하고 응수했지요. 그 사람은 그제야 검을 거두더니 웃으면서 '네 마음이 바뀌지 않는구나!' 하는 것이었습니다. 그래서 자세히 보니 사내가 아니라 사실은 조 도사님께서 그런 식으로 제 마음을 떠본 것이었지 뭐에요! (…) 그렇게 해서 제 의지가 굳다고 여기고 검술을 전부 전수해주셨답니다. 검술을 모두 익히자 그분은 멀리 떠나시고 저는 그때부터 이 산속에서 지내게 되었지요."

정원옥은 사연을 다 듣고 나서 더더욱 탄복해 마지않는 것이었습니다.

날이 벌써 정오가 다 될 무렵이었습니다. 정원옥은 십일낭에게 작별인사를 하고 길을 나서기로 했습니다. 그래서 어제의 행장과 말, 하인의 행방을 물었지요.

"앞으로 가다보면 누가 돌려줄 것이니 안심하고 떠나십시오."

그러고는 십일낭은 약 한 주머니를 그에게 주면서 일렀습니다.

"해마다 한 알씩 드십시오. 그러면 일 년 내내 병치레하는 일은 없을 것입니다."

그녀는 산을 내려와 큰길까지 배웅하고 나서야 작별인사를 하는 것이었습니다. 그런데 작별하고 나서 몇 걸음도 못 갔을 때였습니다. 어제 그 도적들이 행장과 말, 하인을 끌고 와서 돌려주려고 길가에서 기다리고 있는 것이 아닙니까. 정원옥은 은덩이를 쪼개 절반을 그들에게 건넸지만[78] 한사코 받지 않으려 했습니다. 그래서 이번에는 한 냥으로 줄여서 술값으로 주었더니 그래도 받으려 들지 않았지요. 그래서 그 까닭을 물었더니 도적들이 대답했습니다.

"위 씨 댁 아씨께서 명령하십디다. '천 리 밖에서라도 명령을 어기는 일이 있어서는 안 된다. 만일 명령을 어기면 금방 알 수가 있으니!' 하고 말이지요. (…) 우리한테야 목숨이 더 소중합니다. 어찌 목숨을 재물과 바꿀 수가 있겠습니까![79]"

정원옥은 또 한숨을 쉬더니 원래대로 짐을 잘 꾸려서 하인과 함께 귀환 길에 올랐습니다. 그 뒤로 십일낭의 소식을 듣지 못한 지가 벌써 십여 년이나 되었답니다.

그러던 어느 날, 정원옥은 다시 사천四川 땅으로 오게 되었습니다. 한참 벼랑길[80]을 가는데 웬 젊은 여인이 한 수재秀才[81]를 따라가면서 자꾸 자신을 힐끔거리는 것이 아닙니까. 정원옥이 자세히 뜯어보

---

78) 【즉공관 미비】元玉到底是个好人。원옥도 따지고 보면 좋은 사람이지.
79) 【즉공관 미비】疑此輩卽其帳下人耳。이 무리도 그녀 휘하의 사람들이 아닌가 싶군.
80) 벼랑길[棧道]: 험한 벼랑 같은 곳에 낸 길. 일반적으로 '잔도棧道'는 나무막대나 통나무를 차례로 가로로 박고 그 위에 널판을 덮어 통로로 이용하는데, 때로는 '각도閣道·잔각棧閣' 등으로 부르기도 한다. 중국 사천 지방의 잔도는 이미 진·한대부터 명성이 널리 알려져 있었다. 여기서는 편의상 "벼랑길"로 번역했다.
81) 수재秀才: 재능이 우수한 선비를 가리키는 말로 사용된 것으로 보인다.

니 아는 사이 같기는 한데 그 이상은 기억이 나지 않았습니다. '어디서 만났더라?' 하고 따져보는데 가만 보니 그 여인이 갑자기 말하는 것이었습니다.

"어르신, 그동안 별고 없으셨습니까? (…) 이 청하를 기억하시는지요?"

정원옥은 그제야 십일낭의 제자이던 그 여자아이임을 깨닫고 바로 청하, 수재와 인사를 나누었습니다. 청하가 수재를 보고

"이분께서 바로 제 사부님이 존경하는 정 어르신이에요. 제가 여러 번 말씀 드렸지요?"

하고 일러주니 그 수재가 정원옥에게 다시 인사를 했습니다.

"사부님은 지금 어디에 계시오? 이분은 또 누구신지…."

정원옥이 청하에게 묻자 청하가 대답했습니다.

"저희 사부님은 여전하십니다. 어르신과 작별하고 몇 해가 지나서 저는 사부님 명령으로 이쪽 선비님께 출가했지요."

"표운이라는 분은 어디에 있습니까?"

"표운이도 시집을 갔습니다. 우리 사부님은 새로 제자 둘을 두셨고요. 저와 표운이는 명절에만 찾아뵙는답니다."

"아가씨는 지금 어디에 가는 길입니까?"

정원옥이 다시 묻자 청하는

"이곳에서 처리해야 할 일이 있어서 지체할 수가 없군요."

하더니 바로 작별을 고하는 것이었습니다. 그녀를 보니 금방 그 자리를 떠나는 것이 서두르는 기색이 역력했습니다.

그리고 며칠이 지났을 때였습니다. 갑자기 촉蜀 땅에서 어떤 관리가 급사했다는 소식이 들려왔습니다. 그 관리는 성정이 교활하고 헛된 명예에 탐닉하면서 몰래 남을 해치거나 남의 재물을 수탈하는 데에만 몰두하던 자였지요. 그해에는 시험장에서 감독관을 맡았으면서도 또 몰래 뇌물을 받고 거인擧人 자리를 팔아넘겨 진짜 인재들을 좌절하게 만들었다는 것입니다. 왕년에 십일낭이 말했듯이 '반드시 주살 당할 운명'이었던 거지요. 정원옥은 속으로

"청하가 '처리해야 한다'고 한 일이 이것이었군그래!"

하고 추측했습니다만 그 일을 함부로 누설할 수는 없었지요. 그 후로 다시는 그들의 소식을 듣지 못했답니다. 이것은 우리나라[82] 성화成化[83] 연간에 있었던 일입니다. 이 일이 계기가 되어 말릉秣陵[84]의 태

---

82) 우리나라[吾朝]: 이야기꾼이 이야기를 공연하는 동일 시점의 왕조를 말하며, 송·원 화본, 명·청 의화본 등에서는 이 밖에도 '본조本朝·국조國朝·아조我朝' 등으로 쓰기도 한다. 여기서는 명나라 왕조를 가리킨다.

83) 성화成化: 명나라 제8대 황제인 헌종憲宗 주견심朱見深이 1465년부터 1487년까지 23년 간 사용한 연호.

84) 말릉秣陵: 중국 강소성 남경南京의 옛 이름. 진나라 시황제가 전국시대에 여섯 나라를 통일한 후 '말릉현秣陵縣'을 설치한 데서 유래했다.

사太史[85] 호여가胡汝嘉[86]는 《위십일낭전韋十一娘傳》[87]을 지었지요.
이 이야기를 증명하는 시가 있습니다.

협객이야 역사가 오래되었지만,　　　　　　　俠客從來久,
위 낭자의 주장은 그야말로 남다르구나.　　　韋娘論獨奇。
두 완자가 아무리 무술을 갖추었다 해도,　　雙丸雖有術,
한 자루 검에는 본시 사사로움이 없는 법.　　一劍本無私。

85) 태사太史: 중국 고대의 관직명. 서주西周, 춘추시대에 처음으로 설치되어 조
정의 공문이나 제후諸侯·경대부卿大夫들에게 내리는 명령을 다듬거나, 역
사를 기록하고 사서를 편찬하거나 국가 전적·천문 역법·제사 등을 관리하
기도 했다. 그 후로 진·한대에는 태사령太史令, 수대에는 태사감太史監, 당
·송대에는 태사국太史局, 원대에는 태사원太史院으로 그 명칭과 업무에 조
금씩 변동이 있었다. 명·청대에는 흠천감欽天監으로 불렸으며 사서를 편찬
하는 업무는 한림원翰林院에 귀속되었기 때문에 이 시기에는 한림을 '태사
太史'라고 부르기도 했다. 여기서 호여가를 '태사'라고 한 것은 그가 한림원
편수翰林院編修를 지냈기 때문이다. 역대 왕조의 체례를 계승하여 명대에
두었던 한림원은 어명의 출납이나 역사 편찬, 도서 관리 등의 사무를 관장
하던 관청으로, 그 수장을 장원학사掌院學士라고 하고, 그 아래에 시독학사
侍讀學士·시강학사侍講學士·시독·시강·수찬修撰·편수·검토檢討 등의
관리를 두어 이들을 '한림'으로 통칭했다.
86) 호여가胡汝嘉(?~?): 명대의 문학가이자 서예가. 자는 무례懋禮, 심남沁南,
호는 추우秋宇이며 강녕江寧, 즉 지금의 남경 사람이다. 가정嘉靖 연간에
진사進士가 되어 한림원 편수翰林院編修로 제수되었으나 나중에 간언한 일
이 황제의 심기를 건드려 하남 참의河南參議로 좌천되었다. 서예와 회화에
뛰어났으며 문학 창작에도 재능이 뛰어나 소설 《위십일낭전》, 잡극雜劇《홍
선紅線》, 시집 《천원집倩園集》·《심남고沁南稿》 등을 남겼다.
87) 《위십일낭전韋十一娘傳》: 호여가가 지은 소설. 현재 중국에서는 실전된 상
태이며 국내에서는 한국학중앙연구원의 '장서각藏書閣'에 이 소설을 수록
한 고활자본古活字本 《산보 문원춘귤刪補文苑椿橘》(2권)이 소장되어 명대
소설 연구에 귀중한 자료가 되고 있다.

현명한 이와 간악한 자를 구별할 줄 알고   賢佞能猜別,
은인과 원수에게 함부로 무술을 쓰지 않으니,   恩讐不浪施。
언제 때로 그 도움 빌려,   何當時假腕,
신의를 저버린 자들 모두 없애버릴까나?   劃盡負心兒。[88]

---

88) 중국의 현행 통행본들 중 일부는 이 마지막 두 구절을 "何當使假腕, 划盡負
心兒"로 소개하는데 그것은 잘못된 것이다. 명대 상우당본 원문에는 여섯
번째 글자가 '그을 획划'이 아니라 '파낼 잔劃'으로 되어 있기 때문이다. 현
재 중국에서 출판된 《박안경기》 판본들은 거의 모두 약자로 조판을 한 까닭
에 '파낼 잔劃'은 약자로 '刬', '그을 획'은 약자로 '划' 식으로 나와 있다.
그러나 두 글자는 한 획의 차이를 제외하면 형태적으로 완전히 일치하지만
의미상의 편차는 상당히 크다. 즉, 전후 맥락으로 볼 때 그 의미는 '파내다
spade'가 되어야지 '긋다draw'가 되어서는 안 되는 것이다. 여기서는 상우당
본의 원문을 따라 '파내다'로 해석하고 이를 "없애다·제거하다"로 번역했
다. 시오노야와 카라시마의 일역본(제1책, 제163쪽)에서는 이 부분을 "평정
하리라平げたい"라고 번역했는데 의역으로 보인다.

제 5 권

영험한 점괘에 따라서 장덕용이 범을 만나고
길일에 맞추어 배월객이 용을 타고 나타나다

感神媒張德容遇虎　湊吉日裴越客乘龍

卷之五
感神媒張德容遇虎 湊吉日裴越客乘龍 해제

　이 작품은 인간의 혼인은 하늘이 정해주는 것이어서 함부로 바꿀 수
없음을 설파하는 이야기이다. 이야기꾼은 이방李昉 등의《태평광기太平
廣記》에 소개된 이李 현령과 노盧 선비의 이야기를 앞 이야기로 들려주
고, 이어서 같은 책에 소개된 배월객裴越客과 장덕용張德容의 이야기를
몸 이야기로 들려준다.

　당대 건원乾元 연간에 차녀 덕용德容을 복야僕射 배면裴冕의 아들 월
객越客에게 출가시키기로 한 이부 상서吏部尙書 장호張鎬는 길일을 잡
고 혼례 날만 기다린다. 상서는 이지미李知微가 점을 잘 친다는 소문을
듣고 혼례 날의 길흉을 점치게 하고 지미는 '길일은 내년 3월 3일이며
장소도 서울이 아닌 남쪽'이라고 장담한다. 이어서 복야 댁의 부름으로
길일을 점친 지미는 상서 댁 사주와 딱 맞는 것을 신기해하며 운세를
적은 쪽지를 월객에게 건넨다. 그러나 양가는 그 예언을 무시하고 혼례
를 강행하려다가 상서가 조정의 탄핵으로 의주庚州 사호司戶로 좌천되
자 할 수 없이 지미의 말대로 혼례를 이듬해 3월 3일로 미룬다.

　해가 바뀌자마자 월객은 혼례를 치르기 위해 즉시 의주로 향하지만
대갓집이어서 온갖 짐을 다 실은 데다가 가솔까지 많아 배가 제대로
속도를 내지 못한다. 한편, 의주의 상서 댁에서는 혼례식 전날, 신부 화
장을 하고 정원을 거닐던 덕용이 갑자기 나타난 범에게 물려 간다. 깜짝

놀란 상서는 사람들을 모아 구석구석을 뒤지지만 옷 조각 하나 발견하지 못한 채 3월 3일 혼례 날을 맞이한다. 혼례 장소까지 몇십 리 앞까지 왔을 때 속력을 높이기 위해 하인들과 함께 배에서 내려 걸어서 길을 재촉하던 월객은 한 판잣집에서 휴식을 취하던 중 웬 여자를 물고 온 범을 만난다. 범이 사라지고 집 밖으로 나온 사람들은 기절한 여인을 배로 옮기지만 의식을 회복한 여인은 자기 내력에 대해 끝까지 함구한다. 다음 날 수소문 끝에 여인이 상서의 딸임을 안 월객은 기뻐하면서 상서에게 희소식을 알린다. 날쌘 말로 한 시진을 달려 배월객의 배에 도착한 상서는 사위에게 지미의 예언을 알리고, 월객도 지미의 쪽지를 보이면서 두 집 모두 그 말대로 된 것에 감탄한다. 상서는 길일에 딱 맞추어 배에서 혼례식을 거행하고 두 사람은 부부가 된다.

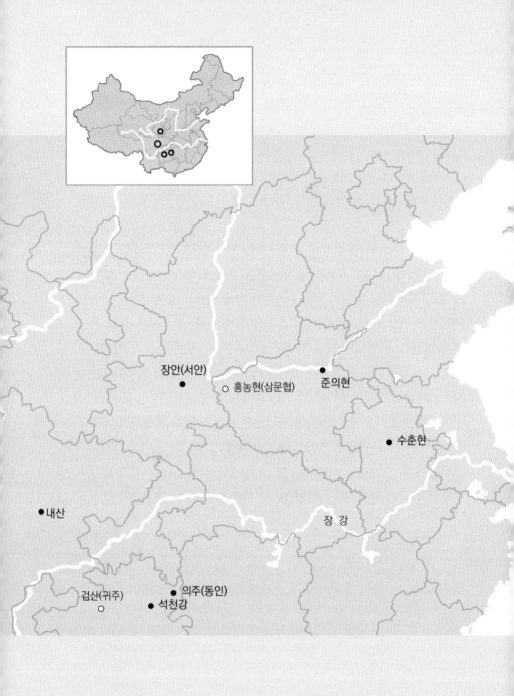

장안(서안)
○ 홍농현(삼문협)
준의현

수춘현

내산

장 강

검산(귀주)
의주(동인)
석천강

이런 시가 있습니다.

매번 혼인은 전생의 인연으로,	每說婚姻是宿緣,
반드시 월하노인이 청실홍실 맺어줘야 한다네.	定經月老把繩牽。
배우자에서만 착오 생기기 어려울 뿐 아니라,	非徒配偶難差錯,
날짜도 마찬가지로 앞뒤가 뒤집히지 않는다네.	時日猶然不後先。

이야기를 시작해보지요. '혼사라는 것은 모두 전생에 이미 정해진 것'이라고들 합니다. 예로부터 월하노인月下老人[1]이 홍실을 다리에

월하노인

1) 월하노인月下老人: 중국 고대의 전설에서 혼인을 관장하는 신. '월노月老·월하노아月下老兒'라고도 하는데 보통은 매파·중매인을 일컫는 말이다. '월하노인'은 당唐나라 소설가 이복언李復言의 소설집《속현괴록續玄怪錄》의〈정혼점定婚店〉에서 처음으로 소개되었다. 당나라 원화元和 2년(870)에 서생 위고韋固가 송주宋州의 송성현宋城縣을 지나다가 그곳의 남점객잔南店客棧에 묵는데 거기서 우연히 월하노인을 만난다. 나중에 이 일을 알게 된 송성현의 현령이 위고가 묵은 여관을 '정혼점定婚店'이라고 명명한다. 월하노인은 홍실로 남녀를 묶어 두 사람의 인연을 맺어주는 것으로 전해진다. 이를 통하여 당나라 사람들의 사랑과 혼인은 '전생에 이미 현생의 인연이 정해진다'는 인식을 잘 알 수 있다.

묶으면 아무리 천 리나 멀리 떨어져 있더라도 결국에는 다시 만나게 되고, 인연이 아니면 눈 앞에 있어도 억지로 이루려고 해야 이루어지지 않는다고들 하지요. 인연을 만나는 일도 마찬가지입니다. 때가 아직 되지 않았다면 하루를 앞당기려 해도 그렇게 할 수 없고, 때가 벌써 되었다면 하루를 늦추려 해도 그렇게 할 수 없습니다. 이 모두가 인온대사氤氳大使[2]가 은밀하게 관장하는 일이어서 사람 힘으로는 마음대로 바꿀 수 있는 것이 아니기 때문이지요.

당唐나라 때 홍농현弘農縣[3]에 이李 씨 성을 가진 현령이 살았습니다.[4] 그는 딸을 하나 두었는데 벌써 비녀를 꽂을 나이가 되어 노盧 씨 성의 선비에게 짝을 지어주기로 했지요. 노 선비는 풍채가 좋고 수염이 길며 멋이 넘치는 사람이었습니다. 그래서 이 씨네 집안에서는 다들 그를 '만족스러운 사위'라며 칭찬이 자자했답니다. 하루는 날을 잡아서 그를 데릴사위로 들이기로 했지요. 그런데 당시 여무당이 하나 있었는데, 미래에 일어날 일을 잘 예언하고 그것이 또 꽤 잘 맞아서 그 집안과 가깝게 내왕하고 있었답니다. 그 날도 그 집안에서 혼례를 치른다고 해서 무당도 구경을 하러 왔지 뭡니까. 이 씨 댁 부인은 평소 그녀를 몹시 신뢰하던 터인지라 이렇게 물었습니다.

---

2) 인온대사氤氳大使: 중국 고대의 전설에서 혼인을 관장하는 신. 그 역할은 월하노인과 비슷해서, 명대 소설·희곡에서 수시로 언급된다.

3) 홍농현弘農縣: 중국 고대의 지역 이름. 한대에 처음 설치되어 북송北宋때까지 존속했으며, 지금의 하남성 삼문협시三門峽市 및 영보시靈寶市의 동북쪽 황하黃河 연안에 해당한다.

4) *본권의 앞 이야기는 송대에 이방李昉 등이 지은《태평광기太平廣記》권 159의 〈노생盧生〉에서 소재를 취했다.

"자네가 보기에 우리 사위 노 서방은 관운이 어떨 것 같은가?"

그러자 여무당이 말했습니다.

"노 서방이라면 … 수염이 긴 그 젊은이 아닙니까?"

"그렇다네."

"만일 그 사람이라면 부인의 사위가 되면 안 됩니다. 부인의 사위는
그런 인상이 아니니까요."

"우리 사위가 어떻게 생겼길래 그러나?"

이 씨 댁 부인이 이렇게 묻자 여무당이 대답했습니다.

"중간 체구, 뽀얀 얼굴에 … 수염도 전혀 없군요."

이 씨 댁 부인이 놀라서

"자네 말대로라면 내 여식은 오늘밤 시집을 가기는 틀렸다는 소리
아닌가!"

하고 반문하자 무당이 말했습니다..

"왜 못 가겠습니까? 오늘밤에 반드시 갑니다."

"그런 허튼소리가 어디 있나! 오늘밤에 시집을 간다면서 … 그런데
어떻게 노 서방이 아닐 수가 있나?"

이 씨 댁 부인이 따져 묻자 무당이 말하는 것이었습니다.

"무당인 저조차 영문을 모르겠습니다요."

그녀의 대답이 끝나기도 전이었습니다. 가만 들어보니 집 밖에서
북과 음악 소리가 요란하게 울리더니 노 선비가 납채納采의 예를 마
치고 몸채 회당 앞에서 무릎을 꿇고 절을 올리는 것이었습니다. 이
씨 부인은 무당 손을 잡아끌고 뒷채 문틈으로 노 선비를 가리키면서
말했습니다.

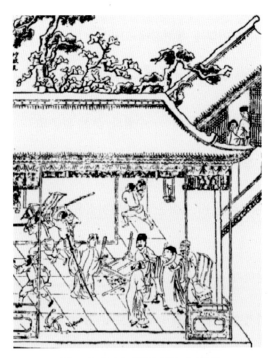

명대 몸채 회당과 뒷채의 예시. 《금병매》

물정을 좀 압네 하는 하녀들도 부인이 말을 마치자마자 다같이

"저기서 절을 올리는 사내를 보게. 당장 오늘밤에 혼례를 올릴 판국일세! 그런데 어떻게 우리 사위가 아닐 리가 있나? (…) 정말 우습네, 정말 우스워!"

"이 늙은 어멈은 평소 대놓고 허풍을 떨더니만 이번에는 못 맞히셨구려?"

하고 비웃었지만 여무당은 아무 소리도 하지 않는 것이었지요. 얼마 지나지 않아 성대한 혼례식을 구경하러 온 일가친척이 다 몰려들었습니다.

원래 당나라 때 지체 높은 집안에서는 혼례식을 무척 중요하게 여겼답니다. 합근례合졸禮5)를 치르는 날 저녁에는 양가의 친지라면 누구나 빠짐없이 참석하곤 했지요. 그중에서 혼례를 주관하고 거드는 사람을 '빈상儐相6)'이라고 불렀습니다. 그 역할은 하인에게 맡기지 않고 아주 절친한 친지들 중에서 예법에 밝고 풍채가 남다르며 목소리가 우렁찬 사람이 있으면 모두가 그 사람을 추천해 맡겼습니다. 그 사람을 존중한다는 뜻을 담고 있었던 거지요.

이때 노 선비는 빈상 두 사람을 데리고 윗분들이 기거하는 몸채로 가서 빈상들의 구령에 맞춰 절을 올렸습니다. 혼례식이 끝나자 신랑

---

5) 합근례合졸禮: 전통 혼례에서 신부와 신랑이 술잔을 주고받던 절차. 전통 혼례에서 가장 중요한 예식으로는 신부와 신랑이 절을 주고받는 교배례交拜禮와 합근례를 꼽을 수 있는데, 교배례가 끝나면 합근례가 이어진다. 합근례 때 마시는 술을 '합환주合歡酒'라고 부른다.
6) 빈상儐相: 혼례식을 주재하는 일을 하는 사람. 주례.

신부는 신방으로 들어갔지요. 그런데 노 선비가 이 씨 댁 아가씨를 데리고 등불 아래로 가서 머리쓰개[7]를 걷고 보는 순간이었습니다. 그가 깜짝 놀라 몸서리를 치더니만

머리쓰개를 쓴 신부

"이런!"

하고 소리를 지르면서 바깥으로 내빼는 것이 아닙니까, 글쎄!

친지들이 이유를 물어도 아예 입도 뻥긋하지 않고 그길로 대문을 나갔습니다. 그리고 말에 올라타 연거푸 두 번 채찍질을 하더니 나는 것과도 같이 그 집을 떠나는 것이었습니다.[8] 하객들 틈에서 그와 친한 친구 몇 사람이 그 까닭을 물어보려고 했습니다. 이 씨 댁의 가까운 친척들도 소문이 나고 때를 그르칠까 걱정이 되고, 그의 혼사를 잘 마무리해주자는 심정으로 모두 그를 쫓아갔습니다. 어떤 사람은 따라잡지 못하고 포기했지만 따라잡은 사람들은 그에게 묻기도 하고 설득을 하기도 했지요. 그는 그래도 끝까지 손을 내저으면

---

7) 머리쓰개[蓋頭]: 중국의 전통 혼례에서 신부가 머리에 쓰는 붉은색 비단. 신방에 들어간 후 신랑이 벗겨준다. 후한대 말기에 처음으로 사용되기 시작했으며, 당시에는 비단으로 만들었는데 전란기에 혼례 절차를 간소하게 줄이기 위하여 도입한 것이다. 이 풍습은 남북조시대의 송宋나라·제齊나라 이후로 잠시 사라졌다가 당대에 부활하기는 했지만 《통전通典》 등에서 이 풍습이 고대 제도에 부합하지 않는 점을 들어 비판하는 바람에 크게 유행하지는 않았다. 그러나 송대 이후로 다시 유행하기 시작했으며 한동안은 신랑도 얼굴을 가리는 머리꾸미개인 '화승花勝'을 썼다고 한다. 머리쓰개의 풍습은 중국에서 지금도 일부 지역에서 그 명맥이 이어지고 있다.

8) 【즉공관 미비】 來得可駭可愕。 어지간히도 놀랍고 기가 막혔나 보군.

서 말했습니다.

"못 하겠습니다! 못 해요!"

그러면서 무슨 까닭인지 해명하려 들지도 않고 죽어도 말머리를 돌리지 않겠다지 뭡니까, 글쎄. 사람들은 도저히 방법이 없자 되돌아와서 노 선비 쪽 상황을 자초지종 설명할 수밖에 없었지요. 이 현령은 하도 성이 나서 어안이 벙벙해진 채로 고함을 질렀습니다.

"이게 무슨 꼴이란 말이냐, 이게!"

그러면서도

'딸은 꽃같이 예쁜데 무슨 이상한 데라도 있다는 게야? 지금은 일단 친지들 앞에서 해명부터 해서 진상을 제대로 알게 해야겠다.'

하는 생각으로 일가친척들을 모두 신방 문 앞으로 모셔와 딸을 불러내 인사를 드리게 했습니다. 그러고는 딸을 가리키면서 하는 것이었지요.

"이 아이가 바로 노 서방에게 시집보내려던 제 여식입니다. 어느한 군데라도 사람을 놀래킬 정도로 추한 구석이 있습니까? (…) 오늘 노 서방이 제 여식을 보자마자 내빼버렸으니 … 이 아이를 여러분께 보이지 않으면 당최 무슨 괴물이라도 되는 것으로 여길 것이 아닙니까!"

사람들이 고개를 들고 보니 아닌 게 아니라 복스럽고 아름답기가 세상에서 둘도 없을 미인이지 뭡니까. 그 자리의 친지들 중에서 어떤 이는 "노 서방이 복이 없다"고 하고 어떤 이는 "노 서방이 인연이 없다"고 하고 또 어떤 이는 "날짜를 잘못 잡는 바람에 액운이 끼었다"고 하는 등, 서로 의견이 분분했지요. 이 현령은 성이 잔뜩 나서 말했습니다.

"보아하니 그놈은 글러버린 것 같군요. 저 역시 그놈에게 주는 건 반대입니다. (…) 제 여식이 하객들께 얼굴을 드러낸 이상9), 인사를 드린 셈입니다. 그러니 오늘밤 혼례가 허사가 되어서는 안 되지요! 하객들 중에 청혼할 분이 있다면 당장 오늘밤 가약을 맺게 하겠습니다. 친지 여러분께서 이 자리에서 증명해주셨으니 다들 중매인으로 삼아도 되겠지요."

그러자 빈상들 틈에서 한 사람이 앞으로 걸어 나오더니 조금도 당황하지 않고

"소생 … 재주는 없사오나 댁의 사위가 되고 싶습니다!10)"

하고 말하는 것이 아닙니까. 사람들이 눈을 돌려 보았더니 그 사람

---

9) 얼굴을 드러낸 이상[已奉見賓客]: 중국에서는 전통적으로 신부는 혼례식에서 머리쓰개를 쓰고 얼굴을 보여주지 않는다. 친척이나 하객들은 신혼부부가 혼례에 참석한 사람들에게 인사를 가거나 잔치를 열었을 때에나 답례로 신부의 얼굴을 볼 수 있게 된다. 그런 시점이 오기 전에 이 현령이 딸의 얼굴을 사람들에게 공개한 것은 두 가지 의미가 있다. 자신의 딸의 결백을 증명하는 동시에, 이 혼사를 물릴 수 없다는 의지를 표명한 것으로 이해할 수 있는 셈이다.

10) 【즉공관 미비】太便宜了。이건 거저가 아닌가!

은 성이 정鄭으로, 역시 이번에 벼슬에 오른 사람이었습니다. 얼굴은 분을 바른 듯 희고 입술은 인주를 바른 것 같이 붉으며 턱에는 정말 수염 한 오라기도 나지 않았는데, 거기다가 외모까지 아주 훤하지 뭡니까.

사람들은 일제히 환호하면서 말했습니다.

"이처럼 아름다운 처자에게는 당연히 이렇게 준수한 총각이 어울리지요! 게다가 나이며 외모도 비슷하고 집안도 걸맞고 말입니다."

이 현령은 바로 하객들 중에서 연배가 높은 사람 둘을 중매인으로 삼고, 따로 나이가 적은 사람을 하나 골라 빈상을 맡겼습니다. 그러고는 딸을 불러내 맞절을 시키고 혼례를 마침으로써 가까스로 가약을 맺게 해주었지요. 그리고 미처 갖추지 못한 절차들은 혼사를 마친 다음에 진행하기로 양해를 구했습니다. 이날 밤 정 선비와의 혼인이 극적으로 성사된 거지요. 정 선비는 용모가 정말 여무당이 한 말과도 딱 들어맞는지라 사람들도 그제야 여무당의 선견지명을 믿게 되었답니다.

혼사를 치른 뒤에 정 선비는 우연히 길에서 노 선비와 마주쳤습니다. 두 사람은 원래부터 교분이 두터운 사이였지요. 그래서 그에게 "일전에는 왜 그랬느냐"고 물었더니 노 선비가 말하는 것이었습니다.

"소생이 머리쓰개를 걷고 보는데 가만 보니 신부의 두 눈이 시뻘겋고 크기가 빨간 술잔 같지 뭡니까. 이빨은 또 길이가 몇 치나 되어서 입 양쪽 바깥까지 삐져나온 거예요. 그게 어디 사람 모습입니까? 불전

벽에 그려진 야차夜叉[11] 하고 다를 바가 없지요. 놀라서 간이 다 떨어질 판인데 정신없이 내빼지 않고 어쩌겠습니까?"

명태 탱화 속의 야차

그래서 정 선비가 웃으면서

"이제는 소생의 사람이 되었습니다."

하고 말했더니 노 선비는

"아니 정 형, 앞으로 어떻게 감당하려고 그러셨소!"

하면서 여전히 미심쩍어 하는 것이었습니다. 그러자 정 선비가 말했습니다.

"일단 소생 집으로 가시지요. 불러서 노 형과 인사를 시켜드리면 되지 않습니까."

노 선비가 정 선비를 따라 집으로 갔더니 이 씨 댁 아가씨가 단장을 하고 나와 절을 하는 것이었습니다. 아, 그런데 하늘이 내리신 듯 자태가 아름다운 것이 지난번에 신방에서 보았던 모습과는 전혀 딴판이지 뭡니까 글쎄! 그제야 몹시 후회를 했지만 지난 일을 돌이킬 수는 없는 법. 나중에 여무당이 사전에 이런저런 말을 했다는 소리를 듣고서야 하늘이 정하신 연분임을 알고 한숨만 쉬면서 체념하는 수

---

11) 야차夜叉: 불교에서 불법을 수호하는 여덟 신장神將 즉 '팔부중八部衆' 중의 하나. 하늘을 날아다니며 사람을 잡아먹고 해쳤다고 전해지며, '약차藥叉'로 쓰기도 한다. 참고로 '팔부중'은 천중天衆·용중龍衆·야차·건달바乾闥婆·가루라迦樓羅·긴나라緊那羅·아수라阿修羅·마후라가摩睺羅迦이다.

밖에 없었지요. 이 일화는 다음의 두 마디 옛 말씀과 그야말로 딱 들어맞습니다.

인연이 있으면 천리를 떨어졌어도 만날 수 있지만,　有緣千里來相會,
인연이 없으면 마주보고 있어도 못 만나는 법.　　　無緣對面不相逢。

이번에도 당나라 때의 이야기를 들려드리겠습니다.[12] 건원乾元[13] 연간에 이부 상서吏部尚書가 한 사람 있었는데, 성은 장張이고 이름은 호鎬였지요. 그에게는 덕용德容이라고 부르는 둘째 따님이 있었습니다. 장 상서는 서울에서 벼슬살이 할 때 성이 배裵, 이름이 면晃인 복야僕射[14]와 가장 가깝게 지냈습니다. 배 복야의 셋째 아들은 남전현藍田縣[15]의 현위를 맡은 적이 있는데, 이름이 배월객裵越客이었지요. 두 집안은 서로 잘 어울렸습니다. 그래서 장 상서는 당장 덕용 아가씨를 배월객과 짝지어 주기로 하고 미리 길일을 잡아놓고 혼사를 치를 날만 기다렸지요.

---

12)　*본권의 몸 이야기는 이방李昉《태평광기太平廣記》권428의 〈배월객裵越客〉에서 소재를 취했다. 나중에는 청대 초기의 문학가 고경성顧景星, 1621~1687의 전기 희곡《호매기虎媒記》에 영향을 준 것으로 보인다.

13)　건원乾元: 당나라 숙종肅宗 이형李亨(711~762)이 758년부터 760년까지 3년 동안 사용한 연호.

14)　복야僕射: 중국 고대의 관직 이름. 고대는 무술을 중시해서 활쏘기를 주관하는 사람이 사무를 관장한 데서 관리의 장을 '복야'로 일컬었다고 한다. 이때 '복僕'은 '주관하다'라는 뜻이다. 복야의 기원은 비교적 빨라서, 진秦나라 법률에서 이미 '복야'라는 명칭이 보이며, 그 후로 위진·남북조·송宋나라에서 상서성尚書省의 수장을 '복야'라고 불렀다.

15)　남전현藍田縣: 중국 고대의 지역 이름. 섬서성 진령秦嶺의 북쪽과 섬서성 위하渭河 평원의 동남부에 해당하며, 지금은 서안시西安市에 속한다.

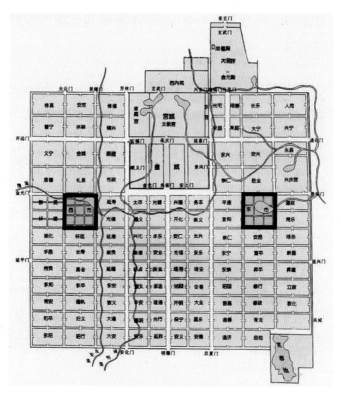

당대 장안의 평면도. 좌우로 서시와 동시가 보인다.

다시 이야기를 들려드리지요. 장안長安16)의 서시西市17)에는 점을
보는 노인이 살았습니다. 이순풍李淳風18) 집안 사람으로 이름이 이지

---

16) 장안長安: 당나라의 도읍. 지금의 섬서성 서안西安에 해당한다.

17) 서시西市: 장안의 구역 이름. 장안에서 서쪽 구역이던 '서시'는 당대에 상업
　　과 무역의 중심지이자 국제 경제 교류의 중심지였다. 이 구역에는 상인들이
　　운집하고 많은 상점과 온갖 물품이 갖추어져 성황을 누렸다고 한다.

18) 이순풍李淳風(602~670): 당대의 유명한 천문학자·수학자이자 도사道士. 섬
　　서성 기산현岐山縣 사람으로, 천문·역법·음양설에 정통했으며, 예언서인

미李知微[19]였지요. 그는 천문에 밝아서 운세를 보고 점괘를 뽑아 사람들의 길흉과 화복을 일러주곤 했습니다. 그런데 그때마다 항상 날짜를 일러주었는데 그 시간이 조금도 어긋난 적이 없지 뭡니까. 그러던 어느 날이었지요. 유劉 씨 성을 가진 어떤 습임자襲賃子[20] 응시자가 서울에 와서 음서관에 지원했지만 몇 해가 지나도록 뜻을 이루지 못하고 있었습니다. 그러나 이 해에는 일찍이 스스로 중요한 곳마다 뒷줄을 대어 단단히 당부해놓은 상태였습니다. 이부는 이부대로 이미 채점을 잘 해줘서 '이번만큼은 틀림없다'고 믿고 있었지요. 그는 그래도 혹시나 싶어서 서시의 이 노인의 명성을 듣고 특별히 찾아가서 점을 쳐달라고 부탁했습니다. 그런데 이 노인은 점괘를 뽑더니 웃으면서 말하는 것이었습니다.

"금년에는 아무리 애를 써도 안 되고 … 내년에는 애를 쓰지 않아도 저절로 얻게 될 겁니다."

유 선비는 처음에는 그 말을 믿지 않았습니다. 그런데 가만 보니 이부에서 방을 붙였는데 채점 과정에서 자기 이름을 빠뜨렸던지[21]

《추배도推背圖》의 저자들 중 하나로 전해진다. 세계 최초로 바람의 등급을 세기에 따라 구분한 것으로도 알려져 있다.

19) 지미知微: '지미'라는 이름은 '[우주의] 오묘한 이치를 안다'는 뜻을 담고 있다. 이름에서부터 점술가임을 눈치 챌 수 있는 셈이다. 중국의 소설이나 희곡에서는 등장인물의 이름에 그런 정보들이 함축된 경우가 적지 않다.

20) 습임자襲賃子: 중국 고대의 임용 제도. '습임자襲任子'로 적기도 한다. 한대에는 2,000석 이상의 녹봉을 받는 관리는 임기 연한에 제한이 있었으며, 거자擧子들 중 수석자는 '랑郎'이라 하여 관직을 유지할 수 있고 세습도 가능했다. '임자任子'는 세습되는 벼슬을 하는 사람을 일컫는 호칭이었다.

정말 이름이 없지 뭡니까. 그래서 이듬해가 되자 다시 이부에서 과거를 보았습니다. 그는 이번에는 청탁도 하지 않았고, 자신이 생각하기에도 답안이 수준 이하여서 '급제하기는 틀렸다'고 여겼지요. 그래도 서시에 가서 물어보았더니 이 노인이 말하는 것이었습니다.

"내가 작년에 말하지 않았습니까. 그대는 벼슬을 반드시 받게 될 테니 걱정할 필요가 없다니까요."

"벼슬을 얻는다면 (…) 어느 고을이 될까요?"

"녹祿이 대량大梁22) 땅에 있구먼? (…) 벼슬을 얻으면 다시 나를 보러 오시오. 내 드릴 말씀이 있습니다."

그러고 나서 이부에서 붙인 방을 보니 아니나 다를까 개봉開封의 현위縣尉에 임명되었지 뭡니까. 유 선비는 몹시 놀라고 기뻐서 또 이 노인을 보러 갔지요. 그러자 이 노인이 말하는 것이었습니다.

"그대는 가서 벼슬을 살더라도 청렴하게 지낼 필요가 없습니다. 바라는 만큼 마음껏 재물을 챙겨도 상관이 없소이다.23) (…) 임기가 차

---

21) 채점 과정에서 자기 이름을 빠뜨렸던지[爲判上落子字眼]: 과거 시험 채점자가 채점하는 과정에서 유 선비의 이름을 누락시킨 것을 말한다. 카라시마 타케시辛島驍와 시오노야 온塩谷溫의 일역본 〈초각박안경기〉(제1책, 제172쪽)에는 이 구절의 번역이 빠져 있다.

22) 대량大梁: 전국시대 위魏나라·양梁나라의 도읍. 당시 중국 최대의 도시 중 하나였으며, 지금의 하남성 개봉시 서북쪽 지역에 해당한다. 수·당대 이후로 '대량'이라고 부르다가 나중에 '변량汴梁'으로 개칭되었다.

23) 【즉공관 미비】貪人正中下懷. 욕심쟁이가 딱 좋아할 소리로군.

면 차사差使[24] 자리를 챙길 수 있을 게고. (…) 다시 서울에 오시면 또 점을 봐드리지요."

유 선비는 그 말을 각별히 새기며 서울을 떠나 임지로 갔습니다. 그 변방 고을의 자사刺史[25]는 그가 옛 명문가의 자제임을 알고 그를 아주 신임했습니다. 유 선비는 이 노인의 말을 떠올리고 여기저기서 온갖 재물과 뇌물을 다 챙기는 데 조금도 거리낌이 없었습니다. 그래도 상관과 부하를 막론하고 한결같이 그를 좋아하고 별다른 뒷말이 없었지요. 그렇게 임기가 끝나고 재물을 천만 금 모았을 때였습니다. 드디어 자사를 찾아가 차사 자리를 부탁하니 자사도 선뜻 허락하고 즉시 그에게 그 고을의 조세를 서울까지 운반하라는 지시를 내리는 것이었습니다.

서울에 도착한 그가 또 이 노인을 찾아갔더니 이 노인이 말했습니다.

"공께서는 사흘 안에 영전하실 것입니다."

"이번에 서울에 온 것도 사실은 기회를 봐서 다른 자리로 옮기고 싶어서였습니다. 하지만 … 사흘 안에 어디 가능하겠습니까? 게다가

---

24) 차사差使: 중국 고대에 임시로 위임하던 관직 이름. 나중에는 관련 업무나 직무를 아울러 일컫는 이름으로 사용되기도 했다.

25) 자사刺史: 중국 고대의 관직 이름. '자사刺使'로 적기도 한다. 한나라 무제武帝 때 생겨났다. 무제는 전국을 13개 주州로 나누고 각기 1명의 자사가 해당 지역의 행정을 감찰하도록 했으며 어사 중승御史中丞의 관할 아래 두었다. 이 벼슬은 훗날 그 명칭이 '주목州牧·태수太守' 등으로 바뀌었다가 되돌려지기를 반복했다. 송대에는 조정의 문신이 '지주知州'로 파견되면서 자사는 무신에게 부여되는 일종의 명예직으로 변했다.

아직 인사이동 시기도 확정되지 않은걸요. 이번에는 못 맞히신 것 같군요."

그러자 이 노인이 말하는 것이었습니다.

"절대로 틀리지 않을 겁니다. 영전할 곳이 같은 군이니까요. (…) 벼슬을 얻으면 다시 저를 만나러 오십시요. 또 일러드릴 말씀이 있으니."

그 집을 나선 유 선비는 이튿날 자신의 주에서 운반해 온 조세를 좌장고左藏庫26)에 인계하게 되었습니다. 좌장고 앞까지 와서 가만 보니 동남쪽에서 오색이 찬란한 큰 새가 한 마리 나타나 좌장고 지붕으로 날아와 멈추는데 무늬와 빛깔이 화려하게 빛났지요. 그러자 온갖 새들이 요란하게 지저귀면서 하늘을 뒤덮고 몰려들지 뭡니까. 유 선비는 큰 소리로 외쳤습니다.

"기괴하구나! 기괴해!"

그 사건은 삽시간에 내시와 환관들을 다 놀라게 만들었고, 대소 관리들이 그 광경을 구경하려고 줄줄이 몰려들었습니다. 그런데 개중에 그 새를 알아본 이가 말했습니다.

---

26) 좌장고左藏庫: 중국 고대의 국고. 《백관지百官志》에 따르면 '좌장고'은 진晉 나라 때 처음 만들어졌다고 한다. 송대의 기록인 《동경기東京記》에 따르면 "건국 초기에는 국고가 하나뿐이던 것이 흥국 2년(977)에 화폐, 금은, 비단을 보관하는 세 군데로 분할되었다고 한다. 순화淳化 3년(992)에는 좌우로 구분해 설치하되 우장고는 입고, 좌장고는 출고를 담당했다고 한다. 순화 4년, 좌장고를 넷으로 나누었다"고 한다.

"저건 봉황이잖아!"

그 큰 새는 한동안 머물다가 주
위가 왁자지껄해지자 바로 날개를
펴고 날아올랐습니다. 그러자 모여
든 새들도 조금씩 흩어지는 것이었
지요. 이 일을 천자에게 아뢰자 황
제27)께서는 몹시 기뻐하면서 어명
을 내리셨습니다.

명대의 봉황새 이미지

"가장 먼저 본 자에게 본래의 벼슬에서 한 품계를 더 올려주도록
하라."

내관이 진상을 조사했더니 유 선비가 가장 먼저 그 광경을 목격한
사람이었지요. 그래서 바로 이부에 어명을 전하고 준의현濬儀縣28)의
현승으로 제수하는 것이었습니다. 정말로 딱 사흘 만에, 그것도 같은
주에 자리가 생겼지 뭡니까. 더더욱 이 노인을 존경하고 믿게 된 유
선비는 또 그를 찾아가서 '이번에 부임하면 어떻게 벼슬살이를 할지'
묘책을 물었습니다.

---

27) 황제[龍顔]: '용안龍顔'은 원래는 황제의 얼굴 또는 안색을 가리키는 말이지
만 때로는 황제 또는 군주의 대명사로 사용되기도 한다. 여기서는 편의상
"황제"로 번역했다.

28) 준의현濬儀縣: 중국 고대의 지역 이름. 전한대에 진류군陳留郡에 설치했으
며 치소는 지금의 하남성 개봉시에 두었다. 오대·송대에는 개봉현開封縣과
함께 개봉부의 치소(행정관청 소재지) 역할을 했다.

"전에 하던 대로만 하십시오.29)"

하고 이 노인이 이렇게 일러주지 뭡니까. 유 선비도 그 말을 좇아서 지난번처럼 마음껏 탐욕스럽게 재물을 긁어모아 이번에도 천만 금을 모았습니다. 임기가 끝나고 서울로 올라와 인사 발령을 기다리던 그는 또 이 노인을 만났습니다. 그러자 이 노인이 말하는 것이었습니다.

"이번에는 한 고을의 정관正官30)을 맡게 되실 겁니다. 허나 … 한 푼도 챙기면 안 됩니다. 조심 또 조심하도록 하십시오!"

유 선비는 정말 수춘현壽春縣31)의 현재縣宰로 제수되었습니다. 그러나 왕년에 두 자리를 거치면서 재물을 챙기던 버릇을 어떻게 참을 수가 있겠습니까! 부임하고 얼마 되지도 않아서 왕년의 버릇이 도지는 바람에 이 노인의 당부를 까맣게 잊어버리고 말았습니다. 예전에 '마음껏 재물을 챙겨도 좋다'고 한 말은 귀에 솔깃하다 보니 그 당부를 고분고분 받들었습니다. 그랬지만 '재물을 챙기면 안 된다'는 이번의 당부는 말이 되지 않는다면서 전부 다 믿을 필요는 없다고 쉽게 생각해버린 것이지요.32) 결국 얼마 지나지 않아 상관이 그를 탄핵하는 바람에 재물을 몰수당한 것은 물론이고 벼슬까지 잃고 말았지요. 그러자 이번에도 이 노인을 찾아가 물었습니다.

---

29) 【즉공관 미비】又妙。이번에도 신통하게 맞히는군.
30) 정관正官: 행정기관이나 군대의 수장.
31) 수춘현壽春縣: 중국 고대의 지역 이름. 후한대 건무建武 원년(25)에 수춘읍 壽春邑을 개칭한 것으로 양주揚州의 구강군九江郡에 속했다.
32) 【즉공관 미비】人情大抵然也。사람 마음이란 것이 대체로 그런 식이지.

"지난날 두 곳에 부임했을 때는 마음대로 재물을 챙기라고 하셨고 이번에는 함부로 챙기면 안 된다고 하셨는데 다 맞히셨습니다. (…) 어떻게 해서 그렇게 된 겁니까?"

그러자 이 노인이 말하는 것이었습니다.

"이제 당연히 공에게 확실하게 설명해야겠군요. (…) 공은 전생에서 거상이었습니다. 이천만 금의 재산을 가지고 있다가 변주汴州33)에서 돌아가시는 바람에 재산이 남들 수중으로 뿔뿔이 흩어졌지요. 공이 벼슬살이를 간 곳도 사실은 본인의 옛 재산을 도로 거둔 거지 멋대로 챙긴 것이 아니었지요. 그래서 조금도 뒤탈이 없었던 것입니다.34) 허나 … 수춘이라는 현의 사람들은 애초부터 공에게 빚을 진 적이 없습니다. 그러니 어찌 무리한 요구를 할 수가 있겠습니까? 그런데도 이번에 무리해서 챙기다 보니 탈이 난 것이올시다!"

유 선비는 크게 감탄하면서 그제야 부끄럽게 여기고 후회하면서 물러갔답니다. 이 노인의 예언이 들어맞은 것은 이렇듯 한두 번이 아니어서 일일이 들려드릴 수 없을 정도로 많습니다.

이제 다시 본래의 이야기를 들려 드리도록 하지요. 배 복야 댁에서는 혼삿날을 잡은 뒤에 중매쟁이에게 장 상서 댁으로 가서 기별을 전하고 날짜를 알리도록 일렀습니다. 장 상서는 이 노인의 신기한 일

---

33) 변주汴州: 중국 고대의 지역 이름. 지금의 하남성 개봉시 지역이다. 옛날에는 양梁·변汴·변량汴梁 등의 이름으로 불렸다.
34) 【즉공관 미비】乃知今時之官, 多是前世有得, 散在人處的。지금의 벼슬아치들은 모두가 전생에 그 재물을 가지고 있다가 남의 수중으로 흩어진 경우들이었나 보군.

화들을 익히 들어 알고 있었지요. 그래서 바로 사람을 보내 그를 데려와서 따님의 팔자와 혼사 날짜를 맞추어보게 했지요. 상충되거나 불행을 당할 염려는 없나 싶어서 말입니다. 이 노인은 팔자를 받아서 보더니

"이 사주를 가진 분에게 경사가 생기는 것은 올해도 아니고 … 이곳도 아니군요."

하는 것이 아닙니까. 그래서 상서가

"날이 불길해서 그런다거나 다른 날로 바꾸라거나 하는 말이라면 몰라도 … 올해가 아니라니 그럴 리가 있는가? 게다가 … 남자와 여자의 양가가 모두 서울에 있네. 그런데 여기가 아니면 대관절 어디라는 말인가?"

하고 말하니 이 노인이 대답하는 것이었습니다.

"보니 팔자가 벌써 정해졌습니다. 올해는 절대로 혼사를 치르면 안 됩니다. 길일은 내년 삼월 초사흘이니까요. 먼저 크게 놀랄 일을 당한 다음에야 다시 만나게 될 겁니다. 그 장소도 남쪽일 거고요. (…) 운수가 정해져 있으니 날짜도 따로 잡을 필요가 없습니다. 하루 먼저 해도 안 되고 하루 늦게 해도 안 됩니다!"

장 상서는 긴가민가 싶어서

"그런 말이 어디 있는가!"

하면서도 집사를 불러 복채를 챙겨주니 이 노인도 고맙다고 인사를

하고 물러가는 것이었습니다. 그가 그 집 대문을 나오자 이번에는 배 씨 댁에서 그를 데려갔습니다. 역시 혼사가 가까워지자 장래가 좋은지 나쁜지 좀 알아보려는 것이었지요. 그런데 이 노인은 배 씨 댁에 가서 점을 치더니 이렇게 말했습니다.

"해괴하구나, 해괴해! (…) 이 점괘는 장 상서 댁의 팔자하고 딱 맞지 않은가!"

그러더니 지필묵과 벼루를 꺼내서 이런 쪽지를 쓰는 것이었습니다.

'삼월 하고도 초사흘이니	三月三日,
늦어서도 일러서도 안 된다네.	不遲不疾。
물이 얕아지면 배가 붙고,	水淺舟膠,
범이 오면 사람을 얻는다.	虎來人得。
놀라면 크게 놀랄 것이요,	驚則大驚,
길하면 크게 길할 것이라.'	吉則大吉。

혼례 길일을 잡는 점집. 구영, 〈소주청명상하도〉(부분)

그것을 본 배월객은 그 뜻을 알 수가 없자 말했습니다.

"내 올해 장 상서 댁과 혼사가 머지않아서 길흉을 따져보려는 것인 데 삼월 초사흘이라니 … 이게 무슨 소리인가?"

"그것이 바로 혼사 날짜입니다."

하고 이 노인이 말하니 배월객이 말하는 것이었습니다.

"날은 벌써 정해졌네. 아무래도 그때까지는 기다릴 수가 없어. (…) 안 맞는군!"

"성급하게 그러시면 안 됩니다. 이 늙은이가 드린 말씀이라면 만에 서 하나도 틀림이 없으니까요."

이 노인이 이렇게 말하자 배월객이 되물었습니다.

"'물이 얕아지면 배가 붙고 범이 오면 사람을 얻는다'? (…) 이것도 불길한 소리 같구려!"

"꼭 불길하다고 할 수는 없지요. (…) 일이 닥치면 자연히 알게 되실 것입니다."

이 노인은 이렇게 말하고는 작별인사를 하는 것이었지요.

바야흐로 즐겁고 기쁜 마음으로 날을 잡고 혼사를 치르려 할 때였 습니다. 가만 보니 보궐補闕[35]·습유拾遺 등의 관리가 '이번 과거가 공정하지 못했다'는 이유로 상소를 올려 이부 상서의 탄핵을 요구했고, 그 결과 장호를 의주廈州36)의 사호司戶37)로 좌천시키고 당일 바로 출발하라는 어명이 내렸지 뭡니까.

"이지미의 말이 맞았구나!"

장 상서는 그제야 한숨을 쉬면서 중매쟁이를 시켜 배 씨 댁에 기별

35) 보궐補闕: 당대의 관직 이름. 당나라 측천 무후則天武后 수공垂拱 원년(685)에 처음 설치되었다. 황제에게 간언하거나 인재를 추천하는 일을 담당했으며, 습유拾遺와 같이 '간관諫官'으로 불렸다. 좌·우보궐左右補闕로 나뉘었으며, 좌보궐은 문하성門下省에, 우보궐은 중서성中書省에 속했다. 북송대에는 좌·우사간左右司諫으로 일컬어지다가 폐지되었으나, 명대 초기에 다시 좌우사간이 설치되었다가 곧 없어졌다. 이보다 한 품급 아래 벼슬이 좌·우습유左右拾遺인데 함께 '유보遺補'로 일컫기도 한다.

36) 의주廈州: 중국 고대의 지역 이름. 그 정확한 위치에 관해서는 학자들의 고증이 이루어지지 않았다. 시오노야와 카라시마의 일역본 〈초각 박안경기〉(제1책, 제179쪽)에서도 지리 고증이나 주석 없이 그냥 "의주"로 옮겨놓았다. 중국의 일부 학자는 의주의 정확한 위치를 확인할 수 없는 점을 들어 '병풍 의廈'가 '지지 진辰'을 오독한 결과로 보아 진주辰州로 해석하고, 그 위치를 지금의 호남성湖南省 원릉沅陵 일대로 비정하기도 한다. 물론, 글자 형태만 놓고 보면 두 글자가 서로 혼동되었을 가능성도 없지 않다. 그러나 ①《박안경기》원본인 상우당본에 이미 '의주廈州'로 표기되어 있고, ② 이 이야기의 소재를 차용한 송대의 《태평광기太平廣記》권428 "호삼虎三"에도 '의주'로 소개되어 있다. ③역자가 조사한 결과, 해당 고을 인근을 흐른다는 석천강石阡江 역시 진주가 있었던 호남성이 아니라 귀주성貴州省의 동인현銅仁縣 경내를 흐르는 것으로 확인되었다. 따라서 여기서는 전례를 따라 '진주'가 아닌 '의주'로 해석해야 옳다.

37) 사호司戶: 중국 고대의 관직 이름. 한대 이래로 호조연戶曹掾이 있었으며 민호民戶 관련 업무를 관장했다. 북제北齊 때에는 호조 참군戶曹參軍이라고 했고, 당대에는 부府에서는 호조 참군, 주州에서는 사호 참군司戶參軍, 현縣에서는 사호司戶로 각각 다르게 불렸다고 한다. 송대에도 사호 참군을 설치하고 창고 관리 업무를 겸하게 했다.

을 보내고 내년 삼월 초사흘에 의주로 가서 혼례를 올리기로 약속했습니다. 그리고 자신은 가솔을 이끌고 한밤중에 부임지로 향했지요.

원래 당나라 때에는 높은 벼슬아치가 좌천되면 신세가 매우 처량해져서[38] 친척들조차 기피하면서 여간해서는 내왕하려 들지 않았습니다. 조정에서 뜻밖의 변고가 내릴까 두려워하며 늘 전전긍긍했던 거지요. 그렇다 보니 장 상서도 배 씨 댁과의 혼사를 염두에 둘 처지가 되지 못했습니다.

배월객은 장 씨 댁의 서신을 받고 깜짝 놀라 속으로 생각했습니다.

"이지미의 점이 정말 용하구나! (…) 결국 그가 말한 날을 따를 수밖에 없게 됐군. …"

말 그대로 진작에 받아놓았던 길일은 허무하게 보내고 우울하게 명절을 보낼 수밖에 없었지요. 그러고는 새해가 되자마자 바로 행장을 꾸려 의주로 달려가 혼례를 치르기로 했습니다.

월객은 호사스러운 대갓집 도령이다 보니 행차하는 규모도 작지 않았습니다. 가장 큰 배를 타고 온갖 짐을 가득 실은 다음 하인 이십여 명, 시녀 칠팔 명, 시동 칠팔 명을 태우고 길일을 잡아 출항했답니다. 배월객은 양쪽 겨드랑이에 날개라도 달고 발밑으로 구름을 타고 눈 깜짝할 사이에 의주로 달려가고 싶은 마음이 간절했습니다. 그렇

---

38) 【교정】 처량해져서[消條]: 상우당본 원문(제220쪽)에는 앞 글자가 '사라질 소消'로 나와 있으나 전후 맥락을 고려할 때 원래는 '소슬할 소蕭'을 써야 옳다. "소조蕭條"는 근세 이래로 '적막하다·쓸쓸하다'라는 의미로 주로 사용되고 있다. 여기서는 편의상 '처량하다' 식으로 번역했다.

게 며칠을 갔을 때입니다. 벌써 이월 말이 다 되었습니다마는, 배 자체도 육중한데다가 짐까지 무겁다 보니 하루에 백 리도 못 가는 것이 아닙니까. 게다가 수심이 얕은 여울에 배가 걸리기라도 하면 며칠은 매달려야 겨우 배를 움직일 수가 있었습니다. 그렇다 보니 의주까지는 아직 삼백 리 정도나 더 남아 있었습니다. 월객은 애가 탔습니다. 장 씨 댁에서 그가 출발했는지도 모르니 자칫하다가는 약속한 날을 넘길지도 모르는 판이었거든요. 그래서 배로 가면서도 한편으로는 하인 하나를 시켜 강기슭 역참에서 날쌘 말 한 마리를 빌려 먼저 의주로 가서 기별을 전하게 했습니다.

장 상서는 먼 객지에서 지내다 보니 너무도 걱정스럽고 갑갑했습니다. 게다가 배 씨 댁은 속내가 어떤지도 알 수 없는데다가, 먼 길을 마다지 않고 달려와 전날의 약속을 지킬 지도 미지수였지요. 이렇게 온갖 생각을 다 하던 차에 이 소식을 접하고 배 서방이 벌써 길을 나서 곧 도착할 거라고 하니 너무도 반갑지 뭡니까. 그 길로 관아로 들어가 가솔들에게 소식을 전하니 모두 기뻐서 어쩔 줄을 모르는 것이었습니다.[39] 이때가 벌써 삼월 초이틀이었지요.

'내일이 바로 길일인데 무슨 수로 제때에 닿을 수가 있겠는가? (…) 배 서방이 도착하고 나서 새로 날을 잡아도 늦지 않겠지.'

이렇게 생각한 상서는 덕용 아가씨 혼사가 코앞에 닥친지라 이날 밤은 일단 그녀 머리에 비녀를 꽂아 단장부터 해주었습니다. 그러고는 뒤채 정원에 잔치를 마련해 관아의 남녀 친척들을 모으더니 덕용

---

39) 【즉공관 미비】遠客情死, 自然如此。 먼 곳의 손님이 사랑을 위해 결사적으로 나서니 당연히 그럴 수밖에.

아가씨를 단장해주고 술을 올리게 했지요. 그 정원은 관아 관사에서 반 리 정도 떨어져 있었습니다. 의주는 깊은 산 속에 있었습니다. 그렇다 보니 관사 주변조차 온통 숲이 무성하고 대나무가 빽빽해서 숲 속과 다를 바 없이 참으로 그윽하고 경치도 좋았지 뭡니까. 덕용 아가씨는 관아의 고모, 이모, 언니, 동생들과 어울려 마음껏 거닐며 놀았습니다. 술자리가 끝나고 날이 저물자 사람들은 모두 자리에서 일어나 관아로 돌아가는데, 여자들이 앞서거니 뒤서거니 다들 웃고 떠들며 걸었습니다. 그렇게 떠들썩할 때였지요. 한바탕 바람이 휘몰아치더니 대숲에서 사나운 범 한 마리가 툭 튀어나와 덕용 아가씨를 낚아채서 내빼는 것이 아닙니까, 글쎄! 여자들은 깜짝 놀라 뿔뿔이 달아나기에 바빴고 그 범은 범대로 벌써 숲이 무성한 쪽으로 뛰어가 행방을 알 수가 없었습니다.

가까스로 정신을 추스른 사람들이 상서에게 달려가 그 일을 고하니 온 집안이 울음바다가 되고 말았지요.[40] 그때는 날이 이미 깜깜해진 뒤였습니다. 사람들은 좀 모이기는 했지만 서로 마주보기만 할 뿐 도무지 속수무책이지 뭡니까. 그야말로 횃불을 들고 군데군데 비추어 보았습니다만 덕용 아가씨를 어디서 찾아낼지 알 게 뭐랍니까! 밤이 새도록 법석을 떨었지만 하나도 소득이 없었지요.[41] 날이 밝자 장 상서는 눈물을 머금고 인부들을 불러 모아서 유해를 찾아 나섰습니다. 그러나 그 넓은 산과 들을 샅샅이 다 뒤져도 행방을 전혀 알 길이 없었지요. 그러니 장 상서가 얼마나 답답하고 괴로웠을지는 굳이 말할 필요도 없겠지요.

---

40) 【즉공관 미비】 要驚要哭。 놀랍기도 하고 울음이 나오기도 했겠지.
41) 【즉공관 미비】 原無策可施。 애초부터 시도해볼 대책이 있을 리가 없지.

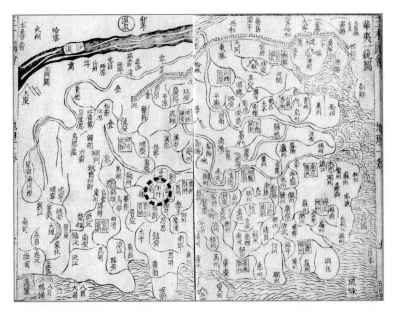

"귀주 귀양貴州貴陽"이라는 글자(네모) 위로 "석천石阡"이라는 지명이 보인다. 의주는 지금의 귀주성 동인현 일대로 비정된다. 《삼재도회》〈화이일통도(華夷一統圖)〉

이제는 배월객 쪽 이야기를 들려드리지요. 배월객은 벌써 의주 경내의 석천강石阡江까지 와 있었습니다. 이 강은 물 밑이 온통 산자락이거나 돌부리 투성이였습니다. 그래서 무거운 배가 여기저기 부딪치다 보니 더더욱 타고 가기 어려워졌지요. 때는 벌써 삼월 초이틀인데도 몇십 리는 더 가야 할 판이었습니다.

"이런 식으로 가서야 어떻게 내일까지 당도할 수 있겠는가!"

월객은 애가 타고 속이 끓어서 뱃사람들에게 성을 내고 분통을 터뜨렸습니다.[42] 그러자 뱃사람들이 말했습니다.

"성을 내신다고 되는 일이 아니지요. 쇤네들도 어서 도착해서 축하주를 얻어 마시고 싶은 마음이 간절합니다요! 누가 여기서 시간을 지체하고 싶겠습니까?"

"내일이 길일인데 이렇게 지체돼서야 쓰겠는가?"

배월객이 이렇게 투덜거리자 뱃사람들이 말하는 것이었습니다.

"아 이놈의 배가 하도 무겁다 보니 자꾸 바닥에 걸리네요. (…) 서둘러 가려면 배에 계신 분들을 뭍에 좀 내리게 하는 수밖에 없습니다. 배가 가벼워지면 가기 한결 수월해지니까요."

"일리가 있네, 일리가 있어!"

이렇게 말한 월객은 자신부터가 안달이 났던지 소리를 질러 배를 세웠습니다. 그러고는 펄쩍 뭍으로 뛰어내리더니 손짓을 하면서 하인들까지 다 내려오라고 부르는 것이었습니다. 상전이 솔선해서 뭍으로 뛰어내린 것을 보면서도 가만히 버티고 있을 하인들이 어디 있겠습니까? 단번에 스무 명 넘는 사람이 내리고 나니 배도 금세 가벼워졌습니다. 이렇게 해서 배월객이 앞장을 서고 하인들은 그 뒤를 따르면서 함께 걸어서 길을 갔지요. 배도 움직이기가 한결 수월해져서 아까와는 비교가 안 될 정도로 알아서 강에서 보조를 맞추어 나아가기 시작했답니다.

그렇게 사오 리 길을 더 갔을 때였습니다. 날이 어두워지려 하는데

---

42) 【즉공관 미비】所謂老婆心急也。'노파 속(노파심)이 탄다'는 것이 이런 경우일 테지.

강기슭을 보니 옆에 판잣집 한 채가 보이고 그 안에는 대나무 침상이 하나 있었습니다. 바로 집 안으로 들어간 월객은 시동을 시켜 침상 위를 좀 쓸게 하더니 거기 앉아 잠시 숨을 돌린 다음 길을 나서기로 했지요. 이때 그 많은 하인과 시동들이 전부 그의 곁에 서고 문 밖에 까지 사람들이 늘어섰습니다. 그렇게 쉬고 있는데 가만 들어 보니 숲에서 '휙휙' 하는 바람 소리가 들리는 것이었습니다. 이때는 실같이 얇은 초승달과 별만 반짝여서 그다지 또렷하지는 않았습니다만 그래도 어렴풋하게나마 물체가 보이는 상태였지요. 그런데 바람소리가 난 쪽에서 웬 물체가 아주 빠른 속도로 이쪽을 향해 다가오는 것이었습니다. 가까이까지 왔을 때 자세히 보았더니 웬 사나운 범이 등에 뭔가를 태우고 있지 뭡니까. 사람들은 깜짝 놀라서 허둥지둥 판잣집 안으로 몸을 숨겼지요. 그 범이 가까이 다가오려 하자 사람들은 일제히 판잣집을 두드리면서 고함을 질렀습니다. 어떤 사람은 말채찍으로 판자를 내려쳐 철썩철썩 소리를 내기도 했습니다. 판잣집 옆까지 온 범은 등에 태운 것을 내려놓고 몸을 추슬렀습니다. 그러다가 사람들이 지르는 고함 소리에 주눅이 좀 들었는지 크게 한번 울부짖고는 날듯이 산속으로 뛰어 들어가 버리는 것이었습니다.[43]

사람들이 집 안에서 벽 틈새로 눈을 크게 뜨고 방금 범이 내려놓은 것을 보니 영락없는 사람이었습니다. 거기다가 그 자리에서 미세하게 움직이고 있는 것 같았지요. 얼마 후 범이 멀리 가버렸다고 여겨질 때였습니다. 다들 식은 땀을 훔치며 나와서 보니 역시 웬 사람이 입으로 가냘프기는 하지만 숨을 쉬고 있는 것이 아닙니까. 사람들이 돌아와서

---

43) 【즉공관 미비】這虎也枉辛苦了一番。이 범도 헛고생만 했군.

영험한 점괘에 따라서 장덕용이 범을 만나다.

월객에게 알려주자 월객은 그 사람을 구하라는 분부를 내리고 서둘러 배를 물에 대게 했습니다. 사람들은 그 사람을 지고 부축하면서 배에 오르더니 서둘러 돛을 풀고 배를 출발시켰습니다. 아까 그 범이 다시 찾아올까 겁이 나서 말이지요.

배가 한참을 갔을 때였습니다. 월객이 불을 켜고 살피도록 이르자 선창 안에 있던 하녀들이 각자 들고 있던 초에 불을 붙였습니다. 배 안이 밝아졌을 때 그 사람을 보았더니 글쎄

눈썹은 버들가지처럼 구부러지고,	眉灣楊柳,
얼굴에는 부용꽃이 활짝 피었구나.	臉綻芙蓉。
할딱할딱 내쉬는 숨은 가지런하지 않고,	喘吁吁吐氣不齊,
전전긍긍 놀란 마음은 가라앉지 않았네.	戰兢兢驚神未定。
머리의 머리칼은 어지럽게 드리워져서,	頭垂髮亂,
영락없이	是个
취한 채 부축 받아 말에 오르는 양귀비로다.	醉扶上馬的楊妃。
눈은 감고 입술만 벌린 모습은,	目閉唇張,
정말이지	好似
죽었다 가까스로 넋 돌아온 두려44) 같구나.	死乍還魂的杜麗。

---

44) 두려杜麗: 명대의 극작가이자 정치가 탕현조湯顯祖(1550~1616)가 지은 희곡 《모란정牡丹亭》에 등장하는 여주인공 두려낭杜麗娘을 말한다. 《모란정》의 정식 명칭은 《모란정 환혼기牡丹亭還魂記》이며, 총 55개 대목으로 이루어졌다. 그 줄거리를 소개하면, 남안 태수南安太守의 딸 두여랑은 봄날 온갖 꽃이 만발한 화원에서 깜빡 잠이 들었다가 꿈속에서 버드나무 가지를 든 선비를 만난다. 다음 날 여랑은 모란정 가에 서 있는 매화나무에서 꿈속 선비의 모습을 보고 사랑에 빠진 나머지 상사병이 들어 죽는다. 한편, 광동廣東의 선비 유몽매柳夢梅는 과거를 보려고 상경하던 중 남안에서 병으로

얼굴은 족히 열 일고여덟 돼 보이는데,　　　面龐勾可十七八,
아름다움은 따라올 이가 두셋도 없겠구나.　　美艷從來無二三。

원대 희곡 《여지향荔枝香》에서 형상화한 당현종과 양귀비

월객은 그 여인을 위아래로 훑어보다가 깜짝 놀랐습니다.

"그녀의 용모와 차림새를 보니 평범한 시골 여염집 처자는 전혀 아니로군."

이렇게 말한 그는 하녀들에게 잘 돌보도록 일렀습니다. 그러자 하녀들은 부드러운 요를 바닥에 깐 다음 그녀를 안아 침상에 눕혔습니다. 그리고 옷을 벗기는데 옷이 숲의 가시에 걸려 여기저기 찢어져 있지 뭡니까. 그나마 다행스럽게도 몸은 전혀 상한 데가 없었지요. 한 하녀가 산발이 된 그녀의 머리를 잘 다듬고 빗겨 한 묶음으로 틀어

쓰러졌다가 꿈속에 나타난 여랑의 넋이 남긴 말에 따라 숙소 근처에 있던 여랑의 무덤을 팠다가 다시 소생한 그녀와 백년가약을 맺는다.

올리더니 손수건으로 묶어주었습니다. 그러고는 생강탕을 가져와 먹이니 그녀가 살짝 입을 벌리고 꼴깍꼴깍 삼키는 것이었습니다. 이번에는 미음을 지어 와서 먹였지요. 그렇게 삼사 경까지 수발을 들자 조금씩 의식을 회복하면서 기운이 안정되고 숨이 고르게 바뀌는 것이었습니다. 그녀는 갑자기 고개를 들더니 눈을 뜨고 주위를 두리번거렸습니다. 그리고 눈앞의 사람들이 전혀 모르는 사람들인 것을 보고 소리 내어 울더니 금세 아까처럼 쓰러져 도로 잠이 드는 것이었지요. 이쪽 하녀들이 그녀의 내력과 사연, 범을 만나게 된 경위를 물어도 그녀는 아무 소리도 못 하고 남들이 아무리 말을 시켜도 한마디도 대답을 하려 들지 않는 것이었습니다.

탕현조의 희곡 《모란정》에서 꿈을 꾸는 여주인공 두려낭

날은 점점 밝아져서 뭍에서는 사람이 오가기 시작했지요. 이 배 쪽에서도 뱃사람들에게 배를 끌게 했습니다. 이때는 의주성에서 삼십리밖에 떨어지지 않은 때였지요. 그런데 가만 들어보니 앞에서 오는 사람들이 저마다 이런 이야기를 하는 것이었습니다.

배를 끄는 배끌이꾼들. 북송 장택단의 〈청명상하도〉(부분)

"장 상서 댁 둘째 아가씨 말이유. (⋯) 어젯밤 뒤채 정원을 거닐다가 범한테 물려 갔는데 여태 시신조차 못 찾았다는구면?"

"설마 ⋯ 옷까지 다 먹어치우기라도 한 걸까?"

뱃사람은 그 말을 듣고 간밤에 벌어진 일을 떠올리고는 좀 이상했던지

'배의 그 물건45) ⋯ 말하는 게 아닐까?'

---

45) 물건[話兒]: '화아話兒'는 명대 뱃사람들의 은어로, '이야기 화話'는 발음이 비슷한 '물건 화貨' 대신 사용된 것으로 보인다. 명대의 뱃사람들은 여자가 배에 타는 것을 불길하게 여겨서 여자와 관련된 화제를 입에 올릴 때에도

하는 생각에 즉시 한 사람을 배에서 내리게 해서 길 가의 사람들이 주고받은 말을 월객에게 알리게 했습니다. 월객은 더더욱 기이하게 여겼습니다.

"그 말대로라면 범에게 해를 입은 처자가 바로 이번에 나와 정혼을 한 아씨라는 소리로군. (…) 이 배에서 살려놓은 여인이 맞다는 말인가?"

하더니 서둘러 물정에 밝은 하녀를 한 사람 불러 분부했습니다.

"너는 가서 방금 살려낸 그 젊은 낭자를 만나 장 씨 댁 덕용 아씨가 맞는지 물어보거라."

하녀가 그의 말대로 가서 물었더니 여인은 자신의 어릴 적 이름을 듣자마자 큰소리로 울음을 터트리면서 말했습니다.

"당신들은 누굽니까? (…) 내 이름까지 다 알고 있다니…."

"이 배는 바로 배 나리 댁 배입니다요. 지금 아씨와의 혼례식에 맞추려고 달려가는 길입니다.[46] 헌데 배 속도가 더뎌서 제때에 도착하지 못할까 봐 나리께서도 어쩔 수 없이 배를 내려 걸어서 가시던 참입니다. 그런데 뜻밖에도 아씨를 구해 배에 태웠으니 이게 다 하늘께서 정해 주신 인연이 아닌가 싶군요."

그 아가씨는 그제야 마음이 놓이는지 이렇게 말했습니다.

직설적으로 표현하지 않고 '물건'식으로 돌려서 말하는 경우가 많았다.
46) 【즉공관 미비】一點至誠可鑒。 그 정성이 참 갸륵도 하지.

"정원에서 범을 만났지요. 도중에 구름을 타고 안개 속을 나는가 싶더니 얼마나 먼 길을 갔는지 모릅니다. (…) '이제는 죽었구나' 싶어서 자포자기했고 범이 땅에 내려줄 즈음에는 얼이 다 나가버린 상태였지요. 그런데 (…) 나중에는 이 배에 어떻게 타게 됐는지 영문을 모르겠군요."

하녀는 그녀를 구하게 된 경위를 자초지종 다 일러주고 돌아와 월객에게 보고했습니다.

"바로 그 아씨더군요."

월객은 몹시 기뻐하면서 서신을 한 통 쓰더니 사람을 보내 서둘러 의주성 장 상서 댁에 이 소식을 알리도록 일렀습니다.

상서는 이때 따님의 시신을 찾지 못한데다가 사위의 도착까지 임박한지라 이루 형용할 수 없을 정도로 슬퍼하고 있었습니다. 그런데 얼핏 배 씨 댁 하인이 서신을 가지고 온 것을 보니 더더욱 애가 타지 뭡니까. 그래도 서신을 펴서 보니 거기에는 이렇게 적혀 있는 것이었습니다.

아름다운 혼례에 서둘러 달려가야 하오나 강을 가는 배는 느리기만 하더이다. 뭍길을 따라 가며 속도를 내는데 갑자기 사랑스런 여인을 태우고 온 범과 마주치게 되었지요. 놀라 쫓아내려는 사이에 범이 사라졌는데 사람은 다치지 않았더군요. 지금은 배에 온전히 잘 있사오니 거취에 대한 지시를 내려주시기 바랍니다.   사위 배월객 배상[47]

趨赴嘉禮, 江行舟澀。從陸倍道, 忽遇虎負愛女至。驚逐之傾, 虎去而人不傷。今完善在舟. 希示進止。   子婿 裴越客 百拜

----

47) 【즉공관 미비】 寫得簡到. 간결하면서도 꼼꼼하게도 썼군.

길일에 맞추어 배월객이 용을 타고 나타나다.

서신을 다 보고 난 상서는 놀랍기도 하고 반갑기도 해서 관아에 들어가 이 일을 알렸습니다. 그러자 온 집안사람들이 모두 감탄하고 경이로워 하는 것이었지요. 상서 부인이 말했습니다.

"이렇게 기이한 일은 여태껏 들어본 적이 없습니다. (…) 어쩌면 길일에 맞추기 어려웠던 것도 천지신명께서 그렇게 하셨나 봅니다! 지금 아이가 배 서방 배에 있다고 하니 그래도 오늘 중에 혼례식을 치를 수 있겠군요."

"그 말이 맞소, 맞아."

상서는 그 길로 날쌘 말을 한 마리 준비하게 하고 악대까지 딸려서 보내니 한 시진時辰48)도 되지 않아 배가 있는 곳에 당도했답니다. 장인과 사위는 상봉하자 너무도 반가워했습니다. 상서는 상서대로 딸을 확인하고 나니 만감이 교차하는 듯 따님을 잘 위로해주었습니다. 그러고는 배월객을 보고 이렇게 말했습니다.

"자네에게 해줄 말이 있네. 오늘의 일은 작년에 이지미가 벌써 예언했다네. 혼사는 꼭 오늘 치러야 한다고 말일세. (…) 어젯밤 나는 자네가 제때에 도착하지 못할 줄 알고 오늘의 이 길일에 절대로 맞추기 어렵다고 지레 짐작했었지. 그런데 이처럼 신기한 일이 생겨서 내 여식을 자네 배에까지 데려다놓을지 누가 알았겠나! (…) 지금 자네 배

---

48) 시진時辰: 고대 중국에서는 하루를 12시진으로 나누고 간지干支로 불렀으므로, 1시진은 지금의 두 시간에 해당한다. 현대 중국어에서 한 시간을 '소시小時'라고 하는 것은 이 시진을 염두에 둔 표현이라고 할 수 있다.

가 의주성까지 가려면 물길로 가는 것은 여의치 않으니 절대로 제때에 당도하기 어렵네. 그러니 차라리 지금 당장 이 배에서 화촉을 밝혀혼례를 치르고 내일 여유롭게 관아로 돌아가도록 하세. 그러면 길일도 놓치지 않게 되는 셈이니 말일세.[49]"

〈소주청명상하도〉에 묘사된 명대의 혼례잡이 악대

배월객은 그 말을 듣자마자 속으로 생각하더니 말하는 것이었습니다.

"장인어른께서 말씀하시지 않았다면 잊어버릴 뻔했군요. (…) 작년에 이지미가 여섯 구절의 시를 지어주더군요. 첫 두 구절이 '삼월 하고도 초사흘이니, 늦어서도 일러서도 안 된다네'였지요. 그래서 배를 타고 오는 동안에도 혹시 늦지 않을까 싶어서 내내 걱정을 했습니다. 그런데 이번에 범이 아가씨를 데려다주었으니 오늘 날짜와 딱 들어맞은 셈입니다. 중간의 두 구절은 '물이 얕아지면 배가 붙고, 범이 오면

---

49) 【즉공관 미비】極善體貼。아주 그럴듯하고 꼼꼼하군.

사람을 얻는다'였습니다. 처음에는 불길한 말이라고 여겼었지요. 그런데 뜻밖에도 이번의 기이한 일과 또 한 번 들어맞았군요! (…) 마지막 두 구절에서는 놀람도 크고 기쁨도 클 거라고 해서 정말 적잖이 놀랐습니다. 그런데 뜻밖에도 그 덕분에 길일에 맞출 수 있게 되었습니다. (…) 이지미는 정말 신선과 다를 바가 없군요!"

장 상서는 그길로 배 옆에서 사람들에게 역할을 분담시켜 빈상을 부르고 잔치 자리를 준비하게 했습니다. 그리고 나서 일단 배에서 화촉을 밝혀 혼례식을 치르고 합근례와 피로연까지 일사천리로 진행했지요. 혼례식이 끝나자 장 상서는 원래대로 말을 타고 먼저 돌아가서 다음 날 배가 도착하면 다시 따님과 사위를 맞이하기로 했지요.

이날 밤 배월객은 드디어 덕용 아가씨와 함께 바로 그 배에 마련한 신방으로 들어가서 부부로서 재회했습니다. 젊은 부부는 신혼의 즐거움을 만끽했지요. 그리고 이튿날 배가 목적지에 도착하자 함께 배에서 내려 장모와 친척들에게 인사를 드렸습니다. 상서 부인과 고모, 이모, 언니, 동생들, 그리고 관아의 모든 사람은 덕용 아가씨를 확인하자 꿈에서 상봉하기라도 한 것 같았습니다. 하도 기뻐서 눈물이 다 나오지 뭡니까, 글쎄. 사람들은 입을 모아 이렇게 말했습니다.

"길일을 놓칠 줄 알았는데 천지신명께서 사나운 범을 중매쟁이로 순식간에 백 리 밖까지 보내주셨구나! 이런 기이한 일은 난생처음일세!"

이 이야기가 전해지자 사람들은 저마다 신기해하면서 '새로운 이야깃거리'라고 여겼답니다. 그리고 민간에서는 곳곳마다 중매쟁이 범의 사당을 세우니 혼인하기를 바라는 사람 치고 간절한 정성으로 기도를 올려 소원을 이루지 않는 사람이 없을 정도였지요.[50] 지금도 귀주[51] 와 사천[52] 일대에는 그 사당의 향불이 끊어지지 않고 있답니다. 그래서 당시 이 이야기를 전하는 시 여섯 구절이 다음과 같이 전해지게 되었지요.

신선 같은 노인 지미가,	仙翁知微,
전생에 정해진 팔자를 맞혔구나.	判成定數。
범은 신령께서 보내신 심부름꾼이어서	虎是神差,
혼례 날짜를 그르치지는 않게 되었다마는	佳期不挫。
그런 중매쟁이라면,	如此媒人,
혼주 노릇도 해내기 어렵겠구나.[53]	東道難做。

---

50) 【즉공관 미비】這又奇。그거 또 신기하군.

51) 귀주[黔]: '검黔'은 검산黔山을 줄인 것으로, 귀주성貴州省에 대한 약칭이다. 귀주성은 중국 서남부의 내지에 위치하고 중경重慶·사천·호남·운남·광서와 맞닿아 서남부의 교통의 요지로 일컬어진다. 편의상 "귀주(지역)"로 번역했다.

52) 사천[峽]: '래峽'는 내산峽山을 줄인 것으로, 사천성의 공래산邛峽山에 대한 약칭이다. '공래'는 지금의 중국 사천성 서부의 민강岷江과 대도하大渡河 유역 일대를 두루 일컫는데 여기서는 편의상 "사천(지역)"으로 번역했다.

53) 혼주 노릇도 해내기 어렵겠구나[東道難做]: 신령이 보낸 중매쟁이가 인간이 아니라 범이어서 목숨의 위협까지 느끼는 바람에 혼주조차 할 엄두를 내지 못한다는 뜻으로 이해할 수 있겠다.

제6권

술로 조 니고가 미인을 속이고
꾀로 가 수재가 원수를 갚다
酒下酒趙尼嫗迷花 機中機賈秀才報怨

卷之六
酒下酒趙尼嫗迷花 機中機賈秀才報怨 해제

　　이 작품은 양갓집 유부녀를 유인해 불륜을 조장하다가 비참한 최후를 맞은 비구니에 관한 이야기이다. 이야기꾼은 풍몽룡馮夢龍의《정사情史》에 소개된 미인 적狄 씨의 이야기를 앞 이야기로 들려주고, 이어서 출전 미상의 자료에 소개된 무주婺州 사람 가賈 수재의 이야기를 몸이야기로 들려준다.

　　가 수재는 객지 서당에서 훈장 일을 하느라 반년 동안 집을 비우고, 아름다운 아내 무巫 씨는 평소 몸종과 수를 놓으면서 소일한다. 어느 봄날, 무 씨는 평소 친분이 있던 관음암觀音庵 주지 조 니고趙尼姑와 바깥 구경을 나왔다가 그 고을 파락호인 복량卜良의 눈에 띈다. 복량은 니고를 돈으로 매수하고, 니고는 무 씨를 암자로 유인해 술떡을 먹인다. 복량은 의식을 잃은 무 씨를 겁탈하고, 나중에 외간 남자와 한 침상에 누워 있는 자신을 발견한 무 씨는 깜짝 놀라 복량에게 호통을 친다. 니고의 만류를 뿌리치고 귀가한 무 씨는 남편 얼굴이라도 보고 죽자며 자신이 수놓은 보살상 앞에서 억울함을 호소한다.

　　한편, 외지 서당에서 잠을 자던 가 수재는 꿈속에서 흰 옷 입은 여인을 따라갔다가 무 씨가 땅바닥에 엎드려 보살상에 큰절을 하는 광경을 보고 걱정을 하던 끝에 그 길로 귀가해 무 씨로부터 경위를 듣고 격분한다. 수재는 억울함을 고백하고 자결하려 하는 무 씨를 만류한 후 그 원수를 갚기로 하고 함께 치밀하게 계획을 세운다. 다음 날 무 씨는 수재를 뒷문 으슥한 곳에 숨기고, 니고를 불러 복량을 만나고 싶다는 의향을 비친다. 그리고 집으로 찾아온 복량이 자신에게 입을 맞추자 그의 혀를 물어 잘라버린다. 당황한 복량이 도망치자 뒤쪽에 숨어 있던 수재는 무 씨로부터 혀 토막을 넘겨받아 보자기에 싼 후 그길로 관음암으로 달려가 니고를 죽이고 이어서 제자까지 죽인 후 제자의 입에 복량의 혀 토막을 쑤셔 넣는다. 이튿날 해가 중천에 떠도 관음암에서 동정이 없는 것을 이상하게 여긴 동네 사람들은 암자에서 니고와 제자의 시신을 발견하고 구역 담당관에게 그 사실을 알린다. 그 제자의 입에서 복량의 혀를 찾아낸 구역 담당관들은 그 사실을 지현에게 보고하고 지현은 즉시 체포령을 내린다. 혀를 잘리고 정신없이 도망치던 복량은 다음 날 주민들의 신고로 체포되어 관아로 끌려간다. 복량은 지현의 명령으로 곤장을 맞다가 즉사하고 수재와 무 씨는 복수에 성공한다.

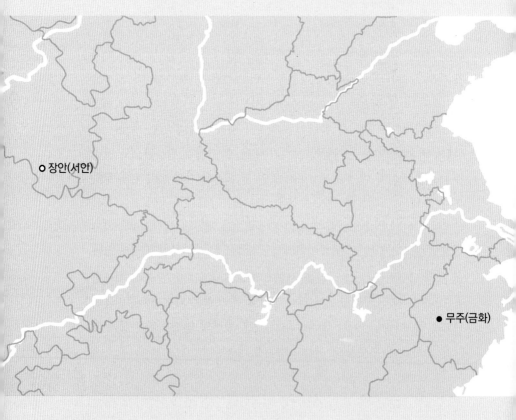

○ 장안(서안)

● 무주(금화)

이런 시가 있습니다.

'색에 굶주린 아귀는 중들'이라더니,　　　　色中餓鬼是僧家,
비구니도 화장을 하면 남들과 다를 바 없구나.　尼扮綵來不較差。
거기다 양가 댁 규방까지 드나들 수 있다 보니,　況是能通閨閣內,
손대기만 하면 금방 유혹하고 말더라　　　　但敎着手便勾叉。

이야기를 들려드리겠습니다. 이른바 "삼고육파三姑六婆[1]"는 사람
들이 내왕해서는 절대로 안 되는 부류입니다. 이런 부류는 보통 할
일도 없고 속임수도 감쪽같습니다. 거기다가 수없이 많은 집을 돌아
다니다 보니 보고 듣는 것도 많고 길눈도 밝지요. 행실이 바르지 못한
여인들은 열에 아홉이 걸려들기 마련입니다. 설사 전혀 빈틈이 없는
사람들이라 해도 이들은 온갖 방법을 다 써서 속임수를 꾸며냅니다.
그 지혜는 장량張良·진평陳平[2]과 어깨를 겨루고 그 말재주는 수하隨

----

1) 삼고육파三姑六婆: 명대 강남 지방의 유행어. 비구니[尼姑]·여도사[道姑]·
여점쟁이[卦姑]를 가리키는 '삼고三姑'와 인신매매자[牙婆]·중매쟁이[媒
婆]·무당[師婆]·포주[虔婆]·돌팔이 의사[藥婆]·돌팔이 산파[穩婆]를 가리
키는 '육파六婆'를 함께 일컫는 말이다. 일반적으로 '고'는 젊은 여자를, '파'
는 나이가 많은 여자를 가리킨다.

장량 초상. 《삼재도회》

何·육가陸賈3)와 같아서 있지도 않은 일조차 실제로 있었던 것처럼 꾸며내지요.4)

그래서 벼슬아치 집안 중에서도 점잖은 댁에서는 흔히 방을 크게 붙이고 이들의 출입을 용납하지 않습니다.

이들 중에서 가장 고약한 자들이 바로 비구니입니다. 그들은 부처님을 핑계로 삼고 암자를 영업장소5)로 삼아 아녀자들을 유인해 불공을 드리게 하기도 하고 도령들을 유인해 놀러 다니게 하기도 합니다. 사내를 보면 안부를 묻거나 호칭을 붙일 때, 예절에서만큼은 일반 스님네들과 전혀 다를 것이 없습니다. 그러면서도 상대를 다루는 데에 거리낌이 없지요.6) 내실까지 들어가 염불을 하고 불경을 읽을 때는 체격이 아무래도 여자이다 보니 어울리기가 한결 편하지요. 지금까지 뚜쟁이나 중신애비의 세계에서는 혼담의 열에 아홉은 비구니가 다 성사시키고 비구니 암자가 언제나 밀회 장소였습니다.

당唐나라 때의 이야기를 해보지요.7) 적狄 씨라는 여인이 살았습니

---

2) 장량張良·진평陳平: 전한의 개국 황제인 고조高祖 유방劉邦의 유명한 책사.

3) 수하隨何·육가陸賈: 전한대의 유명한 유세가.

4) 【즉공관 미비】格言。격언이로군.

5) 영업장소[囿]: 자세한 것은 제2권 〈요적주는 수치를 피하려다 수치를 당하고, 정월아는 착오를 알고도 착오를 밀어붙이다.姚滴珠避羞惹羞, 鄭月娥將錯就錯〉의 주석 "영업장소"를 참조하기 바란다.

6) 【즉공관 미비】透極。제대로 봤군.

7) *본권의 앞 이야기는 명대에 풍몽룡馮夢龍(1574~1646)이 엮은 《정사情史》 권3의 〈적 씨狄氏〉에서 소재를 취했다.

다. 지체가 높은 가문 출신인 데다가, 남편도 벼슬이 높은 관리이다 보니 '부인夫人[8]' 소리를 듣고 지냈지요. 부인은 절세의 미인으로 장안에서 그 명성이 자자했습니다. 장안의 귀족들이며 외척 집안의 여인들은 서로가 총애를 다투면서 욕을 할 때면 어김없이

"네년은 곱다고 뽐낸다마는 그래 봤자 적 씨 부인만 못하다. 그런 주제에 어디 감히 나를 우습게 보는 게야!"

하고 말할 정도였답니다. 이처럼 그 미모에 대한 명성은 당대에 견줄 사람이 없을 정도였지요. 그러면서도 품성까지 정숙하고 말이나 웃음조차 구애됨이 없는 정말 대단히 점잖은 여인이었습니다.

그때 마침 서지西池에서는 봄나들이 행사가 있었습니다. 장안에서는 처녀 총각들이 신이 나서 모여들고, 왕후장상의 대갓집에서는 화려한 채색화와 휘장으로 장식된 마차들의 행렬이 줄줄이 끊이지 않았지요. 적 씨 부인도 당시의 풍속을 따라 나들이를 나갔습니다. 그때 멋을 좀 안다는 젊은이들 중에는 장안에서 정식 발령을 기다리는 등騰 선비라는 사람도 있었지요. 그 역시 서지에 있다가 그 절색의 미모를 발견했는데 하도 놀란 나머지 넋이 다 나가고 얼이 다 날아갈 정도였습니다. 그녀를 따라 왔다 갔다 하면서 좀처럼 눈을 돌리지 못하는 것이 아닙니까. 적 씨 부인도 눈을 들다가 등 선비가 멋지게 행동하는 것을 발견했지요. 그러나 무심한 듯이 전혀 마음에 두지 않는 것이었

---

8) 부인夫人: 중국 고대의 존칭. 당대에는 삼품 이상 고관대작의 모친이나 아내를 '군부인郡夫人', 왕의 모친·아내 및 일품 고관대작과 제후의 모친·아내는 '국부인國夫人'으로 높여 불렀다. 나중에는 대갓집의 여주인 역시 '부인'으로 불렀다.

습니다. 등 선비는 그녀를 보느라 얼이 다 빠져버렸지 뭡니까. 시원한 물을 들이키듯이 옷을 입은 채로 그녀를 자기 뱃속에 꿀꺽 집어삼키고 싶은 마음이 간절했지요. 그래서 옆 사람에게 물었더니 '미모로 명성이 높은 적 씨 부인'이라는 것이었습니다. 거마 행렬이 다 흩어지고 나서 울적한 마음으로 돌아온 등 선비는 온 밤이 다 새도록 그녀 생각뿐이었습니다.

그날 이후로 등 선비는 걸을 때는 멈추기를 잊고 식사 때는 끼니조차 잊을 정도였지요. 마치 무엇인가를 잃어버리기라도 한 것처럼 말입니다. 일분 일초도 마음에 두지 않는 순간이 없을 지경이었습니다. 더는 견디지 못한 그는 적 씨 부인 집 근처에 간 김에 소식을 알아보았습니다. 그러나 평소 하도 단정하고 순결하다 보니 도무지 접근할 방도가 없다는 것을 깨달았지요.

"그녀에게 평소 가깝게 내왕하는 절친한 여인네가 없을 리가 있나? (…) 만약 그런 사람을 알아내기만 한다면 기회를 찾을 수 있을지도 모르지."

등 선비는 이렇게 생각하면서 자세하게 수소문하기 시작했습니다. 가만 보니 하루는 적 씨 부인 집에서 웬 비구니가 나오는 것이 아닙니까.9) 등 선비는 그 뒤를 쫓아가다가 길을 가던 사람에게 물어보니 바로 '정락원靜樂院의 주지 혜징慧澄으로, 적 씨 부인 집을 자주 드나든다'는 것이었습니다.

---

9) 【즉공관 미비】破綻來了。 틈새(허점)를 발견했군.

"됐다, 됐어!"

등 선비는 황급히 숙소로 뛰어갔습니다. 그리고는 은자 열 냥을 잘 싼 다음 허겁지겁 정락원으로 달려가서 물었지요.

"주지 스님 계십니까?"

혜징이 나와서 보니 젊은 선비인지라 안으로 들여서 차를 대접했습니다. 그리고 나서 인사를 하고 물었습니다.

"존함이 어떻게 되시는지요? 어쩐 일로 이렇게 어려운 걸음을 하셨습니까?"

"다름이 아니오라, … 전부터 귀 암자의 명성을 흠모하던 차인지라 불공 들일 돈을 좀 준비해서 이렇게 일부러 구경하러 들렀답니다."

등 선비는 이름을 밝히고 소맷부리에서 은자를 꺼내 건넸습니다. 혜징은 세상 물정에 밝은 사람이었습니다. 한눈에 보기에도 제법 묵직해 보이자 '부탁할 일이 있구먼' 싶어서 입으로는

"이러시면 안 … 되는데요!"

하고 사양하면서도 손은 벌써 은자를 챙긴 뒤였습니다. 혜징은 고맙다는 인사를 하면서 말했습니다.

"이렇게 많이 주시다니 … 하실 말씀이 있으시겠군요?"

그러나 등 선비는 그래도

"아무 부탁도 없습니다. 그저 … 성의 표시일 뿐인걸요!"

하고 둘러대고는 작별인사를 하더니 거처로 돌아가는 것이었지요.

'정말 이상한 일 아닌가! 저렇게 잘생긴 젊은이가 나 같은 늙은 비구니한테서 뭘 바라고? (…) 이렇게 후한 선물까지 주면서 아무 부탁도 없다니 ….'

혜징은 이렇게 생각하면서 한동안 그 속뜻을 짐작하지 못했습니다. 그런데 가만 보니 등 선비가 날이면 날마다 어김없이 절에 나타나 산책을 즐기는 것이 아닙니까. 혜징은 혜징대로 그를 마주칠 때마다 더욱 각별한 정성을 들이다 보니 내왕이 거듭되면서 차츰 사이가 가까워졌지요. 그러다가 혜징이 하루는 대뜸 이렇게 물었습니다.

"나리께서 애매한 모습만 보이시니 분명히 무슨 사연이 있는 게지요. (…) 부탁하실 일이 있다면 힘껏 돕도록 하겠습니다."

"말씀드리는 것도 옳지가 않거니와 … 아마 성사시키기 어려울 겁니다! 허나 … 그래도 목숨이 달린 일이기에 … 혹시라도 노스님께서 만분의 일이라도 힘을 보태어 저를 도와주시기만 바랄 뿐입니다. (…) 일이 성사되지 않는다 한들 병이 들어 죽기밖에 더하겠습니까[10]!"

등 선비가 이렇게 말하자 혜징은 난감해하면서도 말했습니다.

---

10) 【즉공관 미비】滕生亦是有心人, 宜其遂所願。 등 선비도 그녀에게 마음이 있는 사람이니 그가 소원을 이루게 해주는 것이 옳다.

"할 수가 있든 없든 간에 일단 말씀부터 해보시지요."

그러자 등 선비는 서지에서 적 씨 부인과 마주쳤는데 얼마나 곱고 얼마나 사모하게 되었는지, 그녀와 인연을 맺게 된다면 천금조차 아깝지 않다는 사연을 낱낱이 다 털어놓는 것이었지요. 그러자 혜징이 웃으면서 말했습니다.

"그 일은 아무래도 어렵겠군요. 그분은 저와 내왕하기는 합니다만 … 남달리 곱기는 해도 한 치도 빈틈이 없습니다. 그러니 어디 손을 쓸 수가 있겠습니까?"

그러자 등 선비는 곰곰이 생각하더니 물었습니다.

"스님께서 내왕하고 계신다면 … 그분이 평소 어떤 것을 좋아하는지 정도는 아시겠군요?[11]"

"그분이 딱히 어떤 것을 좋아하는 것 같지는 않더군요."

혜징이 이렇게 말하자 등 선비가 다시 물었습니다.

"스님께 무언가를 부탁한 적이라도 있는지요?"

"며칠 전 제게 고급 진주를 구해달라고 두세 번 부탁한 적은 있습니다. 딱 그 일뿐이지요."

---

11) 【즉공관 미비】精細之極。치밀하기도 하지.

그러자 등 선비는 껄껄 웃으면서 말하는 것이었습니다.

"옳거니, 옳거니! 천생연분이로군요! (…) 제게 진주를 파는 친척이 하나 있는데 … 좋은 진주들이 널렸습니다! (…) 제가 지금 그 집에서 지내고 있으니 … 스님께서 원하시는 만큼 챙겨드리겠습니다."

그리고는 등 선비는 그길로 문을 나가 말을 빌리더니 나는 것과도 같이 그 자리를 떠났습니다.12) 그리고 잠시 뒤였습니다. 큰 진주가 든 주머니 두 개를 지니고 절로 돌아오더니 혜징에게 보여주면서 말하는 것이었습니다.

"이 진주는 값이 이만 관이나 나갑니다. 오늘 아름다운 적 씨 부인 체면을 봐서13) 절반을 깎아서 만 관에 드리지요!"

"부인의 바깥어른은 북쪽 변방에 사신으로 나가 계십니다. 부인은 여자이신데 댁에서 그 많은 돈을 어떻게 마련할 수 있겠습니까?"

등 선비가 웃으면서 말했습니다.

"사오천 관이면 어떻습니까! 아니, 천 관이든 몇 백 관이든 상관없습니다. 원만하게 성사만 된다면야 한 푼도 안 주셔도 괜찮습니다!14)"

그러자 혜징도 웃으면서 말하는 것이었지요.

---

12) 【즉공관 미비】眞有心人。 정말 지극한 정성일세.
13) 【즉공관 측비】妙甚。 아주 기가 막히는군.
14) 【즉공관 미비】値得如此。 그 정도야 가치가 있지.

"정말 바보 같은 소리를 다 하시는군요! (…) 이 진주가 생겼으니 제가 나리를 위해서 소진蘇秦[15]·장의張儀[16] 같은 혀로 온갖 절묘한 꾀를 다 짜내서 무슨 수를 써서라도 적 씨 부인께서 절에 들르도록 해보겠습니다. 그때 기회를 봐서 나리하고 한번 만날 수 있게 해드리지요. 그러니 알아서 수단이라는 수단은 다 동원하도록 하십시오. (…) 성사되고 안 되고는 나리 운에 달렸지, 저는 상관이 없습니다."

"그저 대단한 수완으로 제 목숨을 구해주시기만 바랍니다!"

그러자 혜징은 싱글벙글 웃으면서 진주가 든 주머니 두 개를 들고 그길로 적 씨 부인 집으로 갔습니다. 부인에게 인사를 하고 나니 부인이 대뜸 물었습니다.

---

15) 소진蘇秦(?~B.C.284): 전국시대의 유세가. 장의張儀와 더불어 종횡가縱橫家를 대표하는 인물이다. 기원전 333년에 진秦나라에 대항해 여섯 나라가 연합전선을 형성해야 한다는 합종책合縱策을 주장해 연나라 소왕[燕昭王]에게 중용되었고, 조趙·제齊·위魏·한韓·초楚의 다섯 나라를 설득해 연합전선을 구축하는 데에 성공했다. 이로 인해 여섯 나라의 재상으로 십여 년간 영화를 누렸으나 동문수학한 친구 장의가 새로 제시한 연횡책連橫策으로 인해 합종책이 깨지고 그동안 그가 여섯 나라의 분열을 조장한 사실이 드러나 제나라에서 살해당했다.

16) 장의張儀(?~B.C.310): 전국시대의 유세가. 출세하고자 각국을 전전하다가 진나라 혜왕[秦惠王]에게 연횡책을 건의해 무신군武信君에 책봉되었다. 이어서 위나라에 들어가 한韓·위 두 나라가 동맹을 맺어 제齊·초楚 두 나라에 대응하게 했으며, 소양왕昭襄王 때에는 초나라에 들어가 제·초 동맹을 와해시키고 다시 제·진 두 나라가 동맹을 맺어 초나라를 고립시키기도 했다. 그의 연횡책은 소진의 합종책과 더불어 전국시대에 열국의 세력 균형을 유지하는 데에 기여했다.

"주머니에 든 것이 무엇입니까?"

"부인께서 지난번에 구해달라고 부탁하신 진주입니다! 오늘 최고급 진주가 두 주머니나 생겼길래 부인께 보여드리려고 왔지요."

혜징이 이렇게 말하고 주머니를 끄르자 적 씨는 잡히는 대로 주머니에서 꺼내서 보더니 혀까지 끌끌 차면서 감탄하는 것이었습니다.

"정말 훌륭한 진주로군요!"

보고 또 보면서 도무지 손에서 놓을 줄을 모르지 뭡니까.[17] 그러더니 묻는 것이었습니다.

"값이 얼마나 됩니까?"

"만 관을 달라는군요."

혜징이 이렇게 대답하자 적 씨는 놀라면서 말했습니다.

"이런 것을 반값밖에 부르지 않다니 … 정말 싸군요! (…) 허나 우리 집 대감께서 안 계셔서 당장은 그 많은 돈을 마련할 수가 없으니 … 이를 어쩌지요?"

그러자 혜징은 적 씨를 잡아끌면서 말했습니다.

---

17) 【즉공관 미비】魚呑芳餌。 고기가 미끼를 물었군.

술로 조 니고가 미인을 속이다.

"부인 … 일단 자리를 옮겨서 이야기를 나누시지요."

적 씨가 함께 방으로 들어가니 혜징이 말하는 것이었습니다.

"부인, 이 진주가 마음에 드신다면 돈은 필요가 없습니다. (…) 이 진주는 어떤 나리가 부인께 부탁드릴 일이 있어서 드리는 것이니까요."

"이야기꾼 양반, 설마 양갓집 마님 안전에서 대놓고 '이 진주를 드릴 테니 그 짓을 해주십시오' 하고 말했다는 거요 지금?"

손님, 성급하게 그러지 마십시오. 그 비구니가 교묘한 말재주로 알아서 돌리고 돌려서 둘러대는 것 좀 들어보세요, 글쎄. (…) 그래서 그때 적 씨가 물었답니다.

"그분이 하려는 것이 무슨 일이길래요?"

"젊은 나리인데, … 원수 집안의 모함으로 벼슬을 잃었답니다. (…) 그저 이부에 손을 좀 쓰셔서 시비를 가리게만 해달라고 하는군요. 복직만 되면 기꺼이 이 진주를 드리겠답니다. (…) 제 생각에 부인의 형제분과 대감의 숙부님들은 하나같이 고관대작이시니 … 부인께서 줄을 대시고 그분을 이끌어만 주신다면 이 진주는 따로 값을 치를 필요가 없지요."

혜징이 말하자 적 씨가 말했습니다.

"그럼 스님께서는 일단 이 진주를 가져다 그분께 돌려주십시오. 제가 천천히 생각해보고 길이 생기면 처리하도록 하십시다."

"그분이 몹시 급한 것 같더군요. (…) 그냥 돌려주시면 다른 사람을 찾아갈 겁니다. 그렇게 되면 그의 진주를 어떻게 다시 구할 수가 있겠습니까? 차라리 … 일단 부인 댁에 간수하시면서 그분에게는 그냥 '길이 있으니 내일 와서 대답을 들으라'고만 하시지요."

"그게 그럴듯하군요."

혜징은 작별을 하고 그길로 등 선비를 만나 낱낱이 다 알려주었지요. 그러자 등 선비가 말했습니다.

"이제 (…) 어쩌면 될까요?"

"그분이 진주가 마음에 들어서 받으셨으니 어찌 되었든 간에 내일은 반드시 방법을 강구해서 그분을 이리 오시게 만들어야지요. 제 솜씨를 두고 보세요.[18]"

등 선비는 다시 은자 열 냥을 그녀에게 주면서 내일 일찍 가달라고 부탁하는 것이었습니다.

저쪽의 적 씨는 혜징과 헤어진 뒤에 다시 진주를 자세히 감상했습니다. 그런데 보면 볼수록 마음에 들지 뭡니까! 그래서 생각했지요.

'오라버니들께 가서 부탁하는 일이야 내 낯을 봐서라도 무난하게

---

18) 【즉공관 미비】 狠手。 무섭구먼.

해결해주실 테니 … 이 진주들도 곧 내 것이 되겠구나!'

원래 사람 마음이란 것이 욕심을 품어서는 안 되는 법입니다. 일단 욕심을 품은 것을 남들이 눈치 채기라도 하면 금세 남의 속임수에 빠지게 마련이거든요.[19] 만약 적 씨가 비구니에게 진주를 구해달라는 부탁만 하지 않았더라면 사달이 날 일은 없었을 겁니다. 설령 진주를 보았다고 하더라도 그렇지요. 돈이 있으면 사고, 돈이 없으면 말았다면, '하나는 하나고 둘은 둘'[20]이라는 말처럼, 아무리 손님들같이 멋진 사나이라고 해도 적 씨의 털끝 하나조차 건드리지 못했을 겁니다. 그런데 하필이면 이 진주를 좋아하게 되고, 거기다 돈까지 구하지 못하는 바람에 남이 만든 함정[21]에 빠져서 얼음처럼 맑고 옥처럼 깨끗하던 분을 도저히 헤어날 수 없게 만들어버린 거지요.

다시 이야기를 들려드리겠습니다. 적 씨가 다음 날 이 일을 고민하고 있는데 마침 혜징이 와서 묻는 것이었지요.

"부인, 생각해보시니까 … 가능할 것 같은지요?"

"어젯밤 그 분 일을 곰곰이 생각해보았는데 … 길이 있기는 있습디다. 잘 성사될 거라고 장담합니다."

---

19) 【즉공관 미비】 好格言。 멋진 격언이군.

20) 하나는 하나고, 둘은 둘[一則一, 二則二]: 명·청대의 유행어. 조금도 애매한 구석이 없이 일처리가 딱 부러지는 모습을 두고 한 말이다.

21) 【교정】 함정[機穀]: 상우당본 원문(제244쪽)에는 뒷 글자가 '껍질 각殼'으로 나와 있으나 전후 맥락을 고려할 때 원래는 '활 당길 구彀'를 써야 옳다. '기구機彀'는 근세 이래로 '함정·올가미' 등의 의미로 사용되었다.

그러자 혜징이 말하는 것이었지요.

"헌데 ⋯ 곤란한 일이 하나 있습니다. (⋯) 만 관이나 되는 돈이 왔다 갔다 하는 일이라면 작은 일은 아니지요. 소승 같은 가난한 비구니래 봤자 저울로 아무리 달아 보았자 살이 몇 근도 되지 않을 겁니다. (⋯) 이러쿵저러쿵 해도 손님과 주인이 서로 모르는 사이라면 일을 해낸다 한들 그분이 어디 믿으려 하겠습니까?"

"그건 그렇지요. ⋯ 그럼 어쩌지요?"

"제 아둔한 생각으로는 ⋯ 부인께서 불재를 지내는 척하고 저희 절에 오셨다가 그 나리와 우연히 마주친 체 해서 ⋯ 그때 두 분이 얼굴을 맞대고 이야기를 나누어보시지요. 이 방법 ⋯ 괜찮으시겠습니까?"

적 씨는 선량한 마음을 가진 사람이었습니다. 그런데 얼굴을 드러내고 낯선 사람을 만나라는 소리를 듣자 귀가 다 빨개지지 뭡니까. 그녀는 연신 손을 내저으면서 말했습니다.

"어떻게 그렇게 해요!"

그러자 혜징도 낯빛을 바꾸더니 말하는 것이었지요.

"그게 뭐 어려운 일입니까? 그저 그 자가 사연을 좀 들려주면 이쪽에서는 도와줄 수 있다고 장단을 맞추어서 그 자가 의심만 품지 않게하면 그만인걸요. (⋯) 만약 부인께서 직접 만나는 건 곤란하다고 여기신다면 이 일은 물 건너 간 것으로 여기고 그만 포기할 수밖에 없지요. 제가 억지로 강요할 수도 없는 노릇이고요.22)"

그러자 적 씨는 다시 곰곰이 생각하더니 말했습니다.

"노스님 생각이 그러시다니 상관없을 것 같기도 하군요. 이틀 뒤면 돌아가신 제 오라버니 기일이니 절로 가서 재를 지내지요. (…) 선 채로 그분에게 딱 한두 마디만 시키고 바로 보내도록 하시지요. 남들 눈에 거슬리지 않게 말입니다."

"제 뜻도 원래 딱 그 정도까지였습니다. 할 말 다 했는데 그 자를 왜 붙잡아두겠습니까? 제가 다 알아서 하고말고요!"

혜징이 약속을 잡은 다음 절로 돌아갔더니 등 선비가 벌써 와 있는 것이 아닙니까. 혜징은 아까의 일을 일일이 다 일러주었습니다. 등 선비는 절을 꾸뻑 하면서 이렇게 고맙다고 인사를 하는 것이었습니다.

"장의와 소진의 말솜씨도 스님은 못 따라잡겠군요."

소진 초상

그날이 되자 혜징은 꼭두새벽에 일어나 공양 음식을 잘 준비했습니다. 그리고는 먼저 등 선비를 외부인 발길이 닿지 않는 조용한 내실에 숨기고 상에 훌륭한 술과 안주를 차린 다음 문을 닫았습니다.

---

22) 【즉공관 미비】妙在淡他, 使無可疑。여기서 기막힌 대목은 그를 태평하게 대하면서 그가 이상하게 여기지 않게 하는 데에 있지.

그러고는 혼자 바깥채로 나와 일을 보면서 적 씨가 오기만을 기다리는 것이었지요. 그야말로

| 코를 파고드는 향기로운 미끼 준비해놓고, | 安排撲鼻香芳餌, |
| 고래가 와서 낚싯바늘 물기만 기다리노라! | 專等鯨鯢來上鉤。 |

적 씨는 그날 오후 서너 시 쯤 정말로 잘 차려 입고 나타났습니다. 그녀는 남들의 이목이 두려워서 시동들까지 다 다른 곳에 보내놓고 계집종 하나만 데리고 절로 들어왔습니다. 그리고 혜징을 발견하자 물었지요.

"그분은 왔습니까?"

"아직 안 왔습니다."

그러자 적 씨가 말하는 것이었습니다.

"아주 잘됐군요. 일단 불재부터 끝내시지요."

혜징은 그녀를 대신하여 불사의 취지를 알리고 고인의 명복을 빌었습니다. 그러고는 어린 비구니에게 계집종을 데리고 다른 곳에 가서 놀게 한 다음[23] 적 씨를 보고

"잠시 작은 방으로 가서 좀 앉으시지요."

하더니 적 씨를 안내해 어두운 골목을 몇 개나 돌아서 작은 방 앞에

---

23) 【즉공관 미비】 要緊。아주 중요하지.

이르렀습니다. 그런데 발을 걷고 들어가서 가만 보니 웬 준수한 얼굴의 젊은이가 혼자 그 안에 있고, 상에는 술과 안주가 잔뜩 차려져 있지 뭡니까. 적 씨 부인이 깜짝 놀라 바로 나가려고 할 때였습니다. 혜징이 잔꾀를 부려서 말하는 것이었지요.

"부인과 얼굴을 맞대고 말씀드리겠다고 하더니 절도 드리지 않고 뭐 하십니까!"

그러자 등 선비가 준수한 외모를 뽐내며 재빨리 부인 앞으로 달려와 코앞에서 인사를 하는 것이었습니다. 적 씨도 어쩔 수 없이 답례를 하는 수밖에 없었지요.

"나리가 부인의 후의에 감동하여 부인께 감사를 드린다면서 특별히 술을 좀 준비하셨지 뭡니까. 그 성의를 봐서라도 절대로 물리치시면 안 됩니다?24)"

혜징이 이렇게 말하길래 적 씨는 몸을 일으키려다가 눈을 들어 보는데 알고 보니 서지에서 마주쳤던 사람이지 뭡니까. 가만 보니 젊은 데다가 신수가 훤하면서도 사랑스러운지라 어느 사이에 마음이 누그러지는 것이었습니다. 그녀는 부끄럽기도 하고 기쁘기도 해서 이렇게 한마디 내뱉었습니다.

"무슨 일인지 솔직하게 말씀하십시오."

---

24) 【즉공관 미비】緊緊慢慢, 俱有絕妙勝着。 당겼다 놓았다 하는데, 그 모든 것이 다 기막힌 이길 수로군.

그러자 혜징은 적 씨의 옷자락을 붙잡으면서 말했습니다.

"부인, 앉아서 이야기하셔도 될 일을 … 어째서 두 분 다 서서 이러십니까?"

등 선비는 술을 한 잔 가득 따른 다음 미소를 띠고 큰 소리로 인사를 했습니다. 그러더니 두 손으로 술을 받쳐 들고 다가와 바치는 것이었습니다. 적 씨는 거절할 수가 없어서 마지못해 받아서 단숨에 다 마셔버렸지요.[25] 혜징은 혜징대로 술주전자를 넘겨받더니 한 잔을 따랐습니다. 적 씨는 눈치를 채고 답례로 한 잔을 권할 수밖에 없었지요. 이렇게 눈빛이 오고 가는가 싶을 때였습니다. 적 씨는 당초의 그 조신한 모습일랑 다 팽개쳐버리고 다시 묻는 것이었습니다.

"나리께서는 … 정말 어떤 벼슬을 원하십니까?"

그러자마자 등 선비는 눈으로 혜징을 힐끗 쳐다보더니 말했습니다.

"스님께서 계셔서 … 터놓고 말씀드리기가 좀 그렇군요."

"그럼 저는 … 잠시 자리를 피하도록 하겠습니다."

이렇게 말한 혜징은 몸을 일으켜 바로 나가더니 '쾅' 하고 쪽문을 닫는 것이었습니다. 문이 닫히기가 무섭게 등 선비는 잽싸게 자기 자리를 옮겨 적 씨 옆까지 다가와서 두 손으로 와락 껴안더니 말했습니다.

---

25) 【즉공관 측비】 已着手了。 벌써 걸려들었군.

"소생 … 서지에서 부인을 뵙고 난 후로 밤낮으로 사모해왔습니다! (…) 상사병으로 곧 죽을 것 같으니 제발 … 부인께서 소생 목숨 좀 살려주십시오! 부인께서 허락만 하신다면 제 몸이든 목숨이든 다 부인께 드리겠습니다! 그깟 벼슬이야 얻든 말든 무슨 상관이겠습니까?"

그러더니 두 무릎을 꿇는 것이 아닙니까. 적 씨가 보니 외모가 훤한데다가 사연도 딱했습니다. 거기다 몇 번이나 '부인, 부인' 하면서 애걸하는 모습이 정말 당황스러우면서도 사랑스럽기까지 했지요. 소리를 지르자니 이로울 것이 없고, 뿌리치려 해도 단단히 껴안고 있으니 그의 두 손을 어떻게 뿌리칠 수가 있겠습니까. 등 선비는 꿇어앉은 그대로 내내 끌어안고 있다가 일어나 침상으로 갔습니다. 그러고는 부인을 침상 안에 눕히더니 속옷을 마구잡이로 벗기는 것이 아닙니까.[26]

적 씨는 적 씨대로 순간적으로 욕정이 일어나 음욕을 주체할 수 없을 정도로 이성을 놓고 말았습니다. 아무리 이리 가리고 저리 덮으려 해도 마지막에는 제대로 저항도 하지 못한 채 속절없이 그가 하는 대로 몸을 내맡길 수밖에 없었지요.

등 선비는 젊은 고수여서 그쪽으로 능력이 남다르다 보니 적 씨를 온몸이 나른해지게 만드는 것이었습니다. 자신도 진작부터 정액이 흘러나오고 있었습니다. 사실 적 씨에게 남편이 있기는 했지만 여태껏 이런 황홀경까지는 겪어본 적이 없었지요. 그렇다 보니 그 쾌락이 이루 형용할 수 없을 정도였습니다.

---

26) 【즉공관 미비】 不由不動興矣。 저도 모르는 사이에 신바람이 났구먼!

운우의 정을 나눈 그녀는 등 선비의 손을 꼭 잡으면서 말했습니다.

"당신 … 이름이 어떻게 되나요? 오늘이 아니었다면 하마터면 인생을 헛살 뻔했습니다! (…) 이제부터는 밤마다 당신과 만나야겠어요."

등 선비가 이름을 알려주자 몇 번이나 고맙다고 인사를 했지요. 그러는데 마침 혜징이 문을 열고 들어오자 적 씨는 부끄러워서 아무 말도 못 하는 것이었습니다.

"부인, 저를 나무라지 마십시오. 이 나리가 부인 때문에 다 죽어가길래 자비를 근본으로 삼는 소승[27]이 부인께서 이분 목숨을 구해주시라고 꾀를 내었답니다. … 이번 일로 칠층탑[28]을 쌓은 것보다 더한

---

27) 소승[貧道]: '빈도貧道'는 글자 그대로 풀이하면 '[학식이나 경륜이] 많이 부족한 도인'이라는 뜻으로, 중국 고전 소설이나 희곡에서 도교의 도사가 자신을 낮추어 겸손하게 말할 때 사용하는 호칭이다. 반면에, 불교 쪽에서는 '빈승貧僧'이라고 표현해야 옳다. 그러나 여기서 보는 것처럼, 원·명·청대 소설이나 희곡에서는 불교 승려들이 자신을 겸손하게 부를 때 '빈도'라는 호칭도 수시로 사용했다. 여기서는 편의상 '빈도'를 "소승"으로 번역했다.

28) 탑[浮圖]: '부도浮圖'는 원래 '부처'나 '불교도'들을 뜻하는 산스크리트어의 '붓다Buddha'를 발음대로 한자로 적은 것이다. 시대나 저자에 따라 경우에 따라서는 '부도浮屠·부두浮頭·포도蒲圖·불도佛圖·불타佛陀' 등으로 다르게 표기하기도 하며, 산스크리트어에서 부처나 승려의 사리를 모신 일종의 무덤 건축물을 뜻하는 '스투파Stupa'에 어원을 둔 '솔도파窣堵婆', 여기서 '스'가 탈락된 '탑파塔婆'와 함께 '(불)탑'을 뜻하는 말로 사용되기도 한다. 여기서도 "부도"는 '탑파' 즉 '(불)탑'의 의미로 사용되었다. 중국 불교에서는 "사람 목숨 하나를 구하는 것이 칠층탑을 쌓는 것보다 낫다.救人一命, 勝造七級浮圖"라는 말로 불교도들에게 사리사욕을 버리고 남을 위하여 기여하고 희생하는 공덕을 쌓을 것을 호소하곤 했다. 참고로 불교에서 '공덕功德'이란 자신에게는 이익이 없음에도 기꺼이 남들을 위해 일하고 돕는

공덕을 이루신 셈입니다!29)"

혜징이 이렇게 말하자 적 씨가 말했습니다.

"저를 잘도 속이셨군요! 이제부터는 스님이 책임을 지고 밤마다 이 분을 저희 집으로 보내주셔야겠습니다.30)"

"그거야 당연하지요."

세 사람은 그렇게 해서 그날 밤 각자 헤어졌습니다.

그 뒤로 적 씨는 매일 밤 쪽문을 열고 등 선비를 끌어들이는데, 하루도 거르는 날이 없었지요. 적 씨는 속으로 등 선비를 너무도 사랑하게 되었습니다. 그래서 '혹시라도 그가 언짢아하지는 않을까' 노심초사하면서 지극정성으로 그를 섬겼지요. 등 선비는 등 선비대로 온 힘을 다해 적 씨를 받들면서 불덩이와도 같이 뜨겁게 사랑을 나누었답니다.

그렇게 몇 달을 보내고 적 씨의 남편이 집으로 돌아왔습니다. 그러자 등 선비의 출입은 차츰 뜸해졌지요. 그러나 그 남편이 외지로 나가기만 하면 그를 불러서 밀회를 즐기곤 했습니다.

그렇게 일 년 남짓 지났을 때였습니다. 적 씨의 남편이 불미스러운 소문이 좀 나도는 것을 눈치 채고 집단속을 철저하게 하는 바람에 둘은 더는 내왕할 수 없게 되었지요. 적 씨는 등 선비를 그리워하다가

이타적인 언행을 두루 일컫는다.

29) 【즉공관 미비】 好說話。 참 좋은 이야기 한다.

30) 【즉공관 측비】 包送。 보내고말고.

결국 병이 나서 죽고 말았습니다. 처음에는 그토록 정숙하던 여인이 비구니의 꾐에 넘어가 몸을 망치고 거기다 목숨까지 잃고 만 것입니다. 그러나 이 일도 따지고 보면 적 씨 자신이 성정이 나약한 데다가 나중에는 욕정까지 발동해서 이성을 잃는 바람에 그렇게 당한 셈입니다.

여기 또 다른 정숙한 여인이 있습니다. 그 여인도 비구니의 악독한 속임수에 넘어갔지만 끝까지 거부하면서 남편과 합심해서 대처함으로써 그 비구니를 처참하게 죽게 만들지요. 정말 속이 다 후련해지는 이야기인데, 좀처럼 듣기 드물고 보기 드문 일이 아닐 수 없습니다. 그야말로 〈보문품普門品〉31)의 이 말씀과 꼭 맞아떨어지는군요.

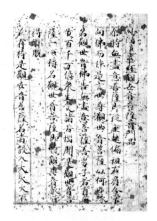

《법화경》〈25품 보문품〉 부분
일본 교토 국립박물관 소장

저주와 온갖 독약으로	呪咀諸毒藥,
나를 해치려 하는 자가 있을 때에는,	所欲害身者。
저 관음의 법력을 새기고 또 새기도록 하라.	念彼觀音力,
도리어 그 당사자가 해를 당하게 될 것이니라.	還着於本人。

이야기를 들려드리겠습니다.32) 무주婺州33) 땅에 어떤 수재秀才가

---

31) 〈보문품普門品〉: 불교 경전인 《법화경法華經》의 제25품인 〈관세음보살觀世音菩薩 · 보문품 · 普門品〉을 말한다.

32) *본권의 몸 이야기는 출전 미상의 자료에서 소재를 취했다. 나중에는 청대 초기 극작가 부일신傅一臣(?~?)이 지은 희곡집 《소문소蘇門嘯》에 수록된 잡극 《절설공초截舌公招》에 영향을 준 것으로 보인다.

살았습니다. 성이 가賈 씨인데, 젊고 학식이 높을 뿐 아니라 재능과 지혜도 남달랐지요. 그에게는 무巫 씨 성의 아내가 있는데, 자태와 용모가 뛰어나고 천성이 지조가 있고 현숙했습니다. 두 사람은 물고기와 물처럼 서로 존경하고 사랑하면서 한마디도 거역하는 일이 없을 정도였지요. 수재는 대갓집 글방에서 글공부를 가르치다 보니 반년은 돌아오지 못하기 일쑤였습니다. 무 씨 처자는 집에서 살림만 하면서 '춘화春花'라는 몸종과 같이 지냈습니다.

무 씨 처자는 바느질과 자수 솜씨가 아주 뛰어났습니다. 이전에 관음보살觀音菩薩 수를 한 폭 놓았는데 그 장엄한 모습이 마치 살아 있는 것 같았지요. 무 씨 자신도 무척 자랑스러워하면서 수재에게 표구점에 갖고 가서 표구를 하게 했는데 보는 사람마다 찬탄하지 뭡니까. 그녀는 족자 그림으로 표구를 한 뒤에 가지고 와서 깨끗한 방에 걸어놓고 아침저녁으로 향을 피우고 불공을 드렸습니다.

그녀가 정성을 다해 관음보살을 모신 것이 계기가 되었겠지만, 그 거리에 관음암觀音庵이라는 절이 있는데 그 절의 조 니고尼姑[34]라는 비구니가 그녀의 집에 자주 마실을 나왔지요.[35] 수재가 집을 비우기라도 하면 조 니고를 집에 잡아두고 며칠씩 같이 지내곤 했습니다. 조 니고 역시 이따금 무 씨를 절로 초대했지요. 그러나 무 씨는 아내

---

33) 무주婺州: 중국 고대의 지역 이름. 수隋나라 개황開皇 13년(593) 오주吳州를 무주로 개칭했고, 명대에 이르러 금화부金華府가 되었는데 그 치소는 지금의 절강성 금화였다.

34) 니고尼姑: '니고'는 명·청대에 비구니(여승)를 일컫던 호칭이다. 여기서 '조 니고'는 '비구니 조 씨' 정도의 의미가 되겠지만 편의상 원문 그대로 '조 니고'로 옮긴다.

35) 【즉공관 미비】好筍縫。건수를 잡았구먼.

의 본분에 충실하면서 여가가 생겨도 좀처럼 외출을 하려 하지 않았습니다. 그래서 암자로 마실을 가는 것도 일 년에 한두 번밖에 되지 않았지요.

그러던 어느 봄날이었습니다. 수재가 집에 없을 때 조 니고가 무 씨를 보러 왔길래 한가하게 대화를 나누었습니다. 그러고 나서 일어나 그녀를 배웅하는데 조 니고가 말하는 것이었지요.

"정말 좋은 날씨군요! 아씨도 같이 밖에 나가서 구경 좀 하시지요."

그런데 무슨 일이 나려고 그랬던 걸까요? 발길 닿는 대로 조 니고와 함께 자기 집 문간까지 걸어 나와서 머리를 내밀고 문 밖을 살피고 있었습니다. 그런데 가만 보니 웬 사람이 건달 행색을 하고 건들건들 걸어오다가 무 씨와 정면으로 얼굴이 딱 마주쳤지 뭡니까. 무 씨는 황급히 몸을 안으로 피해 문간에 숨고, 조 니고만 그대로 서 있었지요. 알고 보니 그자는 조 니고와 알고 지내는 사이였습니다.

"스님, 거기서 한참을 찾았는데 여기 계셨군요! (…) 스님하고 상의할 일이 있는데요."

"이 댁 부인과 작별하고 나서 이야기하시지요."

조 니고는 안으로 들어가 무 씨에게 작별인사를 했습니다. 그러자 이쪽의 무 씨도 문을 닫아걸고 나서 안으로 들어가는 것이었지요.

그럼 계속 이야기를 들려드리겠습니다. 아까 조 니고를 부르던 그 건달 행색을 한 자는 성이 복卜, 이름이 양良이었습니다. 무주 성내에서 아주 음탕하고 한심한 자였지요. 얼굴이 좀 반반한 여인만 봤다 하면 수작을 걸 궁리만 했고 자기 손에 들어오기 전에는 절대 포기하지 않았지요. 게다가 음란한 성격이다 보니 미인이고 추녀고 가리지 않고 모두 차지해야 직성이 풀리는 자였답니다. 그렇다 보니 비구니들은 모두 그와 왕래가 있었습니다. 때로는 그에게 다리를 놓아주기도 하고 때로는 기회를 봐서 그와 놀아나기도 했지요.

조 니고에게는 제자가 하나 있었습니다. 법명은 본공本空이고 나이는 이제 스무 살이 좀 넘었는데, 자색이 뛰어났지요. 이런 여인이야 어디 정말 출가한 거라고 할 수 있겠습니까? 늙은 비구니가 기생을 하나 키우는 격으로,[36] 손님을 상대로 잠자리 시중을 들고 돈을 받아 내곤 했지요. 물론, 남들의 눈을 속이면서 그 짓을 벌이고 있었답니다. 그런데 이 복량이라는 자가 바로 조 니고의 단골이었던 겁니다.

그날 무 씨와 헤어진 조 니고는 그를 복량을 쫓아가서 물었습니다.

"복 나리, … 무슨 하실 말씀이라도 있으신지요?"

"방금 그 집 … 가 수재 집이지요?"

"그렇습니다."

그러자 복량이 말하는 것이었습니다.

"전부터 그 집 부인이 아름답다는 이야기를 들었는데 … 방금 스님하고 같이 나오다가 문 안쪽에 숨은 이가 바로 그 처자겠군요?"

---

36) 【즉공관 미비】 往往有之, 豈止一庵。 저런 일은 왕왕 있지. 어디 저 암자뿐이겠나.

"참 눈도 밝으시지! (…) 그 댁에 다른 처자는 없습니다. 그 댁뿐만 아니라 이 거리에서조차 그렇게 아리따운 처자는 또 없지요."

"정말 아름답군요. 명불허전이올시다! (…) 언제 다시 만나면 자세하게 뜯어보아야겠습니다."

관음보살상

"어려울 것이 뭐가 있겠습니까? (…) 이월 십구일은 관음보살 탄신일입니다. 거리에서 보살맞이 축제가 벌어지면 구경하는 사람들로 인산인해가 될 겁니다. (…) 나리는 바로 그 댁 맞은편 집 이층으로 가서 방을 한 칸 빌려서 묵도록 하세요. 그녀는 집에서 혼자 지내고 있으니 제가 불러내 문간에서 축제를 구경하다 보면 분명히 오래 서 있게 될 겁니다. 그때 창문 틈을 벌리기만 하면 실컷 보실 것 아닙니까?"

"기가 막히군요, 기 막혀!"

그날이 되자 복량은 조 니고의 꾀에 따라 맞은편 집 이층에 묵었습니다. 그러고는 가 씨 집 문 안쪽만 뚫어져라 쳐다보고 있었지요. 그런데 가만 보니 조 니고가 정말로 들어가서 처자를 불러내는 것이 아닙니까. 무 씨 아씨는 별 의심이 없는 데다 자기 집 문 앞이다 보니 길거리에서 사람들이 쳐다보는 것만 신경을 썼지 누가 맞은편 집에서 몰래 자신을 훔쳐볼 줄이야 어디 상상인들 했겠습니까?[37] 덕분에 복량은 머리끝부터 발끝까지 눈요기를 실컷 하다가 그녀가 집 안으로 들어가고 나서야 아래층으로 내려왔지요. 마침 조 니고도 가 씨 집에서 나오는 길이어서 둘은 서로 마주쳤습니다.

"꼼꼼하게 보셨어요?"

조 니고가 웃으면서 묻자 복량이 말했습니다.

"눈요기야 아주 잘 했습니다. 하지만 … 상상만 해봤자 아무 쓸모도 없는 법이지요. 보면 볼수록 안달만 나는데 … 어떻게 해서든 손에 넣었으면 좋겠습니다!"

그러자 조 니고가 말하는 것이었습니다.

"'수챗구멍 속에서 백조 고기를 먹으려 든다'[38]더니! 그분은 수재의 부인입니다. 함부로 나다니는 사람이 아니라고요. (…) 더욱이 나리는 일가친척도 아니고 얼굴 한 번 본 적도 없는 사이입니다. 그런데 무슨 빌미로 왕래를 트겠습니까? 그냥 눈요기 한 걸로 만족하셔야지요![39]"

두 사람은 이렇게 이야기를 나누는 사이에 암자에 도착했습니다.

---

37) 【즉공관 미비】可恨。고약하군.

38) 수챗구멍 속에서 백조 고기를 먹으려 든다[陰溝洞裏思量天鵝肉喫]: 명·청 대 강남 지역의 유행어. 자기 분수를 모르고 현실적으로 이루지 못할 것을 바라는 사람을 두고 하는 말이다.

39) 【즉공관 미비】要知若肯出來，有一面便容易交關矣。其言可畏如此。나오기만 하고, 안면만 있으면 간단하게 관문을 통과하게 된다는 것을 일깨워준 게지. 그 말이 이렇게도 무섭구나!

그런데 복량이 암자에 들어서자마자 조 니고에게 무릎을 꿇고

"스님께서는 그 집에 드나드시니 꼭 무슨 꾀든 내서라도 그 처자를 유인해주십시오!"

하는 것이 아닙니까. 조 니고는 그래도 고개를 가로저으며 말했지요.

"안 됩니다. 안 돼요!"

"재미만 볼 수 있다면 죽어도 여한이 없습니다!"

복량이 이렇게까지 말하자 조 니고가 말했습니다.

"그 부인은 다른 사람들하고는 다릅니다. 말 붙이는 것도 호락호락하지 않고요. 그러니 그녀의 춘심을 자극해 나리와 어째보려고 해봤자 만 년이 지나도 힘들 것입니다. 그냥 재미만 좀 보겠다면 무리해서라도 좀 시도해보셔도[40] 상관은 없지요. 허나 … 성급하게 달려들면 안 됩니다!"

"강간이라도 하라는 겁니까?"

복량이 묻자 조 니고가 말했습니다.

"강간까지야 아니겠지만 … 아무튼 그녀가 거부하지 못하게 하시

---

40) 【즉공관 미비】狠甚。 참 무섭군.

라는 거지요."

"묘책이라도 있습니까? 그렇다면 무조건 스님만 믿겠습니다!"

"옛말에 '느릿느릿 노를 저어 배를 움직여서 취한 고기를 잡는다'⁴¹⁾
고 했습니다. (…) 그녀를 취하게 만든 다음 나리 마음대로 하십시오!
어떻습니까?"

"좋긴 합니다만 … 어떻게 꾀를 써서 그녀를 구워삶으라는 말씀이
십니까?"

그러자 조 니고가 말하는 것이었습니다.

"그 처자는 술이라면 냄새조차 맡지 못합니다. 한사코 마시지 않겠
다고 버틸 테니 억지로 권하기는 어려울 겝니다. 만약 막무가내로 권
하다가는 그녀도 수상하게 여기거나 역정을 내면서 결국 마시지 않을
테지요. 그렇게 되면 어쩔 방도가 없습니다.⁴²⁾ 설령 용케 한두 잔 마
시게 만든다 해도 금세 취했다가 바로 깰 테니 제대로 속일 수는 없겠
지요."

"그럼 … 이제 어떻게 한다지요?"

"속일 방법이 다 있어요, 글쎄! 그러니 걱정일랑 하지 마십시오!"

---

41) 느릿느릿 노를 저어 배를 움직여서 취한 고기를 잡는다[慢櫓搖船捉醉魚]:
    명대의 유행어. 상대방이 눈치 채지 못하도록 느긋하게 행동하다가 기회를
    봐서 단숨에 행동하는 경우를 말하는데 주로 부정적인 상황에서 사용된다.
42)【즉공관 미비】周到之極。정말 용의주도하군.

복량은 그래도 알려달라고 고집을 피우는 것이었습니다. 조 니고는 그의 귀에 대고 낮은 소리로 '여차저차해서 이러저러하게[43] 하라' 이르더니 물었지요.

"어떤 것 같습니까?"

복량은 발을 구르고 껄껄 웃으면서 말했습니다.

"기막힌 꾀올시다! 예로부터 여태까지 이런 묘책은 없었을 겁니다."

"다만 한 가지, … 제가 이 묘책으로 그녀를 구슬려서 일을 벌이면 그녀가 의식이 돌아왔을 때 정색을 하고 저를 탓할 것이 분명합니다. (…) 그때 가서 저하고 내왕을 끊으면 어쩌지요?"

그러자 복량이 말하는 것이었습니다.

"손에 넣지 못할까 봐서 걱정이지 손에 넣고 난 다음에야 그녀가 정색을 하고 안면을 바꾸기야 하겠습니까? (…) 달콤한 말로 달래십시오. 그러면 오랫동안 관계를 이어가게 될지도 모를 일 아닙니까. 만약 그녀가 스님을 탓하더라도 제가 단단히 사례를 해드리면 그만이지요. (…) 저한테 마음이 동하게만 만들어주십시오. 제가 스님한테 알아서

---

43) 여차저차해서 이러저러하게[如此如此, 這般這般]: 중국 송·원대 화본, 명대 의화본, 장회소설 등에서 상투적으로 사용하는 표현. 이와 관련된 자세한 내용은 제2권 〈요적주는 수치를 피하려다 수치를 당하고, 정월아는 착오를 알고도 착오를 밀어붙이다〉의 같은 주석을 참조하기 바란다.

단단히 사례를 해 드릴 테니까!"

"참 능글능글하기도 하시지!"

두 사람은 한바탕 농담을 주고받다가 헤어졌습니다. 이때부터 복량은 날마다 암자로 와서 소식을 물었고, 조 니고는 조 니고대로 날마다 꾀를 써서 무 씨를 구슬릴 생각에만 몰두했지요.

그렇게 며칠이 지났습니다. 조 니고는 다식을 두 곽盒 장만해서 무 씨의 안부를 물으러 가 수재 집으로 갔습니다. 무 씨는 그녀를 잡아놓고 식사를 대접했지요. 조 니고는 그 틈을 타서 객쩍은 소리를 늘어놓다가 갑자기 말했습니다.

"큰아씨와 수재 나리 두 분 다 청춘이시고 혼례를 올린 지도 꽤 되었지요? 이제 옥동자를 낳으셨다는 희소식을 전할 때도 되었습니다."

"그렇지요."

"치성을 들여서 기도라도 좀 하지 않으시고요?"

"제가 직접 수를 놓은 관음보살님 앞에서 아침저녁으로 불공을 드리기도 하고 남몰래 기도도 드려보았지만[44] 도무지 효험이 없군요."

무 씨의 말에 조 니고가 말하는 것이었습니다.

-----

44) 【즉공관 미비】有照應。효험이 있겠군그래.

"큰아씨께서는 나이가 적으시니 득남하는 비결을 아실 턱이 없지요. (…) 대를 이을 아드님을 점지 받으시려면 백의관음白衣觀音께 빌어야 합니다. (…) 이럴 때는 《백의경白衣經》[45]이라는 불경이 있답니다! 평소의 관음보살이나 〈보문품 관음경〉으로는 안 됩니다. 《백의경》은 신통력이 대단하답니다. (…) 저희 암자에서 추천하는 그 내용은 전부 뒤편에 실려 있지요. 가지고 와서 큰아씨한테 보여드리지 못해서 아쉽군요! 다른 곳은 둘째치고 우리 무주 고을 인근만 해도 이 불경을 찍어서 보시하신 분들이나 독송하신 분들치고 아드님을 보지 않은 분이 없을 정도랍니다. 그야말로 천 번을 빌면 천 번 다 효험을 보고, 만 번을 빌면 만 번 다 효험을 본 셈이지요!"

　"그렇게 영험하다면 저희 집에도 한 권 가져오셔서 독송해주시지요."

불설고왕 백의관음경佛設高王白衣觀音經. 일본 국회도서관 소장

---

45) 《백의경》: 불경의 일종. 정식 제목은 《백의대비오인심 다라니경《白衣大悲五印心陀羅尼經》》인데, 위작이라는 주장도 있다.

하고 무 씨가 부탁하자 조 니고는 이렇게 말했습니다.

"큰아씨께서는 독송하는 방법을 모르셔서 그렇지, 그 불경은 쉽게 읽을 수 있는 것이 아니랍니다. (…) 큰아씨께서 암자로 왕림하셔서 백의대사 보살님 앞에서 직접 권수를 채우셔야 합니다. 소승이 아씨의 정성을 보살님께 잘 고하고 먼저 첫 머리를 맡아 몇 권 읽어드려야 합니다. 그런 다음에는 제가 큰아씨 댁을 방문해서 독송법을 완전히 전수해드리는 거지요. 그러면 큰아씨께서 날마다 알아서 독송하시면 됩니다."

"그게 낫겠군요. (…) 일단 이틀 동안 육식을 삼간 다음 암자에 가서 소원을 빌고 불경을 독송하도록 하겠습니다."

그러자 조 니고가 말하는 것이었습니다.

"일단 이틀 동안 채식만 하시겠다니 큰아씨의 정성을 알고도 남습니다. 독경을 시작하면 새벽에 독경 직전에는 채식을 좀 하십시오. 독경을 마치고 나면 육식을 하셔도 괜찮습니다."

"그렇군요. 그거야 쉽지요."

무 씨는 조 니고와 암자에 갈 날짜를 정하고 우선 은자 다섯 전錢을 불경과 공양을 장만할 비용으로 건넸습니다. 조 니고는 그 집을 나서자마자 그 소식을 당장 복량에게 알렸지요.

무 씨는 정말 이틀 동안 채식을 했습니다.[46] 그렇게 사흘째 되는

---

46) 【즉공관 미비】可憐一片眞心。 이렇게 참된 마음을 가졌건만 참 딱하게 됐군.

날이었습니다. 오경이 되자마자 일어나 단장을 하고 몸종 춘화를 데리고 이른 아침 사람이 많지 않은 틈을 타 걸어서 관음암으로 향하는 것이었습니다.

손님들, 잘 들으십시오! 비구니 암자나 비구 사찰에 양갓집 규수들은 함부로 가시면 안 됩니다! 이야기를 들려드리는 소생이 무 씨와 같은 시대에 태어나 같이 자란 사이였다면 곁에서 그 이야기를 듣자마자 문을 막고 무 씨를 붙잡아서라도 뜯어말렸을 겁니다. 그랬다면 무 씨는 명예와 정절을 지켰을 것이고 조 니고도 목숨을 보전할 수 있었을 테지요! 그러나 바로 이 걸음으로 말미암아 다음과 같은 일이 벌어지게 됩니다.

지난날의 아내는 자태도 아리땁더니,	舊室嬌姿,
탁류가 그 옥처럼 순결한 나무를 더럽히고,	汚流玉樹。
불가의 요망한 인간은,	空門孽質,
단풍잎처럼 붉은 피를 흘리누나!	血染丹楓。

이 사연은 나중에 벌어질 이야기이니 일단 방금 하던 이야기나 마저 들어보시지요. 조 니고는 무 씨를 마중 나와 반가워하면서 안으로 들여 자리에 앉혔습니다. 그러고는 차를 대접하고 나서 그녀를 안내해 백의관음보살을 참배하게 하는 것이었습니다. 무 씨가 혼자 가만히 기도를 드리자 조 니고는 관음보살에게 대신 그 사연을 고했습니다.

"가 씨 댁의 불제자 무 씨가 기꺼이 《백의관음경》을 받들어 독송하기를 바라나이다. 모쪼록 귀한 아드님을 서둘러 점지하시고 매사가 상서롭고 소원대로 이루어지도록 보살펴주옵소서!"

이렇게 고한 조 니고는 목탁[47]을 두드리면서 불경을 외우기 시작했습니다. 먼저 〈정구업 진음〉[48]을 외우고 이어서 〈안토지 진음〉[49]을 외우더니 무 씨의 소원을 고한 다음 먼저 절하면서 여러 부처의 이름들을 한참 동안 외우는 것이었지요. 그러고 나서 불경을 외우는데 단번에 스무 번 가까이 외우지 뭡니까.

이 조 니고로 이야기 하자면 정말 교활한 것이, 무 씨가 일찍 찾아올 거라는 것을 진작부터 알고 있었답니다. 게다가 무 씨가 전날 불공을 드렸으니 집에서 분명히 아침을 걸렀을 것임을 알고 있었을 거예요. 그런데도 일부러 잊어버린 척 아무것도 내오지 않고 '미리 요기를 했는지 어쨌는지' 묻지도 않은 채 시간을 끌었지 뭡니까. 무 씨가 아침나절 내내 허기를 참으면서 자신과 같이 앉아 있도록 내버려둔 거지요.[50] 무 씨는 부끄러움을 많이 타다보니 빈속에 일찍 일어난 데가가

---

47) 목탁[木魚]: 불교의 의식용 도구. '목어木魚'는 중국과 국내에서 가리키는 대상물이 다르다. 국내에서 '목어'는 일종의 악기로서, 나무를 물고기 형상으로 가공하고 배 부분을 파낸 상태에서 악기로 만든 후 물속에 사는 중생들을 구제하고자 뱃속에 나무 막대기를 넣어 내벽을 두드려서 소리를 낸다. 그 형상이 물고기와 같아서 글자 그대로 '나무 물고기'라는 뜻으로 '목어'라고 부르며 때로는 '어고魚鼓·어판魚板·목어고木魚鼓' 등으로 부르기도 한다. 반면에, 중국에서는 '목어'가 사찰에서 승려들이 불경을 외울 때 두드리는 목탁木鐸을 가리키는 말로만 사용될 뿐 우리나라와 같은 '나무 물고기'는 존재하지 않는다. 여기서는 그 뜻에 맞추어 '목탁'으로 번역했다.

48) 정구업 진음淨口業眞音: 불교 용어. 글자 그대로 '입(말)으로 지은 업보를 깨끗이 씻는 주문'으로, "옴 수리수리 마하수리 수수리 사바하唵 修利修利 摩訶修利 修修利 薩婆訶"라고 외운다.

49) 안토지 진음安土地眞音: 불교 용어. 글자 그대로 '기도하는 자리를 편안하게 만드는 주문'으로, "나무 사만다 못다남 옴 도로도로지미 사바하南無 三滿哆 母馱南 唵 度嚕度嚕地尾 薩婆訶"

조 니고를 따라 장시간 불공을 드리다 보니 피곤하기도 하고 허기가
지기도 했습니다. 그렇다고 차마 말을 꺼낼 수도 없었지요. 그래서 그
저 몸종 춘화를 불러 귓가에 대고 가만히 이렇게 이를 뿐이었습니다.

"주방에 뜨거운 물이라도 좀 있는지 보고 한 공기만 받아 오렴."

그 모습을 본 조 니고는 짐짓 이제야 깨달았다는 듯이 묻는 것이었
습니다.

"독경에만 신경을 쓰느라 큰아씨께서 식사를 하셨는지 여쭙는다는
것조차 까맣게 잊고 있었군요!"

"서둘러 오느라 아직 먹지 못했네요."

무 씨가 이렇게 대답하자 조 니고가 말하는 것이었습니다.

"내 정신 좀 보게! 아침밥도 안 지었잖아? (…) 밥을 짓기에는 늦었
으니 어쩌지요? (…) 점심 공양을 좀 서두르는 수밖에.51)"

"사실대로 말씀드리면, … 배가 너무 고프군요. 되는 대로 간식거리

---

50) 【즉공관 미비】 可恨極矣。 참 못됐기도 하지.

51) 【교정】 좀 서두르는 수밖에[早些罷]: 상우당본 원문(제264쪽)에는 첫 글자가
'이를 조루'로 나와 있으나 중국화본대계中國話本大系판 《초각 박안경기》
(제102쪽)에서는 이것을 '찾을 조找'의 오자로 보았다. 만일 이 부분을 '조사
파找些罷'로 이해하면 그 의미는 '좀 서두르는 수밖에요'가 아니라 '좀 찾아
보시지요'가 되는 셈이다. 시오노야와 카라시마의 일역본(제1책, 제218) 역
시 "좀 일찍少루"으로 번역해놓았다. 여기서는 일단 상우당본의 '조루'가
맞다는 전제 아래 원래대로 "좀 서두르는 수밖에"로 번역했다.

라도 챙겨주시면 먼저 좀 먹는 것이 낫겠습니다만."

그러자 조 니고는 일부러 한바탕 겸손을 떨고는 방 안으로 좀 갔다가 또 부뚜막으로 좀 갔다가 하는 것이었습니다.[52] 그러고 나서야 제자 본공을 시켜 먹을 것 한 쟁반과 차 한 주전자를 내오는 것이었지요. 무 씨는 이때 배가 하도 고파서 속에서 '꼬르륵' 소리가 다 울릴 정도였습니다. 그렇다 보니 상에 차려진 제철 과일은 허기를 채우는 데에 전혀 도움이 되지 못했지요. 그나마 큰 쟁반의 따끈따끈한 떡이나 먹을 만했습니다. 무 씨가 한 점을 집어서 먹어보니 부드럽고 달콤하지 뭡니까. 거기다 배가 하도 고프다 보니 자기도 모르게 몇 점을 연달아 먹어치웠습니다. 어린 비구니가 뜨거운 차를 따라주자 두 모금 마시더니 다시 떡을 몇 점 먹고 또 차를 따라 마시는 것이었습니다. 그렇게 차를 몇 모금 마시지도 않았을 때였습니다. 가만 보니 무 씨가 얼굴이 빨개지고 하늘과 땅이 빙글빙글 도는가 싶더니 아 글쎄 하품을 하면서 힘없이 스르르 의자 안쪽에 축 늘어지는 것이 아닙니까! 조 니고는 일부러 놀라는 척하면서 말했습니다.

"이게 웬일이랍니까? (…) 너무 일찍 일어나서 어지러우신가 봐요! 침상으로 부축해서 잠을 좀 주무시게 해드려야겠네!"

그러더니 제자 본공과 함께 의자째로 침상 가까이 메고 가서 무 씨를 안아 침상에 눕힌 다음 편히 잠을 자게 해주는 것이었습니다. 그 떡이 어째서 그렇게 위력이 대단했는지 아십니까? 알고 보니

---

52) 【즉공관 미비】毒甚。참 악독하네.

조 니고는 무 씨가 술을 마시지 않는다는 것을 알고 그 떡에 농간을 부렸던 겁니다. 바로 찹쌀을 고운 가루로 빻아서 술을 넣고 반죽한 다음 그것을 바짝 굽고 다시 가루를 내고 술을 탄 거지요. 이런 식으로 두세 번 반복한 다음 거기다 성질이 상극인 약 가루를 한두 가지 더 섞어서 떡으로 쪄냈던 것입니다. 그래서 떡이 뜨거운 물과 만나자마자, 약 기운과 술 기운이 동시에 작용한 거지요. 마치 술을 빚는 누룩마냥 말입니다. 보통 사람도 감당하기가 힘든데 무 씨는 술지게미만 먹어도 취하는 사람이었습니다. 설상가상으로 아침 일찍 나오느라 빈속인데 허기가 진 판국에 갑자기 떡을 잔뜩 먹고 뜨거운 차까지 마셔놓았으니 술기운이 확 올라오는 것을 어떻게 감당할 수가 있었겠습니까! 그야말로

| 그대가 아무리 귀신처럼 약아빠졌어도, | 由你奸似鬼, |
| 이 몸이 발 씻은 물 다 먹어야 할 걸? | 喫了老娘洗脚水。53) |

결국 조 니고는 이 속임수를 써서 무 씨를 쓰러뜨리는 데에 성공했습니다. 몸종 춘하는 주인아씨가 잠든 것을 보고도 "이 덧없는 인생살이, 반나절이라도 놀고 간들 어떠하리偷得浮生半日閒"라는 격으로, 어린 본공이 자기를 데리고 가자 음식을 먹고 노는 데에만 정신이 팔려 있었지요. 그러니 어디 아씨한테 신경을 쓸 겨를이나 있었겠습니까?

---

53) 그대가 아무리 귀신처럼 약아빠졌어도, 이 몸이 발 씻은 물 다 먹어야 할 걸?[由你奸似鬼, 喫了老娘洗脚水]: 명대의 유행어. 아무리 머리가 비상하게 잘 돌아가는 사람이라도 결국은 속임수에 넘어가 낭패를 본다는 뜻으로 사용되었다. 여기서도 무 씨가 아무리 현명하고 정숙해도 조 니고가 의도적으로 계획해서 벌인 계략에는 이길 수가 없음을 암시한다.

조 니고는 그 틈에 서둘러 은밀한 곳에 숨어 있던 복량을 불러내 일렀습니다.

"암컷이 침상에서 잠들었으니 마음껏 즐기십시오! 내 은혜를 어떻게 갚으실지는 모르겠지만 …"

복량이 방문을 닫아걸고 휘장을 걷고 보니 술 냄새가 진동을 하는 것이었습니다. 무 씨의 발그레한 두 뺨은 사랑스럽기가 마치 한 송이 술에 취한 해당화[54]와도 같이 보면 볼수록 아리땁지 뭡니까. 복량은 욕정이 불처럼 일어나서 일단 입부터 맞췄습니다. 그래도 무 씨는 조금도 눈치를 채지 못하는 것이 아닙니까.[55] 지체 없이 살며시 바지를 벗겼더니 눈처럼 뽀얀 하체가 드러나는 것이었습니다. 복량은 껑충 올라타더니 허겁지겁 두 다리를 밀어젖혔습니다. 그러고는 물건을 찔러 넣고 마구 방아질을 해대면서 뿌듯한 듯 말하는 것이었습니다.

"민망하긴 하다마는 이런 날이 오긴 오는구나!"

무 씨는 나른해져서 몸을 전혀 가눌 수가 없었습니다. 그러나 몽롱한 꿈결에도 실낱같기는 해도 의식이 좀 남아 있었던가 봅니다. 집에서 부부 사이에 관계를 가지는 것으로 착각하고[56] 영문도 모른 채 복량이 하는 대로 한동안 몸을 내맡는 것이었지요. 그러다가 절정에

---

54) 술에 취한 해당화[醉海棠]: 새빨간 해당화 꽃을 술에 취한 무 씨의 얼굴에 빗대어 한 말.

55) 【즉공관 미비】掩其不知, 罪過更重, 所以有殺身之報。 상대가 알지 못하는 사이에 덮쳤으니 그 죄가 더욱 무겁다. 그래서 죽임을 당하는 응보를 받은 게지.

56) 【즉공관 측비】可憐。 딱하군.

이르자 무 씨는 꿈결에도 신음소리를 냈습니다. 복량은 복량대로 쾌락이 절정에 이르자 무 씨를 꽉 끌어안고

"아 내 사랑, … 나 죽소!"

하고 소리를 지르더니 순간적으로 사정을 해버리는 것이었습니다. 그 일이 끝난 뒤에도 무 씨는 그렇게 인사불성으로 잠에서 깨지 못하고 있었습니다.[57] 복량은 복량대로 한 손을 무 씨 몸에 올려놓고 얼굴을 한쪽으로 기대고 있었지요.

그렇게 한참동안 잠을 자고 나서야 무 씨는 약기운이 다 사라져서 정신을 좀 차릴 수 있었습니다. 그녀는 자신이 웬 낯선 사람과 같이 자고 있는 것을 발견하고는 깜짝 놀라 식은땀을 흘리면서 소리쳤습니다.

"야단났구나!"

무 씨는 황급히 일어나 앉았습니다. 그 서슬에 술기운까지 다 달아나 버렸지요.

"당신 누구예요! (…) 감히 양갓집 규수를 욕보이다니!"

무 씨가 큰 소리로 호통을 치자 복량도 저으기 당황했던지 허둥지둥 무릎을 꿇고 용서를 빌었습니다.

"부인, 자비를 베푸시어 소생의 무례를 용서해주십시오!"

무씨는 자신의 바지가 벗겨진 것을 발견하고 속임수에 당했다는

---

57) 【즉공관 측비】可憐。딱해.

것을 직감했습니다. 그녀는 아무 대답도 하지 않고 바지를 끌어올려 입었습니다. 그러고는 춘화를 부르면서 침상에서 뛰어내리자마자 달아났습니다. 복량은 누가 볼까 두려워 따라갈 엄두도 내지 못하고 그대로 방에 몸을 숨겼지요

문을 열고 방을 나온 무씨는 다시 춘화를 불렀습니다. 춘화는 그날 새벽에 일찍 일어났던 터인지라 어린 본공의 방에서 졸고 있다가 주인마님이 지르는 소리를 듣고 늘어지게 하품을 하면서 앞으로 걸어오는 것이었습니다. 무씨는 그런 춘화에게 욕을 퍼부었지요.

"이 정신 나간 것! 내가 방에서 자고 있는데 어째서 내 곁을 지키지 않았느냐?"

분을 풀 곳이 없던 무 씨가 춘화를 호되게 때리려고 하는데 조 니고가 와서 말리는 것이 아닙니까. 무 씨는 조 니고를 보자 더욱 화가 나서 춘화의 뺨을 두 대 때리면서 말했습니다.

"냉큼 짐을 챙겨서 돌아가자!"

"독경이 남았잖아요."

"이 말 많은 년! 네년이 무슨 상관이냐!"

무 씨는 화가 나서 얼굴이 다 새파랗게 질린 채로 조 니고도 거들떠보지 않고 진상도 따지지 않은 채 그길로 암자를 나오더니 한달음에 춘화와 함께 집으로 돌아갔습니다.

그녀는 대문을 열고 들어와 문을 걸어 잠그고 한동안 침울하게 앉

아 있었습니다. 그러다가 마음을 좀 추스르고 춘화에게 물었지요.

"내 기억에는 배가 고파서 떡을 먹었을 뿐이다. 그런데 그런데 어째서 침상에서 자게 된 게냐?"

"아씨가 떡을 드시고 차를 몇 모금 마시자마자 의자에서 쓰러지셨어요. 그러니까 큰스님이랑 작은스님이 부축해서 침상에 눕히던걸요."

"네년은 어디 있었길래!"

하고 무 씨가 물었더니 춘화가 대답하는 것이었습니다.

"아씨가 잠이 드시고 배가 고프길래 남기신 떡을 먹고 작은스님 방에 가서 차를 마셨어요. 그런데 좀 졸음이 오길래 잠깐 졸고 있는데 아씨가 부르시는 소리를 듣고 온 거지요."

"누가 그 방에 들어오는지 보았느냐?"

"아무도 못 봤지요. 스님들 말고는요."

무 씨는 아무 말도 없이 꿈 속 상황을 떠올려보았습니다. 그러자 어렴풋하기는 해도 기억이 좀 나는 것이었지요. 그래서 이번에는 손으로 음부를 더듬어보니 끈적끈적한 것이 묻어나지 뭡니까. 그녀는 한숨을 쉬면서 말했습니다.

"아서라, 아서! 그 요망한 중 년이 그렇게 악독한 짓을 벌일 줄이야! 내 순결한 몸이 그 정체도 알 수 없는 천벌 받을 놈에게 더럽혀졌으니 … 이제 어떻게 사람 구실을 한단 말이냐!"

무 씨는 눈물을 머금고 속으로 괴로워하면서 자결을 하려다가 '그래도 서방님 얼굴이라도 한번 보고 죽자' 싶어서 차마 실행하지 못했습니다. 그저 자신이 수놓은 보살을 마주한 채 통곡을 하면서 이렇게 빌 뿐이었지요.

"제 마음에 한이 맺혔사오니 … 바라옵건대 보살님께서 신통력을 발휘하시어 이 원한을 풀어주소서!"

기도를 마친 그녀는 오열하다가 남편을 생각하며 또 한바탕 통곡을 하다가 하더니 얼이 다 나간 채로 잠이 들어버리는 것이었습니다. 춘화는 무슨 영문인지 당최 알 리가 없었지요. 이쪽 무 씨의 괴로움에 대해서는 일단 이 정도에서 접어두기로 하십시다.

저쪽의 조 니고는 무 씨가 화가 나서 작별인사도 없이 가버리자 복량이 목적을 이루었다는 것을 직감했습니다. 그래서 방으로 들어가 보니 복량이 아직도 침상에 누워 있는 것이었지요. 그는 손가락을 입에 물고 넋이 나간 채 아까 그 상황을 되새기고 있었습니다. 조 니고는 그 모습을 보더니 음욕이 발동해 냅다 복량의 몸 위에 올라타면서 말했습니다.

"중매를 선 나한테는 사례 안 합니까?"

그녀는 몸을 연신 비벼댔다[58] 움츠렸다 하면서 손을 뻗어 그의 물

---

58) 【교정】비벼댔다[蹲]: 상우당본 원문(제271쪽)에는 '뒤섞일 준蹲'으로 나와 있으나 그 뜻이 '배치되다'여서 이 상황과는 맞지 않는다. 일부 주석본에서는 이 글자를 '비비다·뭉기적거리다'라는 뜻을 가진 '비틀거릴 층蹭'으로

건을 더듬었지요. 그러나 유감스럽게도 복량은 방금 전에 사정을 해서 당장 세울 수가 없었습니다. 늙은 비구니는 안달이 났던지 복량을 깨물면서 말하는 것이었지요.

"당신만 재미를 보고 난 안달이 나서 죽으라고?"

"큰 은혜를 입었으니 밤에 질리도록 모시겠습니다! 스님하고 그다음 계책도 의논해야겠구요."

"재미만 한번 보겠다더니 또 무슨 다음 계책이에요!"

그러자 복량이 말하는 것이었습니다.

"'농隴 땅을 얻었으니 촉蜀 땅까지 탐내는 건59) 인지상정이지요. 재미를 본 이상 어떻게 호락호락 포기하겠어요? 아까는 강제로 한 거지만 아무래도 그녀가 기꺼운 마음으로 자진해서 내왕하게 만들어야 재미가 있지요!"

해석하고 있으므로 여기서도 '층'으로 해석해 "비벼대다"로 번역한다.

59) 농 땅을 얻었으니 촉 땅까지 탐내는 건[旣得隴, 復望蜀]: 인간의 욕심에는 끝이 없는 것을 두고 한 말. 때로는 '농을 얻고 촉을 바란다'라는 뜻의 사자성어 '득롱망촉得隴望蜀'으로 사용하기도 한다. 《후한서後漢書》〈잠팽전岑彭傳〉에 따르면, 후한 초기, 외효隗囂는 지금의 감숙성甘肅省 일대인 농隴 땅에, 공손술公孫述은 지금의 사천성 일대인 촉蜀 땅에 각각 할거하면서 공동전선을 구축하고 조정에 대항했다. 그러자 건무建武 8년(32), 이들을 토벌하려고 나선 광무제光武帝 유수劉秀(BC5~AD57)는 대장군 잠팽에게 보낸 서신에서 "두 성을 함락시킨 다음에는 바로 군사를 남쪽으로 돌려 촉 땅의 오랑캐들을 격파하시오. 사람이 만족할 줄 모르는 것은 괴로운 일이나 농 땅을 평정했으니 이제 촉 땅까지 노려야지요" 하면서 잠팽을 독려했다고 한다.

"정말 만족할 줄을 모르는구려! 아까 강제로 무 씨를 욕보이는 바람에 그녀가 화를 내면서 인사조차 하지 않고 가버렸다구! 그녀 본심이 어떤지도 모르면서 어쩌자고 또 만날 생각을 한담? (…) 다시 기회를 보다가 그녀가 나하고 계속 내왕하기를 바라면 그때 가서 의논을 해도 하는 게지!60)"

조 니고가 이렇게 말하자 그제야 복량도

"그렇긴 하군요. 그저 스님의 신묘한 계책만 믿고 있겠습니다!"

하면서 맞장구를 치는 것이었습니다. 그날 밤 복량이 늙은 비구니에게 감사하면서 그녀를 즐겁게 해주려고 암자에 숨어 있다가 함께 마음껏 음탕하게 즐긴 일은 새삼 이야기할 필요도 없었지요.

다시 이야기를 들려드리겠습니다. 수재는 글방에 있다가 그날 밤 꿈을 꾸었습니다. 꿈에서 집에 있는데 흰 옷을 입은 웬 여인이 문으로 들어오는 것이 아닙니까. 다가가서 말을 걸려고 하는데 바로 방 안으로 들어가버리는 것이었습니다. 그래서 수재도 성큼성큼 그 뒤를 따라갔지요.
벽에 걸린 관음보살의 자수 족자까지 갔을 때였습니다. 수재가 고개를 들

명대의 서당 풍경. 《서세양영瑞世良英》

---

60) 【즉공관 미비】 可畏。 참 무섭다.

고 바라보니 족자에 글자가 몇 줄 적혀 있지 뭡니까. 자세히 보면서 처음부터 읽어 내려가니 이렇게 쓰여 있는 것이었습니다.

입에서 나온 것이 입으로 들어가니,　　　　　　口裡來的口裡去,
원수 갚고 치욕 씻는 것은 제자의 몫이로다.　　　報仇雪恥在徒弟。

그것을 다 읽고 몸을 돌렸더니 아내가 바닥에 엎드려서 큰절을 하는 것이 아닙니까. 그래서 덥석 잡아 일으키다가 어느 사이에 놀라 꿈에서 깼습니다.

'이 꿈은 무슨 의미일까? (…) 설마 부인에게 무슨 질병이나 사고라도 생겨서 관음보살께서 알려주려고 나타나셨던 건 아닐까?'

이렇게 생각한 그는 다음 날 바로 주인에게 작별인사를 하고 글방을 떠났습니다. 그리고 집으로 돌아가는 길 내내 꿈의 의미가 해석되지 않자 속으로 몹시 걱정하고 의아스럽게 여겼답니다.

그가 수재가 집에 당도하여 대문을 두드리니 춘화가 나와서 문을 열어주었습니다. 가 수재는 대뜸 물었습니다.

"아씨는 어디 계시느냐?"

"아씨는 일어나지 않고 아직 침상에 누워 계세요."

"어째서 여태까지 안 일어나신 게냐?"

"아씨가 좀 울적하신지 입만 열면 자꾸 나리를 부르면서 우시지 뭐예요."

그 말을 들은 수재는 황급히 방으로 들어갔습니다. 그런데 가만 보니 무 씨가 남편이 온 것을 보자마자 발딱 일어나는 것이었습니다. 수재가 보니 쑥대머리 지저분한 얼굴에 두 눈이 빨개진 채로 다가와 통곡하면서 바닥에 털썩 쓰러져 절을 하지 뭡니까. 수재가 깜짝 놀라서

"이게 무슨 꼴이오?"

하면서 덥석 부축해 일으키니 무 씨가 말하는 것이었습니다.

"서방님, 소첩의 억울함을 풀어주십시오!"

"누가 당신을 업신여기기라도 합디까?"

그러자 무 씨는 몸종을 차 끓이고 밥 지으라며 부엌으로 내보내자마자[61] 울면서 하소연했습니다.

"소첩은 서방님과 연분을 맺은 뒤로 단 한 번도 말싸움을 한 적이 없습니다. 사소한 잘못도 저지른 적이 없었지요. (…) 그런데 지금 큰 죄를 지었으니 죽어 마땅합니다. 서방님께서 오시기만을 기다렸습니다. (…) 이제 후련하게 말씀드렸으니 소첩의 억울함을 풀어주신다면 죽더라도 눈을 감겠습니다!"

"무슨 일이 있었길래 그런 불길한 소리를 하시오!"

그 말이 끝나자마자 무 씨는 조 니고가 자신을 어떻게 암자로 유인

---

61) 【즉공관 측비】精細。영리하군.

해 독경을 하게 하고, 어떻게 자신을 속여 떡을 먹이고 인사불성으로 만들었으며, 어떻게 사람을 불러 자신을 겁탈하게 했는지를 낱낱이 다 털어놓더니 도로 바닥에 쓰러져 통곡을 하는 것이었습니다. 이야기를 다 들은 수재는 화가 머리끝까지 치밀었습니다.

"그런 기막힌 일이 다 있었다니!"

하고 고함을 지르더니 물었습니다.

"그게 어떤 놈인지는 아시오?"

"제가 어찌 알겠습니까?"

무 씨가 대답하자 수재는 침상 머리맡의 칼을 뽑아 탁자 위에 휘두르더니 말하는 것이었습니다.

"그런 놈들을 모두 죽이지 않고서야 어찌 사람이라고 하겠소! 다만, … 어떤 놈인지 모르니 만약 치밀하게 계획을 세우지 않으면 분명히 빠져나가고 말 것이오. 궁리를 좀 해보아야겠구려."

"서방님께 다 말씀드렸으니 소첩의 일은 끝났습니다. 서방님 손에 든 칼을 넘겨주십시오. (…) 이렇게 된 바에야 죽는 수밖에 더 이상 무슨 변명이 필요하겠습니까!62)"

"어리석은 생각일랑 하지 마시오! 그게 당신이 원해서 그리 된 것

---

62) 【즉공관 미비】 可憐, 可敬。 딱하기는 하지만 존경스럽구나!

이 아니잖소. 여기서 당한 불행한 일은 당신이 이미 스스로 해명했소. 그런데도 지금 만약 경솔하게 죽음을 택한다면 난처한 일이 수두룩하게 생길 게요."

"설사 무슨 난처한 일이 생긴다 해도 그런 것까지 걱정할 처지가 아닌 것을요!"

무 씨가 말하자 수재가 이렇게 달래는 것이었습니다.

"당신이 죽기라도 하면 당신 친정과 외부 사람들이 다들 그 까닭을 따져 물을 것이오. 사실대로 대답했다가는 부인은 아무리 죽더라도 오명을 남길 수밖에 없게 될거고 내 장래도 끝장날 테지. (…) 그렇다고 만약 사실대로 대답해주지 않으면 당신의 친정 친척들이 나를 가만두지 않을 게요. 나로서도 명분이 서지 않으니 당신 원수를 어느 세월에 갚을 수가 있겠소!"

"만약 소첩이 죽지 않으려면 그 요망한 중년과 간악한 놈이 제 눈앞에서 죽는 꼴을 보아야지요. 그래야 치욕을 참고 구차하게나마 목숨을 부지할 수 있겠습니다!"

그러자 수재는 한참을 생각하더니 물었습니다.

"그때 당신이 속임수에 당하고 나서 조 니고를 만났더니 뭐라고 합디까?"

"화가 나서 그길로 바로 돌아오느라 그자와는 말도 섞지 않았습니다."

무 씨가 이렇게 대답하자 수재가 말하는 것이었습니다.

"그렇다면 이 원수는 대놓고 갚을 수는 없겠구려. 만약 대놓고 갚자면 관아를 걸고 들어가야 하는데 그렇게 되면 진상을 숨기기 어렵소. (…) 사람들이 떠들고 퍼뜨리면 깨끗하던 명성조차 더럽혀지고 말아요. (…) 내 지금 속으로 꾀를 하나 생각해봐야겠소. (…) 아무 흔적도 남기지 않고 한 놈도 못 빠져나가게 하는 것이 상책이겠군!63)"

고개를 숙이고 생각하던 그는 갑자기 말했습니다.

"됐다, 됐어! (…) 이 꾀야말로 관세음보살께서 꿈에서 해주신 말씀과 꼭 들어맞겠어. 기막히군, 기막혀!"

"어떤 꾀이기에 그러십니까?"

"여보 … 당신의 억울함을 풀고 원수를 갚으려면 반드시 내 말에 따라야 하오. 만약 내 말을 따르지 않으면 원수를 못 갚는 것은 물론이고 억울함도 못 풀고 말 게오."

"서방님 말씀을 어찌 제가 감히 거역하겠습니까? 그저 … 확실하게 처리만 해 주십시오!"

"조 니고 앞에서 본심을 드러낸 적도 없고 다투지도 않았으니 그중은 당신이 '순간적으로 부끄러움을 탄 것일 뿐 여자는 본성이 물과

---

63) 【즉공관 미비】秀才也狠, 其智數是可敗趙尼而有餘。수재도 무섭군. 그 머리며 꾀가 조 니고를 이기고도 남겠는걸.

도 같으니 마음이 바뀌지 않을 리 없다'고 여길 게요. 당신은 오늘 미리 선수를 쳐서 가서 조 니고를 속여 넘기기만 하시오. 그러면 내게도 멋진 꾀가 있으니까!"

수재는 무 씨의 귀에 대고 '여차저차해서 이러저러하게 하라'고 이르더니 말했습니다.

"이렇게만 하면 확실히 승산이 있소."

"그 꾀가 좋기는 합니다만 민망스럽군요. 하오나 … 이번에 복수를 하자면 그 정도는 감내해야겠지요!"

내외는 그렇게 하기로 계획을 세웠답니다.

다음 날, 수재는 집 뒷문 으슥한 곳에 숨고, 무 씨는 바로 춘화를 시켜 암자로 가서 '의논할 일이 있으니 조 니고를 좀 모셔오도록' 일렀지요. 조 니고가 춘화를 만났더니 자신을 모시러 왔다고 하지 뭡니까.

'보나마나 그 암컷이 달콤한 맛을 보더니 긴긴 밤을 견디다 못해 마음을 고쳐먹은 게로군!'

조 니고는 이렇게 여기고 뒤뚱뒤뚱 춘화와 함께 쏜살과도 같이 달려왔습니다. 조 니고는 무 씨와 인사를 하자마자 말했습니다.

"저번에 큰아씨께 결례를 범하고 거기다가 접대까지 소홀했습니다. 그래도 너무 나무라지 마십시오."

그러자 무 씨가 춘화를 물러가게 하더니 조 니고의 손을 잡고 넌지시 묻는 것이었지요.

"지난번 그분은 … 어떤 분인지요.64)"

조 니고는 무 씨가 복량에게 마음이 좀 있는 것을 보고 가만히 말했습니다.

"이곳에서 아주 멋진 분은 복 씨 댁 장남으로 '복량'으로 불립니다. 정도 많고 재미도 있어서 젊은 처자들치고 안 좋아하는 사람이 없지요. 그런 그분이 너무도 아리따운 큰아씨를 연모한 나머지 밤낮 없이 찾아와서 제발 만나게 해달라고 애걸하지 뭡니까요, 글쎄. (…) 그분의 그런 정성이 안쓰럽기도 하고 그렇다고 뿌리치기도 난감하더군요. 게다가 큰아씨께서 독수공방하시는 모습이 너무 쓸쓸해 보이지 뭡니까. (…) '젊을 때는 일단 여러 사람을 만나보아야 한다, 그래야 청춘을 허송하지 않는다.' 하는 생각으로 그 일을 주선했던 겁니다. 뉘 집 고양이가 고기를 마다한답니까65)66)? (…) 이 늙은것도 그 정도는 다 꿰고 있답니다. 아씨께서도 너무 고지식하게 생각하지 말고 인생을 좀 즐겁게 재미나게 사시자구요! 그분이 마님을 보살님이라도 되는 것처럼 떠받들고 보물이라도 되는 것처럼 대해주는데 … 안 될 것이 또 뭐가 있겠어요?"

---

64) 【즉공관 미비】巫娘子光景，慧甚。무 씨의 처신을 보니 상당히 슬기롭군.
65) 뉘 집 고양이가 고기를 마다한답니까[那家猫兒不喫葷]: 명대의 유행어. 본성은 바꿀 수 없다는 뜻으로 사용된다.
66) 【즉공관 미비】說得動情。非有主意者，誰不爲其所惑。사람 마음을 부추기는 말이로군. 지각을 가진 사람이 아니고서야 이런 말에 속지 않을 사람이 어디 있겠나?

"그래도 저와 충분히 의논을 하셨어야지요! 최소한 저를 속이지는 말았어야지요!67) (…) 기왕에 일이 이렇게 되었으니 그 이야기는 이제 그만하시지요."

"전부터 그분을 알고 지낸 사이도 아니니 대놓고 말씀드렸다면 어디 그러겠다고 하셨겠어요? (…) 이제는 지나간 일이 되었으니 아예 오래오래 내왕하는 사이로 지내시는 편이 좋겠습니다."

"저번에는 공연히 망측한 꼴만 보이고 그분 모습은 어떤지, 성격은 어떤지조차 제대로 확인도 못 했습니다. (…) 정말 그렇게 저를 사랑하신다니 스님께서 그분께 저희 집에 와서 다시 좀 만나보도록 전해주십시오. 정말 사람이 괜찮다면야 지금부터 당장 그분과 은밀히 내왕하고 싶습니다.68)"

무 씨가 이렇게 말하자 조 니고는 속으로

'무 씨가 내 꾀에 걸려들었구나!'

싶었던지 너무도 기뻐하면서 조금도 의심을 품지 않고 덜컥 이렇게 말했습니다.69)

---

67) 【즉공관 측비】 妙甚。 정말 기막히군.
68) 【즉공관 측비】 妙, 妙。 기막히군, 기막혀.
69) 【즉공관 측비】 自然哉! 無可疑。 자연스럽구나! 의심할 만한 구석이 없으니.
　　화본대계판(제113쪽)과 천진고적판(제64쪽)에서는 이 측비의 세 번째 글자를 '같을 약若'으로 보았다. 그러나 상우당본 원문(제279쪽)을 살펴보면 해당 글자가 다소 모호하기는 해도 형태가 '어조사 재哉'와 부합하며 '약'과는 다르다는 사실을 확인할 수 있다. 즉, 이 측비는 '자연약무가의'라는 단문이

"큰아씨께서 정 그러시다면야 오늘밤 당장 그분더러 찾아뵈라고 말씀드리고말고요. (…) 그분은 보면 볼수록 … 좋은 분이랍니다!"

"등롱에 불을 붙일 때쯤 제가 혼자서 문 안에서 그분을 기다리고 있지요. (…) 기침 소리를 신호로 여기고 그분을 방으로 들여보내십시오."

조 니고는 몹시 기뻐하며 암자로 돌아가서 이 소식을 복량에게 전했지요. 복량은 그 소식을 듣고 안절부절못하면서 해가 어서 지고 달이 냉큼 떠 주기만을 학수고대했답니다. 그러다가 저녁나절이 되기가 무섭게 가 씨 집 문간을 기웃기웃하면서 당장에라도 자기 물건을 가져다 문 안으로 들이밀 태세였습니다. 곧 날이 저물려고 하는데 가만 보니 '덜컥' 하고 문이 닫히지 뭡니까. 복량은 '조 니고가 못된 짓을 벌이는 건 아닌가' 싶어서 마음을 놓을 수가 없었습니다. 한참 그렇게 망설일 때였습니다. 문 안쪽에서 기침소리가 들리지 뭡니까. 복량도 바깥에서 그걸 받아서 똑같이 기침을 한 번 했더니 문 한쪽이 살짝 열리는 것이었습니다. 복량이 또 한 번 기침을 하니 안에서도 똑같이 기침을 하는 것이 아닙니까. 그러자 복량은 재빨리 문 안으로 들어갔지요. 그렇게 몇 걸음 옮기자 바로 뜰이 나타나고 별빛과 달빛 아래로 어렴풋하게 무 씨의 몸이 보이는 것이었습니다. 복량은 다가가서 바로 앞에서 와락 끌어안으면서 말했습니다.

"부인의 은덕이 태산만큼 크십니다!"

아니라 '자연재! 무가의'라는 복문인 것이다. 따라서 여기서도 "자연스럽구나! 의심할 만한 구석이 없으니."로 번역하기로 한다.

무 씨는 치미는 분노를 억누르며 일부러 그 손을 뿌리치지 않고 두 손으로 단단히 깍지를 꼈습니다. 복량을 단단히 붙잡을 작정으로 말이지요. 복량은 황급히 입을 맞추더니 혀를 무 씨 입속으로 뻗어 마구 휘저었습니다. 무 씨는 무 씨대로 두 손의 깍지를 더욱 단단히 끼면서 쉴 새 없이 그의 혀를 빨아댔지요. 복량은 흥분한 나머지 물건이 발기되자 혀를 더욱 길게 내밀었습니다. 그런데 무 씨가 이때다 싶어서 '으적' 하고 그 혀를 물더니만 놓아줄 생각을 하지 않는 것이 아닙니까.[70] 복량은 하도 아파서 손을 풀고 다급하게 몸부림을 쳤습니다. 그러나 그때는 벌써 무 씨에게 혀를 절반 넘게 잘리고 난 뒤였지요. 복량은 당황해서 허겁지겁 밖으로 달아나버렸습니다. 무 씨는 혀 토막을 손바닥에 뱉어내자마자 서둘러 문을 걸더니 뒷문으로 가서 수재를 찾더니 말했지요.

"원수놈의 혀입니다."

수재는 몹시 기뻐하면서 혀 토막을 받아 손수건에 쌌습니다. 그러고는 검을 지니고 별과 달이 아스라하게 비치는 틈을 타서 그길로 관음암으로 향했지요.[71]

조 니고는 '복량이 분명히 목적을 이루고 가 씨 집에서 자겠지' 싶어서 벌써 문을 걸고 잠을 청하고 있었습니다. 그런데 누가 문을 두드리는 것이 아닙니까. 그 제자 본공은 나이가 어린 탓에 고개를 숙이기

---

70) 【즉공관 미비】 亦以掩其不知之法償之。 상대가 알지 못하는 사이에 덮치는 방법으로 똑같이 갚아준 셈이로군.
71) 【즉공관 미비】 狠哉。 무섭구나.

가 무섭게 바로 잠에 곯아떨어졌습니다. 남이야 문을 두드리다가 부서지든 말든 아랑곳하지 않고 도무지 깰 기색이 보이지 않았지요. 그러나 늙은 비구니는 내심 할 일이 있는 데다가, 복량과 무 씨의 욕정의 불길이 활활 타오르고 있을 것을 상상하다 보니 어디 잠이 오겠습니까? 그래서 문 두드리는 소리를 듣자마자

'복량이 일을 치르고 돌아왔나?'

싶어서 급히 제자를 불렀습니다. 그래도 아무 대답이 없자 잠자리에서 일어나 직접 문을 열었지요. 그런데 문을 열기가 무섭게 가 수재가 그녀의 머리에 일격을 내리찍었습니다. 늙은 비구니는 그대로 뒤로 쓰러지더니 붉은 피를 펑펑 뿜으면서 죽어버리는 것이었습니다.
가 수재는 문을 걸어 잠그고 안으로 들어가 사람을 찾으면서 속으로 생각했지요.

'만약 그 복량이라는 놈도 암자에 있으면 놈도 똑같이 요절을 내버릴 테다!'

그러면서 보니 불상 앞 장명등長明燈72)에 불이 켜져 있는데 사방을 아무리 비추어보아도 외부인은 하나도 보이지 않았습니다. 그런데 가만 보니 어린 비구니만 방 안에서 잠을 자고 있는 것이 아닙니까. 그래서 이번에도 일격을 가하니 숨이 끊어지고 마는 것이었습니다. 가 수재는 급히 등불을 밝힌 다음 등불 아래에서 손수건을 끌러 아까 그 혀 토막을 꺼냈습니다. 그러고는 검으로 어린 비구니의 입을 억지

---

72) 장명등長明燈: 궁궐이나 신전 등의 장소에서 불씨가 꺼지지 않고 일 년 내내 불이 켜져 있는 등.

꾀로 가 수재가 원수를 갚다.

로 비틀어 열고 혀 토막을 그 속에 쑤셔 넣었습니다.73) 일을 마치자 등불을 끄고 문을 닫은 다음 그길로 집으로 돌아와서 무 씨를 보고 말했습니다.

"비구니 둘을 죽였으니 원수는 다 갚은 셈이오!"

"그놈은 혀만 상했을 뿐 죽지 않은 걸요."

"괜찮소, 괜찮아. 누구든지 놈을 죽일 테니까.74) (…) 이제는 끝까지 모른 척하고 다시는 그 일을 들먹일 필요가 없소."

다시 이야기를 들려드리지요. 관음암 주변의 이웃들은 해가 중천에 떴는데도 암자 문이 닫혀 있고 인기척이 전혀 없는 것을 보고 다들 이상하게 여겼습니다. 그래서 가서 대문을 밀어보니 빗장을 걸지 않아서 밀기만 해도 열리는 것이었습니다. 이웃들은 문 안에서 죽임을 당한 늙은 비구니를 발견하고 깜짝 놀랐지요. 거기서 더 안으로 들어가서 방 안을 보니 어린 비구니까지 죽어 있지 뭡니까, 글쎄. 하나는 머리가 찍혀 있고 하나는 숨통이 끊어져 있는 것이었습니다. 허둥지둥 그 구역을 담당한75) 방장坊長과 보정保正76) 등을 부르니 그들 모

---

73) 【즉공관 측비】妙, 妙。기막히군, 기막혀.

74) 【즉공관 측비】妙, 妙。기막히군, 기막혀.

75) 구역을 담당한[地方]: '지방地方'은 현대 중국어에서 ① 지역, ② 동네 이웃 등의 뜻으로 주로 사용된다. 그러나 명·청대 강남 지역 구어에서는 ③ 지역 사회의 특정 구역을 담당한 말단 관리인 보정保正·이장里長·갑장甲長 등을 아울러 일컫는 별칭으로 사용되기도 했다. 여기서는 편의상 "구역 담당관"으로 번역했다.

76) 방장坊長과 보정保正: 전자는 특정 지역사회에서 거리의 관련 업무를 책

두 현장으로 달려와서 시체를 조사하고 관아에 보고했답니다. 그 구역 담당관들은 죄다 몰려와서 시신을 살피는데 가만 보니 어린 비구니의 입이 굳게 닫혀 있는데 무엇인가를 물고 있는 것이었습니다. 그래서 꺼내보니 다름 아닌 사람의 혀 토막이지 뭡니까. 구역 담당관들은

"두말할 것도 없이 강간 사건이오. 다만, … 범인이 누구인지는 알 수가 없군요. 일단 현 관아에 보고부터 한 다음 처리합시다."

하더니 보고서를 작성했지요. 그런 다음 마침 지현이 재판정에 나와 있길래 바로 그것을 제출했습니다.

"범인을 찾아내는 일은 어렵지 않다. 현성縣城 안팎에서 혀가 잘린 놈만 찾아내면 된다. 그놈이 범인일 테니까! (…) 속히 각 고을 각 마을로 가서 통과 반을 샅샅이 뒤지면 진상을 알 수 있을 것이니라."

지현이 명령을 내리고 얼마 지나지 않았을 때였습니다. 정말 어떤 구역 담당관이 한 사람을 잡아 오는 것이었습니다. 알고 보니 복량은 혀를 잘리고 나서야 자신이 속임수에 넘어간 것을 깨달았습니다. 그러나 당황한 나머지 순간적으로 정신없이 도망을 치느라 동서남북을 분간하지 못하고 길을 잃어버리고 말았지요. 그는 누가 쫓아올까 두려워 외진 골목만 골라가며 숨다가 어떤 집 대문 처마 밑에 이르렀습니다. 그리고 거기서 쪼그린 채 하룻밤을 지샜지요. 그리고나서 날이

임지는 말단 관리(구역 담당관)를 말하며, 후자는 북송대에 왕안석王安石 (1021~1086)이 시행한 보갑법保甲法에 따라 열 가구마다 한 보保로 삼아 관련 업무를 담당하게 한 사람이다. 지금으로 치면 대체로 반장·통장에 해당하는 셈이다.

밝아서야 길을 확인하면서 집으로 돌아갔답니다. 그러나 하늘께서도 그를 용서할 생각이 없었던가 봅니다. 겨우 그 골목 안에서 이리 기웃, 저리 기웃하면서 오락가락하다가 당황한 나머지 큰길을 찾아내지 못했으니까 말입니다. 그렇다고 남들에게 길을 물어볼 수도 없는 형편이었지요.[77] 길가의 사람들은 그 자의 행적이 수상한 것을 진작부터 각별히 눈여겨보고 있었습니다. 그러다가 얼마 지나지 않아 비구니 암자의 참사 소식이 떠들썩하게 퍼지고 지현 명의로 방까지 붙자 이내 호기심 많은 사람들이 복량을 추궁하기에 이르렀습니다. 그런데 복량이 입으로 뭐라고 중얼거리는데 입속의 이가 온통 피투성이지 뭡니까. 구역 담당관들은 순간적으로 웅성거리면서 떼를 지어 따라붙더니 그를 에워싸고

"살인범이 저놈이 아니면 누구겠나?"

하더니 변명할 틈도 주지 않고 밧줄로 단단히 포박하여 관아로 끌고 왔습니다. 관아 앞에는 복량의 얼굴을 아는 사람들이 많이 섞여 있다가 이렇게 말하는 것이었지요.

"저 인간 … 좋은 것이라곤 배울 줄을 모르더니 결국 사달을 낸 게로군!"

지현이 재판정에 나오자 사람들은 복량을 끌어 왔습니다. 지현은 복량을 추궁했지만 그저 입속으로 웅얼웅얼하기만 할 뿐 한마디도 알아들을 수가 없지 뭡니까. 지현이 아전을 시켜 입을 몇 차례 치게

<hr>

77)【즉공관 측비】妙。 기막히군.

하면서까지 간신히 복량에게 혀를 내밀게 했습니다. 그런데 혓바닥은 간데없고 혈흔만 완연한 것이었지요.[78] 지현이 구역 담당관들에게 물었습니다.

"저 고약한 놈은 이름이 무엇이냐?"

그러자 개중에서 평소 복량을 미워하던 사람들이 그의 이름과 평소 그가 벌인 강간이며 절도·사기 행각을 이건 어떻고 저건 어떻고 하면서 낱낱이 고해 바쳤습니다. 그러자 지현이 말하는 것이었습니다.

"그만 됐다. (…) 저놈은 어린 비구니를 강간하려 했던 것이 분명하다. 그런데 늙은 비구니가 문을 열자 먼저 머리를 찍어서 쓰러뜨린 것이다. 그러고서 어린 비구니를 강간하려 드는 것을 어린 비구니가 놈에게 원한을 품고 혀를 깨문 게지. 저놈은 순간적으로 화가 치밀어 어린 비구니를 죽인 것이다. (…) 그래, 할 말이라도 있느냐?

그 말을 들은 복량은 온갖 손짓발짓을 다 하면서 해명[79]을 하려고 애를 썼습니다. 그러나 도통 반 마디도 알아들을 수 없지 뭡니까. 지현은 버럭 성을 내면서

"저렇게 간악한 놈에게는 지필묵도 아깝다! 게다가 말도 제대로

---

78) 【즉공관 미비】 方知妙巧。 이제 보니 정말 기가 막히구먼.
79) 【교정】 변명[辨]: 상우당본 원문(제286쪽)에는 '분별할 별辨'로 나와 있으나 전후 맥락을 고려할 때 여기서는 '변명·해명'의 의미로 사용되었으므로 실제로는 '말 잘할 변辯'을 써야 옳다. 화본대계판(제110쪽)에서도 '말 잘할 변'의 오각으로 보았다.

하지 못하고 흉기는 찾을 수도 없으니 자백을 받아내기도 어렵겠구나. (…) 그러니 큰 곤장으로 매우 쳐서 죽이는 편이 낫겠다!"

곤장을 치는 모습. 〈박안경기〉 제17회 삽화

하더니 큰 소리로 명령을 내렸습니다.

"곤장 백 대를 치렷다!"

복량은 기생하고나 어울리고 오입질이나 할 줄 아는 자였습니다. 그러니 그런 형벌을 어떻게 견딜 수가 있겠습니까? 쉰 대가 넘어가자마자 숨이 끊어지고 마는 것이지요. 지현은 구역 담당관들에게 명령을 내려 복량의 친지에게 시신을 수습하게 했습니다. 그리고 비구니들의 시체는 현지 담당관들을 시켜 화장해서 매장하게 했지요. 그런 다음 지현은 관련 사건 문서에 다음과 같이 소견을 적었습니다.

복량이 '내 혀가 어디 있느냐' 하지만 그것이 혀를 상한 이유였구나. 비구니가 '멀쩡하던 목을 누가 가져갔느냐' 하지만 결국에는 문경지교를 맺고 말았구나.[80] 이들은 죽여 마땅하니 그 정황에 무슨

---

80) 문경지교를 맺고 말았구나[遂作刎頸之契]: 원래 '문경지교[刎頸之契]'란 기

수상한 점이 있으리오. 이로써 문서를 작성하여 보관하노라.

卜良吾舌安在, 知爲破舌之緣。尼姑好顗誰當, 遂作刎顗之契。斃之足
矣, 情何疑焉。立案存照。

이리하여 지현이 이렇게 사건을 종결시킨 것은 두말할 필요도 없습
니다. 가 수재와 무 씨는 거리에서 사람들이 저마다 이 사건을 화제
삼아 수군거리는 것을 보고 내외 모두 속으로 후련하게 여겼지요. 지
난번에 조 니고의 속임수에 당한 일로부터 오늘의 복수에 이르기까
지, 그 진실을 아는 사람은 단 한 사람도 남지 않았습니다. 이는 가
수재의 높은 식견 덕분이었지요. 그러나 관세음보살께서 무 씨의 신
심이 극진한 것을 보시고 꿈속에 모습을 드러내 계책을 알려주셨기에
원수도 갚고 명예도 보전할 수가 있었던 것입니다. 무 씨는 가 수재가
결단력 있게 일을 처리하는 것을 보았고, 가 수재는 무 씨가 뜻을 세
워 굳게 절개를 지키는 것을 보았습니다. 그래서 서로가 더욱 존경하
고 소중하게 여기게 되었지요. 후세 사람들은 이 일과 관련하여 이렇
게 평가했답니다.

'원수를 갚고 치욕을 씻으면서도 소문이 나지 않았으니 아주 잘된
셈이다. 그러나 무 씨의 그 깨끗하던 몸이 결국에는 더럽혀지고 말았
다. 다른 사람들이야 모른다 치더라도 정작 본인 속은 아무래도 무척
괴로웠으리라. 그것은 모두가 경솔하게 비구니와 내왕하는 바람에 이
런 사달이 난 것이니[81] 뜻을 가진 여인들은 이 이야기를 본보기로

꺼이 자신의 목숨을 내놓을 만큼 의기가 투합하는 벗이나 그 같은 사이를
가리키는 말로, '문경'은 머리를 자른다는 뜻이다. 여기서는 조 니고가 가
수재의 칼에 머리를 찍혀 죽은 것을 두고 한 말이다.

삼아야 할 것이다.'

이 이야기를 증명하는 시가 있습니다.

곱던 꽃이 져서 그 향기 사그라든 것도,　　　好花零落損芳香,
오로지 봄날 틈새로 빛이 샜기 때문이라네.　　只爲當春漏隙光。
이 한마디 좋은 말씀 꼭 들어주오,　　　　　一句良言須聽取,
여인은 규방을 벗어나서는 안 된다오!　　　婦人不可出閨房。

---

81)【즉공관 미비】正經話, 女人之良箴也。진지하게 하는 말이다. 여자들에게 좋은 잠
언이야.

| 저자 소개 |

능몽초凌濛初(1580~1644)

명대의 소설가·극작가이자 출판가. 절강浙江 오정현烏程縣 사람으로, 자는 현방玄房이며, 호로는 초성初成·능파凌波·현관玄觀·즉공관주인卽空觀主人 등을 사용하였다. 문예를 중시한 가정환경과 당시 번창하던 강남 출판업의 영향을 받아 어려서부터 남다른 재능을 발휘하였다. 그러나 과거와는 인연이 없어서 매번 뜻을 이루지 못 하자 그 열정을 가업(출판업)에 쏟아 부어 각종 도서의 창작·출판에 매진하였다. 생전에 시문·경학·역사 등 다방면에서 다양한 저술·창작을 남겼으며, 가장 두각을 나타낸 분야는 소설·희곡·가요집·문예이론 등의 통속문학이었다. 대표작으로 꼽히는 의화본소설집《박안경기拍案驚奇》와 후속작《이각 박안경기二刻拍案驚奇》는 나중에 '이박二拍'으로 일컬어지면서 강남의 독서시장에서 큰 인기와 반향을 불러 일으켰다. 55살 때에 상해현승上海縣丞으로 기용된 것을 계기로 출판업을 접고 서주통판徐州通判·초중감군첨사楚中監軍僉事를 거치며 선정을 베푸는 등 유가의 정통파 경륜가로서도 큰 족적을 남겼다.

| 역자 소개 |

문성재文盛哉

우리역사연구재단 책임연구원, 국제PEN 한국본부 번역원 중국어권 번역위원장. 고려대학교 중어중문학과를 졸업하고 남경대학교(중국)와 서울대학교에서 문학과 어학으로 각각 박사 학위를 받았다. 그동안 옮기거나 지은 책으로는《중국고전희곡 10선》·《고우영 일지매》(4권, 중역)·《도화선》(2권)·《진시황은 몽골어를 하는 여진족이었다》·《조선사연구》(2권)·《경본통속소설》·《한국의 전통연희》(중역)·《처음부터 새로 읽는 노자 도덕경》·《루쉰의 사람들》·《한사군은 중국에 있었다》·《한국고대사와 한중일의 역사왜곡》·《정역 중국정사 조선·동이전》(1~3) 등이 있다. 2012년에는 케이블 T채널이 기획한 고대사 다큐멘터리《북방대기행》(5부작)에 학술자문으로 출연했으며, 2014년에는 현대어로 쉽게 풀이한 정인보《조선사연구》가 대한민국학술원 '2014년 우수학술도서'(한국학 부문 1위), 2017년에는《루쉰의 사람들》이 한국출판문화산업진흥원 '2017년 세종도서'(교양 부문), 2019년에는《한국고대사와 한중일의 역사왜곡》이 롯데장학재단의 '2019년도 롯데출판문화대상'(일반출판 부문 본상)을 각각 수상하였다. 현재는 한국연구재단의 지원으로 번역을 마친 후속작《이각 박안경기》(6권)과 함께《금관총의 주인공 이사지왕은 누구인가》의 출판을 앞두고 있다.

한 국 연 구 재 단
학술명저번역총서
[동 양 편] 625

박안경기 ❶
拍案驚奇

초판 인쇄   2023년 2월 15일
초판 발행   2023년 2월 28일

저   자 | 능몽초
역   자 | 문성재
펴 낸 이 | 하운근
펴 낸 곳 | 學古房

주   소 | 경기도 고양시 덕양구 통일로 140 삼송테크노밸리 A동 B224
전   화 | (02)353-9908 편집부(02)356-9903
팩   스 | (02)6959-8234
홈페이지 | www.hakgobang.co.kr
전자우편 | hakgobang@naver.com, hakgobang@chol.com
등록번호 | 제311-1994-000001호

ISBN   979-11-6995-351-1 93820
        978-89-6071-287-4 (세트)

값 : 37,000원

이 책은 2016년도 정부재원(교육부)으로 한국연구재단의 지원을 받아 연구되었음
(NRF-2016S1A5A7022115).
This work was supported by National Research Foundation of Korea Grant funded
by the Korean Government(NRF-2016S1A5A7022115).